KINDER DER WUT

NELA RYWIKOVÁ

KINDER DER WUT

ROMAN

Aus dem Tschechischen
von Christina Frankenberg

mitteldeutscher verlag

Er zog sich die Kapuze näher zum Hals heran. Sein älterer Kumpel laberte ständig irgendwas vor sich hin. Feiner Nieselregen fiel aus dem verhangenen Himmel, und die Kälte kroch einem in die Knochen. Er musterte seine auseinanderfallenden Schuhe, mit denen er durch die Pfützen watete. Die beiden schlängelten sich zwischen den Hochhäusern der Plattenbausiedlung hindurch. Der Spielplatz lag verlassen da, in den Fenstern schienen die warmen Lichter der Wohnzimmer und das Flackern der Bildschirme. Er stellte sich all die happy families vor, wie sie ihr warmes Abendessen verschlangen und dabei in die Glotze starrten.
Der kalte Wind trieb die beiden vorwärts, zu einem Unterschlupf hin. Er ließ sich führen. Sein Kumpel wusste von einem guten Ort. Sie kamen an einem Parkplatz vorbei, der an einem alten kaputten Zaun endete. Dahinter befanden sich die verlassenen Gebäude eines Güterbahnhofs. Das Vorhängeschloss am Tor hatte schon längst jemand aufgebrochen, so konnte jeder hineingelangen. Gleich hinter dem Tor lagen eine alte Matratze, ein ausgeschlachteter Monitor und ein kaputter Plastikstuhl. Das Grundstück gehörte der Bahn. Es war verödet, genau wie das Stellwerk, das sich wie ein Wachturm erhob. Jemand hatte ein kleines gemauertes Schutzdach daran angebaut, wo man sich bequem verstecken, kiffen oder sich ins Koma saufen konnte, ohne dass irgendjemand sich aufregte. Das Dach bot einen guten Schutz vor Regen und den Blicken zufälliger Passanten, vor allem vor den Hundebesitzern, die hier ihre Hunde straflos ihr Geschäft verrichten ließen.
Wie auf Kommando gingen plötzlich alle Straßenlaternen an. Der Bürgersteig wurde von gelbem Licht überflutet, das immer schwächer wurde, je weiter sich die Jungs von der Zivilisation entfernten. Sie kamen an einer verlassenen Bahnhofshalle vorbei, von der schon der Putz bröckelte. Daneben erhob sich das Stellwerk, ein Ziegel-

steinbau mit großen Fenstern. Keines von ihnen war erleuchtet, aber offenbar hielt sich hier ab und zu jemand auf. Das Gebäude hatte ausgebesserte Fenster und ein schweres Gitter vor der Eingangstür. Aber man kam trotzdem hinein, das wusste der Kumpel sehr gut. Der Anbau bot Windschatten und ausreichend Privatsphäre für jeden, der sie nötig hatte und den die weggeworfenen Tablettenblister, Spritzen und benutzten Kondome, die alten stinkenden Lumpen, die schimmelige Matratze und die Schnapsflaschen nicht störten. Die beiden Jungs störte nichts von alldem. Wenn sie sich erst mal einen Joint gedreht und reingezogen hätten, würden sie sich fühlen wie im Paradies. Die Unordnung hielt sich in den dunklen Ecken versteckt, und sobald sie es sich bequem gemacht hätten, würden sie sie gar nicht mehr bemerken.

Ein Stück vor dem erhofften Zufluchtsort blieben die beiden stehen. Überall war es vollkommen finster, auch das Außenlicht war nicht angeschaltet. Normalerweise ließ es der Besitzer des Stellwerks brennen, damit Rowdys wie sie sahen, dass das Haus nicht leer stand. Aber jeder, der diesen Ort kannte, wusste, dass er das Halbdunkel des Anbaus straflos und ohne Furcht nutzen konnte. In Größe und Aussehen erinnerte alles an eine Bushaltestelle, aber ohne nervige Fahrgäste.

Die Außenlampe brannte diesmal nicht, sie schaukelte an mehreren Drähten wie ein Stück Fleisch an den Sehnen. Eine Fensterscheibe war komplett zersplittert und knirschte unter den Schuhsohlen der beiden Jungs. Fast sah es so aus, als hätte der Besitzer seine Festung vor Kurzem endlich verlassen. Aber das Gitter am Eingang war immer noch verschlossen und unversehrt.

– Alter, siehst du das? Vielleicht ist das endlich leer. Wir könnten es uns doch mal genauer ansehen, schlug Venca vor. In der Hoffnung, dass das ganze Stellwerk bald ihres sein könnte, ging er an der

Mauer entlang, auf den Eingang zu. Man musste nur zum Fenster reinklettern. Zu zweit würden sie das spielend schaffen.
Das wäre eine weitere super Tauchstation, wo sie sich vor den aufdringlichen Blicken, vor allem jedoch vor den Bullen verstecken könnten.
– Los, komm, befahl er. Tony, der Jüngere, hatte jedoch gerade keinen Bock auf ein Abenteuer. Er hatte nur total Bock auf einen Joint, aber das würde auch im Park, auf einer Bank oder auf dem Spielplatz bei den Neubauten gehen. Für einen Joint musste er doch nicht bis fast unter die Erde kriechen. Ihm gefiel der Ort nicht, an den sein Kumpel ihn mitgeschleppt hatte. Der war ein Junkie, ein Penner und eigentlich ein Wrack. Nervös blickte er um sich und verspürte Sehnsucht nach einem warmen Bett. Aber was nützte einem ein warmes Bett in einer Wohnung, in der sich eine ständig besoffene Mutter auf dem Boden wälzte? Hysterisch, voll Selbstmitleid und so verzweifelt, dass er am liebsten wegrennen würde, sobald er auch nur einen Blick auf sie warf.
Ihm war plötzlich bange wegen alldem, wegen seinem Kumpel, wegen der Mutter und auch wegen diesem seltsamen Haus. Er hatte Lust, abzuhauen, irgendwohin. Intuitiv blickte er um sich. Auf der einen Seite das Straßenbahndepot, auf der anderen Seite der alte Umschlagbahnhof, die Gleise und eine vierspurige Straße. Der Rest wurde von Bäumen überschattet, und hinter ihnen in der Ferne standen die Hochhäuser mit dem warmen Licht der gemütlichen Stuben. Aber er würde jetzt keine Memme sein, nicht dass sich Venca noch über ihn lustig machte. Lieber würde er sich mit ihm zudröhnen und beweisen, dass er Mumm hatte. Er würde es dieser ganzen beschissenen, stumpfsinnigen Gesellschaft, die rumblökte wie eine Schafherde, so richtig zeigen.
– Vergiss es, wir durchkämmen das hier ein anderes Mal. Lass uns

lieber was kiffen, schlug er vor und ließ den älteren Kumpel vor dem Zugang zum Stellwerk stehen. Er selbst marschierte entschlossen zum Anbau, dessen Eingang in die Dunkelheit stierte wie der Höllenschlund.

Aber dann erstarrte er plötzlich. Er hatte das Gefühl, dass sich ein Blick in seinen Rücken bohrte und unsichtbare Hände nach seinen Schultern griffen.

– Jemand hier glotzt uns nach, schrie er, und zeigte in Richtung Zaun.

– Scheiß dir nicht in die Hosen, Alter, das sind die Ziggies, die kürzen da den Weg ab, die kommen nicht hierher, beruhigte ihn der erfahrene Venca. Die Schatten von drei Personen verschwanden schnell hinter dem Bahnhofsgebäude und kamen erst wieder im Gleisbett zum Vorschein, eilten über den Weg und verloren sich im Eingang des Wohnheims. Die Jungs beobachteten sie.

– Los, mach schon, verziehen wir uns nach drinnen, gleich ist es stockduster.

Sie zündeten sich eine selbst gedrehte Zigarette an und rauchten in langen Zügen. Der bekannte Marihuanaduft umwaberte sie, und beide beruhigten sich. Abwechselnd sogen sie den Rauch ein und genossen ihn lange. Zum Schluss standen sie da wie zwei Spießer, die auf den Bus zur Frühschicht warten. Vor ihnen lag ein bequemes Plätzchen, wo sie sich bald verkriechen, sich einen Schuss setzen und zum Mars katapultieren würden. Das war schließlich der Grund, warum sie hier waren. Tonys Kumpel schleppte jeden Frischling hierher. Das war der beste Ort für das Initiationsritual eines Junkie-Lehrjungen, die erste Begegnung mit der Realität des Lebens auf der Straße.

Inzwischen war es fast dunkel. Sie warfen die Kippe weg, den kleinen Rest, den man nicht mehr in den Fingern halten konnte. Sie hatten sich die Lippen verbrannt.

– Na los, sagte der Ältere wie zu sich selbst, trat in die Dunkelheit und steuerte die Ecke an, wo immer eine Matratze lag. Man konnte bequem auf ihr sitzen und letztlich auch schlafen, wenn man sich nur ordentlich mit der Jacke zudeckte und eins wurde mit der Wand daneben. Hinter sich hörte er die unsicheren Schritte des jüngeren Freundes.

Es war so finster, dass man die Hand vor Augen kaum sehen konnte. Zwischen den Wänden des Anbaus hing ein komischer Gestank, von dem Tony ganz übel wurde. Eine merkwürdige, sterile Mischung aus irgendwelchen Chemikalien. Ihm war klar, dass dieser Ort die legendäre Butze aller Sniffer und Junkies aus der ganzen weiten Umgebung war. Aus dem Augenwinkel linste er nach seinem Kumpel, ob der Chemiegestank auch ihm etwas ausmachen würde, aber der sah so aus, als sei alles normal. Tony schwor sich, kein beschissenes Weichei zu sein. Eine Zeit lang standen sie nur so herum und warteten, bis sich ihre Augen an die Dunkelheit gewöhnt hatten. Nach einer Weile konnten beide einen schimmernden Abfallhaufen in der Ecke erkennen und den Schatten eines alten Fahrrads.

Plötzlich erstarrten sie. Auf der rechten Seite zeichnete sich undeutlich der starre Umriss einer Gestalt ab, sie waren sich jedoch nicht sicher, ob das vielleicht nur eine Ausgeburt ihrer Phantasie war. Eine unangenehme Hallu, verursacht vom Dope. Beide schwiegen und überlegten das Gleiche. Ihre Gehirne hatten sich in dem Moment festgefahren, und man konnte nichts tun. Venca kicherte stumpfsinnig. Vielleicht, um das unangenehme Gespenst zu verscheuchen, das da vor ihm aufgetaucht war. Aber alles blieb unverändert. Der gespenstische Umriss stand weiter vor ihnen in der Dunkelheit. Sie blinzelten wie erschrockene Feldmäuse, die gerade aus dem Boden hervorgepflügt worden waren, und wagten nicht, sich zu rühren. Mein Gott, was hatten sie da für ein Schweinszeug gequalmt, ging es ihnen durch den Kopf. Die undeutlichen Umrisse wurden dunkler und nahmen klarere Konturen an, bis es schließlich keinen Zweifel mehr gab, dass es ein Mann war, der da vor ihnen stand. Sie hatten Angst, dass der Unbekannte sie am Schlafittchen packen und gegen die Wand schleudern könnte. Aber das Phantom bewegte sich nicht. Es sagte nichts, gab keinen Laut von sich. Es stand da wie ein Denkmal und schien riesig zu sein. Für einen Menschen war es vielleicht sogar zu groß.

Während sie nur vorsichtig auftraten und blind auf den Eingang zutappten, knirschte unter ihren Füßen der Müll. Venca tastete nach dem Feuerzeug in seiner Hosentasche. Das alles spielte sich innerhalb weniger Augenblicke ab, blitzte nur in einzelnen Bildern auf, dass es fast unwirklich schien, bis die Flamme des Feuerzeugs aufleuchtete.

– Scheiße, verdammte, hier ist jemand, hörte Tony Vencas gepresste Stimme. Ja, das war ihm auch klar, aber er hatte Angst, etwas zu sagen. Eigentlich war er auch gar nicht in der Lage dazu, er konnte nur stumm die Lippen bewegen, so sehr fürchtete er sich vor dem Unbekannten. In dieser Finsternis erkannte er nur den bedrohlichen Schatten von etwas Unbeweglichem und Monströsem. Der Typ schien unmenschlich groß zu sein. Warum zum Teufel sagte er nichts? Wenigstens irgendetwas.

– Heh?, rief sein Kumpel vorsichtig in Richtung des Unbekannten. Nichts. Stille. Der merkwürdige Schatten stand wie festgeklebt, gab keinen Laut von sich. Die Jungen wichen ein Stück zurück und starrten in die Finsternis. Im Schein der flackernden Lichtflamme bestand kein Zweifel mehr, dass es sich um die Gestalt eines Mannes handelte. Sie hatten jedoch Angst, näherzutreten. Die ungewöhnliche Stille war ihnen unheimlich. Sie hörten nur ihren eigenen Atem, schnell und flach.

Ohne zu bemerken, dass sie mittlerweile wieder am Eingang standen, hielten sie gut zwei Meter Sicherheitsabstand zu dem Mann. Jeder Unbekannte, der in einer Ecke dieses Stellwerks lauerte, war eine potenzielle Gefahr. Das war beiden Jungs klar.
– Scheiße, ich verpiss mich, zischte Tony und wollte sich schnell aus dem Staub machen. Aber sein Kumpel hielt ihn am Oberarm fest und schnaubte auf. Er hatte Angst, sich zu bewegen, und wartete ab, was der Typ tun würde. Sie standen sich gegenüber, aber keiner machte einen Mucks.
Ihr Gegenüber rührte sich nicht, atmete vielleicht nicht einmal. Der Typ gab kein Geräusch von sich, keinen Laut, keinen Atemzug. Erst jetzt in der absoluten Stille und nach mehreren Sekunden, die länger schienen als ein ganzer Tag, wurde den beiden bewusst, dass der Gestank von dem Mann ausging. Ein intensiver, chemischer, dabei irgendwie muffiger Geruch. So wie er im Krankenhaus, in einem Leichenhaus, einem Seziersaal herrschen könnte, aber nicht hier. Von wegen Sniffer. Es war dieses Monster hier, das die Luft verpestete. Venca nahm all seinen Mut zusammen, ging in den Anbau und trat bis auf einen Schritt an den Schatten des Mannes heran. Als er erneut das Feuerzeug klicken ließ, wurde ihm flau im Magen. Im Schein der Flamme sah er seltsame Augen, stumpf, leblos und starr. Einen ordentlich gezogenen Scheitel und ein bleiches, starres Gesicht wie das einer Schaufensterpuppe. Es hatte einen verkrampften Ausdruck, war eine deformierte Grimasse, unheimlich und abstoßend. Der nackte Körper war reglos und steif, ein erstarrtes Lebewesen, wie eine Jagdtrophäe aus einer Vitrine. Keine Puppe, sondern ein merkwürdiger Zombie. Wenn sich das Monster jetzt bewegte, würden sich die beiden in die Hosen pinkeln oder vielleicht noch schlimmer.
Es dauerte eine Weile, bis das Gehirn ein Signal in die unteren Extremitäten gesandt hatte. Sobald das geschehen war, stürmten die Jungs

los. Erst ein paar Meter vor der Straßenbahnhaltestelle machten sie halt. Dort stand eine kleine Menschenansammlung und ahnte nicht, dass sich nur wenige Meter von ihnen entfernt eine Leiche befand.

1.

Pavel zitterte wie Espenlaub. Er brauchte unbedingt eine Kippe, hatte aber keinen Heller mehr. Die letzte Fluppe, die er gefunden hatte, war schon aufgeraucht, und hier unter dieser Bank lag wie zum Trotz keine einzige herum. Er schlotterte vor Kälte. Die kalten Abende ließen ahnen, dass der Sommer vorbei war. Unter der Jeansjacke trug er nur ein T-Shirt, das er seit mehreren Tagen nicht mehr gewechselt hatte.

Er zog ein altes klappriges Handy, das er von seiner Schwester geerbt hatte, aus der Hosentasche und versuchte, dem Gerät wenigstens eine SMS abzuringen.

Das Guthaben ist aufgebraucht, blinkte das grünliche Display ihm entgegen. Pavel fluchte und schob die Hände unter die Achseln, um sich zu wärmen.

Die Plattenbauten versanken langsam im Abendlicht, in der Nähe spazierten nur ein paar Leute mit Hunden herum und schenkten ihm keine Beachtung. Es war zu kalt, als dass jemand sich länger hier draußen aufhalten und darüber nachdenken würde, warum diese Jammergestalt dort schon eine Stunde lang nur so auf der Bank saß.

Er war wütend auf sich. Obwohl er bald dreißig wurde, zitterte er vor seinem Alten noch immer wie ein kleines Kind. Er hatte dem Vater versprochen, sich einen Job zu suchen, aber bisher war ihm nichts Vernünftiges untergekommen. Deshalb hatte er sich seit fast einem Monat nicht mehr zu Hause blicken lassen. Er schlief bei Kumpels, im Park, bei Erik … Aber sein Alter hatte recht. Er war ein bekloppter Versager, der sich von seiner Schwester aushalten ließ. Andere Kerle in seinem Alter hatten schon ihre eigene Bude, eine Karre und zwei Bälger. Und er hatte nicht mal einen vernünftigen Job. Er verstand nicht, wie es möglich war, dass sein Alter und seine Schwester wussten, wie man sich durchs Leben schlug, und nur er so eine Missgeburt war, die sich von einer Wand gegen die andere schleudern ließ. Jeden Job, den der Vater oder die Schwester ihm besorgten, jede Chance hatte er total vermasselt. Nirgendwo hatte er es ausgehalten und die Familie schließlich noch in Schwierigkeiten gebracht. Auch diesen Rockefeller hatte seine Schwester ihm zugeschanzt. Er war ein paarmal bei ihm gewesen. Hatte ihm eingeredet, dass er zweiundzwanzig sei, und ihm einen geblasen. In den Arsch ficken ließ er sich nicht, aber ihm einen zu blasen, war für Pavel halbwegs okay. Er war ja kein blutiger Anfänger mehr. Und der Typ zahlte gut. Pavel musste sich immer duschen und umziehen, die Klamotten konnte er dann behalten. Der Typ war so nervös und gespannt wie eine Saite. Er hatte ein bisschen Schiss vor dem, weil der immer so abweisend war. Gab Befehle wie auf dem Schlachtfeld und er führte sie aus, ohne mit der Wimper zu zucken. – Wenn jemand davon erfährt, lasse ich dich umbringen, verstehen wir uns? Er hatte nur genickt wie ein Esel. Wenn sein Alter davon erfuhr, würde er selbst es übernehmen, Pavel umzubringen.

Er stand von der Bank auf, die Kälte war nicht länger auszuhalten. Nicht weit von hier wohnte Erik, er könnte wieder bei ihm übernachten oder sich Geld leihen, das wäre nicht zum ersten Mal. Erik war ganz locker. Aber vielleicht auch etwas zu sehr, der ließ sich von jedem ans Bein pinkeln. So wie der wollte Pavel nicht enden, auch wenn er bereits auf dem besten Wege dahin war. Aber anders als Erik hatte er noch die Chance, etwas aus sich zu machen. Erik hatte ganze Jahrzehnte lang nur gesoffen bis zur völligen Abstumpfung, und obwohl er inzwischen weit über sechzig war, erlaubte er jedem, ihm in den Hintern zu treten. Pavel fühlte sich genauso wenig imstande, jemandem zu sagen, dass er ihn am Arsch lecken sollte. Auch jetzt saß er nur blöd herum, hatte die Fäuste geballt und erzählte sich selbst, was er seinem Alten sagen wollte. Den sollte er endlich in einem Altenheim vergammeln lassen, da gehörte der sowieso schon längst hin. Aber immer, wenn die Situation eskalierte, ließ er sich nur als missratenen Wichser beschimpfen.

Schließlich hielt er es nicht länger aus und stiefelte los zu Erik. Er schlängelte sich zwischen den Autos auf dem Parkplatz hindurch und steuerte auf den Zaun am Umschlagbahnhof zu. Dahinter wohnte Erik.

Im Erdgeschossfenster des Bahnstellwerks brannte Licht. Pavel tigerte hin und her, bevor er an die Tür klopfte. Ein Schlüssel knirschte im Schloss und Pavel wurde von gemütlichem Licht und Wärme überflutet, auch wenn sich von der Werkstatt an sich nicht gerade sagen ließ, dass sie gemütlich war. Ausgestopfte Hunde und Katzen, steife Tiere, die den Anschein erwecken sollten, noch immer putzig zu sein, glotzten ihm aus den Regalen entgegen. Erik bat ihn herein, aber Pavel zögerte plötzlich weiterzugehen, er konnte sehen, dass Erik mit etwas beschäftigt war. Und er fand es eklig, die abgezogene Haut irgend so eines Wiesels anzustarren, das Erik gerade in der Mangel hatte.

– Erik, ich muss mir zwei Hunderter von dir leihen. Morgen kriegste sie zurück, ich schwörs dir.

Ohne langes Gerede zog Erik seine Geldbörse heraus und gab sie Pavel, damit er sich selbst nehmen konnte, was er brauchte. Erik wusste, dass er ihm das Geld nicht zurückgeben würde, aber es war ihm egal. Er mochte ihn, Pavel war schlau, ein Profi im Mariáš, er hatte nur das Pech, in einer Familie geboren zu sein, wo der Vater ein despotischer Schinder war. Pavel hatte es nicht leicht. Erik hing nicht am Geld. Es war nur Staub, der schnell verwehte; ein nicht zurückgezahltes Darlehen hier und da machte ihm deshalb nichts aus. Anders als Pavel fehlte es ihm eigentlich an nichts.

Erst hielt Pavel einen Zweihundertkronenschein zwischen den Fingern, aber nach kurzem Zögern griff er sich einen Fünfhunderter.

– Ich gebs echt zurück, brabbelte er, aber beiden war klar, dass das nur leeres Gerede war. Erik winkte ab.

– Haste vielleicht auch noch ne Kippe? Bittend schaute er Erik an.

– N-n-nimm dir die g-ganze, stotterte Erik und reichte ihm eine Schachtel *Start*, in der noch zehn Zigaretten waren. Pavel zog drei heraus und gab ihm den Rest zurück.

– Nein, Erik, das reicht mir, echt, danke. Bist n wirklicher Kumpel.

Er wankte zurück und wich aus der Tür, um möglichst schnell zu verschwinden. Um ein Nachtquartier zu bitten, traute er sich nicht. Außerdem war es ihm peinlich, dass er schon wieder herumbettelte. So bestätigte er nur aufs Neue die Worte seines Vaters, dass er ein nutzloser Parasit sei. Irgendwann würde er dem Alten endlich beweisen, dass er was draufhatte, er hatte nur noch nicht den richtigen Job gefunden.

Erik hielt ihn zurück.

– Ich hab was für d-dich. Komm mal mit.

Sie stiegen die Treppe ins Obergeschoss hoch, wo Eriks Wohnung war, vollgestellt mit lauter Krempel. Er zeigte in die Ecke, wo ein Computer stand.

– D-den hab ich neben einer M-mülltonne gefunden. D-der sieht g-gut aus, oder?

Erik hatte keine Ahnung von Computern, aber Pavel hatte an der Berufsschule ein bisschen was mitgekriegt, bevor sie ihn endgültig rausgeschmissen hatten, weil er dort maximal montags und mittwochs erschienen war. So stand Pavel am Ende nur mit einem Lehrbrief da, auf das Abi hatte er verzichtet. Aber Computer interessierten ihn.

– Hm, hast du schon versucht, ihn anzuschalten? Er betrachtete das Gerät mit Kennermiene, nachdem er das Gehäuse aufgeklappt hatte.

– Ich h-hab auf dich ge-gewartet, bekannte Erik, der immer mal wieder etwas von Wert heranschleppte. Ein Handy, einen Computer oder ein Küchengerät. Es tat ihm leid, die Sachen einfach so an den Mülltonnen liegen zu lassen. Mit der Zeit hatte er einen ganzen Haufen unnützen Zeugs zusammengetragen, das sich in seinem Wohnzimmer stapelte. Vieles davon konnte Pavel reparieren und dann für ein paar Mäuse verkaufen.

– Das wird was! Pavel nickte fachmännisch. – Ich bringe einen Lötkolben mit, dann kriegen wir das wieder hin. Mann, mit meinem Alten hab ich mich wieder in die Wolle gekriegt, der ist jetzt irgendwie stinkig auf mich. Ich muss den eine Weile schmoren lassen, sagte Pavel, der nicht zugeben wollte, dass er sich mit seinem Vater beinahe wieder geprügelt hätte.

Er winkte kurz zur Verabschiedung und lief dann hinaus in die Dunkelheit. Am ersten Kiosk kaufte er sich eine ganze Schachtel Zigaretten und lud sein Handyguthaben auf. Dann tippte er eine kurze Antwort auf die SMS, die gestern gekommen war.

Ich kann heute um neun oder morgen um fünf.

Er hatte nicht mal bis zehn gezählt, schon war die Antwort da.

Heute am üblichen Ort.

Pavel verzog das Gesicht. Geiler Bock … Aber wenigstens hätte er ein paar Tage Kohle für was zu Beißen und für Alk. Hauptsache, er würde nicht wieder schwach werden und die ganze Kohle in den Spielautomaten werfen wie beim letzten Mal. Er sprang schnell in eine Straßenbahn, wo er sich etwas aufwärmen konnte. Nach einer Fahrt quer durch die ganze Stadt kam er an dem feudalen Sitz einer Bau- und Maklergesellschaft an, wo um diese Zeit keiner mehr war, nur noch der Eigentümer. Pavel klingelte ihn mit dem Handy an. Ein paar Sekunden später hörte er den Türöffner. Er lief durch den leeren Empfangsbereich und den bekannten Flur, dann stieg er die Treppe ins Dachgeschoss hoch. Dort hatte der Eigentümer sein privates Arbeitszimmer mit einer kleinen Küche, nur wenige Personen hatten hier Zutritt. Es war viel kleiner als sein Büro und lange nicht so protzig eingerichtet. Die Wände waren mit dunklem Holz getäfelt, in dem sich eine unauffällige Tür zu einem kleinen Zimmer befand. Das diente als Kämmerchen für ein- und mehrmalige Geliebte beiderlei Geschlechts. Ein ganz raffiniertes *Kuschelkabinett.* Dort dominierte ein großes Bett, dahinter waren ein Kleiderschrank und links ein Miniatur-Badezimmer. Pavel stellte sich vor, dass Hotelzimmer etwa so aussehen müssten. Gegenüber vom Bett hingen ein großer Fernseher und ein DVD-Player, außerdem ein Wandregal voller Hardcore-Pornos.
Der Mann musterte ihn von oben bis unten, dann nickte er in Richtung Bad. Pavel nahm wahr, wie er etwas in seinem Kalender

notierte, ein strenger Blick jedoch reichte und schon setzte er sich in Bewegung. Die beiden sprachen nie viel. Pavel hätte auch gar nicht gewusst, worüber er sich mit dem Typen unterhalten sollte. Für beide war sowieso alles glasklar. Am Anfang sagte der Kerl immer nur, was er wollte, und weitere Worte waren überflüssig. Zum Schluss schob er die vereinbarte Kohle rüber und der Handel war abgeschlossen.

Pavel zog seine Klamotten aus, sie stanken nach Schweiß und nach Kneipe. Auf dem Wannenrand lagen ein sauberes Handtuch, eine Zahnbürste und Zahnpasta, außerdem ein T-Shirt und Unterwäsche.

Er sah sich in dem Bad um. *Heute bin ich zum letzten Mal hier. Den ganzen Scheiß hier muss ich mir doch nicht antun.* Auf einem Board unter dem Waschbecken stand ein Flakon mit Damenparfüm. Pavel schnupperte daran und stellte es wieder zurück. Außer dem Parfüm gab es im Bad jedoch nichts von Wert.

Er hörte, wie hinter der Badezimmertür ein Telefon klingelte und öffnete sie einen Spalt, um mitzubekommen, was draußen vor sich ging. Pavel wusste nicht warum, aber aus irgendeinem Grund wollte er nicht den Überblick verlieren. Er konnte spüren, dass der Typ heute nervöser war als sonst. Erst nach mehrmaligem Klingeln nahm er ab und sprach dann eine Weile mit jemandem. Er gab kurze, abgehackte Befehle und seine Stimme klang gereizt. Während des Gesprächs warf er eine Pille ein und spülte mit Wasser nach. Er hatte wohl Kopfschmerzen. Mit der Hand massierte er sich die Stirn und die Schläfen. Im Zimmer waren seine Schritte zu hören, wie er auf und ab ging.

Pavel schloss leise die Tür und glitt unter die Dusche. Er ließ den heißen Wasserschwall über sich laufen und zögerte den Augenblick heraus, wann er wieder herauskommen müsste. Am liebsten wäre er dort stehen geblieben, bis er sich auflösen und durch den Abfluss wegfließen würde, irgendwohin in die Kanalisation, wo er sowieso hingehörte. Das Glas beschlug und nach einer Weile hörte er, wie jemand laut gegen die Tür schlug. Das Signal, dass er zu lange duschte. Er erschrak. Sofort drehte er die Wasserhähne zu, trocknete sich ab und ging nur in Boxershorts in den Raum, wo der Typ, noch immer bekleidet, hinter einem kleinen Tisch saß und etwas ins Telefon tippte. Er hob den Blick über den Rand seiner Brille.

– Setz dich, zieh dir die aus … Mit einer Handbewegung bedeutete er, dass Pavel sich die Boxershorts ausziehen sollte. Direkt vor seinem Schreibtisch war ein Stuhl vorbereitet. Er kam sich vor wie bei einem Verhör, mit dem Unterschied, dass er hier nackt war. Der Kerl lehnte sich in den Sessel zurück, setzte die Brille ab und sah Pavel unverwandt an.

– Du holst dir erst mal einen runter, und dann bläst du mir einen, sagte er ganz mechanisch, so als würde er gerade einen Wodka an der Bar ordern. Pavel hatte kalte und schwitzige Hände. Er spürte, dass sein Penis schlaff war und er Probleme haben würde, irgendetwas daran zu ändern. Er war nervös und wütend. Routiniert begann er seinen Schwanz zu reiben, schaffte es aber nicht, ihn steif zu kriegen. Der Typ beobachtete ihn eine Zeit lang. Er sah nicht so aus, als sei er zufrieden. Er glotzte ihn an wie einen Fernseher, eine Minute vor dem Einschlafen. Pavel schwitzte und rieb sein Glied immer weiter, bis es zu schmerzen begann. Das führte doch nirgendwohin. Er verstand nicht, was dieser Perversling nur daran fand. Das Telefon klingelte und Pavel atmete auf. Er wurde etwas langsamer, aber der Typ gab ihm mit einer Handbewegung zu verstehen, dass er gefälligst nicht Däumchen drehen sollte. Er war für den anderen eine Ware, für die dieser bezahlte. Innerlich kochte

Pavel vor Wut, er fühlte sich so erniedrigt, dass er gleich losheulen könnte. Der Typ telefonierte mit einer Hand und steckte sich die andere in die Hose. Er musterte Pavel. Dann beendete er schnell das Gespräch.

– Komm her, bellte er unverhofft, sodass Pavel hochsprang. Der Typ drückte Pavels Kopf unter den Tisch. Die ganze Zeit über, in der Pavel ihn befriedigen musste, hielt er seinen Kopf fest gepackt. Pavel bekam keine Luft und ihm war übel. Der Typ begann zu stöhnen, seine Spannung löste sich und er presste Pavels Kopf nicht länger wie ein Schraubstock. Ein fetter Samenerguss, dem er gerade so ausweichen konnte, beendete Pavels Leiden.

Jeder Besuch bei diesem geilen Schwein war eklig, aber heute spürte Pavel, wie er sich selbst anwiderte. Er hatte gedacht, dass er sich daran gewöhnen würde, stattdessen wurde es immer schlimmer. Es war der Typ, der sich daran gewöhnt hatte, und der benahm sich immer mehr so, als sei Pavel ein Gegenstand. Pavel war für ihn nichts weiter als ein wertloser Stricher.

– Geh dich abspülen, wir sind noch nicht fertig, ächzte er, und Pavel verschwand im Bad, wo er unendlich lange Wasser in seinen Mund fließen ließ. Er tat Zahncreme auf seinen Finger und putzte sich die Zähne, wurde den widerlichen Nachgeschmack aber nicht los. Die Zahnbürste ließ er unangetastet auf dem Wannenrand liegen. Das war seine kleine Geste des Widerstands, damit der Typ kapierte, dass nicht alles so sein würde, wie er es diktierte. Wenn der sich vor dem Jungen von der Straße so ekelte, dann sollte er sich doch ein anderes Opfer suchen, am besten gleich eines, das für ihn ein Vollbad in Desinfektionsmittel nahm. Einen Moment später hörte Pavel, wie das Telefon erneut klingelte, es folgte ein Türenschlagen. Der Herr Unternehmer hatte heute ja keine ruhige Minute. Wahrscheinlich war er darum so nervös und gereizt.

Pavel warf sich schnell seine Klamotten über. Er öffnete die Badtür einen Spalt und schaute sich im Zimmer um, das leer war. Auch im Arbeitszimmer schien keiner zu sein. Vorsichtig machte er auch die Tür zum Flur auf, aber er sah nirgends Licht, die Stimme des Typen konnte er aus einem Büro nebenan hören. In seinem herrischen und gereizten Tonfall antwortete er auf irgendetwas. Pavel spürte, dass der Kerl müde und ziemlich wütend war und er ihm als Befriedigungsautomat dienen sollte, damit sich der Typ abreagieren konnte von seiner stressigen Arbeit. Aber der Besuch heute hatte sich wohl nicht so entwickelt, wie der Typ sich erhofft hatte. Offenbar wollte er auch nicht, dass Pavel oder irgendjemand anderes etwas von dem Gespräch mitbekam. Normalerweise nahm er in Pavels Anwesenheit kein Blatt vor den Mund oder ignorierte das Telefon einfach. Heute war er aus dem Arbeitszimmer geflüchtet, um sich absolute Privatsphäre zu sichern, und hatte seinen besonderen Gast ganz sich selbst überlassen.

Pavel beschloss, dass es am besten wäre, so schnell wie möglich abzuhauen. Er schaute sich in dem verlassenen Arbeitszimmer um. Auf dem Tisch verstreut lagen Papiere. Er hatte nicht die Absicht, den Bittner jemals wiederzusehen. Bevor er die Flucht antrat, kramte er schnell die Schreibtischschubladen durch, in denen er Schlüssel, zwei teure Sonnenbrillen, ein Deo, irgendein Etui und eine Uhr mit dem Monogramm MB fand. Er steckte alles in seine Jackentasche, und bevor er aus der Tür stürmte, durchsuchte er noch schnell die Taschen des Jacketts, das an einem Kleiderständer hinter der Tür hing. Er fischte ein Portemonnaie heraus und steckte es unter sein T-Shirt. Sein Herz schlug bis zum Hals. Er ließ alle Türen offen und lief die Treppen zum Ausgang hinunter. Um keine Geräusche zu machen, trug er seine Schuhe in der Hand. Er spürte seinen Pulsschlag und wie das Blut in seinen Schläfen pochte. Immer zwei Stufen auf einmal nehmend, lief er ins Erdgeschoss, wo er den rettenden Ausgang erblickte. Aber die Glastür war zugeschlossen. Verzweifelt, so als würde es brennen, rüttelte er an der Klinke, aber die Tür gab nicht nach.

Langsam wurde er panisch, er hätte losheulen können. Plötzlich fiel ein Lichtschein in den Flur. Dann hörte er Schritte, die über die Treppe näher kamen. Er hetzte in den Flur zurück und suchte kurz Zuflucht im Schatten der Treppe. Die Gedanken jagten nur so durch seinen Kopf und unwillkürlich begann er vor lauter Stress zu hecheln.

Am Ende des Flurs erkannte er eine Tür mit dem Symbol eines pinkelnden Männchens. Voller Hoffnung steuerte er darauf zu. Er stieß die Tür auf und ihm gegenüber im Dunkeln schimmerte ein rettendes Fenster. Geschickt hing er es aus, schwang sich hoch und versuchte, mit den Füßen voran herauszuklettern. Er schnaufte und die vollen Hosentaschen behinderten ihn in seinen Bewegungen. Trotzdem dankte er Gott für seine noch immer jungenhaft schmale Figur. Dann hörte er eine Stimme, die nach ihm rief. Mit angespannten Muskeln zwängte er sich durch das kleine Fenster. Er landete auf dem Rücken und musste nach Luft ringen. Mechanisch sprang er auf und rannte los in die Dunkelheit, direkt in Richtung Straßenbahnhaltestelle, die er schon sehen konnte.

Ihn würde keiner verfolgen. Der Rockefeller würde keinen Skandal riskieren und sich keine unnötigen Probleme aufhalsen wollen. Er war schließlich ein anständiger, unbescholtener Bürger, dessen Gesicht einem aus Zeitungsanzeigen entgegengrinste. Auf der Handfläche balancierte er ein kleines Häuschen, das er anderen Geldsäcken zum Verkauf anbot. Dafür bürgte er mit seiner eigenen Fresse.

Pavel lief bis zur nächsten Haltestelle, erst da kam er wieder zu Atem. Er sprang in die erste Straßenbahn, die auf der Mittelinsel anhielt. Als er das Portemonnaie hervorzog, fand er knapp tausendfünfhundert Kronen darin. Für die Uhr könnte er auch den einen oder anderen Tausender kriegen, und den Rest der Sachen würde er später verticken oder vielleicht könnte er sie ja auch mal selber gebrauchen.

II.

Pavel schleppte einen vollen Rucksack mit Essen, und schon als er die Haustür aufschloss, hörte er, wie der Vater auf den Fernseher einschimpfte.

– Dreh dich doch in den Bankrott, du Penner!, schallte es durch das Treppenhaus, sogar durch die geschlossene Wohnungstür. Zum Glück wohnten im Haus nur ein paar Rentner, die an die Ergüsse des Vaters und anderen Krach gewöhnt waren. Das Haus grenzte an eine Kneipe, von der vor allem im Sommer bis tief in die Nacht Lärm und die Stimmen der Betrunkenen hinüberhallten. Diejenigen, die das gestörte hatte, waren schon längst weggezogen.

Als Pavel die Wohnung betrat, drehte sich der Vater nicht einmal um. Er stierte in den Fernseher, in dem ein Mann das Glücksrad in Schwung brachte. Die Luft in der Wohnung war abgestanden und muffig, es roch nach Alter und Krankheit. Pavel erwähnte das dem Vater gegenüber nicht, öffnete aber auch nicht das Fenster. Er wollte ihn nicht reizen, denn es schien so, als ob er in guter Stimmung war, und das kam nicht oft vor. Der Vater hatte Pavel begnadigt und ihn nach einem Monat wieder bei sich wohnen lassen, weil er sich endlich einen Job auf dem Schrotthof gesucht hatte. Aber wenn er keine Miete zahlte, würde er ihn wieder rauswerfen.

– Haste Wurst mitgebracht?, fragte er Pavel, ohne seinen Blick von der Mattscheibe zu lösen. Nee, die Wurst hatte er vergessen, was nun? Pavel wurde panisch.

– Ja, ja, log er. Er schlich ins Bad und tippte die Nummer seiner Schwester ins Handy.

– Sister, hol Wurst ein und tritt beim Alten an! Aber mach hinne, sonst krieg ich hier Stress, nuschelte er hastig und kontrollierte aus dem Augenwinkel, dass der Vater ihn nicht sehen oder hören konnte. Aber der Fernseher dröhnte und der Vater amüsierte sich, weil das arme Würstchen in der „Glücksrad"-Sendung wirklich seinen Bankrott herbeigedreht hatte.

Seine Schwester hatte keine solche Heidenangst vor dem Vater, Pavel allerdings schon. Er war es ja auch, der immer die Prügel bekam. Gegen seine Tochter hob der Vater selten die Hand. Sie war ein Wunschkind und dazu gewieft, was ihr eine Art natürlichen Respekt einbrachte. Pavel jedoch erfüllte die Vorstellungen des Vaters von einem richtigen Sohnemann nicht, und das ließ ihn der Vater seit seiner Kindheit auch spüren. Dabei hatte Pavel in letzter Zeit manchmal das Gefühl, dass der Vater auch ihn ein wenig schätzte. Gott, was würde er dafür geben.

– War Šarina gar nicht hier?

Der Vater bedeutete mit einer Handbewegung, dass Pavel ihn nicht stören sollte. Der Mann im Fernsehen hatte gerade eine Menge Geld verloren und der Vater weidete sich am Anblick des Spielers, dem das Glück zwischen den Fingern zerronnen war.

Pavel packte den Einkauf aus und stopfte die Lebensmittel in den Kühlschrank. In der Spüle stapelte sich das Geschirr. Was nicht in die Spüle hineingepasst hatte, stand mitsamt verschimmelten Essenresten auf dem Herd.

– Hat Šarina hier überhaupt mal sauber gemacht?, ärgerte Pavel sich, als er einen schimmeligen Käse aus dem Kühlschrank nahm und versuchte, ihn in den vollen Mülleimer zu stopfen.

– Komm schon, hilf mir!, brüllte der Vater, während er versuchte, aus dem Sessel hochzukommen. Pavel sprang herbei und zog den Vater hoch, der griff seinen Stock und stieß Pavel schnell weg, um ihm zu verstehen zu geben, dass er seine Hilfe so sehr nun auch wieder nicht brauchte.

– Die hat andere Sorgen als hier sauber zu machen. Du machst den ganzen Tag nichts anderes als Bockmist, da kannst du dich ja wohl auch mal um deinen Papa kümmern, oder etwa nicht?, brummte er. Pavel warf die alten Lebensmittel in eine Plastiktüte und ließ einen Strahl heißes Wasser über das Geschirr laufen. Der Vater schlurfte durch die Küche und guckte aus dem Fenster. Er war nicht rasiert und trug schmuddelige Kleidung. Offensichtlich hatte er die Wohnung seit Tagen nicht verlassen.

Nervös klopfte er mit dem Stock auf den Boden und stieß Schmatzlaute aus, wenn er seine dritten Zähne im Mund kreisen ließ.

– Ich hab mich bei Bekannten erkundigt, wie das mit einem Platz im Altersheim ist, machte Pavel einen vorsichtigen Versuch. Der Vater durchbohrte ihn mit einem wütenden Blick.

– Ich hab euch doch nicht dafür großgezogen, dass ihr mich in ein beschissenes Altenheim steckt. Das würde dir so passen, was? Die ganze Bude für dich allein. Pavel senkte den Blick. Er hatte die Nase voll von dem Terror seines Alten, von dem Gestank und den schmutzigen Klamotten, vom Schimmel und dem ganzen verfaulten Zeug. Der Vater kam schon lange nicht mehr allein zurecht in der Wohnung, den Abfall ließ er einfach auf den Boden fallen und langsam bekam er es nicht mal mehr hin, auf die Klospülung zu drücken. Für alles mussten Pavel und Šárka herhalten. Eigentlich eher Pavel, weil Šárka das Geld nach Hause brachte, das war ihre Aufgabe. Alles andere musste Pavel erledigen. Auch als ihre Mutter noch gelebt hatte, war es nicht sehr viel besser gewesen. In den letzten drei Jahren hatte sie nicht mehr die Kraft gehabt, sich um den Haushalt und um den Vater zu kümmern, und so hatten sie zusammen in der muffigen Wohnung voller Schmutz und Unordnung gelebt. Eines Tages wurde sie in die Onkologie gebracht, von dort war sie nicht mehr zurückgekehrt. Nur der Alte war wie Koschtschei der Unsterbliche. Fünfundsechzig Jahre auf dem Buckel, zwanzig Zigaretten und eine halbe Flasche Rum jeden Tag, und dennoch unverwüstlich. Nicht mal der Sensenmann wollte ihn haben, es war zum Verzweifeln. Für Pavel würden sich viele Probleme klären.

Aus dem Flur war das Klimpern eines Schlüssels zu hören. Šárka warf eine Packung Wurst auf den Tisch und setzte sich auf einen Stuhl. Pavel wehte ein starker Parfümduft entgegen.

– Mein Gott, was ist das hier für ein Gestank. Kannst du dem Papa nicht wenigstens mal das Fenster aufmachen?, fuhr sie Pavel an und öffnete es sperrangelweit.

Ihr aufgeblasenes Gehabe nervte ihn. Sie sprach mit ihnen beiden, als seien sie Abschaum, nur weil sie es hinkriegte, Geld ranzuschaffen. Egal, wie. Geld war nämlich das Einzige, wofür sie sich wirklich interessierte.

– Mach zu, es zieht!, bellte der Vater los. Sein Blick glitt zu der Wurstpackung.

– Hier stinkt es wie im Affenhaus. Šárka ließ das Fenster weit offen und der Vater protestierte nicht länger.

– Aber Pavel hat doch schon Wurst gekauft, oder nicht?

– Ich habs vergessen, druckste er. Ihn überkam wieder ein Anflug von Panik, er fürchtete einen Wutausbruch des Vaters, was zur Folge hatte, dass er in diesem Moment nicht glaubwürdig lügen konnte.

– Und ich hab dich ja bloß mehrmals daran erinnert. Du hast nur Mist in der Birne, und dann behauptest du noch, dass du sie gekauft hast, wo du sie doch gar nicht gekauft hast. Du bist ein Schisshase, ein Lügner und ein Schmarotzer. Der Vater wurde puterrot. Wegen der kleinsten Banalität konnte er völlig ausflippen, und niemand wusste im Voraus, was ihn diesmal in Rage versetzen würde.

– Na dann hat er eben die Wurst vergessen, mein Gott, ist doch nichts weiter passiert, nahm Šárka ihren Bruder halbherzig in Schutz. Sie war genervt von dem ewigen Herumgestreite. Achtlos schob sie dem Vater die Wurst hin, so wie man einem bissigen Hund einen Knochen hinwirft.

– Dir kanns ja egal sein, du wohnst nicht mit dem zusammen. Andauernd geht hier was schief. Schon zwei Mal hat er den Schlüssel verschlampt! Wenn hier jemand einbricht, dann ist das sein Werk. Und überhaupt, auch die fünfhundert Kronen, die weg sind, das war er, der die geklaut hat, brüllte der Vater Pavel an und spuckte dabei ein Stück von dem Brötchen aus, an dem er gerade kaute.

– Ich hab nichts genommen, verteidigte sich Pavel schwach.

Šárka schwieg und betrachtete ihre Strumpfhosen, ob sie nicht eine Laufmasche hatten. Solche Szenen hatte sie schon Hunderte Male erlebt. Das war nichts Neues. Wenn Pavel noch einmal den Mund aufmachte, würde der Vater ihn rauswerfen und Pavel würde aufstehen und wieder für eine Woche verschwinden. Dann würde er im Büßerhemd auf der Türschwelle erscheinen, was den Vater nur wieder in seiner Meinung bestärken würde, dass Pavel ein tota-

ler Schwächling sei. Und der Vater würde resignieren und Pavel wieder eine Weile bei sich wohnen lassen. Er tolerierte ihn, genau wie die Motten im Schrank und die Schaben in der Speisekammer. Auch wenn Pavel sie hundertmal bitten sollte, Šárka würde ihn nicht bei sich wohnen lassen. Sie wollte nicht, dass irgendjemand mitbekam, was für ein Loser ihr Bruder war. Die Familie konnte man sich eben nicht aussuchen, das war das größte Pech.
– Ihr könnt mich mal. Träge erhob sie sich, um zu gehen. Aber der Vater wollte nicht, dass sie fortging. Lieber beruhigte er sich wieder.
– Setz dich. Pavel, mach uns nen Kaffee!
Pavel bemerkte, dass Šárka ein teures Kleid trug und eine neue Handtasche hatte.
– Hat dir das dein Boyfriend gekauft? Er zeigte auf die Handtasche aus Krokodillederimitat.
– Kümmer dich gefälligst um deine eigenen Angelegenheiten, wies sie ihn zurecht.
– Gehst du noch mit dem? Mit diesem Geldsack?, fragte der Vater Šárka und goss ihnen beiden ein Glas Bier ein. Schwer zu sagen, wen er im Sinn hatte. Egal, ob sie zustimmte oder verneinte, beides wäre die Wahrheit. Pavel kochte einen Kaffee und begann, das seit mehreren Tagen nicht gespülte Geschirr abzuwaschen.
– Ein Kerl ist nur dann ein echter Kerl, wenn er weiß, wie man Kohle macht. Sonst ist er ein Scheißdreck.
– Ja, ja. Solche Weisheiten hatte sie schon oft gehört. Šárka fuhr sich mit der Hand durch das dichte Haar und gähnte laut. Bei ihrem Anblick musste der Vater an ihre Mutter denken. Sie hatte genauso schwarzes und dichtes Haar gehabt, das bis zu ihrer Taille wallte. Mandelaugen in der Farbe von Bitterschokolade. Von der Mutter hatte sie die zarte Haut geerbt, die auch ohne Sonne so gol-

dig war wie im Hochsommer. Niemand wusste, dass sie zur Hälfte Zigeunerin* war, jeder sah in ihr nur die exotische Schönheit mit dem wohlgeformten Körper.

Pavel ähnelte eher dem Vater. Unter seiner Mütze lugten borstige Haare hervor, die an rostige Drahtstifte erinnerten. Er hatte große und schreckhafte Augen wie ein kleiner Junge, obwohl er siebenundzwanzig war. Auch seine Barthaare wollten nie richtig sprießen, nur ein merkwürdiger, rötlicher Flaum. Als wäre er physisch nie erwachsen geworden. Deshalb würde nie jemand sein wahres Alter erraten.

In ihrer Familie hatte immer die Mutter das Sagen gehabt. Jetzt hatte Šárka ihren Platz eingenommen. Sie war genauso gewieft und verstand es, sich durchzusetzen im Leben. Das schätzte der Vater. Wie eine Katze konnte sie sich in jemandes Gunst schleichen und, falls es mal schlecht lief, auf allen vieren landen, sich die Wunden lecken und erneut angreifen, wenn nötig.

– Und auf die anderen solltest du scheißen. Sei nicht wie ein Aasgeier, so was kann sich rächen, sinnierte der Vater weiter.

– Ja, ja. Šárka zog eine angewiderte Miene. Auf die Ratschläge ihres Vaters konnte sie gut verzichten, auf den reichen Liebhaber jedoch nicht. Schließlich war er es, der die Handtasche und die neuen High Heels hatte springen lassen.

---

* Dem Verlag ist bewusst, dass der historische Begriff „Zigeunerin“ eine von Klischees überlagerte Fremdbezeichnung der Mehrheitsgesellschaft ist, die von den meisten Angehörigen der Minderheit als diskriminierend abgelehnt wird. Die Übersetzerin und der Verlag haben sich nach sorgsamer Abwägung gleichwohl dafür entschieden, den in der Originalfassung gebrauchten Begriff „cikánka“ für die deutsche Fassung mit „Zigeunerin“ zu übersetzen. Wir bitten insoweit unsere Leserinnen und Leser um Verständnis.

Pavel stellte vor Šárka und den Vater Tassen mit Kaffee hin, den er auf dem Weg von der Küchenzeile verkleckert hatte. Der Vater schmatzte angewidert und schlürfte am Kaffee. Dann zog er zischend die Luft ein, weil er sich die Lippen verbrannt hatte
– Heiß wie Hölle, fluchte er. Šárka schob den Kaffee voller Ekel von sich. Auf solchen billigen, türkisch gebrühten hatte sie keinen Appetit.
– Die wollen doch alle nur mal ordentlich bumsen und sich ausquatschen. Was ich mir immer für Gelaber anhören muss. Der eine ist genervt von seiner Alten, bei dem anderen gehen die Geschäfte den Bach runter, mit all dem Zeugs labern die mich voll. Andererseits, man weiß ja nie, wozu die Informationen mal gut sein können. Stimmt doch, Pavel, oder? Sie blinzelte ihrem Bruder zu, der in diesem Moment dachte, dass ihm das Herz stehen bleibt. Seine Schwester spielte mit ihm wie die Katze mit einer Maus. Klar, er musste sich auch eine Menge langweiliges Gelaber anhören. Nur ihm erzählte keiner etwas direkt, so wie der Šarina. Aber er bekam viele Telefongespräche mit.
Von seinen Nebenverdiensten bei dem Rockefeller durfte der Vater jedoch niemals Wind bekommen. Der würde ihn sonst totschlagen, und das wusste die Schwester ganz genau. So hatte sie ihn in der Hand und trieb schadenfroh ihre Spielchen mit ihm. Er war wütend auf sie. Glücklicherweise fand sie das bald schon langweilig und piesackte Pavel nicht länger. Sie ließ den Vater, der seine braune Brühe schlürfte, am Tisch sitzen und wandte sich dem Bruder zu, um ihm mit dem Geschirr zu helfen. Voller Hingabe polierte sie an ein und demselben Teller herum.
– Bist du vollkommen übergeschnappt, du Idiot? Wo hast du die Sachen von dem Bittner?
Pavel zuckte nur mit den Schultern.

– Einen Teil von dem Zeugs habe ich schon vertickt, gab er zu. Es hatte keinen Zweck, alles abzustreiten. Šárka kannte ihn gut und ahnte, dass diese Antwort kommen würde. Es war sonnenklar, dass er die Sachen verkauft hatte und das Geld schon längst durch die Eingeweide eines Spielautomaten gerutscht war.
– Dann sieh zu, dass du die Sachen zurückkriegst und das Geld auch. Der Bittner zahlt doch gut, ich verstehe nicht, warum du so einen Scheiß baust. Du bist ja total bekloppt, zischelte sie und achtete darauf, dass der Vater nichts von ihrem Gespräch mitbekam. Aber der saß schon wieder wie festgetackert vor seiner Glotze.
– Ich steh nicht auf Kerle und mich ekelt das.
– Ekel hin, Ekel her, du brauchst die Kohle, oder? Ich werde nicht für dich malochen gehen, bis ich tot umfalle. Ich kann mir auch eine andere Arbeit vorstellen, aber ich mache das hauptsächlich für dich, falls du das noch nicht mitgekriegt hast, also bring das ja wieder in Ordnung, sonst seht ihr von mir keinen Heller mehr, weder du noch das Alterchen. Und da kannst du einen drauf lassen, dass der ausflippt und dich wieder auf die Straße setzt. Das hatten wir ja schon eine ganze Weile nicht mehr …
Pavel wurde von Zorn gepackt. Er hatte keinen um Hilfe gebeten. Er brauchte nur Kohle für die blöden Automaten. Šárka guckte kurz nach dem Vater im Wohnzimmer, aber der war ganz in sein Bier und die Glotze versunken. Der Adamsapfel an seinem Greisenhals hüpfte auf und ab.
– Der Bittner will die Sachen zurückhaben, kapiert? Er war total sauer, ich musste mich echt ins Zeug legen, um ihn zu beruhigen.
Wortlos verschwand Pavel in seinem Zimmer. Kurz darauf war er zurück und übergab seiner Schwester eine kleine Plastiktüte.
– Was ist das? Bevor Pavel antworten konnte, hatte sie in die

Tüte geschaut, in der sich ein Herrendeo und ein Etui befanden. Sie öffnete es und darin lagen drei Spritzen. Šárka verzog das Gesicht.
– Das ist alles? Und was ist mit der Uhr?, zischelte sie.
– Den Rest habe ich schon vertickt. Ich brauchte die Kohle, fügte er hinzu, als würde ihn das irgendwie entschuldigen.
Sie schmiss das Geschirrtuch auf die Küchenzeile und sah auf ihre Dolce-&-Gabbana-Uhr, die sie von einem ihrer Liebhaber bekommen hatte. Dieser Besuch hier hatte sie echt auf die Palme gebracht. Der Bittner würde im Kreis springen vor Wut, sie hatte ihm versprochen, die Sachen zurückzubringen. Es machte keinen Sinn, noch länger hierzubleiben. Sie hatte getan, was nötig war, und mehr Zeit wollte sie nicht mit den beiden verbringen. Da erschien es ihr sinnvoller, im Park Tauben zu füttern, als länger in dieser stinkigen Küche herumzusitzen.
– Na, egal, ich muss los. Einen Kaffee trinke ich das nächste Mal.
Die unangerührte Tasse ließ sie auf dem Tisch stehen und verabschiedete sich eilig. Der Duft ihres teuren Parfüms blieb in der Küche zurück.

III.

Pavel saß am Tisch und nippte an seinem Bier. Die Männer würden erst in einer Stunde kommen, aber er wollte sich nicht auf der Straße herumtreiben, und zu Hause war es nicht mehr zum Aushalten. Sollte sich doch seine Sister um den Alten kümmern. Pavel starrte auf das Fußballspiel und qualmte eine Zigarette nach der anderen. Zigarettenrauch hing unter der Decke und aus dem

Aschenbecher quollen die Kippen. Der Wirt knallte ein weiteres Bier vor ihn hin und trug den überfüllten Aschenbecher fort. Nun fiel die Asche von der Zigarette auf die rote Tischdecke der Brauerei Ostravar und sengte kleine Löcher in sie hinein. Pavel war das egal, er konzentrierte sich auf den Elfmeter, als würde er ihn selbst schießen müssen.

Erik und zwei seiner Kumpane setzten sich zu ihm.

– Hast du die Karten?

– Ja, stieß er hervor, ohne den Blick vom Fernseher abzuwenden. Das Fußballspiel war schon lange vorbei. Pavel verfolgte gebannt eine Blondine, die von einem Duschgel schwärmte und es mit kreisenden Bewegungen auf ihrem glatten gebräunten Körper verteilte. Mit einer Fernbedienung peilte der Wirt das Fernsehgerät an, das Schwarz des Bildschirms weckte Pavel aus seiner Hypnose.

– Na dann gib aus, befahl der Professor und wischte die Asche von der Tischdecke. In der Tischmitte klimperten die hingeworfenen Münzen. Alle starrten in ihre Karten, schwiegen und tranken von ihrem Bier. Der Professor legte seine Karten ab.

– Pfff, atmete Kotrba erleichtert auf, als er den König und den Schellenunter erblickte. Der Professor strich das Geld ein. Erik starrte ins Leere und kümmerte sich nicht weiter um das Spiel. Zum Zeichen, dass er nicht wisse, was mit Erik los sei, zuckte Pavel nur mit den Schultern.

– Eh, Alter, was ist denn los mit dir?, dröhnte Kotrba.

Erik holte tief Luft und seufzte. Er nippte an seinem Bier und wischte sich nicht einmal den Schaum aus seinem Bart, wie es sonst seine Angewohnheit war.

– N-nichts, gib aus, i-ich nehme ab, brabbelte er anstelle einer Antwort.

Erik stotterte, deshalb sprach er langsam und auch nur mit Menschen, die er gut kannte. Wegen seines Stotterns hatte er als Kind Demütigungen und Hänseleien ertragen müssen.

Die nächste Runde taugte genauso wenig wie die davor.

– Mensch, Erik, mach doch mal was, das kann ja keiner mitansehen. Wenn du so weitermachst, verlierst du dein ganzes Geld. Pavel tat so, als würde er sich ernsthaft aufregen. Erik winkte nur unbestimmt ab.

– Ivo, bring uns noch eine Runde. Erik nickte dem Wirt zu. Kaum hatte der Wirt ein Glas mit einer goldig schimmernden Flüssigkeit vor ihm abgestellt, schon kippte er es hinunter, ohne mit den anderen anzustoßen.

– N-noch eine, befahl er, bevor der Alkohol sein Blut verdünnen konnte.

– Für mich nicht!, wehrte Kotrba ab, und der Professor gab mit einer Handbewegung zu verstehen, dass auch ihm ein Kurzer genügte. Sie beobachteten Erik. In so einer Stimmung hatten sie ihn noch nie gesehen, und dabei spielten sie schon seit mehr als fünf Jahren zusammen Karten.

– Erik, mach keinen Quatsch, sauf nicht so viel, redete Kotrba ihm gut zu.

Mit einer unauffälligen Handbewegung deutete Pavel an, dass die anderen Erik nicht mit Fragen quälen sollten. Er spielte sich als Eriks bester Freund auf, obwohl der Altersunterschied zwischen ihnen mehr als dreißig Jahre betrug. Manchmal verhielt er sich Erik gegenüber wie ein ergebenes Hündchen, ein anderes Mal wie ein besorgter Vater. Eriks Lider sanken langsam nach unten. Er spürte, wie sein ganzer Körper warm und seine Glieder schwer wurden. Sein Kopf jedoch ergab sich nicht. Er lehnte sich zurück.

– Jemand will meiner Kleinen was antun, entfuhr es ihm und für einen Moment verspürte er Erleichterung. Er hatte im Grunde keinen, dem er sich anvertrauen konnte.

– Wie kommst du denn darauf? Kotrba starrte ihn an.

Der Professor schaute drein, als hätte er etwas furchtbar Saures gegessen. Mit den persönlichen Problemen dieser Kerle, mit denen er Karten spielen ging, hatte er nichts am Hut. Der Mittwoch gehörte den Karten. Sonst nichts. Am Mittwoch war kein Platz für Psychoberatung oder fürs Saufen, für leeres Gewäsch oder sonstiges Gelaber. Es erschien ihm jedoch unanständig, einfach aufzustehen und zu gehen, auch wenn er sich keinen Deut für die Probleme interessierte, die sich hier abzeichneten. Es gehörte sich schließlich, ein wenig Mitgefühl zu zeigen.

Erik rieb sich das Gesicht, dass seine Bartstoppeln knisterten. Pavel hatte den Eindruck, dass Tränen in seinen Augen schimmerten. Er ließ seinen Blick zu den anderen hinüberschweifen.

– Ich dachte, du hast keinen Kontakt mehr zu deiner Tochter?, mischte sich unerwartet der Professor in die Debatte. In Wirklichkeit war der Professor gar kein Professor, aber alle nannten ihn so, weil er als Einziger von ihnen studiert hatte.

Kotrba kratzte sich seinen Bart. Alle wussten, dass Erik seine Tochter vielleicht zehnmal gesehen hatte, seit ihn seine Alte vor die Tür gesetzt hatte. Aber er war mächtig stolz auf sie und erzählte häufig von ihr. Sie jedoch hatte ihren Vater das letzte Mal vor acht Jahren treffen wollen und schämte sich für ihn, weil er ihrer Meinung nach geradezu wie ein Obdachloser lebte. Er wusch sich nicht, soff und hortete zu Hause Unmengen unnützen Krempels, den er von Müllkippen und aus Mülltonnen anschleppte. Manchmal sah sie ihn, wie er mit seinem Rucksack und riesigen Plastiktüten ziellos durch die Straßen irrte und Ausschau hielt nach seinen „Schätzen“, wie er selbst gerne sagte.

Nachdem ihm wegen seiner Sauferei die Stelle gekündigt worden war, kam er nie wieder richtig auf die Beine. Er verdiente etwas Geld als Tierpräparator, aber so wie er es anstellte, war das nicht gerade ein Handwerk mit goldenem Boden. Im Laufe der Jahre hatte er sich mit zahllosen Tierleichen umgeben und selbst immer mehr den ätzenden Geruch des Todes angenommen. Er präparierte vor allem die kleinen Lieblinge, die sich die Leute zu Hause hielten, aber auch Wildscheine und andere Jagdtrophäen. Viele Aufträge gab es zwar nicht, aber für ein bescheidenes Leben genügte es.

– Du, Erik, das ergibt keinen Sinn, was du da sagst, mischte sich Kotrba ein. – Warum sollte jemand gerade dir das erzählen? Damit würden die doch wohl direkt zu ihr gehen, oder nicht? Da will dir nur jemand einen Schreck einjagen, scheiß drauf. Er winkte ab. Erik ließ sich nicht davon beruhigen.

– Und dir kann das doch egal sein. Du gehst ihr doch total am Arsch vorbei, sinnierte Kotrba. Erik aber liebte seine Tochter. Sehr sogar, nur erzählte er das keinem.

Gestern Abend hatte ein Mann ihn angesprochen. Er hatte ihn überrascht, nur ein Stück von seinem Zuhause entfernt, genau dort, wo es am dunkelsten war. Der Kerl hatte ihm einen spitzen Gegenstand in den Rücken gebohrt und nicht erlaubt, dass er sich umdrehte und ihm in die Augen sah. Fast wäre ihm das Blut in den Adern geronnen, als eine heisere Stimme sich in seinem Nacken zu Wort meldete. – Du wirst was für mich erledigen, du Wichser, sonst mache ich dein durchtriebenes Frollein Tochter fertig, drohte er ihm. Offensichtlich ein Spiel höherer Mächte, von dem er nichts verstand. Das war klar. Seine Tochter war in der Politik zugange, ihr Mann war angeblich ein reicher Unternehmer. Erik konnte nicht einschätzen, was geschehen würde, wenn er den Auftrag des Unbekannten ablehnte. Aber er lehnte nicht ab, denn er hatte nichts zu verlieren und nur eine einzige Tochter, sie war der einzige Sinn seines Daseins, er musste sie beschützen, auch wenn er dafür den Rest seines Lebens hinter Gittern verfaulen sollte. Der Polizei würde er auch nichts sagen, mit denen hatte er keine guten Erfahrungen. Für die war er immer nur ein unglaubwürdiger Penner gewesen. Ein Spinner, dem man es mal ordentlich zeigen konnte.

Als Anteil an der Zeche warf Erik seine letzten paar Münzen auf den Tisch, dann stahl er sich grußlos davon. In diesem Augenblick sahen ihn die anderen das letzte Mal. Pavel lief ihm noch hinterher nach draußen, bedeutete etwas mit großen Gesten und schrieb ihm seine neue Telefonnummer auf ein Zigarettenpapier, für den Fall, dass Erik etwas brauchte.

– Was hast du vor?, zeigte er sich besorgt. Erik zuckte mit den Schultern, setzte eine abgewetzte Mütze auf und trat mit schlurfenden Schritten den Heimweg an. Pavel sah ihm noch eine Weile hinterher, bevor er zurückkehrte in das Lokal, zurück zu dem angefangenen Kartenspiel.

– Weißt du, was seine Tochter für eine ist?, fragte der Professor unvermittelt, damit das Gespräch nicht zum Stillstand kam.

Pavel zuckte nur die Schultern. Erik schwafelte viel von seiner Tochter, aber im Großen und Ganzen sagte er eigentlich nichts. Er prahlte damit, wie klug sie war und wie weit sie es gebracht hatte, aber wer weiß … Niemand von ihnen wusste auch nur, wie sie hieß. Von sich und seiner Familie hatte Erik im Grunde nie etwas Konkretes erzählt.

Libor Kotrba liebte Geheimnisse und Rätsel, und Erik stellte jetzt ein solches Rätsel dar. Er witterte die außergewöhnliche Chance, einer Sensation auf die Spur kommen zu können. Für den Anfang würde er herausfinden, wer Eriks Tochter eigentlich war. Ein biss-

chen Abwechslung für sein Rentnerdasein. Er warf einen Fünfzig-Kronen-Schein auf den Tisch und stand auf.
– Ich muss auch schon los. Also nächsten Mittwoch wieder. Eilig verabschiedete er sich und lief auf die Straße, Erik hinterher. Der Professor blieb allein mit Pavel zurück, mit dem er sich nichts zu sagen hatte. So trank er in aller Stille sein Bier aus, nickte dem Kellner zu und ging lieber nach Hause. Die heutige Runde war ein echter Reinfall gewesen. Von alldem bekam er ganz schlechte Laune.

IV.

Daniel Gavra hatte den ganzen Tag bei einer Besprechung verbracht. Es war zum Aus-der-Haut-Fahren. Draußen war ein herrlicher Oktobertag, ideal für ein Golftraining, und er musste mit einer Horde von Blödmännern, die nicht kapieren wollten, was er ihnen sagte, im Büro hocken. Es war vollkommen vergeblich und für Gavra verlorene Zeit. Überflüssiges Gelaber. Nichts davon würde wahr werden, das war ihm klar. Das Einzige, was in diesem Moment Sinn hatte, war ein kleiner runder Ball auf dem Green.
Mit einem lauten Klacken schloss er das Notebook.
– So, meine Herren, mehr kann ich nicht für Sie tun. Ich habe Ihnen gesagt, welche Möglichkeiten es gibt und was ich im Gegenzug von Ihnen benötige. In der nächsten Woche fahre ich nach Prag, dort könnte man auch Druck machen, aber ohne Ihre Hilfe … allein kann ich nichts ausrichten. Er hob resignierend die Arme, wie zum Zeichen, dass er sich schon in höchstem Maße für die Menschheit aufgeopfert hatte.

– Wenn Sie mit meinem Angebot einverstanden sind, treffen wir uns nächstes Mal lieber bei mir zu Hause. Ich habe einen erstklassigen, neun Jahre alten Portwein. Er zwinkerte und lächelte herzlich, griff sich nonchalant seine Tasche und verabschiedete sich mit einem festen Händedruck von allen. Gleich vor der Tür verschwand das Lächeln aus seinem Gesicht und seine Lippen erstarrten. Er verließ das Gebäude mit langen Schritten, achtlos ging er an der Sekretärin vorbei. Er war in Eile. Jede seiner Bewegungen war vollkommen kontrolliert und in einem Höchstmaß effektiv. All seine Energie dosierte er zielstrebig und präzise, nichts von dem, was er tat, war zufällig, sinnlos oder gar irrational.

Sein SUV piepste kurz auf. Ohne zu blinken, fuhr er los, in den Verkehr hinein. Mit der Sprachsteuerung wählte er eine Nummer.

– Jana, kann ich dich zu einem Abendessen entführen?, fragte er mit honigsüßer Stimme.

– Sorry, ich habe heute Besuch, antwortete eine Frauenstimme fest, fast unterkühlt. Er wusste, dass er es bei ihr langsam angehen musste. Sie war der Typ Frau, der nichts von plötzlichen Gefühlsausbrüchen hielt. Das war ihm zwar ganz recht, erschwerte allerdings die Situation. Er spürte, dass sie verstimmt war, und änderte seine Taktik.

– Der Besuch kann warten, ich muss mich mit dir beraten. Die Ampel schaltete auf Rot. Er trat aufs Gaspedal. Irgendein Idiot hupte.

– Das kann doch gar nicht sein, dass du einen Rat brauchst. Sie lachte kurz auf. – Ist das nicht wieder nur ein Trick von dir? Die Ausschreibung läuft noch, da sollten wir nicht zusammen gesehen werden.

– Ach komm. Bei mir zu Hause, flötete er und setzte ein herzliches Lächeln auf. Dann schlug er heftig das Lenkrad ein und fuhr hinüber in die linke Spur.

– Nein, lieber nicht.
– Jana, mach doch keinen Quatsch. Wir fahren zusammen in den Urlaub und jetzt solche Sperenzchen. Es weiß doch jeder, dass wir uns kennen.
– Na eben, seufzte sie.
Ehrlich wie die Jungfrau von Orleans. Sie hatte es geschafft, ihm komplett die Stimmung zu vermiesen. Er hatte gedacht, eine Verbündete im Magistrat zu haben, und sie machte hier einen auf Kämpferin für Gerechtigkeit und eine bessere Welt. Von denen gab es schon viele, und keine hatte mehr als eine Wahlperiode überlebt. Ängstlich achtete sie auf alle Formalien, Bekanntmachungen, Verordnungen und Regeln. Eine kleinmütige Beamtin, mehr nicht. Für ordentliche Politik hatte sie weder die Eier noch das Hirn. Blöde Tussi. Den Job hatte sie auch nur ihm zu verdanken, aber das war ein schlechter Schachzug gewesen. Er hatte sich verrechnet, und jetzt musste er die Pferde wechseln.
– Dann am Samstag, beim Golf?
– Du weißt doch, dass ich es hasse dort. Außerdem ist Milan auf Dienstreise in Prag, und allein will ich da nicht hin.
Ja, Milan war auf einer Dienstreise in Prag, das wusste Gavla. Vor drei Wochen hatten sie dort zusammen eine Besprechung gehabt. Milan hatte seiner Frau zu Hause gesagt, dass er vierzehn Tage weg sein würde, in Wahrheit war er aber nur für eine Woche gefahren. Den Rest der Zeit wollte er mit seiner Geliebten verbringen. Von ihrer Existenz wussten alle, auch Jana, aber ihrer Tochter zuliebe tat sie so, als gäbe es die andere Frau nicht. Die vierzehn Tage waren allerdings um, Milan jedoch noch immer nicht zurück.
Jana fühlte sich erniedrigt, ihr war zum Heulen. Sie hatte nur gestern eine kurze Nachricht erhalten, dass er noch zwei weitere Wochen fort sein würde, oder vielleicht sogar länger. Was sollte

das heißen, Himmel noch mal? Er hatte keinen Grund genannt, sie war ihm wohl nicht einmal mehr die kleinste Erklärung wert, er ging auch nicht an sein Telefon. Er kommunizierte mit ihr nur noch per SMS. Wie peinlich. Sie hatte sich geschworen zu warten, bis er selbst anrufen und sich entschuldigen würde. Sollte er doch abhauen, wohin er wollte, das Haus gehörte ihr.

Sie zweifelte keinen Moment, dass da dieses Flittchen von ihm die Finger im Spiel hatte, diese Frau, vor der sie bis jetzt den Kopf in den Sand gesteckt hatte. Sie würde sich nicht erniedrigen und mit ihr um die Gunst ihres Mannes kämpfen, aber es sah so aus, als ob dieses Luder einen ungewöhnlich starken Einfluss auf ihn hatte. So etwas hatte er noch nie getan, auch wenn er ihr nun wirklich nicht das erste Mal untreu war. Sollte er sich etwa verliebt haben? Diesen Gedanken verwarf sie sofort wieder. Ihr Mann war viel zu zynisch, um dazu in der Lage zu sein.

Trotz all seiner Fehler verhielt er sich normalerweise vor allem in der Öffentlichkeit sehr aufmerksam und nobel. Das entsprach genau seinem scheinheiligen Charakter. Zum ersten Mal im Leben ignorierte er sie auf diese Weise, und das verletzte sie sehr.

Das alles hatte sie eher traurig als wütend gemacht. Zu Hause hatte sie dann allein eine Flasche Wein und zwei Gläser erstklassigen Cognac getrunken, die Flasche hatte sie aus Trotz aufgemacht.

– Weißt du was, ich komme morgen mal bei dir vorbei. Ich kann dich doch nicht allein lassen, schlug Gavla einen schäkernden Ton an. Sie seufzte laut.

– Na gut. Dann legte sie auf.

– So weit kommt es noch, dass ich dich auf Knien bitten muss, blöde Kuh, ließ er seinem Ärger freien Lauf und fuhr in die Garage seiner Villa. In der Diele wurde er wütend. Auf dem Boden standen die letzten zwei Kisten seiner Ex-Freundin, die er vor einem

Monat an die Luft gesetzt hatte. Sie hatte versprochen, ihren Kram abzuholen, aber er stand noch immer hier herum.

Gavla warf sein Notebook auf die Ledercouch, riss sich das verschwitzte Hemd vom Leib und zog sich ein bequemes T-Shirt an. Er schaltete den Rechner ein, um auf die E-Mail zu antworten, die er während der Besprechung lediglich auf dem Handy überflogen hatte. In jenem Augenblick hatte er keine Miene verzogen, um vor den Klienten nicht seinen Ruf als Profi zu beschädigen, aber in Wirklichkeit war ihn eine Erregung überkommen, die er sofort unterdrücken musste. Er war nach Hause geeilt, um sorgfältig zu überlegen, was er mit solch einer Nachricht anstellen sollte. Zuerst hatte er gedacht, dass das Spam sei, aber der Inhalt deutete an, dass der Schreiber Gavla offensichtlich bis in den Magen gucken konnte. Er hatte mit KS unterschrieben. Die Adresse mariage@gmail.com verriet nichts. Mariage bedeutet Ehe, im Französischen Hochzeit. *Was wollte jemand damit bezwecken, verdammt noch mal?* Er überflog die wenigen Zeilen.

Wir kennen uns nicht, haben aber das gleiche Interesse. Sie wollen die Bittnerová färtig machen. Versuchen sie es für den Anfang mal über ihren Vater. Das könnte ihre hübsche politische Fasade zum Brökeln bringen. KS.

Gavla las die E-Mail mehre Male. Nein, fertigmachen wollte er sie nicht. Das war ein zu kräftiger Ausdruck. Er wollte sie *diskreditieren*, das schon, das war das richtige Wort. Er war schließlich ein normaler anständiger Mensch, er hatte kein Interesse daran, jemanden fertigzumachen, er wollte nur zielgerichtet diskreditieren. Und das war ein Unterschied. Er bediente sich verschiedener Methoden, aber immer im Rahmen des Gesetzes. Und das Gesetz

erlaubte manchmal einiges, weil es Dinge nicht ausgesprochen verbot. Es war so biegsam wie ein Regenwurm.
Und dann hatte er noch einen Plan B im Ärmel, der zwar unsicher war, den er aber noch nicht vollkommen verworfen hatte. Eine so verlassene, vergrätzte Frau wie Jana würde schnell in seinem Bett landen, daran hatte er keinen Zweifel. Und eine verliebte Frau, die lief dann wie ein Uhrwerk, es genügte, wenn man sie gut aufzog. Dann könnten irgendwann ein paar pikante Fotos von den gemeinsamen Bettspielen auftauchen, und schon hätte man einen schönen politischen Skandal. In der Businesswelt war es egal, wer mit wem schlief. In der Politik nicht.
Schon seit ein paar Wochen umgarnte er sie dezent, und nun sah es so aus, als ob sie endlich aufzutauen begann. Es war nur Pech, dass er sie nicht besonders anziehend fand, aber für eine gute Sache musste man eben Opfer bringen. Ein einziger Blick auf die sterile Jana genügte und ihm war klar, warum Milan sich ein so animalisches Betthäschen zugelegt hatte. Bei diesem Gedanken hatte er das Gefühl, auf Sauerampfer zu beißen. Schnell schob er die Erinnerung an Milan und sein Flittchen mit der schwarzen Hexenmähne beiseite.
Die anonyme E-Mail war ein Plan, der ganz am Ende seiner Liste stand, vorausgesetzt, dass alles andere, sein Charme inklusive, versagen würde. Eigentlich sollte er die Nachricht gleich an die Polizei weiterleiten, aber er würde sie wohl nur in den virtuellen Papierkorb verschieben. Der Schreiber war ein Niemand, der zwar gefährlich viel über Gavla wusste, aber letztlich ein Primitivling war. In vier Sätzen hatte er gleich mehrere Rechtschreibfehler gemacht. Mit so jemandem würde er schnell fertigwerden.
Er überlegte kurz, ob er sich mit einer Antwort irgendwie in Gefahr bringen oder etwas verlieren könnte. Dann beschloss er, zwei

Tage zu warten und vorsichtig zu antworten, um herauszufinden, worum es dem Schreiber tatsächlich ging. Er hatte keinen Zweifel, dass es Geld war.

V.

Den Leichenfund meldete ein Hundehalter am Freitag, dem 10. Oktober, um acht Uhr früh. Die Boxerhündin hätte sich beinahe zu Tode gebellt, und ihr Herrchen hätte beim Anblick des schrecklichen Fundes fast einen Herzinfarkt bekommen. Er stammelte etwas ins Telefon und rang nach Luft. Zusammen mit der Polizei schickte die Dispatcherin auch einen Krankenwagen. Das Herrchen bekam eine Beruhigungsspritze und eine warme Decke, während ein Polizist mit ihm das Protokoll niederschrieb. Der andere Beamte sperrte den Tatort mit einem rot-weißen Flatterband ab.

Das Stellwerk lag zum Glück zu weit abseits, um jemandes Aufmerksamkeit zu erregen. Ein Stück weiter lief eine Gruppe Roma vorbei, die auf dem Weg zu ihrem Wohnheim die Gleise überquerte. Sie hätten sich fast die Köpfe vom Hals abgedreht, um herauszufinden, was los war, aber stehen blieben sie nicht. Mit der Polizei hatten sie nichts am Hut.

Fünfzehn Minuten später trafen die Leute von der Kriminalpolizei ein.

– Ich bin Kriminalhauptmann Vejnar, das dort ist Kriminalmajorin Turková, wies er in Richtung einer Blondine, die gut zwanzig Meter von ihnen entfernt stand und ihren Blick in etwas am Boden bohrte. Vejnar ließ sich von dem Polizisten das Protokoll geben.

– Der Hundehalter hat gestern Abend zwei Jungen gesehen, die so schnell von dort wegrannten, als stünde ihr Hintern in Flammen, und so ging er bei seiner Morgenrunde nachschauen und fand in dem Anbau dort eine Leiche, rekapitulierte der Polizist. Vejnar wies ihn mit einem Blick zurecht, dass er selbst lesen könne.
– Also war es vielmehr sein Hund, der die Leiche gefunden hat, verkniff er sich nicht zu präzisieren, bevor er verstummte. In der Zwischenzeit war die Majorin zu ihnen getreten, eine kleinere, vollschlanke Frau in den Vierzigern mit einem Pony, der direkt über den Augen endete, und einem kleinen Pferdeschwanz. Sie reichte allen die Hand.
– Der Mann da hat gesagt, dass das keiner aus der Gegend ist. Diesen Menschen hat er im Leben noch nicht gesehen. Haben Sie sich den Körper schon angeschaut?
– Damit habe ich auf Sie gewartet.
Vejnar blätterte im Protokoll, bevor er es an seine Kollegin weitergab. Es war noch nicht klar, wer den Fall übernehmen würde.
– Filip, finde die zwei Jungen, wir müssen sie verhören, wandte er sich an das jüngste Mitglied der Mordkommission von Ostrava.
Der vergitterte Eingang des Stellwerks wies keinerlei Zeichen einer Beschädigung auf. An der Seite des Gebäudes klebte ein merkwürdiger gemauerter Anbau, in ihm befand sich die Leiche. Die Kriminaltechniker hatten schon die Scheinwerfer angeworfen und den Fundort gesichert. Die Lichter strahlten die Gestalt eines nackten Mannes an, der reglos auf einem Holzsockel stand, eine Metallstange in den Rücken gespießt, damit er nicht umkippte. Majorin Turková streifte sich Handschuhe über und untersuchte den Körper vorsichtig. Am Rücken, am Rumpf und an den Gliedmaßen hatte er lange längsseitige Wunden. Der ganze Körper war unnatürlich hart und irgendwie hohl, wenn man dagegen klopfte.

Sie schaute zu Vejnar.
– Der Mann ist präpariert worden.
Dann sah sie sich in dem Anbau um, entdeckte jedoch nichts als Hundekot und einen Müllberg. Unter ihren Schuhsohlen knirschten Glasscherben. Vielleicht hatte der Anbau früher als Werkzeug- oder Fahrradschuppen gedient. Da, wo mal eine Tür war, hingen nur leere Angeln, und der ganze Anbau war zu einem Unterschlupf für Hallunken aus der ganzen Umgebung verkommen.
– Wir müssen herausfinden, ob der Anbau der Bahn gehört oder jemand anderem. Wir werden auch mal reinschauen müssen. Sagen Sie das dem Kriminaltechniker, wandte sie sich an den jungen Kollegen Kodler. Sie war neu bei der Polizei und erlaubte sich nicht, dienstälteren Kollegen Anweisungen zu erteilen, auch wenn sie den höheren Dienstrang hatte. Sie wusste, dass das überwiegend männliche Revier es nur sehr unwillig ertrug, dass sie zur Mordkommission gestoßen war. Filip Kodler war neu und viel jünger als sie.
– Schon geschehen, vermeldete Vejnar in ihrem Rücken.
Die Turková wandte sich wieder dem Körper zu.
– Vielleicht ein Drogensüchtiger, taxierte ihn Vejnar.
– Glaube ich nicht, sagte sie nachdenklich.
Ach ja, ich hatte ganz vergessen, dass wir einen neuen Sherlock Holmes unter uns haben, dachte Vejnar im Stillen, aber laut sagte er nichts. Er ahnte jedoch selbst, dass sie wohl recht hatte. Die Obduktion würde mehr ergeben, aber in diesem Fall gab es vielleicht gar nichts zu obduzieren. Wenn sie Glück hatten, würden sie im Inneren zumindest das Skelett finden. Von Organen und Körperflüssigkeiten könnten sie wohl nur träumen. Schon vor dem Pathologen hatte jemand den Körper ordentlich in die Mangel genommen. Sie würden ihn trotzdem sezieren müssen. Der Pathologe

würde ganz schön erstaunt sein, mit so etwas hatte er bestimmt in seiner ganzen Dienstzeit noch nie zu tun gehabt.

– Sehen Sie sich die gepflegten Nägel an. Und er hat sich die Brust rasiert, damit die Körperhaare nicht aus dem Hemd herausgucken. Erkennen Sie die Stoppeln hier? Hier hat er einen weißen Streifen von der Uhr. Das bedeutet teurer Urlaub oder viel Zeit beim Golfen. Wenn er verheiratet war, hat er keinen Ehering getragen, aber offensichtlich trug er einen Ring am kleinen Finger. Hier an der Nasenwurzel, sehen Sie das? Er war Brillenträger, zeigte sie Vejnar jedes Details an dem Körper, dessen Haut einen merkwürdig grauen Farbton angenommen hatte, wodurch die Kontraste kaum zu erkennen waren. Die Turková hatte einen scharfen Blick.

– Das alles ist ganz nachlässig und ungenau gemacht. Der Körper sieht wie ein Ballon aus, der Präparator hat sich überhaupt nicht um die Anatomie geschert. Entweder war das ein ungeschickter Anfänger oder er war furchtbar in Eile. Aber warum? Mit dieser Frage drehte sie dem Präparat den Rücken zu, womit sie zu erkennen gab, dass der Vortrag beendet war.

– Was, wenn der Täter einfach ein ganz normaler Perverser ist, der mal versuchen wollte, einen Menschen zu präparieren?, überlegte Vejnar laut. Die Turková schaute ihn schräg an.

– Ich denke, wenn es so wäre, wie Sie sagen, hätte er alles dafür getan, dass sein Werk perfekt, fast ein Kunstwerk wird. Was das hier aber nun wirklich nicht ist. Das ist Pfusch. Vejnar lächelte. Sie hatte Courage, das musste man ihr schon lassen.

Der Chef hatte sie aus einer anderen Abteilung geholt, er hatte behauptet, dass sie für Wohnungseinbrüche zu schade sei. Bis jetzt hatte sie sich in der Mordabteilung noch nicht besonders hervortun können, das hier könnte jedoch ihr erster Fall werden. Aus ihrer alten Abteilung hatte sie zwar einen guten Ruf mitgebracht,

aber einen Mord wie diesen hatte keiner von ihnen je zu Gesicht bekommen. Da wurde nicht einfach zu Hause geschlachtet, das war auf den ersten Blick sonnenklar. Vielleicht würde der Chef ihr die Chance geben zu beweisen, was sie draufhatte. Aber für einen Neuling war das ein ganz schön großer Brocken. Andererseits war sie hartnäckig und ambitioniert.
Die Turková sammelte alle möglichen kleinen Dinge auf, die um die Leiche herumlagen, und der Fotograf dokumentierte sie sorgfältig. Vejnar schüttelte nur den Kopf. Sie könnte hier fünf Säcke voller Kippen sammeln. Wollte sie die etwa alle zur Analyse schicken?
– Als Erstes müssen wir die Identität dieses Mannes feststellen. Und auch die des Eigentümers dieser Ruine. Ich rufe Lucie an, damit die sich darum kümmert. Aber die Kollegin unterbrach Vejnar.
– Ich probiere mal was. Zuzana Turková wählte die Nummer des Tierarztes, zu dem sie mit ihren Hunden ging. Sie konnte sich an eine kleine Annonce am Schwarzen Brett erinnern, in der ein Unbekannter seine Dienste als Präparator anbot. Nähere Informationen würde Doktor Netík erteilen, wie es in der Annonce stand. Eine ganze Stunde lang hatte sie diese angestarrt, während sie darauf wartete, dass ihre zweijährige Akita-Inu-Hündin an die Reihe käme. Wie viele Leute mochte es wohl geben, die anboten, Tiere zu präparieren? Sie schätzte zwei, maximal drei in der ganzen Stadt.
– Turková, guten Tag, Herr Doktor … nein, nein, mit Kira ist alles in Ordnung, ja, das Auge eitert nicht mehr. Ich bräuchte den Namen des Mannes, der sich als Tierpräparator anbietet. Ich rufe, ähm … dienstlich an.
– Ach so. Erik Sýkora. Benötigen Sie seine Dienste? Ich kann das für Sie vereinbaren. Herr Sýkora ist ein wenig, wie soll ich sagen … eigen. Also eigentlich muss ich zugeben, dass ich seine Annonce

lieber abgenommen habe, viele Hundebesitzer haben sich beschwert, dass er die Termine nicht einhält.
Die Turková notierte sich den Namen.
– Nein, einen Kontakt habe ich nicht, er holt sich die Aufträge immer direkt bei mir in der Praxis ab, fuhr er fort. – Er kommt jeden Freitag vorbei, um zu fragen, ob ich nicht was für ihn habe.
– Hat er Ihre Tierkörperverwertung in Anspruch genommen?
– Ja, manchmal hat er etwas hiergelassen, zuletzt war er, glaube ich, am letzten Dienstag da. Am Freitag sollte er eine Arbeit übergeben, ist aber nicht aufgetaucht. Ich weiß nicht, wie ich das den Leuten erklären soll …, seufzte der Doktor eher für sich.
– Ich komme vorbei. Bis wann haben Sie auf?
Der Doktor zögerte. – Also, um vier mache ich Schluss, aber dann fahre ich noch weg, einen Hund einschläfern, also danach dann. Sagen wir, um sechs?
– Okay, ich werde da sein. Sie legte auf.
– Vielleicht hat das ja seine Alte in Auftrag gegeben, scherzte einer der Forensiker, der gerade den Körper des Toten mit allen Details fotografierte. Die Männer lachten. Die Turková warf ihnen einen vernichtenden Blick zu. Vejnar zog sich lieber ins Innere des Stellwerks zurück, in dessen Erdgeschoss sich die Präparationswerkstatt befand. Alles zeugte davon, dass der Mörder genau hier den Toten bearbeitet und ihn danach nur vor die Tür in den dunklen Anbau gestellt hatte.
Die Werkstatt war verhältnismäßig gut aufgeräumt und dank der großen Fenster auch hell. Der Raum aus Backstein war von langen Regalen gesäumt, in denen Blechdosen und Fünflitergläser standen, deren Inhalt wohl nur ihr Besitzer kannte. Mit Ausnahme der Gifte hatte er sich nicht mal die Mühe gemacht, sie zu beschriften. Im Schrank fand Vejnar verschiedenste Formen und ausgestopfte

Tiere, vor allem Hunde, aber auch Katzen und einen Papagei. Auf dem Tisch lagen haufenweise Skalpelle, irgendwelche Nadeln, Messer und kleinen Haken herum. Auf dem Boden standen Säcke mit Holzwolle, Salz, Fässer mit Säure und Kartons mit Polyurethanschaum, in einer Ecke eine große, mit einer Abdeckung verschlossene Wanne, die mit einer stinkenden Lauge gefüllt war. Der allgegenwärtige Naphthalin- und Chemiegeruch vermischte sich mit einem leichten Hauch von Duftbäumchen, wie man sie sich ins Auto hängte, und bildete ein widerliches Gemisch, von dem einem ganz übel wurde.

In der Werkstatt stand ein altes durchgelegenes Sofa, das sich unter einem Haufen stinkender Kleidung versteckte. Sie suchten nach Dingen, deren Anschaffungspreis über zweihundert Kronen lag, fanden aber nichts, was einem Mann aus einer höheren Gesellschaftsschicht gehören könnte.

Eine schmale Betontreppe führte aus der Werkstatt in die erste Etage, in der sich der Hausbesitzer eine Art Muchtbude eingerichtet hatte, die ihm als Wohnung diente. Der Fußboden war mit überflüssigem Krempel übersät, sodass der Hauseigentümer neben der Müllkippe vor dem Eingang auch noch eine kleinere in der Wohnung sein Eigen nennen konnte. Neben dem ungemachten Bett türmten sich Bücherstapel. Belletristik von Autoren der Weltliteratur und Werke deutscher Philosophen im Original, Wörterbücher in allen möglichen Sprachen und Stöße von Fachzeitschriften, über das Imkern und die Taktiken des Schachspiels bis hin zu einem Fachmagazin für Mathematiker. In einer Ecke standen vier ausrangierte Computer und daneben lagen vielleicht zehn abgenutzte und verdreckte Tastaturen. Entlang der Wände stapelten sich irgendwelche Papiere und Fotografien, aber auch Glas und Porzellan, das so aussah, als könnte es einen Sammlerwert haben. Sich da durchzuarbeiten, würde mindestens eine Woche dauern. Hinter einem Vorhang verbargen sich eine Toilette und ein Waschbecken mit kaltem Wasser. Neben dem „Badezimmer“ hatte der Hauseigentümer eine improvisierte Küche in Form einer alten Anrichte, eines in einen Tisch eingelassenen Spülbeckens und eines elektrischen Herdes. Alles war alt und abgenutzt vom jahrelangen Gebrauch, trotzdem war es der einzige Teil der Behausung, der offenbar manchmal geputzt wurde. Seine Theorie von dem raffinierten Perversen wollte Vejnar vorerst nicht komplett zu den Akten legen.

Sein Telefon klingelte.

– Ich habs rausbekommen. Vor Jahren hat die Bahn ihre Liegenschaften verkauft, unter anderem auch die Gebäude des Umschlagbahnhofs und das Stellwerk hier. Es wurde 1998 von einem gewissen Erik Sýkora erworben … Vejnar sah die Turková jäh an. Der Kollege am Telefon fuhr fort: – … die übrigen Gebäude von einer Firma namens Primex. Ich habe noch einen Blick ins Grundbuch geworfen … Die Turková hatte eine gute Intuition. Allerdings war das Stellwerk leer und von seinem Besitzer fehlte bisher jede Spur.

– Gut, ihr werdet Sýkora suchen und du wirst für mich möglichst alles über ihn herausfinden. Vejnar legte auf.

1939–1943

Irma Stillmann lief auf die Straße hinaus. Einige Halbstarke in weißen Kniestrümpfen hatten mit Steinen nach den Schaufenstern der Buchhandlung Buchsbaum geworfen. Das Klirren der Scheiben hatte nahezu alle Nachbarn auf die Straße gelockt. Ein Grüppchen von drei Jungen verschwand schnell um die Ecke. Einen Moment später war alles wieder in Ordnung, die Nachbarn verkrochen sich wieder. Seit Anfang des Jahres kam es immer öfter zu ähnlichen Exzessen. Mit einem Besen kehrte die Tochter von Herrn Buchsbaum die Scherben vom Gehweg. Vorsichtig klopfte sie die Bücher ab und zitterte dabei vor Wut.

– Siehst du, Irma, das sind deine Mitbürger, machte sie sich flüsternd Luft und schaute Irma von der Seite an.

Irma schwieg. Sie war Deutsche, die Buchsbaums waren Juden. Ein Jahr zuvor hatte sie allerdings Alexander Stillmann geheiratet. Alex war auch Jude. Die jungen Leute hatten die Heirat gegen den Willen der Eltern durchgesetzt. Im Sommer 1938 wurden sie getraut. Alex' Vater war ein namhafter Arzt für Geburtshilfe und Frauenarzt. Irmas Vater Wilhelm Adler war Allgemeinarzt und schickte seine Patientinnen zu niemand anderem als Ignatz Stillmann, Alex' Vater.

Vor drei Jahren hatte Alex im Haus seines Vaters eine eigene Praxis eröffnet. Über den Praxisräumen hatten seine Eltern eine geräumige Sechszimmerwohnung, mit einem Zimmer für das Dienstmädchen und einem großen Salon, in dem alle bedeutenden Leute der Gegend verkehrten, hauptsächlich Juden. Seit einer gewissen Zeit erschien regelmäßig auch Irma. Sie gehörte zu den wenigen Gästen nichtjüdischer Abstammung, aber niemand schaute sie deshalb misstrauisch an. Die Gäste sprachen sowieso mehrheitlich Deutsch, die Familie Stillmann ebenfalls.

Im letzten Monat war es schon das dritte Mal, dass jemand den Buchsbaums und anderen jüdischen Geschäftsleuten Steine in die Auslagen geworfen und die Türen und Hauswände mit vulgären Aufschriften beschmiert hatte. Der Schneider Heisz von gegenüber machte sich nicht einmal mehr die Arbeit, das Geschmiere zu entfernen. Es war eine Sisyphusarbeit. Er hatte aufgegeben und sich damit abgefunden, dass schlechte Zeiten bevorstanden. Über Deutschland und Österreich ballten sich dunkle Wolken zusammen, sie trugen einen glatt gekämmten Seitenscheitel und einen kleinen Schnurrbart.

Die Kunden wurden auch weniger. Seine Schwester war nach Amerika emigriert, aber Heisz selbst sah das alles nicht so tragisch. Irgendwie wars, irgendwie wirds werden. In der Tschechoslowakei war man sicher. Viele österreichische und deutsche Juden waren gerade in die Tschechoslowakei emigriert, es gab keinen Grund, sich zu fürchten. Und bis auf wenige Ausnahmen behandelten alle sie anständig.

Die deutschen Nachbarn wurden etwas kühler, aber das schrieb er mehr ihrer Vorsicht als einem persönlichen Hass zu. Der Ostrauer Stadtteil Oderfurt war schon immer ein deutsch-jüdisches Viertel gewesen, ein malerisches, mit einer schönen Kirche und einer Synagoge, mit prächtigen Jugendstilbauten auf der Hauptstraße und gemütlichen Häuschen mit Werkstätten im Erdgeschoss hinter der Kirche. Juden und Deutsche trafen sich in einem Wirtshaus unweit des Bahnhofs, wo sie im Schatten von Kastanienbäumen selbst gebrautes Bier tranken und sich den besten Gulasch weit und breit schmecken ließen. Bis zu dieser Zeit hatte niemand ihr Zusammenleben gestört. Sein Brot bezog der Wirt von einem Deutschen, von einem Juden sein Bier. Es schmeckte allen.

Irma sorgte sich nicht um die Politik. Sie sorgte sich, weil noch kein Baby unterwegs war. Sie war in Alex verliebt und kümmerte sich nur darum, mit ihm jeden Sonntag im Bett verbringen zu können. Alex streichelte Irmas helles Haar und belastete sie nicht mit den Sorgen, die ihm durch den Kopf gingen. Er hatte Angst vor der Zukunft und es nicht eilig mit einem Kind. Er hatte auch viel Arbeit mit seiner Arztpraxis, die Patienten blieben weg, vor allem die deutschen. Es war noch kein Jahr seit der Hochzeit vergangen, auf dem Eingangsschild an der Tür erschien unter seinem Namen die Aufschrift „Jüdischer Arzt“ und an seinem Revers ein gelber Stern. Von einem Tag auf den anderen verloren Alex und sein Vater den Rest ihrer deutschen und einen Teil ihrer tschechischen Patientinnen, auch der hervorragende Ruf seines Vaters konnte nicht helfen. Die Arbeit wurde weniger.

Für die ganze Familie war der Juni des Jahres neununddreißig ein schrecklicher Schlag. Die Deutschen steckten alle Synagogen und jüdischen Gebetshäuser der Stadt in Brand. Alex' Vater erlitt einen Herzinfarkt und wurde schwer krank. Alex' Bruder wurde aus der Universität ausgeschlossen. Viele Freunde der Stillmanns versuchten, bei erstbester Gelegenheit zu emigrieren, die Stillmanns selbst beobachteten nur, wie manche Geschäfte schlossen. Allmählich verwandelte sich das Ostrauer Viertel Oderfurt in eine Stadt der Schatten, die sich verängstigt an den Hauswänden entlangdrückten.

Aber der Vater war krank, und eine Reise kam nicht infrage, auch wenn der Onkel, der sich zu jener Zeit in London aufhielt, die Familie dazu drängte. Die Adlers redeten auf Irma ein, sie solle sich scheiden lassen, bevor ein Kind käme. Irma lehnte das ab. Im Frühjahr des Jahres 1940 war es mehr als offensichtlich, dass Hitlers Krieg unter anderem auch ein Krieg gegen die Juden war. War doch noch im Jahr neununddreißig ein Teil der Juden aus Oderfurt mit einem Transport in irgendein Nisko verbracht worden. Auf dem Güterbahnhof waren sie in Waggons gestiegen, die zum Transport von Vieh bestimmt waren …

Irma hatte Angst um Alex. Wenn sie ihn abführten wie viele andere auch, würde ihr nichts von ihm bleiben. Verzweifelt wünschte sie sich ein Kind, um jemanden zu haben, an den sie sich klammern, für den sie leben konnte, falls sie allein bleiben sollte. Alex hatte zu der Zeit jedoch völlig andere Sorgen, deshalb stritt er sich häufig mit ihr.

– Irmalein, Irmchen, tröstete Alex sie, als sie ihm nach einem dieser Streite ihr verweintes Gesicht in die Handflächen legte. – Du bist so naiv, du verstehst überhaupt nicht, was gerade geschieht.

Aber auch sie spürte am eigenen Leib erste Demütigungen. Sie wollte sich nicht verängstigen lassen. Sie hatte ihrem Mann etwas versprochen, und dieses Versprechen wollte sie halten, weil sie ihn so liebte. Der ganzen Welt würde sie zeigen, wie sehr sie ihn liebte. Eine Deutsche liebt einen Juden.

Andererseits kam Alex aus Sorge um sie beinahe um den Verstand.

Am Ende des Jahres einundvierzig zogen Irma und Alex bei den Eltern Adler ein. Auf Anraten Doktor Adlers trat Alex zum Katholizismus über, dank dessen musste er nicht in den Transport, mit dem die gesamte Familie Stillmann nach Theresienstadt und bald darauf nach Auschwitz deportiert wurde. Als er sich von seiner Mutter, dem Vater und seinem Bruder Felix verabschiedete, weinte er los wie ein kleiner Junge, ganz in der bösen Vorahnung, dass er sie nie wiedersehen würde.

Vor lauter Sorgen schien Alex um zehn Jahre gealtert zu sein. Er konnte nicht arbeiten, ins Kino durfte er nicht, er durfte nicht ins Theater, er durfte rein gar nichts. Er saß zu Hause und verzehrte sich vor Angst um seine Familie, und auch vor Langeweile. Er konnte nicht untätig herumsitzen. Es war zum Verrücktwerden. Er versenkte sich darin, Portugiesisch zu lernen, um wenigstens die Langeweile zu vertreiben und nicht an das Grauen zu denken, das ihn umgab.

Es nahm ihn schwer mit, wenn er sah, wie die Straßen sich leerten,

ganze Häuser unbewohnt und von ihren Besitzern nur Staub und Erinnerungen blieben. Er verlor an Gewicht und seine Schläfen ergrauten. Er verwandelte sich vor Irmas Augen. Traurig sah sie mit an, wie er sich quälte, wie gebrochen er war.
– Ich kann so nicht leben, flüsterte er, sein Gesicht in ihren Haaren vergraben, und weinte. Furcht begann sich in ihren Augen zu spiegeln. Drei Monate lang hielt sie die Nachricht geheim, bevor es ihr schließlich herausrutschte: – Wir erwarten endlich ein Kind. Alex wandte ihr sein besorgtes Gesicht zu und Tränen strömten aus seinen Augen. Wegen all der Qualen hatte er übersehen, wie schön sie war, geradezu aufgeblüht. Wie hatte ihm das nur nicht auffallen können. Er küsste ihre Lippen, ihre Lider, ihr Haar, drückte ihre Hand und weinte.
– Ich liebe dich, Irma, flüsterte er und legte seinen Kopf in ihren Schoß.
Alex wünschte sich, dass der Sohn einen deutschen Namen nach seiner Mutter bekam. Sie nannten ihn Erich.
Ein Jahr nach der Geburt ihres Sohnes wurde Alex mit dem letzten Transport nach Theresienstadt deportiert. Der ein Jahr alte Erich bemerkte nicht einmal, dass der Vater plötzlich aus seinem Leben verschwunden war.

VI.

Jana regte sich gleich morgens auf, als sie auf dem Tisch eine Ausgabe der *Blesk*-Zeitung fand, dieses Boulevardblatts, das sie nicht nur niemals kaufte, sondern abgrundtief hasste.
– Warum liegt das hier?, fuhr sie die Sekretärin an.

– Haben Sie das schon gelesen, Frau Bittnerová? Die junge Sekretärin stand auf und blätterte schnell zur fünften Seite, auf der ein großes Foto der Beigeordneten Bittnerová prangte, die gerade aus einem Auto stieg, eine riesige, quietschgelbe Titelzeile über dem Kopf: „Ist der Vater der Beigeordneten Bittnerová ein Landstreicher?“ Neben dem Titel ein kleines, kreisrundes Foto des Stellwerks, in dem ihr Vater hauste. Der Fotograf hatte sich besonders auf den unglaublichen Saustall vor dem Eingang konzentriert. Unter dem Foto hatte die Redaktion die Textzeile „Der Vater der Beigeordneten übernachtet mitten im Müll“ platziert. Bittnerovás Puls raste und vor lauter Wut wurde ihr schwarz vor Augen.

– Er ist kein Landstreicher. Was kann ich denn dafür, dass er nicht auf sich achtet, kreischte sie los, auch wenn sie selbst ihren Vater sehr wohl für einen Landstreicher hielt, obwohl er einen Ort zum Leben und auch eine Art Einkommen hatte. Sein Aussehen war es, das sie störte, diese komplette Vernachlässigung seines Äußeren. Als würde er allen Leuten zeigen wollen, dass sie ihm gestohlen bleiben könnten; mit seinem ungewaschenen, stinkenden Körper und der abgerissenen, dreckigen Kleidung provozierte er sie alle.

– Verbinden Sie mich mit der Redaktion, herrschte sie die Sekretärin an, bevor sie die Bürotür zuknallte.

Kaum saß sie, schon klingelte das Telefon auf ihrem Tisch. Die Bittnerová nahm sofort ab.

– Frau Bittnerová, ich verbinde Sie.

– Guten Tag, hier ist die *Blesk*-Redaktion.

Die Bittnerová nahm alle Kräfte zusammen, um sich zu beherrschen, um nicht hysterisch loszukeifen. Die Jahre in der Politik hatten sie Selbstkontrolle gelehrt, wovon sie jetzt in einem Höchstmaß profitierte.

– Bittnerová. Ich möchte wissen, woher Sie die Informationen über meinen Vater haben, wer den Artikel bezahlt hat und aus welchem Grund. Falls Sie mir nicht sagen, was ich wissen will, werde ich Sie verklagen. Und glauben Sie mir, das wird teuer für Sie, denn kein Strich in diesem Artikel ist wahr. Allmählich hob sie die Stimme, ohne sich dessen bewusst zu sein. Der Mann am anderen Ende lachte kurz auf.

– Entschuldigung, aber unsere externen Quellen geben wir nicht preis und alles, was wir veröffentlichen, können wir auch vertreten. Wohnt Ihr Vater etwa nicht dort?

– Ja, aber … brüllte sie. Die Selbstkontrolle war ihr abhandengekommen.

– Na sehen Sie, unterbrach er sie, das mit dem Gericht überlegen Sie sich lieber noch einmal, dann legte er auf. Die Bittnerová knallte den Hörer aufs Telefon. *Am Nachmittag muss ich den Anwalt anrufen, dann sehen wir mal, was sich damit machen lässt. Vor allem muss ich den Dreckskerl finden, der da seine Finger im Spiel hat.*

Sie fühlte sich den ganzen Tag abgehetzt wie ein Hund. Damit ihr nicht die Augen zufielen, musste sie zwei starke Espressi trinken. Wie ohnmächtig fuhr sie durch die Stadt, hatte ihren inneren Autopiloten eingeschaltet und betete nur, nicht der Verkehrspolizei zu begegnen. Das wäre nur weiteres Ungemach nach den vielen Hiobsbotschaften, die sie an diesem Tag erreicht hatten. Der Anwalt hatte keinen gescheiten Rat für sie, aber sie würden Anzeige erstatten. Er wollte das so schnell wie möglich erledigen, aber Janas Wut hatte sich derweil etwas abgekühlt und sie war nicht mehr ganz so begierig auf eine Auseinandersetzung mit den Journalisten. So etwas warf nie ein gutes Licht auf einen.

Mit hundert jagte sie über den Stadtring. Hätte sie sich an die Geschwindigkeitsbegrenzung gehalten, wäre sie längst am Steuer ein-

geschlafen. Schnelles Fahren machte sie immer munter. Das einzige Adrenalin, das sie sich erlauben durfte.
Ungeplant bewohnte sie ihr Reihenhaus nun schon die fünfte Woche allein. Auch wenn die letzte SMS, die sie von ihrem Mann bekommen hatte, zeigte, dass ihm das Hirn noch nicht gänzlich in die Hosen gerutscht war. Sie kontrollierte ihr Handy, ob noch eine weitere Nachricht eingetroffen war, aber da blinkte nur die seltsame letzte Mitteilung: *Morgen fahre ich nach Brno zu einem Turnier, Mittwoch oder vielleicht erst Donnerstag bin ich zurück. Dan wird mich bringen.* Das war allerdings schon letzte Woche gewesen. Sie hatte immer wieder versucht, ihn anzurufen, aber er nahm nicht ab und rief sie auch nicht zurück. Sie würde sich ja nicht so weit erniedrigen, Gavla auszufragen, ob er bei dem Turnier gewesen sei und warum er ihren Mann nicht zurückgefahren hatte. Eigentlich ergab das sowieso keinen Sinn. Warum sollte er ihn fahren? Milan war doch mit seinem eigenen Wagen unterwegs. Höchstens, dass er unterwegs einen Unfall gehabt hatte und das der Grund war, der ihn aufhielt. Aber warum sollte er das nicht zugeben? Sie verstand einfach nicht, was da los war.
In den letzten drei Jahren hatten sie zwar noch zusammengelebt, aber eigentlich hatte jeder sein eigenes Leben geführt. Milan war wiederholt nachts nicht nach Hause gekommen und hatte sich nicht einmal die Mühe gemacht, seiner Frau vorher Bescheid zu geben. Zweimal war er sogar für eine ganze Woche weggefahren, ohne es für nötig zu halten, sie davon zu unterrichten. Im letzten Jahr war seine Beziehung zu ihr definitiv abgekühlt. *Was für ein Heuchler!* Aber sie konnte nichts dagegen tun.
Auch sie war eine Heuchlerin, wenn sie dieses Spiel von der glücklichen Familie mitspielte. Vor ihren Freunden, vor den Bekannten, auf der Arbeit und auch voreinander. Jahrelang hatten sie beide

so getan, als wäre alles in bester Ordnung, aber er kommunizierte mit ihr nur in den dringendsten Fällen, damit sie Bescheid wüsste, wenn zufällig jemand aus der Familie oder dem Bekanntenkreis fragen sollte. Nur ihre noch nicht volljährige Tochter und ihr Eigentum kleisterten sie noch zusammen. Und ihre Mutter. Diese Wächterin, die kontrollierte, dass die Tochter ihren Mann festhielt. Es war die Schuld ihrer Mutter, dass sie sich erniedrigen ließ und ihr persönliches Glück opferte, nur um den Schein moralischer Überlegenheit aufrechtzuerhalten. Die Mutter bügelte damit nur ihre eigenen Schuldgefühle aus, weil sie den Vater verlassen hatte. Weil er trank und weil er nicht ihr „Niveau“ hatte …

Milan verdiente eine Menge Geld, aber er hatte keine Fantasie. Ihrer Mutter gefiel er, und so war sie bereit, zu entschuldigen, dass er hin und wieder in ein fremdes Bett schlüpfte. – Sei doch vernünftig, Jana. Ihr habt Laura, das Grundstück, die Autos. Wegen irgend so einer Schickse, die er sowieso nur für dieses eine da braucht, wirst du doch nicht alles sausen lassen, sagte ihre pragmatische Mutter immer. Nur hatte Jana „dieses eine“ mit ihrem Mann schon jahrelang nicht mehr erlebt. Und in letzter Zeit machte er sich nicht einmal mehr die Mühe, ihr zumindest eine plausible Erklärung zu geben, wo und mit wem er sich herumtrieb. Sie beschloss nun endgültig, die Scheidung einzureichen.

Im Kühlschrank fand sie nur eine Tomate und vier Scheiben Schinken. Die übrigen Lebensmittel warf sie direkt in den Mülleimer. Sie hatte es nicht geschafft einzukaufen. Für wen auch? Sie bestellte eine Pizza und machte den Fernseher an, den sie im Hintergrund laufen ließ, damit die Stille im Haus sie nicht ganz so stark deprimierte. Sie hatte Sehnsucht nach Laura. Jana schaute auf ihre Uhr. In Ohio war es jetzt Mittag, da würde Laura bestimmt in der Schule sein. Sie würde sie anrufen, bevor sie ins Bett ging, bis

dahin würde sie wenigstens noch eines der Projekte durchsehen, wozu sie auf der Arbeit keine Zeit mehr gehabt hatte.
Die Türklingel unterbrach ihre Gedanken. Jana warf einen Blick auf die Uhr. Es war erst eine Viertelstunde her, dass sie die Pizza bestellt hatte. Das ging aber schnell. Wo hatte sie ihre Handtasche hingeworfen?
– Ich komme, rief sie aus dem Wohnzimmer in Richtung Flur. Es dauerte eine Weile, bevor sie ihr Portemonnaie gefunden hatte. Mit einem Ruck öffnete sie die Haustür. Niemand stand draußen. Am Ende der Straße konnte sie die Silhouette eines Mannes erkennen, der eilig in Richtung Bushaltestelle lief. Auf dem Boden stand nur die Verpackung einer Mikrowelle. Sie starrte sie verständnislos an, dann trug sie den Karton vorsichtig ins Wohnzimmer. Er war leicht. Sie starrte noch eine Weile auf den Karton, bevor sie sich dazu entschloss, ein Messer zu holen und die Schnur zu zerschneiden. Katastrophenszenarien gingen ihr durch den Kopf, angefangen von einer manipulierten Bombe bis hin zum Kopf ihrer Mutter. *Na komm, beruhige dich mal, du guckst einfach zu viel in die Glotze*, redete sie sich gut zu, während sie an der Schnur säbelte. Als sie den Karton aufklappte, bewahrheitete sich zum Glück keine ihrer Fantasien. Im Karton fand sie ein Herrenhemd, eine Krawatte, einen kompletten Anzug und darunter eine Brille mit Goldfassung und einen Ring mit Monogramm, den sie ihrem Mann zu einer Zeit geschenkt hatte, als sie zumindest noch miteinander sprachen. Ganz unten lagen sein Telefon und seine Papiere.
Stumm starrte sie auf die Sachen. Ihr Gehirn setzte komplett aus. Ihr fiel plötzlich keine Erklärung ein, wie das alles in eine Mikrowellen-Verpackung gekommen sein konnte. Sie griff nach ihrem Telefon. Sie würde erneut versuchen, ihn anzurufen.

– Ach, ich bin ja doof, seufzte sie, als ihr einfiel, dass sein Telefon auf dem Boden dieses Kartons lag. Ihre Hand begann zu zittern. Das hier würde sie nicht auf die Reihe bekommen. Allein würde sie das nicht schaffen. Sie verstand überhaupt nicht, was hier gerade passierte. Morgens dieser verfluchte Artikel und jetzt das hier. In diesem Moment lösten sich ihre Anspannung und all die angehäuften Emotionen. Jana ließ den Karton fallen und heulte hysterisch los, verschluckte sich und bekam keine Luft mehr.
Kurze Zeit später hörte sie die Klingel. Der Appetit auf eine Pizza war ihr vergangen. Sie ließ den Boten vor der Tür stehen.
– Jana!!!
Gavla, erinnerte sie sich mit einem Mal. Sie hatte ganz vergessen, dass sie seinen Besuch abgenickt hatte. Am liebsten hätte sie sich verleugnet, aber er konnte das offene Fenster und den Schein der Lampe sehen. Sie wischte ihre Tränen ab und lehnte sich aus dem Fenster.
– Hallo, bist du das? Mir ist nicht gut, verschieben wir es auf ein anderes Mal, sorry, wimmelte sie ihn ab.
– Alles in Ordnung mit dir?
– Ja, ja, murmelte sie. – Ich glaube, ich werde krank … eine Erkältung oder so. Sie winkte ab und wollte schnell das Fenster zuschlagen.
Gavla begann breit zu lächeln.
– Aber dagegen gibt es doch Medizin. Er zog eine Flasche erstklassigen Portweins aus der Tasche. Jana würde sich gerne betrinken, sie würde sich volllaufen lassen, bis sie einen Filmriss hätte und sich am nächsten Morgen an nichts mehr erinnern könnte. Dann würde sie sich besser fühlen.
Mit einem Schaudern wurde ihr klar, dass dieser arrogante, selbstverliebte Kerl eigentlich der einzige Freund war, den sie hatte.

Mit ihren Freundinnen konnte sie über die Sorgen mit dem Ehemann, über Sex und auch die Kinder sprechen, aber für das hier brauchte sie einen Kerl. Für diese bescheuerte Mikrowellen-Verpackung brauchte sie jemanden, der sich auskannte und nicht gleich panisch wurde … Und in ihren Augen war Gavla genau so ein Mensch. Sie wollte mit jemandem über all das reden und sich beruhigen, bevor sie die Polizei rief. Sie drückte den Türöffner und Gavla schlüpfte hinein.
Er bemerkte sofort, dass Jana geweint hatte. Das hatte ihm gerade noch gefehlt.
– Was ist los, du heulst doch nicht etwa wegen Milans Affären? Das ist es echt nicht wert. Er wischte ihr die Tränen von den Wangen. Sie stieß seine Hand weg.
Scheiße, Mann, die ist doch frigide.
Jana setzte sich resigniert auf die Couch und deutete auf den Karton. Von Neuem weinte sie los. Gavla genügte ein einziger Blick, um Milans Sachen zu erkennen. Den italienischen Anzug für dreißigtausend Kronen trug er am Tag der Besprechung, als sie sich das letzte Mal gesehen hatten. Toller Stoff, saß wie angegossen. Gavla riss die Augen auf und schluckte.
– Was ist das denn?
– Milans Sachen. Jana gelang es, sich zusammennehmen, sie gewann die verlorene Selbstkontrolle zurück. Vor anderen Leuten weinte sie nie.
– Das sehe ich, aber wo kommen die her? Was machen die in diesem Karton?
– Ich habe echt keine Ahnung. Den hat mir jemand vor die Tür gestellt. Ihre Stimme zitterte merklich.
– Hast du schon die Polizei gerufen?
– Nein, noch nicht.

– Ist da eine Nachricht oder so dabei?, sprudelte er hervor.

– Nein.

Gavlas Augen funkelten merkwürdig. Er nahm sie fest bei den Schultern und schüttelte sie leicht. Dabei schaute er ihr direkt in die Augen.

– Hör zu! Wir lassen das einstweilen hier, versteck das irgendwo. Morgen rufe ich einen Bekannten bei der Polizei an und berate mich mit ihm, wie weiter. Vielleicht ist jemand nur auf Geld aus und will dir einen Schreck einjagen und dich erpressen. Jetzt musst du dich vor allem beruhigen und ausschlafen, morgen finden wir gemeinsam eine Lösung. Die Polizei würde das nur noch komplizierter machen. Mit Milan ist bestimmt alles okay. Ich habe mit ihm gesprochen, fügte er dann noch hinzu.

– Wann? Sie schaute ihn mit verweinten Augen an.

– Vorgestern, log er, um sie zu beruhigen.

– Das ist schon zwei Tage her, Daniel.

– Irgendetwas ist faul hier, und es würde mich nicht wundern, wenn seine Tussi da die Hände im Spiel hätte. Werd vor allem nicht panisch und unternimm nichts ohne mich. Du musst vorsichtig sein. Morgen finden wir für alles eine Lösung. Keine Angst, ich habe einen Bekannten bei der Polizei. Ich gehe gleich morgen früh bei ihm vorbei, und dann versuchen wir gemeinsam, Milan zu finden. Wir beginnen bei seiner Schnecke, ich habe eine Ahnung, wo die wohnt.

Sie nickte heftig. Das genau war es, wonach sie sich gesehnt hatte. Sie brauchte jemanden, der diese ganze Angelegenheit klärte, der entschied, was zu tun war, und so etwas konnte Gavla. Sie beruhigte sich sofort und konnte wieder nachdenken. Sie liebte Milan schon lange nicht mehr, sie hasste ihn auch nicht, da war einfach nichts. Im Verhältnis zu ihrem Mann war vollkommene Leere. Gelüftet wie in einem Zimmer. Deshalb bereitete es ihr kein Problem, so geduldig abzuwarten, wie sich die Situation weiterentwickeln würde.

– Warum, in Teufels Namen, ruft er mich nicht an? Glaubst du, dass ihn jemand entführt hat? Sie heftete ihren Blick auf Gavla. *Mein Gott, das war wieder ein Einfall wie aus einem schlechten Film … aber die Talsperren sind voll mit Leichen.*

– Immer mit der Ruhe, du musst dich vor allem beruhigen. Er fasste sie an der Schulter.

– Aber was soll das heißen, zum Teufel noch mal? Kennst du diese Tussi etwa?

– Nein, sagte er wenig überzeugend.

– Ich habe keine Nerven für so was! Tagaus, tagein muss ich mich mit so viel Mist beschäftigen, und jetzt auch noch das, wütete sie, bis die Türklingel sie unterbrach. Jana zuckte heftig zusammen. Gavla schritt entschieden zur Tür und erledigte die Sache mit dem Boten. An die Pizza, die jetzt auf dem Tisch kalt wurde, hatte Jana nicht mehr gedacht. Sie kostete kein einziges Stück.

VII.

Noch am gleichen Tag traten Zuzana Turková und Adam Vejnar im Wartezimmer der Tierarztpraxis nervös von einem Fuß auf den anderen. Turková studierte die Anzeigen am Schwarzen Brett, während Vejnar eine verletzte Dohle beobachtete. Unbeholfen sprang sie im Käfig hin und her und schaute ihn voller Schrecken an. Er sah auf seine Uhr. Der Tierarzt kannte den Sýkora gut, er würde ihnen also einiges erzählen können. Wenn sie großes Glück hatten, würden sie in der Tierverwertung auch andere als tierische Organe finden, aber das wäre wohl zu einfach. Er verzog das Gesicht. So schnell würde es wohl nicht gehen. Er war müde. Um diese Zeit saß er oft schon im gemütlichen Halbdunkel eines Wirtshauses.

Die Tür zur Praxis wurde aufgerissen und eine verweinte Frau um die fünfzig mit einem Hund auf dem Arm kam heraus. Die Zunge hing ihm aus dem Mund und am Bauch hatte er eine frisch genähte Wunde.

– Das kommt schon in Ordnung. Rufen Sie mich morgen an, wie es dem Hund geht, verabschiedete sich der Doktor vom Frauchen seines vierbeinigen Patienten und wandte sich den Polizisten zu. – Ich bitte vielmals um Entschuldigung, ein akuter Fall, hoffentlich mussten Sie nicht allzu lange warten, kommen Sie herein, wurden sie von Doktor Netík begrüßt, der konfus um die beiden Polizisten herumtänzelte und in wenigen Momenten eine ganze Reihe hektischer, komplett überflüssiger Bewegungen vollführte, bevor er sich in den Drehstuhl in seiner Praxis setzte.

– Dann schießen Sie los. Er faltete die Hände vor der Brust, als wollte er beten, und blinzelte Vejnar zu.

– Sagen Sie, kennen Sie außer Erik Sýkora noch jemanden, der Tiere präpariert?, ergriff die Turková das Wort. Der Doktor dachte nach.

– Nicht in Ostrava. Ich weiß noch von einem in Opava, kenne aber seinen genauen Namen nicht. Pokorný vielleicht oder Pospíšil, irgendwie so.

– Wie lange kennen Sie den Sýkora schon?

– Drei Jahre vielleicht. So lange arbeite ich mit ihm zusammen, könnte man sagen. Der Doktor schaute die ganze Zeit Vejnar an. Die Turková sagte etwas, und sein Blick glitt wieder kurz zu ihr.

– Sie haben ihm Aufträge vermittelt, stimmt das so? Ist der Sýkora ein guter Präparator?
– Ja, ich glaube schon, dass er gut ist, sonst würde ich ihn nicht empfehlen. Ich bin übrigens nicht der einzige Tierarzt, mit dem er zusammenarbeitet. Er blinzelte und bohrte seinen Blick wieder in Vejnar, der bis dahin noch kein einziges Wort gesagt hatte. Die Turková ärgerte das.
– Warum haben sich dann einige Kunden über ihn beschwert?
– Wissen Sie, so ein Lieblingstier zu präparieren, ist ein ziemlich undankbarer Job. Der Hund oder die Katze hat nie wieder einen so lebendigen Ausdruck, wie die Besitzer sich das vorstellen. Das ist die eine Sache. Die andere Sache ist, dass Herr Sýkora in letzter Zeit ein wenig unzuverlässig war. Er hat Termine nicht eingehalten und so. Die Beschwerden sind dann auf mich zurückgefallen, und so haben wir vor ungefähr einem Monat freundschaftlich vereinbart, dass wir die Zusammenarbeit beenden. Diesmal sauste der Blick des Doktors zwischen ihnen beiden hin und her, meist konzentrierte er sich jedoch auf Vejnar. *Macho*, machte die Turková sich im Stillen Luft.
– Haben Sie eine Ahnung, was diese Veränderung ausgelöst hat?
Der Arzt starrte die Turková an, als sähe er sie zum ersten Mal.
– Ich glaube, er hat wieder angefangen zu trinken. Er ist trockener Alkoholiker, und die rutschen da oft wieder hinein.
– Wie würden Sie ihn beschreiben, also was für einen Eindruck hat er auf Sie gemacht?, meldete Vejnar sich unerwartet zu Wort, und die Turková, die gerade im Begriff war, eine weitere Frage zu stellen, schloss ihren Mund wieder. Netík überlegte.
– Hm, schwierige Frage. Er ist sehr introvertiert. Ich war überrascht von seiner Fachkenntnis und Expertise in vielen Bereichen. Wir sind ein paarmal ins Gespräch gekommen, und ich habe fest-

gestellt, dass man sich mit ihm über fast alles unterhalten kann. Jedes Mal stellte er seine Fachkenntnis unter Beweis, er ist offenbar sehr belesen. Einmal hat er mir ein ganzes Buch aus dem Französischen übersetzt und keinen Heller dafür genommen. Er hat darauf bestanden, dass er nichts will. Auf den ersten Blick kämen Sie gar nicht auf die Idee, dass er intelligent sein könnte. Sein Körper täuscht, außerdem stottert er, bei einer ersten Begegnung erweckt er eher den Eindruck, schwachsinnig zu sein. Ich glaube, er hat eine psychische Erkrankung, die ihn daran hindert, sich in den normalen Alltag zu integrieren.

– Arbeitet er deshalb lieber mit Leichen?, fragte die Turková wie nebenbei.

Der Doktor starrte sie an und überlegte lange, ehe er antwortete.

– Ich glaube nicht, dass es da einen Zusammenhang gibt. Er befriedigt einfach eine Nachfrage. Es gibt wirklich nicht so viele gute Tierpräparatoren, meinte der Doktor. – Vielleicht hat er ein Problem mit Menschen, fuhr er fort und sein Blick kehrte zu Vejnar zurück.

– In welchem Sinne?, fragte die Turková etwas zu brüsk.

– Wie ich bereits sagte, er ist ein bisschen asozial, und nicht jeder hat dafür Verständnis.

– Hat er eine Familie oder Freunde?

– Ja, ich weiß, dass er eine Tochter hat, aber er hat nie mit mir über sie gesprochen. Er hat es nur einmal ganz nebenbei erwähnt. Und soweit ich weiß, geht er jeden Mittwoch irgendwo Karten spielen. In irgendeine Kneipe, in Přívoz, da, wo er wohnt. Ich glaube, ins Wirtshaus „U Dlouhých", aber sicher bin ich mir nicht. Aber meines Erachtens verbringt er die meiste Zeit mit sich selbst.

– Können wir einen Blick in die Tierverwertung werfen? Die Turková erhob sich und ihr Blick suchte nach einem Raum, in dem sich tote Tierkörper befinden könnten. Der Doktor stand auf, Vejnar und die Kollegin hefteten sich an seine Fersen. Die Tierverwertung war ein kleiner Raum mit zwei Gefriertruhen. Die Turková blickte fragend auf.

– Sie entsorgen die Tiere gar nicht selbst?

– Natürlich nicht. Das wäre viel zu teuer und kompliziert. Einmal in vierzehn Tagen kommt eine Firma, die alles biologische Material in die Tierkörperverwertung nach Opava bringt.

– Haben Sie die Abfälle von Herrn Sýkora noch hier?

– Ich glaube schon. Der Doktor öffnete eine der Truhen. Die Turková streifte sich Handschuhe über und wühlte die Säcke durch. Ihre Hand wurde eiskalt. In den Säcken fand sie jedoch nur starre Körper von Tieren, von Hunden, von Katzen und Meerschweinchen. In einem kleineren Beutel war irgendwelcher, auf den ersten Blick nicht zu identifizierender biologischer Abfall. Die Turková zog den Beutel heraus.

– Den hier nehmen wir mit, wenn Sie erlauben. Der Arzt zuckte mit den Schultern und sah die Turková überrascht an.

– Ist denn Herr Sýkora wegen irgendwas … ähm, verdächtig?

– Kann schon sein. Geben Sie uns jedenfalls sofort Bescheid, falls er Sie kontaktiert. Die Turková schaute kurz zu Vejnar, ob der noch eine Frage an den Doktor hätte. Ihr genügte das so weit erst mal. Vejnar sagte nichts. Der Doktor reichte erst Vejnar die Hand, dann ihr. Sie verzog dazu nur den Mund. Als sie die Praxis verlassen hatten, lachte Vejnar laut los. Sie sah ihn verständnislos an.

– Haben Sie das denn nicht mitgekriegt?

– Was denn?

– Na, dass der vom anderen Ufer ist. Darum hat er Sie kein einziges Mal angeschaut. Auch seine Stimme klang anders, wenn er mit Ihnen gesprochen hat. Haben Sie das nicht bemerkt?

– Na klar ist mir das aufgefallen, blaffte sie, weil es sie ärgerte, wie er ihr zu verstehen gab, dass der Chef eben doch ein Mann sein musste.
– Das ging gar nicht gegen Sie, ich habe ihm einfach gefallen, Vejnar lachte und schüttelte den Kopf.
– Blödsinn, sagte sie wenig überzeugt und auf ihren Lippen zeigte sich ein Lächeln. Das war das erste Mal, seit sie miteinander sprachen. Vejnar bemerkte, dass sie dritte Zähne hatte, dabei dürfte sie schätzungsweise nicht älter als vierzig sein.
Es ging auf acht zu. Draußen war es schon dunkel und ein leichtes Nieseln setzte ein.
– Ich setze Sie zu Hause ab. Wo wohnen Sie?, fragte sie Vejnar.
– Lassen Sie mich in der Stodolní-Straße raus, ich gehe noch auf ein schnelles Bier. Oder – wollen Sie nicht auch eins?, wandte er sich ihr zu. Er dachte, dass er ihr damit eine Freude machen würde. Er konnte nicht sagen, warum, aber er hatte das Gefühl, dass sie einsam war.
– Nein, meine Hunde erwarten mich schon, ich muss nach Hause. Sie bog von der Hauptstraße ab, ließ Vejnar auf der Stodolní raus und fuhr zurück in Richtung Arbeit. Unterwegs versuchte sie mehrmals vergeblich, den Kollegen aus dem Labor an den Hörer zu kriegen. Sie wollte so schnell wie möglich die Ergebnisse haben. Der Kollege ging nicht ran, und das wurmte sie. Sie selbst war in der Lage, noch nachts um drei ans Telefon zu gehen, wenn es um die Arbeit ging. Sie konnte nicht verstehen, dass jemand sie so sehr ignorierte.
– Zum Teufel auch, dieser blöde Neruda, fluchte sie laut.

VIII.

Die Zeiger der Bürouhr standen auf kurz vor zwölf, aber Vejnar hatte sich noch nicht auf der Arbeit gezeigt. Doktor Rašovský hatte wohl etwas für ihn, wollte ihr am Telefon aber nichts sagen, er fragte nur dauernd nach Vejnar. Das nervte sie. Schließlich machte die Turková sich allein auf den Weg in die Pathologie, sie konnte es nicht mehr erwarten. Hatte Vejnar eben Pech, er hätte ja schon längst da sein sollen.

Kaum hatte sie die massive Tür zur Pathologie aufgestoßen, umgab sie ein unangenehmer Geruch. Er hatte sich in den Gängen und im Treppenhaus festgesetzt. Sie klingelte.

– Kommen Sie, kommen Sie, ich erwarte Sie schon. Rašovskýs Blick irrte durch den Flur. – Adam ist beschäftigt?, wollte der Pathologe wissen, der ungefähr in Vejnars Alter war. – Was den Körper betrifft, kann ich Ihnen wohl keine große Freude bereiten. Mein Kollege und ich haben nichts gefunden, was Sie nicht schon selbst bemerkt hätten. Keine Wunde, keine Abschürfung, nichts. Die Haut ist vollkommen intakt, also außer den Eingriffen, die nötig waren, um ihn zu präparieren. Die Nägel sind sauber, zu den Schleimhäuten und der Mundhöhle kann ich absolut gar nichts sagen. Auf der Haut habe ich keinerlei Anzeichen von Gewalteinwirkung gefunden. Der Körper ist gründlich bearbeitet worden, er wurde in Chemikalien eingeweicht. Die toxikologischen Befunde erwarten wir erst noch, sprudelte er hervor, während er den Körper aufdeckte, oder vielmehr das, was von ihm geblieben war. Vor ihnen auf dem Tisch lag die Haut, und beim Anblick dieser menschlichen Überreste wurde der Turková leicht übel. Im Schein des Lichts hatte die Haut des Toten eine unnatürlich gräulich-grüne Farbe und schien hart wie Schuhleder. An den Anblick von Leichen würde sie sich erst noch gewöhnen müssen. Außerdem war diese hier besonders gespenstisch, durch ihre erstarrte Lebendigkeit war sie außergewöhnlich und ließ sie mehr schaudern als alle anderen. Sie biss die Zähne zusammen, damit der Pathologe nicht das kleinste Zögern an ihr wahrnehmen konnte.

– Ich habe mit den Kollegen aus Brno und Prag Rücksprache gehalten, aber keiner von denen ist je mit so etwas in Berührung gekommen. Wenn ich zumindest den Magen, die Lunge, irgendeine Körperflüssigkeit, einfach irgendetwas hätte, dann könnte ich vielleicht … Zum Glück haben wir wenigstens die Haare und Zähne, da kriegen wir vielleicht etwas heraus. Dann wandte er sich zu ihr um.

– Das Skelett haben Sie?

Die Turková starrte ihn entgeistert an. Ihr wäre nie in den Sinn gekommen, dass im Inneren kein Skelett sein könnte. Aus dem Bericht ging jedoch hervor, dass die Haut nur Polyurethan-Teile, Holzwolle, Gips und Ton verdeckt hatte. Mehr nicht. Sie las eine Weile in dem Bericht, und reagierte deshalb nicht auf Rašovskýs Frage.

– Die ungefähre Todeszeit können Sie wahrscheinlich auch nicht bestimmen, oder?, fragte die Turková, denn in dem Bericht fehlte auch diese Angabe. Rašovský schaute sie fragend an und zögerte einen kurzen Moment.

– Sehen Sie, das ist so, als hätten Sie mir Lederhandschuhe gebracht und würden nun wissen wollen, ob das Kalb an Darmverschlingung gestorben ist. Er hoffte, ihr das deutlich genug erklärt zu haben.

Die Turková begriff. Die Todeszeit würde etwas zwischen „zuletzt gesehen“ und „in der Pathologie gesehen“ sein. Ruhig sprach Rašovský weiter.

– Die Schnitte wurden mit sicherer Hand vorgenommen, aber ich vermute, dass der Präparator sich nicht hundertprozentig mit der menschlichen Anatomie auskennt, so sind sie teilweise etwas unsinnig ausgeführt worden, hier zum Beispiel. Er zeigte auf eine Stelle unter der Achsel.
– Mit der Präparation muss er es offensichtlich sehr eilig gehabt haben, schon jetzt gibt es am Körper Spuren von Schimmel und Fäulnis, das bedeutet, dass er die Haut nicht lange genug mazerieren konnte. Auch mit den Formen hat er sich keine besondere Mühe gemacht, kurz und gut, er kennt die menschliche Anatomie nicht und hat sich meiner Meinung nach auch nicht besonders angestrengt oder hatte nicht genug Zeit, fasste er zusammen.
– Was haben Sie noch für mich? Sie hatten gesagt, dass Sie etwas gefunden haben?, konnte die Turková sich nicht verkneifen zu fragen.
– Hier. Er streckte ihr die Hand hin, in der er ein Stück zerknittertes Papier hielt. Schnell griff die Turková zu und strich es glatt.

Ich bin kein Mörder und kenne diesen Menschen nicht. Ich weiß nicht, wer ihn getötet hat. Ich bin lediglich zu einem Werkzeug geworden. Beschützen Sie meine Tochter. Erik Sýkora

Sie knüllte den Schnipsel zusammen. Die Nachricht hatte sie einigermaßen enttäuscht, denn sie erklärte gar nichts. Eigentlich war sie völlig irrelevant und ergab keinen Sinn. Andererseits war es die einzige Spur, die sie bis jetzt hatten. Wenn aber Sýkora nicht der Mörder war und den Mann gar nicht kannte, warum konnten sie ihn schon den zweiten Tag nirgendwo finden? Er hatte sich weder zu Hause noch in dem Wirtshaus gezeigt, wo er immer Karten spielte. Die Stammgäste hatten ihn schon mehrere Tage lang nicht

gesehen. Warum hatte sich Sýkora nicht bei der Polizei gemeldet? Die Nachricht hier konnte sie erst einmal glauben, sie würde die Behauptung aber nicht nur überprüfen, sondern auch mit Beweisen untermauern müssen. Sie nahm den Pathologiebericht an sich und verschwand. Rašovský war enttäuscht. Dieser Fund war für ihn genauso sensationell und geheimnisvoll wie eine Flaschenpost, die im seichten Wasser angespült wurde. Der Turková war klar, dass sie Erik Sýkora um jeden Preis finden musste. Seinetwegen würde sie ruhig die halbe Republik aufscheuchen.
Im Büro stieß die Turková auf Vejnar. Er stand an den Türrahmen gelehnt und schäkerte mit der Sekretärin. Die Turková haute den Pathologiebericht mit einem Knall auf den Tisch, sodass Vejnar sich umdrehen musste. Er lächelte in ihre Richtung. Sie bemerkte, dass er die gleichen Sachen trug wie am Tag zuvor, gestern Abend hatte er es offenbar übertrieben. Sie maß ihn mit einem wütenden Blick.
– Der Chef hat mich mit der Leitung dieses Falles beauftragt. Wenn Sie noch einmal erst um zwölf hier reingeschneit kommen, behalte ich das nicht mehr für mich. Und ganz nebenbei, bisher haben Sie mir noch kein einziges Mal bewiesen, dass Sie mehr sind als ein überhebliches Faultier, sagte sie mehr als nachdrücklich. Die anderen Kollegen zogen nur leicht die Augenbrauen nach oben, kommentierten das aber nicht. Den ganzen Tag mit Leichen zu verbringen, und dann noch von so einer Zimtzicke traktiert zu werden, da standen der Abteilung wohl harte Zeiten bevor …

Auch zwei Tage später hatte das Labor noch keine Ergebnisse aus der Veterinärmedizin für sie. Sie beauftragte Vejnar, sollte der sich doch mal irgendwie nützlich machen und die herbeischaffen.

– Kann ich mal auf ein Wort?, donnerte der Chef von der Türschwelle seines Büros. Es musste dringend sein, wenn er wegen „eines Wortes“ aus seinem Stuhl hochgekommen war. Sie folgte seinem watschelnden Gang. Kaum saß er wieder, schon zog er die Schuhe aus. Sie nahm im Sessel gegenüber Platz und beobachtete, wie er schnaufte und in einer Schublade kramte. Auf seiner gelockerten Krawatte war ein frischer Fleck, er hatte wohl vergeblich versucht, ihn mit Wasser auszuspülen. Sein Sakko hing am Ständer, und obwohl nicht geheizt wurde und es draußen kalt war, hatte er riesige Schweißflecken unter den Armen. Er war wie ein unbeholfenes Walross, das mit den Flossen seine Untergebenen schützte. Sein mächtiger Rücken verdeckte so manches Malheur und seine riesige Pranke winkte bei kleineren Vergehen manchmal nur ab. Hier in diesem Stuhl wollte er die Jahre bis zur Rente unbehelligt überstehen.

Er hatte die Turková in die Mordkommission geholt, obwohl er mit Frauen bei der Kripo nicht die besten Erfahrungen hatte. Er kannte sie von kriminalpolizeilichen Konferenzen und auch aus der Praxis und hatte sich gesagt, dass er es mit ihr versuchen würde. In seinen Augen war sie eine hervorragende Methodikerin und Pedantin, und genau so jemanden brauchte er. Mit Vejnar im Team schien sie ihm die Idealbesetzung zu sein. Vejnar brauchte jemanden, der ein Auge auf ihn hatte und seiner Arbeit etwas Disziplin aufdrückte. Er wiederum war erfahren und nicht so leicht aus der Ruhe zu bringen, er konnte ihr zeigen, wie das in der Mordkommission so lief.

– Wollen Sie? Er kramte ein Tütchen Salzmandeln aus der Schublade und schob es in ihre Richtung. Sie nahm sich eine heraus.

– Also ich werde nicht um den heißen Brei herumreden. Zu Beginn möchte ich betonen, dass ich persönlich mit Ihrer Arbeit zufrieden bin, andererseits liegen mir hier einige Beschwerden von den Kollegen vor. Die ganze Zeit über schaute er ihr direkt in die Augen, die von ihrem Pony verdeckt wurden. Sein Gesichtsausdruck war so gutmütig wie der eines alten müden Tieres.

– Wer beschwert sich hier über irgendwas? Vejnar?

– Ach wo. Unsere Kriminaltechniker vor allem, dass Sie die mit Arbeit zuballern und ihnen Galgenfristen setzen, dass Sie nicht respektieren …

– Ach so, der Herr Neruda, unterbrach sie den Chef.

– Na und dann die Kollegen aus der Mordkommission, dass Sie die mit Aufgaben traktieren. Und manchmal sogar Dinge fordern, die die Kompetenzen der anderen überschreiten, fuhr er vorsichtig fort. Die Turková rollte die Augen.

– Aha, Fräulein Lucie also. Ich verstehe gar nicht, wie Sie es hier geschafft haben, überhaupt mal einen Mörder zu fassen, murmelte sie. Der Chef überging die Bemerkung. Sie wussten beide sehr gut, dass ihre Abteilung die beste Aufklärungsrate im ganzen Land hatte.

– Schauen Sie, wir werden das Problem wie folgt lösen: Sie bekommen weitere Leute, Vejnar und Kodler eingeschlossen, und werden die Untersuchungen weiterhin leiten. Die Kriminaltechniker sind unverzichtbar für uns, das sind erfahrene Profis, also respektieren Sie die bitte.

– Das sind banale Analysen, unterbrach sie ihn, aber der Chef winkte mit seiner respekteinflößenden Pranke.

– Dieses Mal habe ich angewiesen, dass sie auf die Tube drücken sollen. In zwei Stunden werden Sie die Analyse haben, aber beim nächsten Mal mache ich das nicht mehr. Lernen Sie, mit den anderen klarzukommen. Er maß sie mit einem etwas väterlichen, aber strengen Blick. – Und nebenbei, kennen Sie schon die Identität des Opfers?

– Nein, ich wollte mich mit den Medien in Verbindung setzen und ein Foto veröffentlichen …
Der Chef unterbrach sie: – Das ist die letzte Möglichkeit.
Sie nickte und fuhr fort: – … außerdem wollte ich Erik Sýkora zur Fahndung ausschreiben lassen. Erst mal nur auf unserem Territorium.
– Einverstanden, setzen Sie sich mit dem Fernsehen in Verbindung.
Eine letzte Mandel war in dem Tütchen übrig und der Chef aß sie auf. Mit seinem angefeuchteten Finger pickte er die Salzkörnchen auf. Die Turková erhob sich, um zu gehen, aber der Chef hielt sie zurück.
– Und unterschätzen Sie Vejnar nicht. Er ist ein toller Ermittler.

IX.

Erik war wie vom Erdboden verschwunden. Also hatten sie sich in den letzten beiden Wochen mittwochs nur noch zu dritt im Wirtshaus „U Dlouhých" auf eine Partie Mariáš getroffen. Nicht einmal Pavel ahnte, wo Erik sein konnte. Er starrte auf seine Karten und sprach nicht viel. Es gab nichts zu sagen. Der Professor bedeutete dem Wirt, ihm ein weiteres Bier zu zapfen, obwohl er noch ein halb volles Glas hatte. Am Tresen standen ein Mann und eine Frau, die sie bis jetzt noch nie hier gesehen hatten. Sie fragten den Wirt aus, der antwortete ihnen unwillig, ohne seine Arbeit zu unterbrechen. Immer wieder lief er zu den Gästen, um sie zu bedienen, und gab den beiden deutlich zu verstehen, dass sie ihn aufhielten. Die Blondine mit der Ponyfrisur schaute sich im Lokal um, als suchte sie jemanden. Der Mann rauchte eine Zigarette und wartete, bis der Wirt wieder zurück war. Nach einer Weile nickte der zu dem Tisch hin, an dem der Professor, Kotrba und Pavel saßen. Der Professor beobachtete sie.

Einen Moment später waren die beiden schon an ihrem Tisch. Sie stellten sich als Ermittler vor und zeigten ihre Dienstmarken. Pavel markierte Desinteresse, während Kotrba sie in Erwartung einer Sensation stumm und mit offenem Mund anstarrte.

– Können wir uns dazusetzen? Der Mann wartete auf keine Erlaubnis und zog sich einen Stuhl heran. Die Frau blieb stehen.

Nach den ersten drei Sätzen war klar, dass Sýkoras Kumpane nicht viel über ihn wussten. Vejnar entlockte ihnen nicht mehr als das, was ihnen schon Doktor Netík gesagt hatte. Trotzdem hatte er das unbestimmte Gefühl, dass sie Sýkora deckten. Aber warum? Es wusste doch niemand, dass sie vor knapp einer Woche in Eriks Anbau die Leiche eines Unbekannten gefunden hatten.

– Es hat ihn wohl jemand bedroht, entfuhr es Kotrba, und unter dem Tisch versetzte ihm Pavel einen Tritt gegen das Schienbein, dass er aufbrüllte. Kotrba starrte ihn wütend an. *Was erlaubte der sich? Ist der verrückt geworden, oder was?*

– Das letzte Mal hat er uns anvertraut, dass er Angst um seine Tochter hat, dass ihr jemand was antut, fuhr Kotrba einen Deut zaghafter fort.

– Warum ist er damit nicht zur Polizei gegangen? Wissen Sie, wo er sich versteckt hält?, mischte sich die Frau ins Gespräch. Kotrba zuckte die Schultern. – Vielleicht hatte Erik Angst, dass er dadurch die ganze Situation nur noch komplizierter machen und das Mädchen in Gefahr bringen würde, überlegte er laut. Aber warum versteckte er sich, wenn er nichts verbrochen hatte? Wohin war er verschwunden und warum ermitteln die gegen ihn? Die Fragen

schwirrten Kotrba nur so durch den Kopf. Er kniff die Augen zu, sein Gehirn lief auf Hochtouren.
Was, wenn das gar keine Polizisten waren, sondern die, von denen Erik bedroht wurde? Mensch, was war er doch für ein Blödmann. Selbst Pavel hatte das gleich durchschaut und der Professor wohl auch, denn der hatte noch kein Wort verloren. Die hätten sie doch bestimmt lieber aufs Revier vorgeladen und nicht einfach so hier im Wirtshaus ausgefragt … Nicht mal die Dienstmarken hatte er sich richtig angeschaut. Wer weiß, was die ihm gezeigt hatten. Eine echte Polizeimarke hatte er in seinem ganzen Leben noch nicht gesehen. Die hätten ihm sonst was zeigen können, und er hätte alles ausgepackt, ohne auch nur mit der Wimper zu zucken. Am liebsten wäre Kotrba im Boden versunken, dass er nicht sein Maul halten konnte. Gott, jetzt war es an ihm, der ganzen Sache auf den Grund zu gehen, sonst kriegte Erik noch Probleme. Er hatte sowieso schon Dreck am Stecken.
Vor einem Monat war plötzlich ein Mann aufgetaucht und hatte sich nach Erik erkundigt. Ein Geldsack, gleich auf den ersten Blick. Er hatte sich als Journalist und ein Freund von Eriks Tochter vorgestellt. Kotrbas Herz hatte vor Begeisterung einen Hüpfer getan. Endlich mal zeigten diese räudigen Journalisten Interesse an seiner Person. Bereitwillig hatte er sich um den Kerl gekümmert. Der tat geheimnisvoll, aber Kotrba zweifelte nicht, dass das jemand von einer großen Tageszeitung, vielleicht sogar aus Prag, sein musste, deshalb war er so mitteilsam.
Bis zu dieser Zeit hatten nämlich alle Zeitungen, auch die Boulevardpresse, seine Artikel immer abgelehnt. Oft genug hatte Kotrba wie ein Schuljunge vor einer Redaktion gestanden und irgendeinen Redakteur gebeten, seinen Artikel wenigstens anzuschauen. Alle Redaktionen der Stadt kannten ihn schon, aber nur selten

druckten sie etwas von ihm. Dabei war er vor der Wende bei einer Tageszeitung von Ostrava beschäftigt gewesen. Dann hatten sie ihn vor die Tür gesetzt, und seitdem taten alle so, als wüssten sie nicht, wer er war.
Mit der Nase im Wörterbuch übersetzte Kotrba bis tief in die Nacht Artikel aus ausländischen Zeitungen, vor allem aus denen, die die offizielle Version einiger Nachrichten in Zweifel zogen. Dort war die wirkliche Wahrheit versteckt, aber die Schreiberlinge hier wollten davon nichts hören. Sie hielten sich an das, was die inländischen Medien meldeten, und die waren allesamt korrumpiert, daran hatte er keinen Zweifel.
Endlich war jemand aufgetaucht, dem er nützlich sein konnte. Ein seriöser Kerl, der ein ungewöhnliches Interesse an der Person von Erik offenbarte. Kotrba hatte ihm das Stellwerk gezeigt, in dem Erik wohnte, und der Mann hatte es fotografiert, sich bedankt und war in seinen dunklen Lexus gestiegen. Er hatte Kotrba seine E-Mail-Adresse hinterlassen, damit der ihm seine Artikel schicken konnte. Die Adresse hatte Kotrba irgendwo aufbewahrt, da er sich mit dem Internet noch nicht so wirklich angefreundet hatte. Mit E-Mails wollte er nichts zu tun haben. Er hatte Angst, dass sie ihn anzapfen und alle von ihm zusammengetragenen Informationen vernichten würden, und dann hätte er deswegen vielleicht noch Scherereien gekriegt. Heute war das ja schlimmer als bei den Bolschewiken. Das Internet war ein Werkzeug des Teufels, ein Big Brother, der Informationen über uns sammelte, und all diese Blödmänner stellten ihm diese auch noch bereitwillig zur Verfügung. Davor wollte Kotrba sich schützen. Wenn es mal hart auf hart käme, würde er als Sieger aus der Sache hervorgehen, weil sie ihn nämlich nicht finden würden.

Das alles hätte er wohl der Polizei sagen sollen, aber nicht diesen beiden hier. Denen traute er nicht über den Weg. Er würde direkt zur Kriminalpolizei gehen, zum Direktor. Diesen Gedanken verwarf er jedoch gleich wieder. Schließlich war er keiner von diesen naiven Deppen, er wusste ja, wie das lief. Der Polizeidirektor war eine Marionette, von Politikern in Position gebracht, und die Politiker wurden von den Krakenarmen der reichen Unternehmer gesteuert. Kotrba kratzte sich am Bart und kam zu dem Schluss, dass er dieses ganze Rätsel wohl selbst würde lösen müssen.
Die beiden Schnüffler waren weg. Die Männer hielten die Köpfe gesenkt und starrten wieder in ihre Karten. Sie wollten lieber nicht darüber nachdenken, warum Erik gesucht wurde. Das waren einfach nur zwei Gegner aus dem feindlichen Lager, die grundlos für Unruhe sorgten und vor denen man sich in Acht nehmen musste.

Kaum hatten sie das halbdunkle, verrauchte Lokal verlassen, schon klingelte Turkovás Telefon und der Kollege Kodler meldete sich.
– Wir haben die beiden Jungen. Der Hundehalter hatte recht. Die Jungs haben die Leiche wirklich gefunden, dann aber einen Schreck gekriegt und sind abgehauen. Auch jetzt wollten sie uns nichts sagen, aber zum Schluss kam heraus, dass sie diesen Typen schon so da gefunden haben, sie haben quasi das Gleiche beschrieben wie der Mann mit dem Hund. Sie haben niemand anderen gesehen und kennen den Mann ebenfalls nicht. Die Aussage ist genau gleich, wie mit Durchschlag geschrieben.
– Habt ihr sie überprüft?
– Klar, fuhr Filip fort. Das hier war sein erster großer Fall. – Beide minderjährig, der eine war aktenkundig wegen geringfügigem Diebstahl, der andere ist sauber.

– Hm. Noch was anderes?
– Was die Jungs angeht, wohl nichts Interessantes, schloss er. – Ich habe auch mit den Leuten von der *Blesk* wegen des Artikels über den Sýkora gesprochen. Ich habe versucht, mich mit seiner Tochter in Verbindung zu setzen, mit dieser Beigeordneten, aber …
– … ich weiß schon, unterbrach sie ihn. – Und?
– Bei der *Blesk* haben sie unwillig zugegeben, dass sie eigentlich gar nicht wissen, von wem die Fotos sind. Die haben sie mit einer anonymen Mail bekommen. Sie haben wohl nur überprüft, ob das wahr ist, und dann haben sie es gedruckt, weil der Betreffende dazu auch eine Anzeige bestellt hatte. Ansonsten hätten sie das angeblich eher abgelehnt, weil ihnen das Thema nicht besonders attraktiv erschien. Sie meinten irgendwas, dass das zu regional sei oder so.
– Was ist das für eine Anzeige? Die Turková hatte inzwischen die *Blesk* aus dem Handschuhfach des Autos gefischt.
– Die ist in einer älteren Nummer erschienen. Ich habe die hier.
– Gut, finde für mich alles über die Firma heraus, die da inseriert hat. Und was hat die Bittnerová gesagt?
– Sie geht nicht ans Telefon. Ich war auch bei ihr zu Hause, aber sie hat nicht aufgemacht oder war nicht da. Soll ich sie vorladen lassen?
Die Turková dachte nach. Die Bittnerová könnte was über den Sýkora wissen. Oder ob sie ihn sogar selber irgendwo versteckt hielt?
– Erst mal nicht. Zuerst gehen Vejnar und ich uns das da mal anschauen. Sie legte auf.

1945–1946

Überall in den Straßen herrschte ein schreckliches Chaos. Die Leute liefen aus den Häusern, um sich die Befreier anzuschauen, ihnen die Hände zu schütteln oder ihnen Blumen zuzuwerfen. Auch die Familie Adler, obwohl sie Deutsche waren, atmete auf, weil der Krieg vorüber war. Sie sorgten sich, was nun mit ihnen geschehen würde, wo Deutschland den Krieg verloren hatte. Aber Irma war ja in der Tschechoslowakei geboren und fühlte sich als Tschechin, aber auch als Deutsche.

Der Vater schloss seine Praxis und wies beide Frauen an, die Wohnung nicht zu verlassen. Er hatte Angst. Viele Deutsche hatten während des Krieges mit den Faschisten paktiert, aber seine Familie hatte sich für Politik nie interessiert. Er hatte seine Arztpraxis, und zu seinen Patienten zählten Deutsche, Tschechen und bis zur Besatzung auch Juden. Patient war gleich Patient, er machte keine Unterschiede zwischen ihnen. Das sah aber nicht jeder so, und Adler selbst hatte wegen seiner allumfassenden Konfliktlosigkeit während des Krieges Probleme. Eine ganze Reihe seiner Kollegen und deutschen Freunde schaute von oben auf ihn herab, weil er nicht klar Position bezog. Aber die Adlers wollten nur in Ruhe den Krieg überleben und sich vor allem an ihrem Enkel erfreuen. Mehr nicht. Trotzdem hatten sie schon während des Krieges die Feindseligkeit ihrer tschechischen Nachbarn zu spüren bekommen, die sie allesamt mit den Faschisten über einen Kamm scherten.

Ein paar Tage nach der Befreiung beobachteten die Adlers, wie ihre tschechischen Nachbarn Hakenkreuze an die Häuser schmierten, die von Deutschen bewohnt waren. Irgendjemand schlug ihnen alle Fenster der Praxis ein und malte einen Galgen an die Tür. Bald wurde eine Anordnung erlassen, die ihnen ähnliche Beschränkungen auferlegte wie der jüdischen Bevölkerung zu Kriegsbeginn. Die Adlers blieben zu Hause gefangen, und aus den Fenstern ihrer Wohnung beobachteten sie die gelegentlichen Handgreiflichkeiten vor den Häusern der deutschen Anwohner. Einige Deutsche hatten nicht warten wollen, bis man sie am Schopfe packen und durch die Straßen schleifen würde. Sobald klar war, dass Hitler den Krieg verlieren würde, hatten viele von ihnen vorausschauend die wichtigsten Sachen gepackt und waren in der Dunkelheit geflohen.

Irma kam vor lauter Angst beinahe um. Sie bangte um Erich, um ihre Eltern, am meisten aber um Alex. In den letzten Monaten war sie die Behörden abgelaufen und hatte versucht, wenigstens irgendeine Information über ihn herauszufinden, aber niemand hatte etwas gewusst, überall herrschte Nachkriegschaos. Aus den Konzentrationslagern war nur eine Handvoll Menschen nach Ostrava zurückgekehrt, Alex war nicht unter ihnen. Niemand, den sie gekannt hatte, war unter ihnen. Niemand von den Stillmanns, den Buschbaums, den Heizses. Přívoz, wie der Stadtteil Oderfurt jetzt hieß, hatte sich wie nach einer Pestplage geleert, die Häuser waren verwaist, grau und traurig. Ein Winter genügte, und alle verlassenen Häuser waren so verwahrlost, als hätten sie zehn Jahre lang leer gestanden. Aus Přívoz war das Leben verschwunden. Zuerst waren die Juden von hier fortgerissen worden, und jetzt auch die Deutschen. Das Viertel war zu einem Geisterort geworden.

Doktor Adler hatte seine Familie überzeugt, dass sie keinen Grund hatten, sich zu fürchten. Sie hatten sich nicht zu den Faschisten bekannt und niemandem geschadet. Aus dem Hass auf Hitler war jedoch ein Hass auf alle Deutschen geworden, die Adlers nicht ausgenommen. Eines Abends klingelten an der Haustür zwei Männer in Uniform und mit der Armbinde der Nationalen Sicherheitseinheiten am Ärmel. Das war im Winter, zum Jahresbeginn 1946.

Die Adlers gehörten zu den wenigen, die noch in Přívoz geblieben waren. Viele ihrer Freunde waren entweder schon längst nach Deutschland geflüchtet oder in eines der Sammellager verschleppt worden, von denen es in der Stadt gleich mehrere gab.
Die uniformierte Gefolgschaft ließ ihnen eine Stunde Zeit, um die wichtigsten Sachen zu packen, und brachte die ganze Familie einschließlich des kaum dreijährigen Erich in ein Internierungslager im ehemaligen Schulgebäude, ein paar Straßen von ihrem bisherigen Zuhause entfernt. In der Schule gab es sogar Betten mit Zudecken, ein Waschbecken mit fließendem Wasser und eine Toilette.
– Doktor Oderský hat seine Beziehungen für Sie spielen lassen, verzog einer der Soldaten das Gesicht. – Dass der mit solchem Faschistengesindel paktiert. Er spuckte aus.
Irma hielt Erich fest an sich gedrückt und machte sich Mut, indem sie an Alex dachte. Was alles hatte er wohl erdulden müssen. Sie musste jetzt genauso tapfer sein. Sie musste Erich beschützen, so wie Alex sie beschützt und behütet hatte. Mein Gott, was für ein Kind war sie noch gewesen, als er sich an jenem Abend vor dem Transport von ihr verabschiedet hatte. Seit damals war sie erwachsen geworden. Sie war kein verliebtes Dummchen mehr, sondern eine Mutter, die ihr Kind und die alternden Eltern verteidigte.
In der ehemaligen Schule waren fast dreihundert Menschen zusammengepfercht. Einige von ihnen kannte Irma vom Sehen, sie fand jedoch niemanden aus dem Freundeskreis der Adlers oder der Stillmanns. Ihr Vater wurde auf Fürsprache von Doktor Oderský in ein anderes Lager geschickt, das zugleich als eine Art Feldlazarett diente. Irma und ihre Mutter sahen ihn daher nur selten, aber weil er als Arzt im Lager arbeitete, bekamen sie eine etwas bessere Lebensmittelration als die anderen.

Wenn der Vater zurückkam, war er erschöpft und voller Sorgen, und in den wenigen Augenblicken, die er mit seiner Familie verbrachte, versuchte er, mit Erich zu spielen, um auf andere Gedanken zu kommen. In den Lagern breiteten sich eine Keuchhustenepidemie und die Ruhr aus, die man eindämmen musste, bevor sie ein unbeherrschbares Ausmaß annahm. Mancherorts waren Hunderte Menschen zusammengepfercht – Frauen, Männer und Kinder – ohne die Möglichkeit einer minimalen Hygiene. Er war verbittert deswegen, aber die Situation besserte sich glücklicherweise. Jeder bekam zumindest ein eigenes Bett. Auch die Gewalttaten und Verbrechen nahmen deutlich ab.

Von den meisten Aufsehern wurden sie anständig behandelt. Es fanden sich jedoch immer auch solche, die ihre Wut an den Deutschen ausließen. Einer von denen war Antonín Pilkas. Ein ungefähr dreißigjähriger, gut aussehender Mann, ein eifriger und glühender Kommunist. Er beschwerte sich mehrmals offen über Doktor Oderský, dass dieser prodeutsch und ein Verräter sei. Pilkas hatte es besonders auf diejenigen abgesehen, die nicht arbeiteten. Zu denen gehörten auch Irma und ihre Mutter. Die Mutter war nach einem komplizierten Beinbruch arbeitsunfähig, und Irma kümmerte sich um Erich. Tatsächlich waren sie auf Doktor Oderskýs Fürsprache von der Arbeit befreit, was Pilkas nicht verwinden konnte.

Nach einigen Tagen ließ er Irma zu sich ins Büro rufen. Sie zitterte am ganzen Leib. Schon einige, mit denen Pilkas „freundschaftlich" gesprochen hatte, hatten das Büro blutüberströmt und geschockt verlassen. Irma klopfte vorsichtig an die Tür und betrat nach einer Aufforderung den kahlen Raum. Pilkas schaute nicht von den Papieren hoch. Irma stand in Hab-Acht-Stellung wie ein Soldat, entschlossen, mutig zu sein. Fest hielt sie die Hand des kleinen Erich umschlossen, der sich an ihre Beine drückte. Vielleicht hoffte sie, dass die Anwesenheit eines kleinen Kindes Pilkas milde stimmen würde. Dieser musterte sie angewidert.

– Warum putzen nicht auch Sie diesen Saustall, in den ihr deutschen Schicksen das hier verwandelt habt!, schnauzte er sie an und bemühte sich nicht einmal, die Stimme zu dämpfen. Er ging um den Tisch herum und baute sich direkt vor Irma auf, sodass sie seinen nach Alkohol stinkenden Atem riechen konnte. Ihr Herz klopfte heftig. Der dreijährige Erich begann zu weinen. Er spürte, wie verstört seine Mutter war, und bekam Angst.

– Beruhigen Sie das Gör, dass es nicht heult, oder ich hau ihn windelweich, damit er wenigstens einen Grund hat zu plärren, fuhr Pilkas sie an. Vergeblich versuchte Irma, Erich zu beruhigen, sie selbst zitterte am ganzen Körper und war genauso verängstigt wie er. Niemand würde ihrem Kind ein Haar krümmen! Die Vorstellung, dass Pilkas ihm etwas antun könnte, ließ sie erstarren. Erich brüllte weiter und Irma bedauerte die dumme Idee, ihn mitgenommen zu haben. Er weinte ununterbrochen und Irma schlotterte am ganzen Leib und fühlte sich machtlos.

Pilkas schlug mit der Hand auf den Tisch, dass beide zusammenzuckten. Erich verstummte für einen Moment und machte vor Schreck große Augen. Dann brüllte er wieder los, diesmal noch etwas lauter.

– Abkratzen sollte so eine deutsche Schlampe!, brüllte Pilkas. Irma rang nach Atem, sie hatte Angst, etwas zu sagen, sie schluckte nur und wehrte sich gegen die Tränen. Sie drückte Erich an sich, der nicht aufhörte zu weinen, und sein Weinen steigerte sich, bis er zu ersticken drohte. Pilkas rief in den Gang, dass jemand kurz auf den Jungen aufpassen solle. Ein Mann in Pilkas Alter zog ihn von Irma fort, die auf einmal wie nackt dastand. Ohne Erich hatte sie den Boden unter den Füßen verloren. Durch die Tür hörte sie sein hysterisches Weinen, das nicht leiser wurde. Pilkas beachtete es nicht. Er ließ Irma stehen und blätterte in seinen Papieren.

– Dein Alter ist auch Deutscher?

– J-Jude, deutscher Jude, stammelte sie und betete, dass Erich sich beruhigen möge. Sie nahm gar nicht wahr, was Pilkas sagte, Erichs bitterliches Weinen schnitt wie ein Messer in ihren Körper.

Bis zu diesem Moment hatte noch nie jemand sie voneinander getrennt. Irma hatte ihn fortwährend mit Liebe umgeben, denn er war das Einzige, was ihr von Alex geblieben war. Er war ihr Licht und ihre Hoffnung, er war durch eine unsichtbare Nabelschnur mit ihr verbunden, als sei diese noch nicht durchschnitten worden. Erst jetzt.

Pilkas kostete ihre Nervosität aus. Er genoss es, wie sie mit verängstigter Miene alle paar Augenblicke zur Tür schaute, und in einem dieser Momente brüllte er sie an.

– Guck hierher, du Flittchen! Er brüllte so laut, dass sie zusammenfuhr.

Immer wieder von vorn fragte er sie das Gleiche, zog ihre Qualen in die Länge, und wenn sie etwas sagen wollte, brüllte er los, dass sie ihr deutsches Maul halten solle. Das Martyrium überflüssiger Fragen dauerte fast eine Stunde, bis sich die Tür öffnete und der Mann hineinschaute, der auf Erich aufpasste. Sofort drang dessen herzerweichendes, anhaltendes Weinen an ihr Ohr.

– Der Junge brüllt fürchterlich, er lässt sich nicht beruhigen. Jetzt hat er auch noch den Boden vollgekotzt. Pilkas maß ihn mit einem Blick, dann winkte er ab.

– Verschwinde, bellte er Irma an.

Irma taumelte auf den Gang hinaus, wo ihr Erich stand, zum Umfallen müde, mit rotem und vom Weinen verschwollenem Gesicht.

Er brabbelte ihr etwas zu und zitterte an seinem ganzen kleinen Körper.
– M-mama, Mama, wiederholte er ohne Unterlass noch eine ganze Stunde, nachdem er wieder in der Sicherheit ihrer Umarmung war, wo er so lange schluchzte, bis er einschlief.
Von diesem Augenblick an war er wie ausgewechselt. Er war schweigsam und ängstlich und entfernte sich keinen Schritt mehr von Irma, musste ständig bei ihr sein, sonst weinte er los. Nach diesem Erlebnis begann er auch leicht zu stottern.

X.

Die Beigeordnete Bittnerová hatte nicht jenen überraschten Gesichtsausdruck, den die Leute für gewöhnlich zeigen, wenn plötzlich eine Polizeimarke vor ihren Augen erscheint. Als hätte sie sie erwartet. Mit einer eleganten Geste bat sie die beiden Polizisten herein. Gavla hatte sich schon drei Tage nicht gemeldet und ging nicht ans Telefon. Wenigstens eine SMS hätte er ihr schicken können, dass jemand von der Polizei vorbeikommen würde. Sie war deshalb etwas verstimmt, andererseits war sie froh, dass nun Bewegung in die ganze Sache kam. Sie konnte nicht schlafen deswegen, allein aber wollte sie nichts unternehmen.
Das Wohnzimmer von Jana Bittnerová schien wie aus einem Schöner-Wohnen-Magazin herausgeschnitten. Offensichtlich war der Beigeordneten am ersten Eindruck gelegen. Vejnar betrachtete sie, wie sie sorgfältig Kaffee aus der Kanne eingoss. Sie konnte schlecht verbergen, dass sie mehrere Nächte nicht geschlafen hatte. Unter einer dicken Schicht Make-up waren dunkle Augenringe zu erah-

nen. Ihre Lider waren geschwollen, ihre Augen müde und rot. Ihr Gesichtsausdruck war verkrampft, der Mund zu einem strengen Strich verzogen, an seinen Enden zeichneten sich zwei tiefe Falten ab.

Die Turková sah sich im Zimmer um. Das Wohnzimmer und das ganze Haus waren zu unpersönlich, als dass hier eine zufriedene Familie leben könnte. Nichts deutete auf das Vorhandensein von Kindern hin, kein Bild aus der Kindheit, keine Fotografie. Nur arrangierte Blumensträuße, deren Farben mit dem Sofa harmonierten. Über dem Kamin hing ein abstraktes Bild; sie bezweifelte, dass es tatsächlich jemandem gefallen könnte. Alle Möbelstücke waren in Weiß gehalten und mit Metallelementen versehen, glänzend und kalt wie ihre Besitzerin. Die Polizistin beäugte die Bittnerová, die nervös ihre Haare hinter die Ohren strich. Sie hatte ein langes und schmales Gesicht, mit einer markanten geraden Nase. Auf ihr Äußeres achtete sie peinlich genau, sie verbrachte viel Zeit mit Fitnesstraining und absolvierte jeden Monat ihre regelmäßige Runde Kosmetik, Friseur, Pediküre und Solarium. Für Hobbys blieb ihr keine Zeit.

Man konnte nicht sagen, dass sie schön war, eher vollkommen harmonisch, wie eine Symphonie. Der kastanienbraune Mikado-Schnitt passte zu ihren graublauen Augen und der hellen Haut. In den Ohrläppchen trug sie winzige Steinchen, die bei der kleinsten Kopfbewegung funkelten. Die Bittnerová wirkte nicht protzig, aber sehr nobel.

Verkrampft nahm sie den Ermittlern gegenüber im Sessel Platz. Durch ihre aristokratische Erscheinung strahlte sie unbeabsichtigt das Gefühl von Überlegenheit aus. Durch ihr perfektes Styling, die sorgfältig gewählten Worte und ihre langsame, bedachte Mimik und Redeweise.

Der spähende Blick der unsympathischen Polizistin nervte die Bittnerová. Sie wusste genau, was dieser Tante durch den Kopf ging. Es stand ihr ins Gesicht geschrieben. Sie maßen einander wie zwei Katzen, kurz bevor sie aufeinander losgehen. Das Telefon klingelte und Vejnar sprang von der Couch hoch.

– Das ist das Labor, da muss ich rangehen, entschuldigte er sich und trat beiseite. Die Turková schaute ihm nach. Es wurmte sie, dass der Neruda nicht sie anrief, sondern den Kollegen, der immer ein paar überflüssige Worte mit ihm wechselte, ermüdendes Gewäsch. Neruda war von Natur aus geschwätzig, und diese Eigenschaft hasste die Turková, vor allem bei Männern.

– Wir sind gekommen, um Ihnen ein paar Fragen zu stellen, begann sie und wandte sich der Beigeordneten zu. – Wir interessieren uns für Ihren Vater …

– Ich habe keinen Kontakt zu ihm und weiß auch nichts über ihn. Das letzte Mal habe ich ihn vor fünf Jahren gesehen, schätze ich. Vielleicht auch vor sechs, ließ sie die Turková nicht einmal den Satz beenden.

Sie versuchte abzuschätzen, was die Polizistin wohl über sie dachte. Vorurteile und Vorbehalte aller Art war sie gewohnt. So wie alle anderen würden auch diese beiden Polizeibeamten sie mit all den oberflächlichen Karrieristen, korrumpierten Politikern, Snobs und Neureichen ohne eine Spur von Intellekt über einen Kamm scheren. Ihr war das egal. Sie saß im Wohnzimmer, das nur das Schaufenster ihrer Wohnung und ihrer Persönlichkeit war. In ihr Allerheiligstes würde sie die beiden sowieso nicht hineinlassen. Dort durfte niemand hinein. Erst hinter der Tür ihres Boudoirs begann die wirkliche Jana Bittnerová. Nur dort konnte sie sich vollkommen entblößen, vor sich hin weinen, ihren Erinnerungen nachhängen, lesen und nachdenken.

– Hat Ihr Vater einen Hang zu Aggressivität?
– Das würde ich nicht sagen. Wenn er etwas getrunken hat, ist er meist einfach eingeschlafen.
– Warum haben Sie keinen Kontakt zueinander?
Die Bittnerová überlegte. Jetzt wollte diese Tante bestimmt hören, dass er nicht nobel genug für die Beigeordnete war, so wie es in der Zeitung gestanden hatte. Aber so war es nicht. Er machte ihr Angst mit seiner Liebe. Als sie klein war, gefiel es ihr, dass sich all seine Aufmerksamkeit auf die kleine Janinka konzentrierte. Alles war immer genau so, wie sie wollte, und sobald sie etwas Verstand hatte, begann sie die Schwäche des Vaters auszunutzen. Der Vater frohlockte, die Mutter war wütend. Er verwöhnte sie und überhäufte sie mit seiner Liebe. Auch deshalb hatte die Mutter seine Koffer gepackt und ihn vor die Tür gesetzt, weil sie sich in der Erziehung ihrer Tochter nicht einig werden konnten. Bis zur Pubertät hatte sie ihren Vater geliebt, aber sobald sie die Grenze zum Erwachsenensein überschritten hatte, wurde seine grenzenlose, unkritische Liebe zu einer Last. Auf einmal sah sie ihn in einem anderen Licht. Die Pubertät hatte ihr die Augen geöffnet und plötzlich erblickte sie einen stotternden Schwächling, mit dem sie ihre Spielchen treiben, den sie sogar erniedrigen konnte, ohne dass er sich wehrte. Sie hörte auf, ihn zu achten, und fing an, sich für ihn zu schämen.
Der Vater überhäufte sie mit etwas, das sie ihm nie zurückgeben konnte. Seine aufdringliche Liebe blieb an ihr kleben, umwickelte sie wie ein Spinnennetz, bis sie lieber begann, ihm aus dem Weg zu gehen.
In ihren Augen kamen immer deutlicher all seine Fehler zum Vorschein, das Trinken, das merkwürdige Anhäufen von nutzlosem Krempel, den er aus Containern und von Müllplätzen heran-

schleppte. Mit zunehmendem Alter wurde all das immer schlimmer, bis es für Jana unerträglich wurde und sie den Kontakt zu ihm lieber völlig abbrach. Der endgültige Bruch trat in dem Moment ein, als sie ihn auch vor ihren Mitschülern verleugnete.
Mit der Zeit hatte sie gelernt, Rechtfertigungen für ihren Widerwillen gegen den Vater zu finden. Selbst auf der Straße versteckte sie sich in der Menge, damit er sie bloß nicht sah. Auch ihr letztes Zusammentreffen war lediglich ein Werk des Zufalls gewesen. Sie sagte ihm nicht, wo sie wohnte, und er suchte nicht nach ihr, weil er wusste, dass er damit alles nur noch schlimmer machen würde. Ganze Tage streunte er ziellos durch die Straßen der Stadt und hoffte, ihr zu begegnen. Seit der Zeit waren nicht fünf, sondern acht Jahre vergangen.
– Wir haben irgendwie den Kontakt verloren. Wissen Sie, mein Vater wohnte nicht mehr bei uns, seit ich zehn war. Soweit ich weiß, hat auch meine Mutter schon lange keinen Kontakt mehr zu ihm.
Vejnar hatte endlich sein Telefonat beendet, zwinkerte der Turková zu und zog eine Fotografie aus seinem Ordner. Sie zeigte den Toten, den sie im Stellwerk gefunden hatten, das der Vater der Beigeordneten Bittnerová bewohnte.
– Kennen Sie diesen Mann? Er hielt der Beigeordneten das Foto in der Größe eines Schulhefts vor die Augen. Sie starrte es lange an. Zu lange. Vejnar und Turková warfen sich einen Blick zu, und beiden war klar, dass es eine Lüge wäre, sollte die Bittnerová mit *Nein* antworten. Sie blinzelte und zeigte völlig konsterniert mit dem Finger auf die Fotografie.
– Was ist mit seinen Augen? Vollkommen unter Schock blickte sie zu der Turková hin. Plötzlich saß ihnen nicht mehr die selbstsichere Beigeordnete gegenüber, sondern eine überraschte, fassungslose Frau, die den Mann auf dem Foto gut kannte.

– Der Mann ist tot, kennen Sie ihn?

Die Bittnerová schlug die Hände vors Gesicht, sie sah aus, als würde sie sich auf etwas konzentrieren. Mit allen Kräften versuchte sie sich zu beherrschen, setzte ihre Beigeordnetenmiene auf und keifte los:

– Das sehe ich, dass er nicht ganz fit ist!

– Er ist tot, beharrte die Turková auf ihrer Feststellung, womit sie die Bittnerová in der Überzeugung bestätigte, dass alle Polizisten einen IQ direkt an der Grenze zur Demenz hatten und es eher göttliche Vorsehung war als ein Beweis ihrer kriminalistischen Fähigkeiten, wenn es ihnen gelang, einen Verbrecher zu stellen. Die Turková wollte der Bittnerová jedoch nur die Details ersparen. Sie wusste, dass die Beigeordnete die Wahrheit eigentlich gar nicht wissen wollte, auch wenn sie das vielleicht glaubte. Sie würde ihr die Albträume und die schlaflosen Nächte ersparen. Es genügte, dass sie selbst in letzter Zeit um fünf aufstand, um ihre Hunde und ihren Kopf an die frische Luft zu bringen. Erst danach gönnte sie sich noch zwei Stunden ruhigen Schlafs.

– Wer ist der Mann auf dem Foto? Die Turková war unerbittlich.

– Das ist mein Mann! Die Bittnerová sprang aus dem Sessel und floh in die Küche, wo sie endlos lange auf die Küchenzeile gestützt dastand und versuchte, den Anblick ihres toten Mannes zu verdauen. Zuerst hatte sie ihn fast nicht erkannt. Die Augen waren so abartig. Er sah eher wie eine Karikatur ihres Mannes aus, aber er war es. Ganz sicher. Die beiden Beamten hatten ihr einen Moment Ruhe gegönnt. Als sie zurückkam, sah sie noch etwas erschöpfter aus, irgendwie weich und müde.

– Ich habe gedacht … dass … dass die mich nur erpressen wollten. Die, dass die mich erpressen wollte! Sie wedelte unbestimmt mit der Hand. Aber sie hatte wohl eher daran glauben wollen, dass

jemand sie nur erpresste. Tief im Inneren hatte sie genau das befürchtet, was die Polizei ihr jetzt offenbarte.
– Wie ist er gestorben? Sie schaute hoch.
– Das wissen wir bisher nicht, aber wir haben ihn im Haus Ihres Vaters gefunden.
Die Bittnerová starrte sie ungläubig an. – Wie bitte? Sie haben sich doch gar nicht gekannt! Das wusste sie absolut sicher, weil sie ihren Vater nicht nur nicht zur Hochzeit eingeladen hatte, sondern auch später nie auch nur zu einem kurzen Höflichkeitsbesuch. Ihr Mann hatte sich mit der Erklärung zufriedengegeben, dass ihre Eltern geschieden seien und sie keinen Kontakt mehr zum Vater habe. Das war doch ganz normal. Nichts Außergewöhnliches.
– Kann das irgendwie mit diesem Artikel zusammenhängen? Die Turková haute die *Blesk* auf den Glastisch, dass es klatschte wie frisches Fleisch.
– Was hat das denn damit zu tun?, kreischte die Bittnerová. Der Artikel war ein ganz anderes Kapitel, da war sie sich sicher. Alles war eben nur zeitlich zusammengekommen. Sie musste sich Urlaub nehmen und wegfahren. Flüchten vor alldem. Aber das ging nicht. Sie hatte wichtige Verhandlungen zur Zukunft des Fußballvereins und zu mehreren Subventionen in Millionenhöhe vor sich. Und so wie es aussah, musste sie sich bald um ein Begräbnis kümmern. Wie sollte sie das überstehen, ohne verrückt zu werden?
Vejnar bedeutete der Turková, dass sie einen Gang zurückschalten sollte. Gerade hatten sie der Bittnerová mitgeteilt, dass jemand ihren Mann umgebracht hatte. Vielleicht ihr eigener Vater, er konnte ihre Gereiztheit ziemlich gut nachvollziehen. Das routinemäßige Verhör würden sie sich für später aufheben. Auch sie gehörte jetzt zu den Verdächtigen. Es war gar keine Ausnahme, dass die trauernde Ehefrau in Wirklichkeit eine berechnende Mörderin, eine

perfekte Schauspielerin war, die in der Polizei ihr Publikum sah, das ihr bei ihrer Aufführung an den Lippen hing.
Die Turková jedoch war wie ein Bulldozer. Deshalb konnten der Neruda und andere nicht mit ihr warmwerden. Auch in der Beigeordneten entfachte sie offenbar keine großen Sympathien. Wenn sie die Bittnerová zum Verhör vorluden, würde er das leiten. Merkwürdig, dass manche Mörder nur bereit waren, sich einer weiblichen Beamtin anzuvertrauen und umgekehrt.
– Haben Sie eine Idee, wo Ihr Vater sich versteckt halten könnte?, fuhr die Turková mit ruhiger Stimme fort. Vejnar tippte sie an den Ellbogen, um ihr zu bedeuten, dass sie ein anderes Mal weitermachen würden.
– Hier haben Sie unsere Telefonnummer, falls Sie mit uns sprechen wollen. In jedem Fall werden wir Sie vorladen müssen, sagte er entschuldigend und übergab der Beigeordneten eine Visitenkarte. Die Turková und Vejnar machten sich bereit zum Gehen.
– Warten Sie mal. Sie sind doch gekommen, um den Karton abzuholen, oder nicht? Die beiden Beamten schauten sich fragend an. Die Bittnerová verschwand im Flur und war kurz darauf mit einem großen Mikrowellen-Karton wieder zurück.
– Das ist die Kiste, die mir jemand vor der Tür hinterlassen hat.
Die Turková klappte den Karton auf und schaute hinein. Drinnen lag genau das, wonach sie im Stellwerk vergeblich gesucht hatten.
– Warum haben Sie das nicht gleich zur Anzeige gebracht?, fuhr sie die Turková an. Die Bittnerová bereute es jetzt, dass sie das nicht getan hatte. Sie hatte befürchtet, dass das Milan irgendwie in Gefahr bringen könnte. Außerdem hatte sie sich völlig auf Gavla verlassen, der ihr versprochen hatte, die ganze Angelegenheit mit seinem Bekannten von der Polizei zu klären, sich dann aber totstellte. Und sie hatte sich verzweifelt bemüht zu glauben, dass das

Ganze nur ein unpassender Scherz ihres Mannes oder seiner Tussi war. Nie wäre ihr in den Sinn gekommen, dass in Wirklichkeit ein unbekannter Mörder seine Spielchen mit ihr trieb. Wie hatte sie nur so naiv und gutgläubig sein können? Jemand hatte gewollt, dass sie es mit der Angst bekam, und das war ihm gelungen.

– Ich wollte keine Panik verursachen, hauchte sie. Vor allem nie voreilig oder gar hysterisch handeln. Es war nicht ihre Art, sich von solchen Emotionen leiten zu lassen. Erst jetzt war ihr die unmittelbare Gegenwart eines Verbrechens in die Glieder gefahren und hatte ihr den Magen abgeschnürt.

Die Turková musterte sie von der Seite.

– Gut, wir nehmen das mit und melden uns bald bei Ihnen. Bleiben Sie in der Stadt, wir werden Sie noch brauchen.

– Könnte ich Personenschutz bekommen?, presste die Bittnerová mit großer Mühe hervor. Es gelang ihr doch sonst immer, jede Schwäche in sich zu unterdrücken. Auch Angst war eine Schwäche. Aber eine paralysierende Schwäche, die sie nicht abschütteln konnte.

Die Turková holte Luft, um ihr zu antworten, aber Vejnar kam ihr lieber zuvor. Er war etwas besorgt, was sie von sich geben würde. Zweifellos würde es etwas äußerst Taktvolles sein, etwas im Sinne von: *Wenn jemand eine tote Katze mit der Nachricht „Wir bringen dich um" in Ihr Bett wirft, ließe sich darüber nachdenken.*

– Ich bedaure, in dieser Phase der Untersuchungen ist das nicht möglich. Wir schauen mal, was sich machen lässt. Er lächelte. Die Bittnerová verzog keine Miene, ihr Gesicht war noch immer weiß wie Marmor.

Sie schaute ihnen nach, wie sie ins Auto stiegen und davonfuhren, dann holte sie tief Luft. Sie war angespannt und merkte, wie sie eine Gänsehaut bekam. Sie schüttelte sich, als hätte sie gerade Besuch von Gevatter Tod gehabt. Dann ging sie ins Wohnzimmer zurück und wählte Gavlas Nummer. Nichts, nur ein langes Klingeln. Sie schrieb eine kurze SMS:

Die Polizei war bei mir. Milan ist tot.

– Was haben die im Labor herausgefunden? Die Turková konnte es kaum erwarten. Gleichzeitig ärgerte sie sich, dass der Neruda lieber bei Vejnar anrief, obwohl sie mit der Leitung des Falles beauftragt war.
– Nichts, Gebärmuttern, Hoden, Tumore, Mageninhalte. Alles von Hunden und Katzen. Ach, und ein zerfleddertes Kaninchen war auch mit dabei.
Sie hatten keine inneren Organe, sie hatten weder das Skelett noch Muskeln. Außer der gegerbten Haut, den Haaren und Zähnen war von Bittner nichts übrig.
Die Turková seufzte. Wenigstens hatte sie den Karton auf der Rückbank. Das war ein echter Schatz.

XI.

In der Halle des Hauptbahnhofs saßen Grüppchen von Teenagern. Zwischen ihnen streiften schattenhaft verlorene Gestalten auf der Suche nach einem Obdach und einem Happen Brot umher. Erik fügte sich perfekt hier ein, und mit seinen zwei großen Taschen sah er aus, als würde er zum Inventar des Bahnhofs gehören. Eine weitere groteske Figur, wie sie die Bahnhofshallen auf der ganzen Welt bevölkern.

Sein Zug fuhr in einer halben Stunde, trotzdem saß er wie auf Kohlen. Er hielt die Henkel seiner beiden Taschen fest in der Hand, und sobald auf der Bahnhofstafel seine Verbindung angezeigt wurde, lief er eilig zum Bahnsteig. Im Zug setzte er sich gleich neben die Toilette in der Nähe der Tür. Ein uralter Jagdinstinkt hatte ihm eingeflüstert, sich einen Fluchtweg offenzuhalten. Seine Muskeln waren angespannt und sein Gehirn dachte an nichts anderes als an den Inhalt seiner Taschen. Mehrmals kontrollierte er, ob der Reißverschluss ordentlich zugezogen war, nicht dass in einem unbeobachteten Moment noch ein menschlicher Knochen aus einer Tasche lugte. Ausgekocht, mazeriert, gebleicht, steril wie die Hand eines Chirurgen vor der OP. Aber auch so verströmten sie einen leicht beißenden Geruch. Den Rest der Innereien, die nicht der Hund gefressen hatte, hatte er in Gläser eingekocht. Er hatte ziemlich gekeucht, als er die Taschen mit den menschlichen Überresten zum Bahnhof gebuckelt hatte. Er würde sich mit ihnen noch auf einer langen Fahrt abschleppen müssen.

Er musterte jeden Reisenden, der zustieg. Jetzt hatte er genug Zeit, um nachzudenken. Er spielte alle möglichen und unmöglichen Szenarien durch, die eintreten würden, nachdem sie den Körper dieses Mannes gefunden hätten. Eine junge Schülerin oder Studentin mit Kopfhörern setzte sich neben ihn und würdigte Erik keines Blickes. Sie trug eine ungewöhnlich große Armbanduhr, die den 8. Oktober, zehn vor drei, anzeigte. Es war schon zwei Stunden her, dass er die Leiche im Anbau des Stellwerks ihrem Schicksal überlassen hatte. Vielleicht würde ihn die Polizei am Schlafittchen packen, noch bevor der Zug abfuhr. Nervös blickte er um sich. Der Zug füllte sich langsam mit jungen Leuten, die aus der Schule in die kleinen Dörfer in den Beskiden zurückfuhren.

– Stellen Sie die Taschen bitte nach oben, riss die Schaffnerin ihn aus seinen Gedanken. Entsetzt sah er sie an und drückte die beiden Taschen nur noch fester an sich. Er rührte sich nicht und die Schaffnerin machte ein verärgertes Gesicht. Ihm wurde heiß. Ohne jemanden zu fragen, öffnete er das Fenster, und ein kalter Luftstrom wehte ins Abteil.

Wie schon so oft in seinem Leben war er nun wieder an einer entscheidenden Kreuzung angelangt. Zum x-ten Mal würde er einen dicken Strich unter der Vergangenheit ziehen müssen. Diesmal würde er endgültig verschwinden und freiwillig zu einem Einsiedler und Geächteten werden. Er würde Erik Sýkora vergessen und ein Niemand sein. Ein Verrückter, der im Wald lebte, weitab von der Zivilisation und den Blicken der Menschen. Sein Ende wäre wie das der Tiere, die er präparierte. Wie sie würde er sich im Dickicht verstecken und hoffen, dass die Jäger ihn nicht erspähten. Da würde er lieber gleich sterben. Aber der Tod war noch weit entfernt. Seit Jahren schon ließ er ihn erbärmlich vor sich hin vegetieren, obwohl er ihn um nichts gebeten hatte. Er könnte ihm natürlich ein klein wenig entgegengehen.

Jana Bittnerová erwachte mit Kopfschmerzen. Auf dem Nachttisch verstreut lagen Schlaftabletten. Sie wusste nicht einmal, wie viele von ihnen sie eingeworfen hatte. Neben ihr atmete Daniel. Ihr Mann war erst wenige Tage tot, und schon hatte sie einen fremden Kerl im Bett. Sie schämte sich. Das schlechte Gewissen verscheuchte sie mit einer Erinnerung an die unbekannten Frauen, die einander im Bett ihres Mannes abgelöst hatten. Er wollte sich vergnügen, sie hingegen brauchte Trost, Umarmungen, ein bisschen männliche Selbstsicherheit, und Gavla war gerade zur Hand. In letzter Zeit war er eigentlich immer zur Hand.

Vorsichtig stahl sie sich ins Bad. Sie hatte sich heute freigenommen, musste aber sowieso zur Polizei fahren und schließlich auch ins Büro. Am liebsten würde sie sich zurück ins Bett fallen lassen und schlafen, bis all dieser Mist vorbei war. In den letzten Tagen war sie so müde, dass die Vorstellung, ungestört zu schlafen, geradezu ekstatische Zustände in ihr hervorrief. Die ganze Nacht hatte sie gegrübelt, wie sie es ihrer Tochter erklären würde, dass der Vater tot war. Zum Schluss musste sie eine Handvoll Schlaftabletten schlucken, weil ihr nichts Vernünftiges eingefallen war und der Schlaf sich immer weiter von ihr entfernte.

Gavla wurde erst wach, als Jana schon geduscht war und gefrühstückt hatte. Sie hatte ihn nicht wecken wollen. Eigentlich wollte sie mit ihm auch nicht sprechen. Sie wäre froh, wenn er seine Sachen schnappen und sich vom Acker machen würde, ohne auch nur ein Wort zu verlieren.

Er blinzelte ihr aus dem Bett entgegen, sie lächelte ihm gequält zu.

– Auf dem Tisch habe ich dein Frühstück stehen lassen. Ich muss los.

– Aber du hast doch gesagt, dass du heute freihast. Ich dachte, wir bleiben den ganzen Tag im Bett. Er wollte sie zu sich heranziehen, aber sie entzog sich ihm.

– Ich habe eine Unmenge zu erledigen und muss auch noch zur Polizei.

Daniel machte ein saures Gesicht. Die war tatsächlich frigide. Er ließ seinen Kopf zurück in die Kissen fallen und zog ein trauriges Gesicht. Er wollte ihr ein schlechtes Gewissen machen, weil sie ihn nur ausgenutzt hatte. Sie lächelte scheu.

– Ich kaufe einen guten Wein für heute Abend.

– Am Abend habe ich schon eine Verabredung. Er kroch aus dem

Bett und nahm Kurs auf das Bad. Sie schaute seinem Rücken nach, zwischen den Schulterblättern hatte er ein Symbol eintätowiert. Er war so anders als Milan. Sie verstand überhaupt nicht, was er in ihrem Bett tat, und schwor sich, dass dies ein einziger Ausrutscher bleiben sollte, der sich nicht wiederholen würde.

Während er duschte, ließ sie eine kurze Nachricht für ihn auf dem Tisch liegen, dass er die Haustür abschließen und die Schlüssel in den Kasten werfen solle, dann machte sie sich auf den Weg zur Polizei.

Eine knappe halbe Stunde später hatte sie am Tisch des Abteilungsleiters der Kriminalpolizei Platz genommen. Diese blonde Polizistin, ungefähr in ihrem Alter, war ihr aus ganzer Seele zuwider. Ein merkwürdiges Mannweib mit einem Pokerface. Sie erschrak fast bei dem Gedanken, dass sie bei manchen Besprechungen selber so aussehen könnte. Beim Anblick dieser Frau hatte sie das Gefühl, in einen unbarmherzigen Spiegel zu sehen, und das verdarb ihr die Laune.

– Frau Beigeordnete, die Frau Major Turková hier ist eine hervorragende Polizistin, Sie können sich vollkommen auf sie verlassen, grunzte der Polizeidirektor, der aussah, als bekäme er jeden Moment einen Infarkt. Die Bittnerová war genervt. Dieser Tattergreis mit den fettigen Lippen hatte ja wohl nicht den geringsten Schimmer, was vor seiner Bürotür geschah.

– Ich habe keinen Zweifel, dass sich der Fall bald aufklärt. Selbstverständlich werde ich in höchstem Maße mit Ihnen kooperieren, sagte sie affektiert und schaute der Turková ins Gesicht, womit sie ihr Gnade gewährte. In der Tür zeigte sich der jüngere Mann, der bei der Bittnerová auch kein größeres Vertrauen hervorrief. Die Turková maß ihn mit einem wütenden Blick. Wie immer war er zu spät. Zerstreut entschuldigte er sich, aber der Chef winkte nur ab.

– Einstweilen werden die Kollegen sich um Sie kümmern.
Alle drei zogen um in den Verhörraum; hier lagen auf einem Tisch Bittners persönliche Sachen, sorgfältig in Plastikbeuteln verpackt. Die Turková hatte alle möglichen Analysen machen lassen, aber im Labor hatte man weder Blutspuren noch Fingerabdrücke gefunden. Jeder Gegenstand war gründlich gesäubert und in eine Box gepackt worden. Langsam breitete die Turková alle Gegenstände vor der Beigeordneten aus. Schweigend beobachtete die Bittnerová sie dabei.
– Sind das alles die persönlichen Sachen Ihres Mannes?
Die Beigeordnete starrte die Gegenstände vor sich an.
– Ja, aber das ist selbstverständlich nur ein kleiner Teil der Dinge, die er auf die Dienstreise mitgenommen hat. Er hatte natürlich auch noch einen Koffer mit weiteren Sachen bei sich.
– Ja, das sind wahrscheinlich die Dinge, die er im Augenblick des Todes bei sich hatte. Also seine persönlichen Sachen, ergänzte die Turková.
Na, das ist ja mal ein brillanter Gedanke. Die Bittnerová verzog das Gesicht, sie begann zu befürchten, dass diese Ermittlungen nirgendwohin führen würden. Dann aber hielt sie inne und betrachtete noch einmal all die Gegenstände vor sich.
– Hier fehlt aber die Insulinpumpe oder der Pen. Mein Mann war starker Diabetiker. Seit seiner Kindheit hatte er Zucker, er trug immer Insulin bei sich. Er muss bestimmt etwas dabei gehabt haben.
Vejnar verfolgte das Gespräch aufmerksam.
– Wissen Sie von jemandem, der Ihren Mann bedroht haben könnte, hat Ihr Mann Ihnen so etwas erzählt?
– Nein. Im Gegenteil. Er sah zufrieden aus. Ich habe es darauf zurückgeführt, dass er eine neue Geliebte hatte. Aber das habe ich nur angenommen, ich habe es nicht sicher gewusst.

– In sein Handy haben Sie wohl nicht hineingeschaut, oder?
– Nein, das nun ganz bestimmt nicht, blaffte die Bittnerová verärgert. – Ich habe weder in sein Handy noch in seine Post geguckt. Ich habe es doch nicht nötig, meinem Mann hinterherzuschnüffeln! Das wäre doch reichlich erniedrigend. Außerdem hatte er alles mit Passwörtern gesichert, und die Passwörter kenne ich nicht.
Die Turková nickte nur schnell.
– Ihr Mann hatte mit gleich zwei Frauen ein Verhältnis, wir haben außerdem herausgefunden, dass er häufig einen Herrenclub besuchte, in dem er beträchtliche Geldmengen ließ.
Bittnerovás Gesichtszüge versteinerten kurz. Sie fiel der Turková ins Wort: – Seine Firma hat sich prächtig entwickelt. Er konnte mit seinem Geld machen, was er wollte. Um die Familie und seine Tochter hat er sich immer vorbildlich gekümmert, seine gelegentlichen Vergnügungen habe ich toleriert. Er musste schließlich auch mal ausspannen, er hatte einen sehr stressigen Job, und ich kann das verstehen. Und wenn Sie denken, dass ich ihm irgendwie zu seinem Geld verholfen habe, dann irren Sie sich. Von der Stadt hat er keinen einzigen Auftrag bekommen.
Die Turková nickte noch immer.
– Ja, wir haben auch seine Firma überprüft. Gegen Sie und Ihren Mann hat unlängst die Polizei ermittelt. Sie musterte die Bittnerová, aber die rührte sich nicht. Sie saß da, als hätte sie die Worte gar nicht gehört, völlig emotionslos. Der Turková jedoch war klar, dass eine Ermittlung durch die Kollegen von der Abteilung für Wirtschaftskriminalität um keinen Deut angenehmer war als ein Mordverdacht. Die Bittnerová musste in letzter Zeit einiges durchgemacht haben. Und viele ihrer Probleme waren auf das Konto ihres Mannes gegangen. Sowohl der Verdacht des Interessenkonflikts als auch der des Machtmissbrauchs, außerdem musste sie

ständige Erniedrigungen ertragen, seine Untreue gezwungenermaßen tolerieren. Die Bittnerová aber legte ihre professionelle Maske nicht ab, an ihrem Gesicht ließ sich nichts ablesen. Aber Gründe zur Rache hatte sie mehr als genug. Die Turková und Vejnar lauerten auf ein einziges Zögern, eine Unsicherheit, auf innere Panik, aber umsonst.
– Ja, aber wie Sie selber gut wissen, sind schließlich sämtliche Anschuldigungen zurückgezogen worden, wurde die Beigeordnete ein wenig lauter.
– Aus Mangel an Beweisen, ja, das wissen wir, schloss die Turková, und die Bittnerová fixierte sie schweigend mit ihrem hasserfüllten Blick.
– Wissen Sie etwas von einem Inserat in der *Blesk*, als Ihr Mann bereits tot war? Das Recht, ein Inserat aufzugeben, hat angeblich nur der Firmeneigner selbst, also Ihr Mann. Haben Sie eine Vorstellung, wer ein Inserat und einen daran gebundenen Artikel über Sie und Ihren Vater in Auftrag hätte geben können?
Die Bittnerová stutzte. Sie hatte lange darüber nachgedacht und ihr waren Dutzende von Leuten eingefallen, denen sie auf die Hühneraugen getreten war. Es hätte sonst wer gewesen sein können, und die in der *Blesk*-Redaktion waren nicht zu erweichen. Die schwiegen wie ein Grab.
– Offenbar wollte Ihnen jemand schaden, ergänzte die Turková, als wäre das nicht offenkundig. – Fällt Ihnen vielleicht jemand ein, mit dem Sie oder Ihr Mann einen Konflikt hatten?
– Ich entscheide über öffentliche Aufträge. Bestimmt gibt es Unmengen von erfolglosen Bewerbern, die wütend auf mich sind. Über die Geschäfte meines Mannes weiß ich absolut gar nichts. Das war sein Business, und er hat sich mir nicht anvertraut. Zu Hause sind wir uns nicht oft begegnet. Wir haben nicht so viel Zeit

miteinander verbracht, wie ich mir gewünscht hätte. Ihre Aussage klang wie eine offizielle Erklärung auf einer Pressekonferenz.
– Könnte es nicht etwas Persönliches sein? Was ist mit Ihrem Vater?, mischte Vejnar sich ins Gespräch.
Die Turková beobachtete sie unverwandt, als wollte sie sehen, was hinter ihrer Stirn vor sich ging.
– Ich weiß nicht, meinte sie sehr vorsichtig. – Meinen Vater kenne ich eigentlich nicht mehr sonderlich gut. Ich war noch ein Kind, als meine Eltern sich scheiden ließen. Langsam reihte sie ein Wort an das nächste.
– Nein, so etwas würde mir Vater niemals antun. Das hoffe ich jedenfalls, fügte sie nach einer Weile hinzu. Die Turková sah Vejnar an, der mit verschränkten Armen neben dem Aufnahmegerät saß und die Bittnerová fixierte. Ihre Kehle war plötzlich wie ausgetrocknet. Vorsichtig trank sie einen Schluck kalten Kaffee und spülte ihn mit Wasser hinunter.
– Wenn das alles war, würde ich jetzt gerne gehen. Bitte versprechen Sie mir, dass nichts davon an die Öffentlichkeit gelangt.

XII.

Gavla hatte an diesem Abend gar keine Verabredung, aber er blieb lieber allein mit einer Flasche Wein zu Hause. Obwohl er versuchte, sich selbst davon zu überzeugen, dass er alles so weit unter Kontrolle hätte, spürte er in der letzten Zeit eine gewisse innere Unruhe. Er zappte sich durch die Programme, schaltete den Fernseher schließlich aus und warf die Fernbedienung angewidert zur Seite. Eine Weile spielte er mit seinem Telefon herum, vielleicht sollte er doch bei Jana anrufen, aber er konnte sich nicht dazu aufraffen. Er hatte einfach keine Lust auf sie, fand sie nicht anziehend und konnte nichts an ihr finden, was er als sexy bezeichnet hätte. Er hatte gehofft, dass sie sich zumindest im Bett etwas entspannen würde, sie hatte aber nur eheliche Eintönigkeit präsentiert, die gute alte Missionarsstellung. Außerdem kreiste die Polizei jetzt um sie herum, was ihr auch keine zusätzliche Attraktivität verlieh.

Die Türklingel riss ihn aus seinen Gedanken. Auf dem Monitor erschien das dreiste Gesicht der Klocková. *Komm du nur hierher, mit dir habe ich auch noch ein paar Rechnungen offen. Du glaubst wohl, du kannst mich erpressen. Kohle, Kohle, Kohle, das ist das Einzige, was dich interessiert. Aber da wirst du dir noch die Pfoten verbrennen, Kätzchen.* Er war echt wütend auf sie, drückte seinen Finger auf den automatischen Türöffner. Dann ging er ihr in die Diele entgegen. Sofort umwehte ihn ein starker Parfümduft. Alles, was sie trug, hatte sie von Bittners und seinem Geld angeschafft. Die Markenhandtasche aus Krokodillederimitat, die High Heels und den Mantel.

– Wenn du keine akzeptable Erklärung für mich hast, brauchst du hier gar nicht erst angekrochen zu kommen, fuhr er sie an.

– Nun sei doch nicht so. Die kleine Fotze war schon ganz heiß. Mit der Hand fuhr sie in seine Boxershorts, aber er stieß sie schnell von sich. Sie zog ihren Mantel aus, unter dem sie nur eine schwarzrote Corsage mit Strapsen trug und mit Spitzenbändern, wo der Slip sein sollte. Ihre schamlose Muschi war glattrasiert. Ohne hereingebeten worden zu sein, stolzierte sie ins Wohnzimmer, wo sie sich auf die Couch setzte und einen Fuß auf die Tischkante stellte. Ihre Frechheit faszinierte ihn. Er grinste.

– Bist du so mit der Straßenbahn gefahren?

– Ich hab mir ein Taxi genommen.

Gavla verzog einen Mundwinkel. *Diese animalische Schlampe wird mich vielleicht doch noch ganz gut unterhalten.* Er trat näher zu ihr heran und sie zog ihm die Boxershorts herunter. Dieses Mal wehrte er sie nicht ab und ließ zu, dass sie mit der Zungenspitze über sein Glied fuhr. Sie nahm es in ihren Mund, und mit der Hand knetete sie seine Hoden. Mit einem Schlag hatte sich die Anspannung aufgelöst. Schon einen Moment später übernahm er die Initiative, drehte sie auf den Bauch und stieß von hinten hart zu. Er hielt sie an ihrer hüftlangen schwarzen Mähne gepackt, sie legte den Kopf zurück und stöhnte laut. Sie hatte den geschmeidigen Körper einer Katze, die Frechheit und Courage des allerbilligsten Flittchens. Grob presste er ihre Brüste zusammen und stieß immer härter zu. Sie stöhnte laut, wie von Sinnen und Gavla erregte das. Er hatte keine Ahnung, warum er just in dem Moment an die langweilige Jana denken musste. Anders als Jana konnte ihn die dunkelhäutige Tussi, die da gerade unter ihm keuchte, ordentlich in Fahrt bringen.
Ihn und den Bittner. Der hatte sie öfter auf Dienstreise mitgenommen. Sie hatte nicht lange rumlamentiert, ihr war es egal gewesen, ob er gerade Zeit für sie hatte oder nicht, so wie dem Bittner war es auch ihr vor allem um Spaß und um Sex gegangen. Und ums Geld. Bittner war nicht geizig gewesen, also war sie wie ein Uhrwerk gelaufen und hatte keine Probleme gemacht. Es war ihr Verdienst, dass er für einige Zeit den Stress und die Depressionen vergessen konnte, unter denen er manchmal gelitten hatte. Er war ständig gereizt gewesen, deshalb hatte er nur mit Tabletten oder nach anspruchsvollem Sex einschlafen können. Der Arzt hatte ihm besser zu Letzterem geraten.
Gavla spritzte ihr den gesamten Inhalt seiner Hoden auf den Hals und die Wangen, die weiße Flüssigkeit lief ihr das Gesicht her-

unter und sie leckte sie gierig auf, stöhnte leicht, legte genießerisch den Kopf zurück und schloss die Augen. Erschöpft ließ sich Gavla auf die Couch fallen. Als er wieder zu Atem gekommen war, ging er sein Portemonnaie holen und warf ihr drei Tausender auf den Tisch. Diesmal war er großzügiger als sonst. Er hoffte, dass sie zufriedengestellt war und im Gegenzug keine Probleme machen würde. Ohne ein Wort zu verlieren, strich sie das Geld ein.
– Also, ich frage jetzt noch einmal und erwarte eine plausible Antwort. Wie ist die Kiste mit Milans Klamotten zu der Bittnerová gekommen? Er musste sich sehr beherrschen, um sie nicht wieder anzubrüllen. Seine größte Wut war jedoch schon verraucht. Als er sie vor drei Tagen angerufen hatte, um die pikante Neuigkeit mit ihr zu teilen, hatte er das Telefon beinahe auf den Fliesenboden gefeuert. Sie hatte nur etwas vor sich hin gestottert und immerzu wiederholt, dass das schon wieder in Ordnung kommen würde. Kam es aber nicht. Die Polizei hatte sich in Bewegung gesetzt. Aber anders als er war sie ruhig geblieben. Wenn er genauer darüber nachdachte, hatte er eigentlich nichts verbrochen, warum also war er dann so neben der Spur?
Gleichgültig schaute sie ihn mit ihren unergründlichen Augen an und schwieg.
– Es ist besser, wenn wir uns nicht mehr sehen. Überhaupt nicht mehr, stieß Gavla hervor, der nichts mehr mit ihr zu tun haben wollte.
Sie legte den Kopf leicht zur Seite.
– Ich kann mir nicht erlauben, auf einen Schlag gleich doppelt Kundschaft zu verlieren, das kapierst du ja wohl.
– Ich bin doch nicht deine Kundschaft, verdammt!, brüllte er los, bereute jedoch zugleich, dass er sich hatte gehen lassen.
– Und ich bin kein blödes Flittchen, mit dem du dir den Arsch ab-

wischen kannst, funkelte sie ihn mit ihren schokoladenbraunen Augen an.

– Was hast du vor? Willst du mich erpressen? Er richtete seinen Finger gegen sie: – Treib keine Spielchen mit mir, denn du bist nichts als ein Haufen Scheiße, und wenn ich es will, dann bist du weg vom Fenster und kein Hahn wird je wieder nach dir krähen!

– Jetzt hast du mir aber echt Angst gemacht, du Schisser! Ich war es, die sich um alles kümmern musste!

– Da hast du dich ja super gekümmert, blöde Kuh, verlor er die Beherrschung und schlug ihr gegen die Brust, sodass sie auf die Couch fiel. Sie haute nach ihm.

– Drohe mir nur. Du bist bloß ein eingebildeter Pinkel, der Kohle hat und ein paar Bekannte im Ministerium, keifte sie Gavla an, der sich unterdessen einen Wodka eingegossen hatte, um sich zu beruhigen. – Ich will gut ficken und ein bisschen die Kohle genießen, der Rest ist mir scheißegal.

– Du hast mit dem Bittner gepennt und ich will deshalb keine Probleme, verstanden? Es wird nicht mehr lange dauern und dann werden die Bullen bei dir antanzen, sagte er schon einen Deut ruhiger.

Darauf erwiderte sie nichts. Träge erhob sie sich und ließ sich von Gavla anstarren, der sich am Anblick ihres nackten, wohlgeformten Körpers weidete.

– Ich geh duschen. Sie schnappte ihre Handtasche, die Strümpfe und die Corsage, mehr hatte sie nicht dabei.

Gavla schaute ihr hinterher, wie sie die Treppe in die erste Etage hochstieg, wo das Bad war, und nahm einen Schluck Wodka. Er wäre froh, wenn sie so schnell wie möglich abhauen würde. Sie jedoch duschte außergewöhnlich lange und Gavla wurde langsam nervös. Sie würde ihn erpressen, das war klar. Solange er Geld reg-

nen ließ, würde sie freundlich sein, aber danach? Langsam, damit sie ihn nicht bemerkte, stieg er in die erste Etage hoch. Aus dem Bad hörte er den Schwall fließenden Wassers. Das Glas an der Tür war so beschlagen, dass man weder hinein noch heraus sehen konnte. Auf dem Bett lag ihre Handtasche, in der sie lauter Krimskrams hatte, Lippenstift, einen Tampon, mehrere Kondome, ein Etui, Schlüssel, Dokumente. Er wühlte den Inhalt der Handtasche durch, ohne zu wissen, wonach er eigentlich suchte. Dann legte er sie zur Seite. Er setzte sich auf den Bettrand und dachte nach.
Einen Moment später kam sie, in sein Handtuch gehüllt, aus dem Bad, mit den Fingern fuhr sie sich durch ihre langen Haare.
– Willst du noch eine Nummer?, begrüßte sie ihn mit einem Lächeln, als sei nichts zwischen ihnen gewesen. Er stierte sie verbissen an.
– Ich warne dich, treib keine Spielchen mit mir.
Sie grinste nur.
– Dann wünsche ich dir noch viel Spaß in deinem leeren Schlafzimmer.
Langsam, geradezu rituell zog sie sich an und Gavla ließ sie nicht aus den Augen. Seine Finger umschlossen ein Glas aus schwerem Kristall. Es würde genügen, ihr damit einmal kräftig auf den Kopf zu schlagen, und schon wäre er seine Sorgen los. Oder im Gegenteil, er würde in noch größere Scheiße reinschlittern. Aber Gavla war schließlich kein Mörder, und das wusste sie nur zu gut. Er war wie ein offenes Buch für sie, deshalb spazierte sie hier so gleichmütig und seelenruhig auf und ab, wie ein Fuchs vor dem Jäger, denn er hatte weder eine geeignete Waffe noch den nötigen Mut. Einmal hatte er einen fatalen Fehler gemacht, und der würde ihn bis zu seinem Tod verfolgen. Sie hatte ihn in der Hand und wusste das ganz genau. Im Unterschied zu ihr konnte er sehr viel verlieren.

Sie ging fort, nur in der Corsage, ohne die Spitzenschnüre anstelle eines Slips. Fast nackt und verletzlich wie ein Rehkitz.

XIII.

Im Wirtshaus „U Dlouhých“ war es ungewohnt leer. Bis zur Lohnzahlung waren es noch ein paar Tage hin, einige Stammgäste mussten deshalb zu Hause bleiben. Pavel hatte einen Job bei der Firma Kovošrot gefunden, so hatte er Geld für Bier und für die Spielautomaten. Er wohnte wieder beim Vater, musste ihm aber jeden Monat fast dreitausend Kronen Miete zahlen. Pavel muckte nicht auf, um ihm zu beweisen, dass er die drei Tausender ohne langes Gerede auf den Tisch legen konnte. Endlich war er nicht länger der unfähige Idiot, der außerstande war, auch nur ein paar Hunderter zu verdienen. Für Kippen, Bier und die Automaten reichte sein Geld, und mehr brauchte er eigentlich nicht.

Der Professor kam hereingeschlurft, in der Brusttasche seiner Weste zeichnete sich ein Päckchen Spielkarten ab. Er winkte Pavel nur zu und setzte sich an den Tisch. Es gab nichts, worüber sie hätten reden können, und Pavel wurde deshalb etwas nervös. Dem Professor machte das offensichtlich nichts aus. Mit einem Nicken bestellte er ein Bier, zog die Karten hervor und begann mit dem Mischen.

– Sollen wir zu zweit spielen, wenn Kotrba nicht kommt?

– Ach, der kommt schon. Noch bevor das Bier des Professors auf dem Bierdeckel gelandet war, kam Kotrba angeschaukelt; der Wirt streckte ihm geistesgegenwärtig das Glas, das er gerade in der Hand hielt, entgegen und Kotrba nahm einen kräftigen Schluck.

– Ich habs, verkündete er triumphierend und musterte seine beiden Kumpane.
– Was denn?
– Na, wie das mit dem Erik ist. Die Bullen werden ein Jahr brauchen, ehe denen ein Licht aufgeht, mir hat genügt, bei den richtigen Leuten vorbeizugehen. Geheimniskrämerisch sah er von einem zum anderen.
– Erik wurde nämlich von seinem wohlgeratenen Fräulein Tochter erpresst.
Der Professor runzelte die Brauen.
– Wenn die beim Magistrat arbeitet, heißt das noch lange nicht, dass die eine Heilige ist. Erik hat nämlich eine Menge Kohle und das liebe Töchterlein will ihn abzocken. Erik sieht zwar so aus, dass du ihm gleich einen Fünfer schenken willst, aber der hat mehr Zaster als wir alle zusammen. Er nahm einen ordentlichen Schluck Bier und beobachtete, wie beeindruckt die beiden von seiner schockierenden Enthüllung waren.
– Du, Libor, das ist doch schon wieder Schwachsinn, wie das mit den Amis, dass die auf einen anderen Planeten umziehen, wo es Wasser gibt. Damit bis du das letzte Mal hier angekommen. Und das hier ist ebenfalls Quatsch mit Soße. Der Professor regte sich auf, dass er seine Zeit mit solchem Gelaber verbringen musste, anstatt Karten zu spielen.
– Das ist kein Blödsinn, das ist die Wahrheit! Normalerweise weiß das niemand, aber die Wasservorräte auf der Erde reichen nur für hundert Jahre, und dann krepieren wir alle vor Durst, das ist wissenschaftlich erwiesen. Kotrba ruderte mit den Armen. *Nur die Weitsichtigsten werden sich rechtzeitig retten können.* Der Professor schwang hier schlaue Reden, dabei hatte er keinen blassen Schimmer. Pavel lachte sich schlapp.

– Du willst das auch nicht glauben? Mir kann das egal sein, ich werde das sowieso nicht mehr erleben, aber du …
– Na, ich werde hundertdreißig und dann krepiere ich vor Durst, lachte Pavel. Kotrba winkte wütend ab.
– Aber das mit Erik, das ist die Wahrheit. Er hat irgendeine Entschädigung erhalten oder so. Was denkt ihr denn, womit konnte er wohl diesen Turm kaufen?
Der Professor verteilte die Karten. – Schwing hier keine schlauen Reden und schieb dein Bier zur Seite.
– Warte mal, was denn für eine Entschädigung?, interessierte sich Pavel.
– Da hast du nicht dran gedacht, wo Erik das Geld für das Haus herhatte, was, du Schlaumeier?
– Haus …? Pavel verzog das Gesicht. – Wenn er Kohle hätte, dann hätte er sich wohl was Besseres zugelegt als so eine Muchtbude.
– Glaub das mal nicht. Kotrba wackelte mit einem Finger vor Pavels Augen hin und her. – Seine Hazienda hat mehr als fünf Kronen gekostet.
– Männer, lasst doch endlich dieses Gefasel. Der Professor war wütend.
– Und für was soll er die Kohle gekriegt haben?, wollte Pavel wissen. Das Ganze spukte in seinem Kopf herum. Fakt ist, dass Erik nicht herumgegeizt hatte mit seinem Geld, und jetzt ergab das für Pavel endlich einen Sinn.
– So ganz genau weiß ich das nicht, aber ein Bekannter, der mal auf dem Amt gearbeitet hat, hat irgendwas erzählt, dass er unter den Sozies irgendwas mit politisch war, er war im Kinderheim, weil sie seine Mama in den Knast gesteckt haben oder irgendwie so, kam Kotrba ins Erzählen, weil Pavel Interesse gezeigt hatte. Er wollte das ein bisschen dramatisieren, um seine Aufmerksamkeit nicht

zu verlieren und sich selbst mehr Bedeutung zu verleihen, weil er etwas herausgefunden hatte, während die Bullen im Dunkeln tappten.

– Aber wie soll denn Erik politisch gewesen sein?, donnerte der Professor los und schüttelte ungläubig den Kopf. – Der hat ganz normal gesoffen und mit irgendjemandem in der Kneipe ausgemacht, dass sie in den Westen abhauen. Zum Schluss hat er Schiss gekriegt, aber Scherereien hatte er schon deswegen, das ist wahr.

– Scherereien ... Der hat doch im Knast gesessen.

– Woher wisst ihr das denn?, wunderte sich Pavel, der – gierig nach weiteren Enthüllungen – ganz große Augen machte und sich etwas hintergangen fühlte, weil er als Eriks bester Kumpel noch nie davon gehört hatte.

– Woher, woher? Von deinem Papa, du Dösbaddel, blaffte der Professor und warf ein paar Karten vor ihn hin. – Weißt du nicht, wofür dein Papa gesessen hat, oder was?

– Doch, meinte Pavel, aber in Wirklichkeit wusste er nicht genau, wofür sein Vater, lange bevor er auf der Welt war, hinter Gittern gesessen hatte. Über den Knast hatte er nie viel geredet. Pavel wusste nur, dass Erik in dieser Angelegenheit irgendwie eine negative Rolle gespielt hatte, und der Vater Erik seit dieser Zeit nicht mehr ausstehen konnte. Er nannte ihn „Nazi und Hurensohn". Es ging Pavel also nicht in den Kopf, wofür Erik irgendwelche Entschädigungen einkassiert haben sollte, wenn er vielleicht ein alter Nazi war.

Pavel wollte niemanden verurteilen, aber ihm wäre es lieber gewesen, wenn Erik kein Geld bekommen hätte, warum hätte er das auch kriegen sollen, wenn das alles schon so lange her war. Irgendwie nervte ihn das. Er machte ein finsteres Gesicht und stierte in die Karten, die nicht viel taugten. Der Professor war froh, dass sie

von dem überflüssigen Gelaber wegkamen und die Männer sich endlich seinen geliebten Karten zuwandten.
Pavels Laune war in den Keller gesunken, weil auch er gern eine Entschädigung vom Staat bekommen hätte, dafür, dass er in eine so lausige Sippe hineingeboren worden war. Er hatte sich die nicht ausgesucht, aber dafür kriegte er auch von niemandem eine Krone. Sein Papa hatte schließlich auch im Knast gesessen, aber Pavel hatte dafür nie einen Heller gesehen und das würde so bleiben. Also warum hätte Erik für seine Mama eine Wiedergutmachung bekommen sollen? Die Welt war echt ungerecht. Pavel verzog die Lippen zu einem dünnen Strich.
– Also du glaubst, dass ihn seine Tochter abzocken wollte, oder wie?, begann er vorsichtig zu eruieren.
– Na logo. Für Kotrba war das eine klare Sache.
– Ganz genau, die hat ihn um die Ecke gebracht, um ein paar Jährchen früher das Erbe zu kassieren, weil sie es nicht mehr erwarten konnte und es sich im Knast mal so richtig gemütlich machen wollte. Du, Libor, hör doch endlich mit diesem Schwachsinn auf, erregte sich der Professor und warf eine Münze auf den Tisch.
– Und das nächste Mal kommst du wieder damit an, dass uns die Amis geklont haben, damit sie Versuche an uns machen können, und mit anderem Schwachsinn. Geh zum Teufel mit diesem Scheiß. Der Professor war ernsthaft wütend.
– Zahlen! Er winkte die Bedienung heran, trank in einem Zug sein Bier aus und stand ohne Verabschiedung auf.
– Ist ja schon gut, schon gut, verteidigte sich Kotrba, felsenfest überzeugt von seiner Wahrheit. Die würden sich alle noch wundern. Er nahm einen Schluck von seinem Bier. Anstelle eines Grußes schwenkte der Professor im Fortgehen nur achtlos seinen Arm,

ohne sich noch einmal umzudrehen. Mit dieser Truppe taugte das Kartenspielen einen Scheiß.
In der Tür stieß er mit diesem merkwürdigen Duo zusammen, das sich schon einmal nach Erik umgehört hatte. Der Mann ging vorbei, ohne ihn weiter zu beachten, die Blondine mit den spitzen Titten jedoch maß ihn mit ihrem Blick, ließ ihn aber gehen.
Kotrba sah die beiden als Erster. Er stieß Pavel an.
– Was wollen die denn schon wieder hier?
– Woher soll ich das denn wissen? Pavel zuckte die Schultern und interessierte sich nicht weiter für die zwei, bis sie sich zu ihnen an den Tisch setzten.
– Wie sieht es aus, meine Herren, haben Sie es sich noch einmal überlegt? Wissen Sie immer noch nicht, wo Herr Sýkora ist?
Die beiden guckten sich an.
– Was wollen Sie denn von dem?, begann Kotrba vorsichtig.
– Herr Kotrba, wir sind von der Polizei, damit das klar ist, schaltete sich, sichtlich nervös, die Turková ein und schob erneut ihren Dienstausweis unter Kotrbas misstrauische Augen. – Sollten Sie etwas über Herrn Sýkora wissen und es uns verschweigen, kann man das als Beihilfe zu einer Straftat oder als Verhinderung einer Amtshandlung auslegen, und dafür gibt es Gesetze. Ich empfehle Ihnen also, mit uns zusammenzuarbeiten. Sie war sich sicher, dass die beiden Saufkumpane etwas über Sýkora wussten. Um Erik zu finden, kontrollierten die Beamten derweil Obdachlose und besetzte Häuser in der ganzen Republik. Sie hatten eine landesweite Fahndung ausgeschrieben, aber das war zwecklos bei einem Menschen, der heute so lebte wie im Mittelalter. Er war ohne Papiere verschwunden, die Bankkonten hatte er aufgelöst, das Telefon weggeworfen, Kontakte und Verbindungen abgebrochen.

– Hat denn der Erik was ausgefressen? Kotrba wollte herausfinden, warum die Polizei so ein ungewöhnliches Interesse an ihm hatte.
– Er steht unter Mordverdacht. Allerdings sammeln wir noch immer Beweise.
Pavel und Kotrba sahen sich an.
– Wir und die Männer hier denken, dass er tot ist, wagte sich Kotrba vor. Pavel ließ nur seinen Blick von einem zum anderen wandern, er selbst dachte nichts dergleichen.
– Er hat sich einen guten Monat nicht mehr hier blicken lassen, sonst ist er regelmäßig zum Kartenspielen gekommen, er hat es nie ausgelassen.
– Wir wiederum nehmen an, dass er sich irgendwo versteckt hält. Haben Sie eine Idee, wer ihn erpressen könnte und weshalb? Oder wo er sich versteckt?
Kotrba ließ sich noch einmal die Dienstausweise der beiden Polizisten zeigen und studierte sie sorgsam. Dann legte er los.
– Erik sieht nicht danach aus, aber er hat einen Haufen Kohle und vielleicht sogar noch mehr, flüsterte er und beugte sich so weit wie möglich zu der blonden Polizistin vor. Sie roch gut. Pavel machte einen langen Hals, damit er auch etwas mitbekam. Nur Vejnar steckte sich entspannt eine Zigarette an, als würde ihn das gar nicht interessieren.
– Was hatte er noch mehr?, blaffte die Turková laut und Kotrba schaute sich nervös im Lokal um. Es konnte sein, dass es hier neugierige Ohren gab.
– Ich glaube, er hat was in der Restitution zurückgekriegt, und seine Tochter begann sich dann die Finger zu lecken nach seinem Eigentum.
– Das lässt sich alles nachprüfen, gebot die Turková Kotrbas Theorie, die völlig an den Haaren herbeigezogen war, Einhalt. Bei der

Hausdurchsuchung hatten sie bei Erik alles in allem nicht mehr als ein paar zerknitterte Hunderter angefunden, die in einer Schellackbüchse steckten. Ein Bankkonto hatte er nicht mehr, und beim Katasteramt hatten sie herausgefunden, dass ihm nichts weiter als dieses heruntergekommene Ungetüm aus Ziegeln gehörte. Das Grundstück darunter war allerdings noch immer im Besitz der Tschechischen Bahnen. Wenn die Ziegel endgültig auseinanderfielen oder jemand nachhalf dabei, würde ihm absolut gar nichts bleiben.

Aber mehr bekam sie aus den Männern nicht heraus. Weder die beiden noch der Wirt hatten irgendetwas gesehen.

– Na gut. Sie werden bald ein amtliches Schreiben mit einer Vorladung zu einem offiziellen Verhör erhalten. Zum Abschied blinzelte sie den beiden zu und ließ sie mit offenen Mündern sitzen.

XIV.

Jana Bittnerová war schon den fünften Tag zu Hause geblieben, sie hatte sich freigenommen. Offiziell, um den Nachlass zu regeln, in Wirklichkeit jedoch, um ihren kaputten Nerven etwas Ruhe zu gönnen. Von der Mattscheibe sprang ihr das Bild ihres Vaters entgegen, der zur Fahndung ausgeschrieben war. Es musste mindestens zehn Jahre alt sein.

Sie schaltete den Fernseher ab, starrte stumpf auf den grauen Bildschirm und betete nur, dass keine seriöse Zeitung durchsickern ließe, dass es hier um ihren Vater ging. Der Polizeidirektor hatte ihr das versprochen. Es war ja möglich, dass die Polizei zumindest in dieser Beziehung einmal nicht versagte.

Die Haustürklingel riss sie aus ihren Gedanken. Unter den Fenstern ihrer Villa stand Gavla. Er sah aufgebracht aus, und zum ersten Mal erschien er leger gekleidet vor ihr, in einer Art T-Shirt und Shorts, obwohl es ein kalter Herbsttag war. Als wäre er gerade aus dem Bett gekrochen. Sie selbst hatte ein Handtuch um den Kopf gewickelt und war im Schlafanzug. So wollte sie ihn nicht ins Haus lassen, Familienidylle im Negligé. Darauf hatte sie nun wirklich keine Lust.

Mit dem Summer öffnete sie ihm die Tür. Das laute Zuschlagen der Haustür bestätigte ihr, dass er besonders schlecht aufgelegt war.

– Die Polizei war bei mir, machte er sich gleich auf der Türschwelle Luft. Mit einem Mal fühlte sich Jana erschöpft und müde. Dieser eine Satz hatte zur Folge, dass sie eine unheimliche Lethargie überkam.

– Das war zu erwarten. Was wollten sie?

– Ich war angeblich der Letzte, mit dem Milan vor seinem Tod gesprochen hat. Laut Telefon.

Unterdessen hatte Jana ihm zur Beruhigung einen Gin Tonic in die Hand gedrückt. Sie hatte nichts anderes mehr im Haus. Während der letzten Woche hatte sie die ganze Bar leer gemacht, ohne ein einziges Mal so richtig betrunken zu sein, wie sie sich inständig gewünscht hätte. Dieser Effekt war nicht eingetreten, und das war deprimierend für sie. Es gelang ihr nicht, sich zu entspannen, die aufdringlichen Gedanken und die beklemmenden Krämpfe in ihrem Körper loszuwerden.

– Vor ungefähr zwei Wochen hat er mir eine Nachricht geschrieben, dass ihr zu einem Turnier nach Brno fahrt und du ihn auf dem Rückweg mitnimmst nach Ostrava.

Verwirrt sah Gavla sie an. Zu dieser Zeit musste er doch schon lange tot gewesen sein. Er schwieg.

– War was mit seinem Wagen?, riss sie ihn aus seinen Gedanken.

– Na ja, irgendwas ist da wohl abgeschmiert, der Anlasser vielleicht oder so. Er wollte, dass ich ihn nach Hause bringe, log er und bemühte sich um einen unbefangenen Ton, damit sie nicht mitbekam, wie irritiert er war.

– Den Wagen hat ja wohl nicht seine …

– Keine Ahnung, eher wohl nicht. Er nippte an seinem Gin Tonic.

– Warum, zum Teufel, schert sich die Polizei um dich und nicht um die? Wer sonst hätte mehr Grund, sich zu rächen und mich unmöglich aussehen zu lassen? Die hat Milan ja sowieso nur sein Geld abgeknöpft. Hat die ihn nicht bedrängt, dass er sich scheiden lassen soll oder so was in der Art? Jana ließ sich auf die Couch fallen und fixierte Gavla.

– Ich habe echt keine Ahnung, aber möglich ist alles.

– Weißt du, was das für eine Tussi ist? Resigniert sah sie ihn an.

– Nein, log er und leerte sein Glas bis auf den letzten Tropfen.

– Obwohl, jetzt fällt mir ein, dass er sich letztes Mal beschwert hat über sie, meinte er nachdenklich und kniff die Augen zusammen.

– Ich kann mich nur nicht erinnern, was genau er gesagt hat. Ich weiß nur, dass ich mich darüber amüsiert hab, meinte er, nur um etwas zu sagen.

– Dann denk nach und sag das beim nächsten Mal der Polizei.

Jana lehnte sich müde in ihrem Sessel zurück, bis er knarrte und sie völlig in ihm versank.

– Ich würde gerne ein paar Tage bei dir bleiben, wenn dir das nichts ausmacht. Er wollte ihre Wangen streicheln, aber sie schob seine Hand weg.

– Bist du verrückt? Dass ich mit dir geschlafen habe, war auch ganz schön blöd von mir. Das wird sich nicht wiederholen. Zum Schluss verdächtigen die uns noch, dass wir Milan umgebracht

haben, um den unbequemen Ehemann loszuwerden oder so. Das ist eine Schnapsidee. Du musst dich zusammenreißen und nach Hause gehen. Keiner darf dich zusammen mit mir sehen.
Gavla führte das leere Glas an den Mund, dann knallte er es auf die Küchenzeile und machte sich aus dem Staub. Eigentlich wusste er gar nicht, warum er bei ihr hatte sein wollen. Am ehesten noch, um sich vor der animalischen Schlampe zu verstecken, die ihn jetzt ganz schön piesacken konnte. Zum Glück hatte sie sich ein paar Tage nicht mehr gezeigt, dafür hatte Mariage sich gemeldet. Der wollte Kohle, was sonst. Genau wie er angenommen hatte, aber es war schon verdammt spät, um jetzt noch zur Polizei zu gehen. Einmal hatten sie sich gegenseitig einen Dienst erwiesen und damit war der Handel erledigt. Mariage allerdings wusste überraschend viel. Geradezu verdächtig viel. Gestern Abend hatte er Gavla eine E-Mail geschrieben, aus der hervorging, dass er von allem wusste, was sich in dieser verhängnisvollen Nacht abgespielt hatte.

Zahle 30.000 und keiner wird erfaren was in Prag passiert ist. Du hast zwei Tage dafür. KS.

Die Abkürzung könnte für die Klocková stehen, aber die wäre ja wohl nicht so blöd, de facto zu unterschreiben. Aber wer sonst hätte ein Motiv, ihn mit einer Angelegenheit zu erpressen, von der nur sie zwei wussten? Und wie viele solcher Mails würde er noch bekommen? Irgendwie ging alles den Bach runter.
Grußlos stürmte er von Jana los und knallte die Tür hinter sich zu.
Na warte, Püppchen, du wirst mich auch noch brauchen, da kannst du Gift drauf nehmen.

Jana schaute auf ihre Uhr, es war ein paar Minuten vor elf. Um diese Zeit rief sie immer Laura an. Sie hatte ihr noch nichts gesagt, aber Laura hatte selber mitbekommen, dass irgendetwas nicht stimmte. Jana war nicht in der Lage, ihre Erschöpfung zu verbergen. Sie könnte höchstens die Webkamera ausschalten und so tun, als ob sie kaputt wäre. Das letzte Mal hatte sie sich damit herausgeredet, dass sie müde von der Arbeit sei, an die sie jedoch gerade keinen Gedanken verschwendete. Bis jetzt hatte sie immer das Gefühl gehabt, dass es ohne sie im Magistrat nicht einen Tag laufen würde, aber wie man sehen konnte, stand der Rathausturm noch und die Sekretärin meldete sich auch nicht. Trotzdem waren Janas Nerven bis zum Zerreißen gespannt, wenn sie sich die Papierstapel vorstellte, die sich auf ihrem Schreibtisch türmten. Sie fühlte sich so schwach, dass sie kein einziges Blatt Papier anheben könnte und ihr nach der ersten Zeile der Kopf auf die Tastatur sacken würde. *Reiß dich zusammen, zum Teufel noch mal!*, rief sie sich zur Ordnung.

Sie kontrollierte die Uhrzeit und schaltete den Computer ein. Die Webkamera ließ sie heute lieber aus. Sie musste ein paar Minuten warten, Laura würde wohl noch in der Uni sein.

Zerstreut surfte sie durch die Nachrichtenportale, als ihr auf der linken Seite plötzlich eine kleine Überschrift ins Auge sprang. *Hat die Beigeordnete etwas mit dem Verschwinden ihres Vaters zu tun?* Sie klickte sofort auf die Überschrift, es öffnete sich ein Artikel mit einer Fotografie vom Stellwerk ihres Vaters, derselben, die unlängst in der *Blesk* abgedruckt war. Jana überflog die ersten Zeilen: *Jana Bittnerová, Beigeordnete des Bürgermeisters von Ostrava, hielt über Jahre hinweg die Obdachlosigkeit ihres Vaters geheim. Nach der Aufdeckung dieses Skandals ist der Vater der Beigeordneten auf selt-*

same Weise verschwunden und wurde von der Polizei zur Fahndung ausgeschrieben. Steckt die Tochter hinter seinem Verschwinden?
Die Härchen an Janas Arm stellten sich auf. Sie spürte, wie ihr das Blut ins Gesicht schoss. Irgendein komplexbehafteter, korrumpierter Bulle musste da ordentlich abkassiert haben. Bei denen konnte man sich auf überhaupt nichts verlassen. Aber sie könnte denen mal ein bisschen Feuer unterm Hintern machen, die richtigen Hebel dafür hatte sie ja. Nur müsste sie sich erst mal berappeln, aber das hier war ja ein guter Grund.

XV.

Nach seinem Besuch bei Gavla ließ Vejnar sich direkt zur Stodolní-Straße bringen. Seine Freundin Kristýna hatte heute Abend wieder ein Konzert. Manchmal hatte er das Gefühl, mit Lady Gaga zusammenzuleben. Zu Hause war sie ungefähr zweimal die Woche, und wenn er sie sehen wollte, musste er zu ihr in den Probenraum oder direkt zum Konzert gehen. Freiheit in der Beziehung wusste er wirklich zu schätzen, aber das hier war selbst ihm zu viel. Er war auch nicht mehr so lange auf Arbeit wie früher, in letzter Zeit hatte er keinen richtigen Spaß mehr an seinem Job. Und mit der Turková am Hals war es auch nicht mehr so entspannt.
Sie hatte sich in dem Fall festgebissen wie ein Hund in seinem Knochen und viele Situationen hatte sie unnötig zugespitzt. Sie war besessen, und er glaubte nicht, dass ihr Eifer ewig anhalten konnte. Er selbst hatte seinen nach fünf Jahren verloren. Anders als seine Kollegen hatte er nichts gegen sie, nur freute er sich in

letzter Zeit nicht mehr auf seine Arbeit. Er nahm alles um sich herum wie durch Milchglas wahr. Es betraf ihn irgendwie nicht, er konnte nicht in dem Fall aufgehen.

Er hatte sich dabei ertappt, stundenlang stumpf in eine Akte zu starren, ohne sich darauf zu konzentrieren, was in ihr geschrieben stand. Mit seinen Gedanken war er entweder bei Kristýna, beim Mittagessen oder beim Schnaps am Abend. Es war ihm zu viel, wenn er irgendwohin ins Terrain fahren musste. Er überlegte, ob er sich nicht mal ordentlich Urlaub nehmen sollte, in diesen Genuss war er seit fast drei Jahren nicht mehr gekommen.

Bevor er zu Kristýna in den Club aufbrach, wollte er in Ruhe Zeitung lesen und dabei an der Bar einen Jack Daniels trinken. Er hatte keinen Grund zur Eile, das Konzert sollte erst in drei Stunden beginnen. Gerade war er dabei, am Kiosk einen Hamburger zu bezahlen, sein übliches Abendessen, als er aus dem Augenwinkel eine bekannte Gestalt wahrnahm. Schnell schüttete er seine Münzen auf die Theke, hielt sich nicht lange damit auf, das Kleingeld zu nehmen, und ging den beiden Typen mit den Basecaps hinterher. Ihn interessierte derjenige, der etwas schäbiger gekleidet war als sein Kumpan in dem schimmernden Jogginganzug von Adidas. Sie steuerten die Spielothek an. So schnell es ging, schlang Vejnar seinen Hamburger hinunter.

An der Bar, deren Fenster mit riesigen Darstellungen von Rouletterädern und Spielautomaten beklebt waren, war er bisher immer achtlos vorbeigelaufen, heute jedoch stürmte er fast im Laufschritt hinein. Drinnen war es verqualmt und überall blinkte es. In seinen Ohren dröhnte die Musik eines Rappers, den er für diese Leistung am liebsten in die Fresse geschlagen hätte. Über der Bar hing ein riesiger Plasmabildschirm, in dem sich in schneller Folge die Bilder eines Videoclips ablösten. Das hatte eine psychedelische Wirkung. Er schaute sich in der Bar um; Pavel und sein Kumpel saßen in einer Ecke. Vejnar hatte ihn an den unverwechselbaren rötlichen Drahtstiften erkannt, die unter seinem Basecap um die Ohren herum abstanden.

Er bezahlte ein Bier, setzte sich an die Bar und beobachtete die beiden. Einen Moment später standen sie auf und steuerten auf den abgeteilten Nebenraum zu, wo in einer langen Reihe Spielautomaten standen, wie Soldaten aus irgendeiner Zukunft, und an jedem von ihnen saß ein konzentrierter Desperado, steckte eine Münze nach der anderen in den unersättlichen Schlitz, drückte dann wie verrückt auf der blinkenden Taste herum, nur um danach weitere Unmengen von Münzen in den Schlitz zu werfen. Ab und an erklang das klimpernde Geräusch fallender Münzen, die sich zu Füßen eines glücklichen Spielers ergossen wie Sand. Die anderen fühlten sich vom Klingeln des Geldes ermutigt. Die beiden Männer setzten sich an freie Automaten, der Schaum in ihrem abgestandenen Bier fiel schnell in sich zusammen.

Pavel war von dem Automaten komplett gefangengenommen. Vejnar konnte sehen, dass er nichts anderes mehr wahrnahm. Er musste ihm zweimal kräftig auf die Schulter klopfen, bevor Pavel ihn zur Kenntnis nahm.

– Was ist? Erschrocken drehte er sich um. Sein Gesicht und seine Statur waren jungenhaft.

Pavel musste kurz überlegen, woher er diesen Typen kannte, aber noch bevor sein Hirn die Antwort aus seinen Tiefen hervorbefördern konnte, hatte Vejnar schon seine Dienstmarke gezeigt.

– Komm mal auf ein paar Worte kurz raus, ich halte dich nicht lange auf. Gehorsam stand Pavel auf.

– Die anderen haben gesagt, dass du Erik öfter besucht hast. Vejnar

machte sich eine Zigarette an und bot auch Pavel eine an. Zögernd griff er zu. Diese Marke kannte er nicht, die schmeckte super.
– Ja, ist ein Kumpel von mir.
– Bisschen alt für dich, meinst du nicht?
Pavel überlegte, zuckte dann aber mit den Schultern, um zu zeigen, dass es ihm wurscht war, wie alt jemand ist. Er hatte nie darüber nachgedacht, wie alt Erik eigentlich war. Bestimmt war er nicht viel jünger als sein Alter, aber im Unterschied zu dem empfand er Erik fast als Gleichaltrigen. Die Wahrheit war, dass ihre Freundschaft eher einseitig war. Während Erik nie etwas von Pavel wollte, lieh sich Pavel von ihm ständig Geld.
– Der könnte dein Alter sein, fuhr Vejnar fort und stieß den Zigarettenrauch aus.
Pavel verzog das Gesicht.
– Mein Alter kann Erik zwar nicht ausstehen, aber nicht deshalb, weil der seine Olle flachgelegt hätte. Erik kann echt nicht mein Alter sein, erwiderte er mit einem Grinsen.
– Warum können sich die beiden Opas denn sonst nicht ausstehen?, fragte Vejnar wie nebenbei.
Pavel zuckte mit den Schultern. Er wusste nicht so viel darüber.
– Keine Ahnung. Mein Alter hat wohl wegen Erik im Knast gesessen. Sagt er zumindest.
– Sýkora hat auch gesessen, wusstest du das?
Wieder zuckte Pavel nur mit den Schultern. – Irgend so was habe ich mal gehört. Aber Erik hat mir nichts erzählt. Er hat nicht darüber gesprochen. Wir haben uns über Fußball und Kartenspielen und so unterhalten.
– Und was hat dein Vater gesagt?
– Papa erzählt mir nicht viel. Vielleicht hat er meiner Sister was gesagt, aber mir nicht.

Pavel trank von seinem Bier, sein Adamsapfel bewegte sich gleichmäßig. Er leerte sein Glas und bestellte ein neues. Das Bier ließ er auf Vejnars Zettel schreiben.
– Schwer zu sagen, was die beiden Alten sich getan haben. Ich weiß nur, dass sie sich schon aus dem Kinderheim kannten und früher mal Freunde waren. Dann ist irgendwas in die Hosen gegangen, und jetzt kann mein Alter ihn nicht mehr ausstehen. Er hat nicht viel über ihn geredet, aber wenn doch mal, dann sagte er nur, dass der an den Eiern aufgeknöpft in der Zugluft hängen sollte, und andere Sprüche so in der Art. Er grinste kurz, um anzudeuten, dass der Vater das wohl nicht so ernst gemeint habe, und fuhr fort:
– Erik ist okay. Meinem Alten hab ich nicht gesagt, dass wir Kumpels sind. Der hätte nur wieder blöd gelabert.
– Was weißt du über Eriks Tochter?
Pavel starrte auf die Tischplatte, als würde er nachdenken. Er ließ sich Zeit, er wusste insgesamt recht wenig.
– Erik redet nicht viel, weil er stottert. Er hat auch was mit seinem Ohr, weil er als Kind irgend ne Verletzung hatte. Die trifft sich nicht oft mit ihm, soweit ich weiß. Aber die muss wohl irgend nen tollen Job haben, weil er andauernd damit angegeben hat, wie weit die es gebracht hat. Und außerdem hat er noch was davon geschwafelt, dass er sie beschützen muss. So ne komischen Sachen hat er manchmal gelabert. Dass irgendwer sie bedroht oder so.
– Hat er von niemand Konkretem gesprochen?
Pavel schüttelte den Kopf und nahm sich noch eine von Vejnars Zigaretten.
– Kann ich noch eine? Die zweite steckte er sich hinter sein Ohr.
– Keine Ahnung. Vielleicht hatte die einen Typen zu Hause, der ihr mal ein paar geschallert hat oder so. Ich hatte nicht den Eindruck, dass ihr eine echte Gefahr gedroht hat. Er hat eben so rum-

geschwafelt, dass er Angst um sie hat und so. Ich glaube, der Typ von ihr muss ein Rindviech sein.
– Warum glaubst du das?
Wieder dachte er lange nach. Er verheimlichte, dass er nur allzu gut wusste, um wen es hier ging. Bevor der Artikel in der *Blesk* mit dem Foto von Eriks Stellwerk erschienen war, hatte er allerdings keine Ahnung gehabt, dass der Bittner, der sich von ihm gegen Geld ab und zu einen blasen ließ, in Wirklichkeit der redliche Ehemann von Eriks Tochter war. Und dass sie ein hohes Tier im Magistrat war. Bis zu dem Zeitpunkt hatte das niemand geahnt. Kotrba hatte sich damit im Wirtshaus aufgespielt und den Artikel bis aufs letzte Atom auseinandergenommen, wie es so seine Art war. Er verheimlichte ebenfalls, dass auch Šárka mit Bittner geschlafen hatte und dass gerade sie es gewesen war, die ihm den Bittner zugespielt hatte, damit er irgendwie zu Geld kommen konnte. Bittner bezahlte mehr als großzügig und es war ihm egal, wen er fickte. Die Bullen würden sowieso darauf kommen, also warum sollten sie es ausgerechnet von ihm erfahren. Dann würde vielleicht noch sein Alter dahinterkommen und es würde nur wieder endloses Geseier geben.
– Keine Ahnung, irgendwas hat Erik mal erwähnt. Ich glaube, der Typ hat ihr wahrscheinlich ab und zu was getan oder ist fremdgegangen, und Erik war sauer deshalb. Er hat es nie so gesagt, aber mir ist es so vorgekommen.
– Denkst du, er wäre dazu fähig, jemanden umzubringen?
Pavel lächelte kurz.
– Da hab ich echt keine Ahnung. Tiere töten konnte er, aber ob er auch einen Kerl umlegen würde, das weiß ich echt nicht.
Pavel schüttelte den Kopf und sein Blick wanderte neidisch zu den Jungs an den Automaten. Sein Bier war schon alle und es

gab nichts mehr, was er Vejnar erzählen konnte. So ein guter Gesprächspartner war der nun auch wieder nicht.
– Wenn das alles ist, würde ich jetzt gehen.
Vejnar hielt ihn nicht auf. Er hatte seine Theorie, dass Erik irgendwie in den Mord verwickelt war, noch nicht ganz aufgegeben, auch wenn die Nachricht im Inneren des ausgestopften Bittner etwas anderes besagte.

1947

An jenem Morgen hatte Irma einen Brief aus der Tschechoslowakei im Briefkasten gefunden. Den ersten, seit sie das Land verlassen hatte. Er war ohne Absender. Sie wendete ihn mehrmals in der Hand hin und her und hielt ihn gegen das Licht, bevor sie es wagte, ihn zu öffnen. Ihre Hände zitterten leicht. Sie befürchtete, in dem Umschlag den Bescheid zu finden, vor dem sie sich nachts ängstigte und der sie tagsüber jeden Augenblick seit Kriegsende verfolgte. Er würde bestätigen, dass Alex umgekommen war, und so würde das letzte Fünkchen Hoffnung, das sie im Herzen trug, verglühen. Bisher wusste niemand etwas von ihm, auch nicht das Rote Kreuz. Vorsichtig schlitzte sie den Brief auf und war erleichtert, als sie das eng beschriebene Papier sah. Sie überflog die ersten paar Zeilen, drehte das Blatt um, auf dessen Rückseite sie die Unterschrift von Alžběta Bočková erkannte, der Nachbarin, bei der die Eltern das Hochzeitsservice aus Meißner Porzellan zurückgelassen hatten. Sie hatten keine Möglichkeit gehabt, es mitzunehmen nach Rötz, wo Vaters Cousine lebte, die die Adlers nach dem Krieg bei sich im Haus wohnen ließ.

Frau Bočková hatte vor dem Krieg bei den Adlers geputzt, gewaschen und gebügelt, Herr Boček wiederum hatte den Adlers die Kohlen geliefert, und wenn im Haushalt etwas kaputtgegangen war, hatte er alles bereitwillig repariert. Sie waren kinderlos, und so hatte der kleine Erich eine weitere Tante und einen Onkel, die ihn mit Liebe und Aufmerksamkeit überschütteten.

Nach 1945 hatten die Adlers ihr Haus in aller Eile verlassen. Den Bočeks war der Ersatzschlüssel zu ihrer Wohnung geblieben, aber Alžběta fand nicht den Mut, bei den Adlers vorbeizuschauen. Sie wollte nicht, dass jemand denken könnte, dass sie die Wohnung betrat, um sie zu plündern. Das ganze Nachkriegschaos erfüllte sie mit widersprüchlichen Gefühlen, sie kam sich vor wie in einem Traum, weil nach ihrem Empfinden alles auf dem Kopf stand. Viele Menschen, von denen sie dachte, dass sie sie gut kennen würde, verwandelten sich vor ihren Augen in rachsüchtige und blutdürstige Raubtiere, andere nutzten die Situation zu ihrem Vorteil, beschmutzten gezielt die Namen ihrer Nachbarn, ganz wie es ihnen beliebte.

Es war so einfach, der Massenhysterie zu erliegen, aber dank der Familie Adler hatten Alžběta und ihr Mann ein angenehmes Leben gehabt, und das vergaßen sie auch nicht. Sie konnte die Adlers nicht einfach so über einen Kamm scheren mit all den Faschisten und Kollaborateuren, von denen es unter den tschechoslowakischen Deutschen unzählige gab.

Erst, als schon einige Zeit nach Kriegsende vergangen war und klar wurde, dass die Adlers nicht zurückkehren würden, wagte sie sich in deren Wohnung.

Die Wohnungstür war versiegelt und mit einem aus Farbe aufgeschmierten Hakenkreuz versehen. Trotzdem steckte sie den Schlüssel ins Türschloss. Sie zweifelte nicht daran, dass die Wohnung im Laufe der Zeit zum Ziel von Dieben und Plünderern wer-

den würde, wie sie es schon des Öfteren gesehen hatte. Die Adlers waren zu wohlhabend gewesen, als dass die Diebesbanden ihre Wohnung hätten verschonen können.
Alžběta fand die Wohnung leer vor, in aller Eile verlassen. Die Türen des Kleiderschranks waren sperrangelweit geöffnet, sowohl Frau Adlers Nerzmantel als auch das in einem Prager Salon geschneiderte Ballkleid fehlten. In der Speisekammer fehlten alle Konserven und Kompotte, die Betten waren gähnend leer, ganz ohne Kissen und Federdecken, aus dem Kinderzimmer war alles Spielzeug verschwunden. Es trieb ihr die Tränen in die Augen. Auf dem Tisch fand sie eine Nachricht in holprigem Tschechisch.

Frau Bocek, wir bedanken für alles, für den letzten Monat wir können leider nicht zahlen. Nehmen Sie sich alles, vor allem das Silberbesteck und die Perserteppiche. Er ist ihrer, ich weiß, dass sie Ihnen immer sehr gefallen haben. Wir müssen unser Zuhause verlassen. Denken Sie gut an uns.

Mit Dank und Dankbarkeit, Familie Adler

Mit der Schürze trocknete Frau Bočková ihre Tränen. Vielleicht war es besser so. Vielleicht waren sie schon irgendwo in Deutschland, wo sie ein neues Leben beginnen konnten.
In der Nacht holten sie und ihr Mann die Teppiche, die verbliebene Kleidung, die Schuhe, alles Porzellan und Geschirr. Nur die deutschen Bücher ließen sie stehen. In ihrer Wohnung war gar kein Platz für alles, so lagerten sie das meiste auf dem Dachboden und im Keller neben den Kohlen. Von den Möbeln holte sich Frau Bočková nur Irmas Toilettentisch, den sie von Alex bekommen hatte.
Die Hoffnung auf eine Antwort von Frau Bočková hatte Irma

schon aufgegeben. Ihre neue deutsche Adresse hatte sie ihr vor mehr als einem Jahr geschickt. Irma hatte angenommen, auch sie wolle nichts mehr mit den Deutschen zu tun haben. Ob sie es wollte oder nicht, sie gehörte jetzt zu dem Volk, das Europa zerrissen, zerstückelt und bis zur Unkenntlichkeit verändert hatte. Es würde nie wieder so sein wie vor 1938. Die Deutschen hatten die Völker ihrer Eliten beraubt und ganze Länder unter die Fittiche der Roten getrieben. Am meisten jedoch hassten alle die Deutschen für die Unersättlichkeit, Habgier und Arroganz, mit der sie ihren Kreuzzug unternommen hatten.

Der Brief aus der Tschechoslowakei machte Irma neue Hoffnung, egal, was in ihm stehen würde. Sie studierte ihn aufmerksam, das Blut schoss ihr ins Gesicht und Aufregung überkam sie. Ihre goldige Alžběta schrieb, dass man etwas von Alex' Rückkehr munkele. Jemand habe ihn bei ihnen im Haus gesehen. Irma begann zu weinen. Ihr Tröpfchen Hoffnung hatte sich in einen See verwandelt und sie ließ ihren Tränen freien Lauf. Irma dankte Gott, eilte zu Erich, drückte ihn an sich und flüsterte: – Du wirst den Papa sehen, endlich wirst du deinen Papa sehen.

Gleich am nächsten Tag packte sie die Koffer und machte sich auf den Weg zurück nach Hause, in die Tschechoslowakei. Es war an der Zeit, dass auch Erich die tschechische Sprache erlernte. Sie ging davon aus, dass sie am Anfang bei den Bočeks wohnen könnte. Sie lief zur Post, um den Bočeks ein Telegramm zu schicken, und zum Bahnhof, um die Zugfahrkarten zu kaufen. Seit Kriegsende waren zwei Jahre vergangen, Hass und Rachsucht hatten bestimmt an Schärfe verloren. Tschechisch sprach sie akzentfrei und sie war eine Stillmannová, das ist ein jüdischer Name. Mehr jüdisch als deutsch, und die Tschechen hatten nie groß gegen die Juden intrigiert, so wie andere.

Als sie im Zug nach Prag saß, fühlte sie sich wie in einem Traum. Erich saß neben ihr und die Mitreisenden wunderten sich, wenn der Junge Deutsch sprach und die Mutter ihm auf Tschechisch antwortete. Irma hatte sich geschworen, von jetzt an nicht mehr Deutsch mit ihm zu reden.

Von Prag war sie einfach hingerissen. Die ganze Stadt war irgendwie schöner geworden, die Luft duftete nach Altweibersommer und nach Begeisterung. Irma saugte diesen Duft in sich ein und genoss die Hoffnung, die in der Luft schwebte, fast schien sie sich zu materialisieren.

Abends kamen sie am Hauptbahnhof in Ostrava an, die Sonne war schon untergegangen. Alžběta erwartete sie auf dem Bahnsteig. Genauso, wie Irma sie in Erinnerung hatte, bescheiden gekleidet, mit einem Hütchen und der kleinen Handtasche, in der gerade einmal ein Taschenspiegel und ein kleines Taschentuch Platz fanden. Zierlich und unauffällig, mit einem freundlichen Blick. Irma umarmte sie wie eine wahre Freundin. Solch einen Schwall Zuneigung hatte Frau Bočková gar nicht erwartet, sie wusste nicht, was sie tun sollte, und erwiderte zaghaft Irmas Umarmung.

– Mein Gott, ist der aber groß geworden, begrüßte sie Erich, der im Herbst eingeschult werden sollte. Irma freute sich, dass er wie sie in die Realschule in Přívoz gehen würde, zusammen mit Alex würden sie sich eine Wohnung suchen und endlich als Familie leben, so als wäre der Krieg nicht gewesen, gemeinsam würden sie all das Leid und den Schrecken vergessen können. Irma malte sich ein neues Leben aus.

Die Bočeks überließen Irma ihr Schlafzimmer und sie selbst blieben im Wohnzimmer. Frau Bočková kümmerte sich um Erich, während Irma von einer Behörde zur nächsten lief. Dort wurden noch immer Listen von Kriegsgefangenen, Rückkehrern und Vermissten zusammengestellt, die Mitarbeiter schickten sie zum Roten Kreuz, dort verwies man sie an das Repatriierungsamt und immer so weiter. Überall konnte sie nur ihren Namen und ihre Adresse hinterlassen. Ganze Tage lang suchte sie in den Listen der Kriegsopfer nach Alex' Namen, aber auch dort konnte sie ihn nicht finden. Er war verschollen.

Ihre Nachforschungen hatten zu keinem befriedigenden Ergebnis geführt, aber nach Deutschland zurückkehren wollte sie vorerst nicht. Die Bočeks hatten sie aufgenommen, sie waren froh, Erich wieder um sich zu haben. Alžběta hatte in ihm ihren Lebenssinn gefunden und ihr Mann erfreute sich an ihrem Glück. Einige der Nachbarn hatten Irma wiedererkannt, aber niemand ließ ihr gegenüber Feindlichkeiten erkennen. Manchmal grüßte jemand sie nicht, aber das machte Irma nicht weiter das Leben schwer. Sie fand eine Arbeit und eine Untermiete, sie lebte von ihrer Hoffnung, und das genügte ihr vorerst.

Der erste Schnee fiel, in vierzehn Tagen würde Weihnachten sein. Irma erhielt einen Brief von den Adlers, dass sie zurückkehren solle. Sie hatten Angst um sie. Irma war niedergeschlagen. Ihre Hoffnung, die sie so sehr hätschelte, begann langsam zu verlöschen, bis nur noch ein unscheinbarer Streif Rauch geblieben war. Sie war in Hoffnungslosigkeit verfallen und wurde von dem Gedanken gequält, dass der Krieg Alex verändert haben, seine und ihrer beide Liebe zerstört haben könnte. Er wäre nicht der Einzige, der nach all den Kriegsgräueln auf Glück und eine Zukunft verzichtet hätte. An den Abenden weinte sie in ihre Handflächen, damit Erich davon nichts mitbekäme. Zurück nach Rötz aber wollte sie nicht.

Sie blieb über Weihnachten und über Neujahr. Im Januar spielte sie mit dem Gedanken, vielleicht doch zurückzufahren, aber sie verschob die Abreise immer wieder. Noch immer fühlte sie sich hier mehr zu Hause als in Deutschland. Das Geld ging ihr aus und ihre Briefe blieben einige Zeit unbeantwortet. Im Januar schickten die Eltern keine Zeile mehr. Langsam bekam sie es mit der Angst zu tun, hoffte zugleich aber noch, dass sie Alex irgendwo treffen würde, auch wenn er nicht nach ihr suchte. Vielleicht war seine Liebe zu ihr abgekühlt oder er war ein ganz anderer Mensch geworden. Ende Januar war sie fest entschlossen, nach Deutschland zurückzukehren, denn das Schweigen der Eltern und Verwandten machte sie ganz nervös. Zuerst jedoch musste sie Geld auftreiben.

1948

Irma begann sich zu sorgen. Schon mehr als zwei Monate hatte sie keine Nachricht mehr von den Eltern. Außerdem büßte sie auf merkwürdige Weise ihren deutschen Pass ein. Eines Abends klingelten zwei Männer an der Tür ihrer Wirtin und wollten mit Irma sprechen. Sie kannte keinen der beiden. Die Männer waren mit schwarzen Mänteln bekleidet, der eine stellte sich als Novotný vor, der andere schwieg.

– Frau Stillmannová?

– Ja, das bin ich, antwortete die überraschte Irma.

– Sie suchen nach Ihrem Mann, nicht wahr?

– Ja, jauchzte sie in der Hoffnung, dass ihr diese zwei schwarzen Boten eine Nachricht von Alex überbringen würden. – Wissen Sie etwas über ihn?, forschte sie nach, aber die Männer schwiegen und schauten durch die geöffnete Tür ins Wohnungsinnere. Hinter Irma tauchte der Kopf eines kleinen Jungen auf. Irma wies Erich an, zurück ins Zimmer zum Spielen zu gehen.

– Vielleicht. Zuerst aber müssen wir Ihre Personaldokumente sehen, sagte einer von ihnen freundlich, und auf Irma wirkten die Worte der Hoffnung wie Balsam. Sofort holte sie ihren Pass und übergab ihn einem der Männer.

Der warf einen schnellen Blick hinein, dankte, steckte ihn in die Tasche und verschwand. Überrascht öffnete Irma ihren Mund, brachte jedoch kein Wort hervor. Sie lief ihnen noch nach auf die Straße, konnte aber nur dem fortfahrenden Auto hinterherschauen. Sie wusste nicht, wer die Männer eigentlich waren, und auch nicht, ob sie ihren Pass je wiedersähe. Bevor ihr ein neuer ausgestellt werden würde, könnten mehrere Monate vergehen. Außerdem würde sie irgend so eine Reiseanlage benötigen, die sich fast gar nicht auftreiben ließ.

Die ganze Nacht grübelte sie über diesen merkwürdigen Vorfall nach und verfluchte im Stillen ihre Dummheit und kindliche Naivität.

Sonderbare Dinge geschahen um sie herum. In der Musikschule, in der Irma ein paar Stunden in der Woche unterrichtete, wurde ihr ohne jede Erklärung fristlos gekündigt. Als der Direktor sie das Papier unterschreiben ließ, schaute er sie nicht einmal an. Dabei hatte er sie noch einige Wochen zuvor dafür gelobt, welche Fortschritte ihre Schüler machten. Sie spürte, dass etwas Unheilvolles im Schwange war, und schrieb das vor allem ihrer Herkunft zu. Es würde bestimmt sicherer sein, nach Deutschland zurückzukehren. Auch ohne Alex.

Wenn er am Leben wäre, hätte sie ihn längst finden müssen. Sie hatte den Glauben und auch die Entschlossenheit verloren; ohne das Geld der Eltern und eine Arbeit konnte sie hier nicht bleiben. Herr Boček empfahl ihr sogar einen Mann, der ihr helfen würde, illegal, ohne Papiere die Grenze zu überqueren. Er hatte schon

mehrere Leute nach Deutschland gebracht. Viele Tschechen flohen aus Angst vor den Hämmern und Sicheln. Aber Irma wollte nicht glauben, dass es für sie unmöglich sein sollte, nach Deutschland zurückzukehren. Das waren schließlich noch immer die gleichen Leute, die sie nur ein paar Jahre zuvor über die Grenze getrieben hatten.
Herr Boček blickte sie nur traurig an. Die Adlers hatte er nie verstanden. Er begriff nicht, wie sie so unfähig sein konnten, eine Situation richtig einzuschätzen, und auch nicht, wie ihnen in einer politisch zugespitzten Zeit vollkommen der Überlebensinstinkt fehlen konnte. Als würden die Adlers und vor allem Irma mit dem Kopf in den Wolken der Ideale leben, deren Horizont auf Bällen, im Theater und auf Konzerten begann und endete. Auch in der Zeitung glaubten sie nur dem Kulturprogramm, alles andere war für sie nichts als eine Ansammlung bedeutungsloser linker Drohungen. Sie lebten unbescholten und gerecht. Das sollte sie vor allem Ungemach schützen. Es kam ihnen nicht in den Sinn, dass dies leider nicht genügte.
Die Umstände waren viel gefährlicher, als Irma sich eingestehen konnte.
Nach reiflichem Überlegen schrieb sie einen Brief:

Liebe Mutter, lieber Vater,
ich liebe Alex, aber ich verstehe auch, dass ich eines Tages den Tatsachen ins Gesicht sehen und mir eingestehen muss, dass ich Alex vielleicht niemals wiedersehen werde, und dass mir wenigstens die schönen Erinnerungen an ihn als Trost bleiben werden. Zumindest in Erich ist ein Teil von ihm erhalten geblieben, so wird er für mich immer lebendig sein.
Aber ich mache mir auch Sorgen um Euch. In den letzten zwei Mo-

naten habe ich keine einzige Nachricht von Euch erhalten. Unglücklicherweise ist mir eine unangenehme Sache passiert, die ich noch klären muss, und meine Abreise aus der Tschechoslowakei wird sich so noch verzögern. Die Grenzen sind für alle geschlossen, wenn es nicht anders geht, werde ich fliehen müssen wie ein Verbrecher. Ich glaube jedoch fest daran, dass wir im Sommer schon zusammen sein und gemeinsam Süßkirschen im Garten ernten werden. Das Leben hier in der Tschechoslowakei ist nichts mehr für mich. Ohne Euch und ohne Alex. In letzter Zeit scheint alles nur schlimmer zu werden.

Vieles hier hat sich verändert, ganz Přívoz ist mir jetzt fremd, das Viertel ist zu einem traurigen und unerquicklichen Ort geworden. So viele schmerzliche Erinnerungen kehren zu mir zurück …

In das Haus der Vachs wurden zwei Zigeunerfamilien einquartiert. Diese Leute können und wollen nicht in Häusern leben. Sie sind Kinder der Natur. Unser Haus steht bis jetzt leer, ist jedoch sehr heruntergekommen. Es ist gut, dass Ihr das nicht sehen könnt, es würde Euch nur traurig machen.

Alles hat sich so sehr verändert. Bis auf die Bočeks habe ich keine Freunde und Bekannten mehr, es wird im großen Stile verstaatlicht, und viele Leute gehen deshalb fort. Auf den Ämtern spricht man mich mit „Genossin" an, das ist mir aus ganzem Herzen zuwider, außerdem kann ich gar nichts erreichen, es herrscht überall Chaos und jeder wälzt die Zuständigkeit und Verantwortung auf den anderen ab, also kann eigentlich keiner etwas ausrichten.

Ich hoffe jedoch, dass sich das alles bald irgendwie klärt, ich küsse Euch vielmals, und grüßt Tante Trudi.

Eure Irma und Erich

PS: Erich spricht schon ausgezeichnet Tschechisch. Er hat Sehnsucht nach Euch.

Den Brief brachte sie gleich am Morgen zur Post, um sicher zu sein, dass er wirklich abgeschickt wird. Unterwegs hatte sie das Gefühl, dass sich jemand an ihre Fersen geheftet hatte. Obwohl sie sich mehrmals umdrehte, konnte sie niemanden entdecken. Sie holte Erich von der Schule ab und machte sich gleich auf den Heimweg, um das Mittagessen zu kochen. Alžběta und ihr Mann arbeiteten in der Fabrik, Irma kümmerte sich deshalb um ihren Haushalt. Trotzdem spürte sie, dass sie zu einer immer größeren Last für die beiden wurde. Solange sie eine Arbeit gehabt hatte, hatte sie bei Frau Neumannová zur Untermiete gewohnt. Frau Neumannová war eine ehemalige Klavierlehrerin an der Musikschule und hatte Irma dorthin empfohlen. Aber als sie ihre Arbeit verlor, konnte sie sich die Miete nicht länger leisten. Wieder waren es die Bočeks, die ihr geholfen hatten.

In der folgenden Nacht konnte Irma nicht einschlafen. Hoffnungslosigkeit und Verzweiflung quälten sie. Sie musste sich eingestehen, dass ihre Situation viel schlimmer war, als sie im Brief geschrieben hatte. Das Geld war ihr ausgegangen, sie hatte auch schon allen Schmuck und einen Großteil der Kleidung verkauft, die sie mit hergenommen hatte, und vor allem hatte sie ihre Arbeit und den Pass verloren. Ohne den würde sie nirgendwohin gelangen. In den schlaflosen Nächten hatte sie über Herrn Bočeks Angebot nachgedacht, es erschien ihr jedoch zu riskant, mit dem kleinen Erich über die Grenze zu fliehen. Sie war noch nie mutig gewesen. Allein mit einem Kind, auf einen unbekannten fremden Mann angewiesen. Sie ließ sich ins Bett fallen und beobachtete die Lichter der Straßenlampen, die sich an der Zimmerdecke spiegelten. Sie lauschte dem regelmäßigen Atem des schlafenden Erich und fühlte sich so schwach, so verletzlich und so verlassen, dass ihr die Tränen kamen. Plötzlich hörte sie die Klingel. Es war zwei Uhr früh.

Als sie aus dem Schlafzimmer kam, stand Herr Boček schon im Flur, im Morgenmantel und in Pantoffeln. Er lamentierte.
– Gehen Sie ins Bett, Irma, flüsterte er. Sie schloss die Tür, damit Erich nicht wach wurde, blieb aber stehen und lauschte.
– Ist Frau Stillmannová bei Ihnen? Wecken Sie sie. Sie kommt mit uns, hörte sie eine scharfe Männerstimme. Ihr Herz begann wie verrückt zu schlagen. Schnell zog sie Rock und Pullover über das Nachthemd, schaute nach Erich in seinem Bett, streichelte ihn und ging hinaus in den Flur.
– Ist etwas passiert?
Der Mann richtete seinen strengen Blick auf sie. Es war derselbe, dem sie freiwillig ihre einzige Fahrkarte zurück nach Deutschland gegeben hatte – ihren Pass. Er war allein, aber vor dem Haus stand ein schwarzer Wagen, in den sie einstieg, nur mit Hausschuhen an den Füßen. Sie war entsetzt und überrascht.
Unterwegs schwiegen sie. Sie selbst hatte Angst, etwas zu sagen, und von denen sah keiner so aus, als wollte er ihr etwas erklären. Es war noch nicht so lange her, dass nachts die Gestapo in die Wohnungen gekommen war. Und diese Männer hier sahen keinen Deut freundlicher aus.
Durch einen langen Flur mit Gittern wurde sie in einen kleinen Raum geführt, in dem hinter einem Tisch ein Mann saß. Das Licht der Lampe war auf die Tür gerichtet. Es blendete sie, das Gesicht des Unbekannten hinter dem Tisch konnte sie nicht erkennen.
– Setzen Sie sich, befahl er, aber noch bevor er seinen Befehl zu Ende gesprochen hatte, drückte eine Hand fest von oben gegen ihre Schulter, sodass sie wie ein Sack auf den Stuhl fiel. Sie war fassungslos. Genauso fassungslos wie damals, als Pilkas vor ihr gestanden hatte. Wer weiß, ob der Mensch hinter dem Tisch nicht genau er war. Ihr Herz begann wie wild zu hämmern, und ihre

Eingeweide fühlten sich wie abgeschnürt an. Der Mann hatte einen Haufen Papiere vor sich auf dem Tisch. Unter ihnen entdeckte sie mehrere Briefe, die sie an die Eltern geschrieben hatte, und auch die ihrer Eltern, die sie nie gelesen hatte.

Sie war schockiert. Man hatte sie die ganze Zeit bespitzelt, kein einziger Brief war abgeschickt worden und ihre Familie hatte keinerlei Nachrichten von ihr erhalten.

– Wo haben Sie sich mit den anderen Spionen getroffen?, wurde sie von der Stimme ohne Gesicht angeschnauzt.

– Ich? A-a-aber ich, begann sie zu stottern und stammeln, sie wurde von Panik geschüttelt, ihr Mund wurde ganz trocken und ihre Stimme versagte. Vor lauter Entsetzen bekam sie keine Luft. Dieses Martyrium sinnloser Fragen, diese Kraft blinden Hasses hatte sie bereits kennengelernt. Es war das Gleiche wie damals im Lager. Sie bekam keine Luft, verschluckte sich, hätte etwas zu trinken gebraucht, aber anstelle eines Glases mit Wasser kam unvermittelt eine Ohrfeige.

Sie knallte, brannte auf ihrer Wange, holte sie aber ein Stück aus ihrer Panik zurück und konfrontierte sie erneut mit der grauenhaften Realität. Wahrheitsgemäß beantwortete sie all die Fragen voller unsinniger Verdächtigungen, Mutmaßungen und hasserfüllter Unterstellungen. Es fielen Namen, die ihr nichts sagten, aber der Mann hinter dem Tisch wollte ein Geständnis hören. Irma fühlte sich schutzlos. Sie begriff, dass man aus ihr eine Person machen wollte, die sie gar nicht war. Einen Spion und Feind aller Menschen in der sozialistischen Ordnung, ein Exempel. Ganz gleich, was sie sagte, alles wurde prinzipiell gegen sie verwandt.

Irma bekam Gefängniskleidung und wurde in eine Zelle gesperrt. Sie war viel zu schockiert, um zu weinen. Sie durfte sich nicht auf das Bett setzten, und die ganze Nacht über brannte das Licht. Wie ein lebloser Schatten marschierte sie pausenlos auf und ab, und plötzlich ertappte sie sich beim Träumen. Es waren Erinnerungsfetzen und Bilder von Alex und Erich, von Bäumen auf einer Wiese und von Sonnenschein. Sie öffnete die Augen und fand sich auf dem Fußboden wieder. Über ihr schaukelte das Licht einer Glühlampe. O Gott, was ging hier vor sich? Wie viel Böses würde noch kommen? Der Krieg ist doch schon längst vorüber, warum freuen sich die Menschen nicht, warum strafen sie mich? Wofür? Und dann fiel sie in einen Abgrund, in dem völlige Finsternis sie verschluckte.

XVI.

Auf dem Display ihres Handys erkannte die Turková Kodlers Nummer. Sie hielt am Randstreifen und nahm das Gespräch an. Für das Telefonat wollte sie Ruhe, sie hoffte auf irgendetwas Fantastisches, das den Fall wieder ein Stück voranbringen würde.

– Ich höre.

– Wir haben Bittners Wagen.

Ihr Herz schlug schneller, am liebsten hätte sie aufgejauchzt.

– Super. Du weißt, was zu tun ist. Ich will absolut alle Analysen, zerlegt den Wagen in seine Einzelteile, hast du verstanden? Ich will jedes Haar und jeden Krümel.

– Wir kennen auch schon die Identität seiner beiden Geliebten. Die eine arbeitet im Hotel als Rezeptionistin, die steht aber nicht unter Verdacht, weil sie zur vermutlichen Tatzeit einen ganzen Monat mit ihrem Freund in Neuseeland war. Na, und die zweite betreibt zu Hause einen mobilen Schönheitssalon. Seinerzeit hat sie auch der Bittnerová die Nägel gemacht, bevor die sie dann rausgeworfen hat. Dort hat die wohl auch den Bittner getroffen.

– Sehr gut. Name?

– Šárka Klocková.

– Dann finde alles über sie heraus und schick mir die Adresse. Ich hole Vejnar ab und dann fahren wir bei ihr vorbei.

– Hier im Büro ist Adam nicht. Ich dachte, der ist mit Ihnen unterwegs.

Die Turková schnalzte missbilligend und Filip bereute sofort, nicht den Mund gehalten zu haben. Sie legte auf und wählte Vejnars Nummer. Obwohl sie es lange klingeln ließ, nahm niemand ab. Sie trat auf das Gaspedal.

– Auf den Spaziergang müsst ihr noch etwas warten, rief sie den Hunden hinten im Auto zu.

Unterwegs versuchte sie es noch zweimal unter Vejnars Mobilnummer und seiner Festnetznummer auf der Arbeit, aber es meldete sich immer nur dasselbe ewige Freizeichen.

Einige Minuten später hielt sie auf dem Parkplatz für die Postautos vor seinem Haus. Anderswo parken konnte man nicht. Vejnar wohnte in einem alten Haus, ein Stück von dem Platz entfernt, den niemand anders als Hühnermarkt nannte. Die Klingel war altmodisch, man konnte ein Streichholz neben dem Knopf feststecken. Die Turková zögerte nicht und drückte eines neben Vejnars Namen hinein. Dann ging sie zurück in den Wagen. Mit ihren Fingern trommelte sie auf dem Lenkrad herum und sah dabei auf ihre Uhr. Ganze drei Minuten dauerte es, bevor er aus dem Fenster schaute, völlig zerzaust und verschlafen.

– Kommen Sie sofort herunter!, brüllte sie ihm über die Straße zu und ging zum Haus.

Ohne ein einziges Wort warf er ihr die Schlüssel hinunter. Hätte sie sich nicht weggeduckt, wären sie ihr auf den Kopf gefallen, womit Vejnar sie wohl umgebracht hätte, denn das Schlüsselbund wog mindestens fünf Kilo. Sie überlegte, ob er sie nach oben bitten wollte oder sie nur verfehlt hatte. Sie nahm die Hunde mit und kraxelte in den vierten Stock. Der Aufzug im Haus funktionierte nicht. Die Hunde liefen voran und stürmten in die erste offene Tür, welche die von Vejnar war. Sie hörte sein Fluchen und empfand eine diebische Freude.

– Woher wissen Sie, wo ich wohne?

Ohne eine Antwort ging sie in ihren Straßenschuhen weiter und setzte sich auf das Sofa im Wohnzimmer. Die verstreute Kleidung nicht mitgerechnet, gab es im Zimmer nicht mehr als dieses Sofa und den Fernseher. Die Wohnung erschien ihr unnötig groß und unzureichend genutzt. Allein das Wohnzimmer entsprach in seiner Größe fast der gesamten Wohnung der Majorin Turková.

– Sie haben fünf Minuten, um sich fertig zu machen. Beschweren über Sie werde ich mich nicht, denn das hat keinen Sinn, aber ich werde Sie mir vorknüpfen und Ihnen zeigen, wo der Hammer hängt.

Vejnar lachte.

– Wollen Sie einen Kaffee?

– Ich meine es ernst. Sie stand vom Sofa auf und marschierte durch das Zimmer, während Vejnar den Kaffee zubereitete. Die Hunde rannten wie verrückt umher und ließen ihre Begeisterung über diesen Besuch erkennen. Als sie sich in der 100-Quadratmeter-Wohnung umgeschaut hatte, lehnte sie sich an den Rahmen der Küchentür.

– Haben Sie mit Kodler gesprochen?

– Bisher nicht, ich weiß nur, dass er angerufen hat.

– Sie haben Bittners Wagen und die Identität seiner Geliebten. Ich will, dass Sie bei ihr vorbeifahren und sie durchchecken. Ich mache mich auf den Weg und sehe mir den Wagen an. Das will ich mir nicht entgehen lassen.

Sie hielt ihm ihr Handy mit der Adresse von Šárka Klocková hin, die Filip im Handumdrehen geschickt hatte. Er starrte eine Weile darauf. Ihr entging nicht, dass er unausgeschlafen war und eine Fahne hatte.

– Und hören Sie um Gottes willen auf zu saufen!

– Meine Freundin hatte ein Konzert, ich war erst um vier zu Hause. Das ist eine Ausnahme, meinte er monoton.

– Sie leben mit Ihrer Freundin hier?, wunderte sie sich. – Es sieht schrecklich aus hier, das ist ein Saustall. Und Vejnar, Sie sind ein Wrack.

Deshalb können alle Sie so gut leiden, dachte er bei sich. Er reichte ihr den Kaffee.

– Wenn Sie sich nicht davor ekeln …

Sie nahm den Becher und schlürfte vom Kaffee.

Ein Schlüssel knirschte im Türschloss und Kristýna betrat die Wohnung. Die Hunde liefen sofort zu ihr hin, beschnupperten und begrüßten sie. Verwirrt schaute sie zu Adam und dann zu der fremden Frau, die den Eingang zur Küche blockierte. Kristýna hatte müde gerötete Augen.

– Das ist Lady Gaga und das hier ist Majorin Turková, stellte Adam die beiden Frauen einander vor.

– Kristýna. Sie gab der Polizistin die Hand. Ihr war sofort klar, dass er mal wieder sauer auf sie war. Scheu lächelte sie ihn an.

– Sorry, ich gehe unter die Dusche. Sie steuerte das Bad an und knallte die Tür hinter sich zu.

– Ich zieh mich nur an und dann können wir los, sagte Vejnar, der Kristýnas Anwesenheit ignorierte.

Er und die Turková hatten die Wohnung verlassen, bevor sie aus dem Bad zurück war.
Auf dem Weg zum Wagen schwiegen sie.
– Wie lange sind Sie denn schon zusammen? Die Turková wollte irgendwie ein Gespräch beginnen. Die Stille erschien ihr peinlich. Vejnar starrte stumpf auf die Straße und dachte an nichts. Langsam wurde er wieder nüchtern, und mit jedem ausgeschiedenen Alkoholmolekül verschlechterte sich seine Laune. Er blieb eine Zeit lang stumm, dann endlich öffnete er die Lippen.
– Zwei Jahre ungefähr. Dann schwiegen sie wieder.
– Es geht mich ja nichts an, aber Sie leben wie ein Student. In Ihrem Alter ist das nicht ganz normal.
Danke, Mami. Laut erwiderte er nichts. Er wandte nur den Kopf ab und schaute lieber dem vorbeiziehenden Bordstein nach.
– Hier können Sie anhalten. Den Rest gehe ich zu Fuß. Noch bevor er den Satz zu Ende gesprochen hatte, machte die Turková eine Vollbremsung. Ohne sie eines Blickes zu würdigen, stieg er aus dem Wagen.
Die Klocková bewohnte eine Einzimmerwohnung in einem Plattenbau. Vejnar stand vor dem Eingang und überlegte, in welchem Stockwerk die sich wohl befinden würde. Der Plattenbau endete irgendwo im Himmel und die vorbeiziehenden Wolken erweckten den Eindruck, dass sich das ganze Haus neigte und umzufallen drohte. Der Eingang war offen. Vejnar schleppte sich die Treppen hoch, sein Herz hämmerte und der Durst setzte ihm hart zu. In der sechsten Etage musste er Luft holen. Er war wütend auf sich, dass er es wieder nicht ausgehalten und bis um vier in der Früh getrunken hatte, womit er die Turková in ihrer Ansicht bestätigt hatte, dass er ein Säufer sei. Wenn er nicht so müde gewesen wäre, wäre er erst morgens mit Kristýna nach Hause gekommen. Aber er

hielt nicht mehr so viel aus, und anders als sie kriegte er es nicht mehr hin, nächtelang Partys zu feiern. Eigentlich wusste er gar nicht, warum er nicht gleich nach dem Konzert aufgebrochen und nach Hause gegangen war.

Er kam sich sowieso schon wie ein alter Sack vor, der dasaß und glotzte, ob die Jungs aus der Band auch nicht seine junge Freundin belästigten. Mein Gott, was war nur mit ihm los? Er war nie eifersüchtig gewesen, schon gar nicht auf die Jungs, mit denen Kristýna ohnehin schon geschlafen hatte, womit die Beziehungen geklärt waren und sie endlich Musik machen konnten. Die war für sie wichtiger als Sex. Behauptete sie zumindest.

Im siebten Stockwerk entdeckte er endlich Klockovás Tür. Ihm war schwindlig. Sie öffnete gleich nach dem ersten Klingeln. Ohne ein Wort zu verlieren, präsentierte er ihr seine Dienstmarke. Die interessierte sie nicht. Unverwandt bohrte sie ihren Blick in Vejnars Augen.

– Was wollen Sie?

Sie war hochgewachsen, der helle Morgenrock unterstrich ihre dunkle Haut. Mit allerlei Methoden versuchte sie, die ersten Fältchen zu verdecken, aber es lag nicht in ihrer Macht, die Zeit anzuhalten, die unbarmherzig verriet, dass sie die dreißig schon längst überschritten hatte. Ihre Haare waren lang und dunkel, mit ausgefransten Spitzen. Im Gesicht trug sie etwas, das Fachleute Permanent Make-up nannten, aber davon hatte Vejnar keinen blassen Schimmer.

– Kennen Sie Milan Bittner?

– Ja.

– Ich müsste Ihnen ein paar Fragen stellen. Lassen Sie mich herein?

Die Klocková machte ein genervtes Gesicht, ließ ihn aber in die Wohnung.

– Gleich kommt eine Kundin, also …

Sie schien etwas nervös zu sein. Er setzte sich auf den Bettrand. Außer dem Sessel, der an einen Zahnarztstuhl erinnerte, gab es in der Einzimmerwohnung nichts, wo man sich hätte hinsetzen können.

Er zog ein Foto hervor und hielt es der Klocková hin, die sich auf den Arbeitstisch stützte.

– Was ist das? Mit ihren unnatürlich langen Wimpern blickte sie ihn an.

– Das ist der tote Milan Bittner.

Die Klocková schluckte.

– Sie denken, dass ich den umgebracht habe, oder wie?

– Ich denke gar nichts. Mich interessiert, was Sie darüber denken.

Mit seiner vom Durst trockenen Zunge konnte Vejnar kaum sprechen. – Haben Sie ein Glas Wasser? Er hielt es nicht länger aus.

Damit riss er die Klocková aus ihrer Erstarrung. Sie brachte ihm ein Glas.

– Ist der wirklich tot?

Vejnar nickte nur ernst und ließ die Klocková nicht aus den Augen.

Die starrte ihn ausdruckslos an.

Wenn die Weiber mal reden sollen, dann schweigen sie wie ein Grab.

Er trank das Glas mit einem Zug leer.

– Schwere Nacht, was?, kicherte sie, aber Vejnar wies sie mit einem Blick zurecht, damit klar war, dass sie hier nicht mit ihm flirten würde.

– Sagen Sie uns etwas über den Bittner, wir wissen, dass Sie ein Verhältnis miteinander hatten.

– Ja, schon, wir haben miteinander geschlafen, aber es ging nur um Sex. Mehr nicht.

– Hat er Ihnen vielleicht erzählt, dass er sich scheiden lassen will oder so etwas in der Art?
– Das wäre ihm wohl nicht mal im Traum eingefallen, meinte sie, ohne nachzudenken.
– Und Sie, Sie haben das nicht von ihm verlangt?
– Nie und nimmer, prustete sie verächtlich, als wäre das die absurdeste Idee der ganzen Welt.
– Hat er Sie für den Sex bezahlt?
Sie schaute ihn zornig an und erwiderte scharf:
– Er hat mir manchmal Geschenke gemacht.
– Wann haben Sie ihn zuletzt gesehen?
Klockovás ohnehin schon große Augen wurden noch größer.
– Ich habe ihn nicht umgebracht! Ich bin imstande, Nägel zu lackieren, aber nicht, einen Mann umzubringen!
Er wiederholte seine Frage.
– Ich kann mich nicht mehr so genau erinnern. Irgendwann vor seiner Dienstreise nach Prag, aber das ist schon ungefähr zwei Monate her.
– Haben Sie nicht versucht, ihn zu kontaktieren?
– Nein, er mochte das nicht. Er meldete sich immer selbst. Er hatte ziemliche Angst vor seiner Alten, dabei wusste die längst Bescheid. Alle wussten Bescheid. Da hätte sie völlig plemplem sein müssen.
Die Klocková kam in Fahrt, aber Vejnar unterbrach sie.
– Wie ist er gewesen?
– Bittner? Kalt wie Hundeschnauze und ein Hurenbock.
Vejnar beobachtete sie genau. Während ihres Gesprächs hielt sie den Blick meist gesenkt. Ihre Finger spielten an einer sich auftrennenden Naht. Ihr Gesicht war länglich, mit hervorstehenden Wangenknochen und einer edlen geraden Nase. Ohne den unnatürlich großen Mund würde sie wie eine antike Statue aussehen.

– Hat er von Ihnen etwas, sagen wir mal, Unkonventionelles verlangt?
Sie biss sich auf ihre Lippen.
– Manchmal. Er hat aber mit einer ganzen Menge Tussis gepennt, und auch mit Jungs, soweit ich weiß. Er fuhr vor allem auf die jungen ab, auf die bis zwanzig. Er hat sich von ihnen einen blasen lassen und hat gerne zugesehen, wenn sie vor ihm wichsten.
– Und Sie hat das nicht gestört?
– Was denn?
– Seine nicht ganz normalen Vorlieben?
– Warum sollte mich das denn stören? Das ist doch seine Sache.
Sie schaute auf ihre Uhr. Es war zu erkennen, dass der Beamte sie nervös machte und dass sie froh wäre, wenn er endlich abhauen würde. Sie erwartete gar keine Kundin, aber das musste der Bulle ja nicht wissen.
– Sagt Ihnen der Name Erik Sýkora etwas?
– Ja. Mein Bruder spielt hin und wieder mit ihm Karten und manchmal übernachtet er auch bei ihm, wenn Papa ihn mal wieder vor die Tür setzt.
– Was können Sie mir über ihn sagen?
– Dass er ein stotternder Spasti ist. Vejnar sah sie scharf an, sie begriff, dass ihm diese Charakteristik nicht reichte.
– Keine Ahnung, ich kenn ihn nicht weiter. Einfach so ein Bekloppter, der im Chaos lebt und der stinkt. Ein Spasti eben, aber mein Bruder hat an dem irgendwie Gefallen gefunden. Ich bin nicht begeistert darüber, aber immer noch besser als seine sauberen Kumpane aus den Spielhallen. Mein Bruder spielt ziemlich oft an Automaten. Papa stört das, weil er das Geld zum Fenster rauswirft. Na, und so streiten sich die beiden deswegen immer, Pavel ist beleidigt und geht sich bei dem Sýkora ausheulen, und so geht das immer

wieder von vorn los und immer so weiter. Sie zündete sich eine Zigarette an. Die tiefschürfende Psychoanalyse hatte sie angestrengt. Sie sah aus dem Fenster und atmete lange den Rauch aus.

– Wenn der Spasti ihn umgebracht hätte, würde Pavel was davon wissen, hundertpro, aber er würde Ihnen das niemals erzählen. Er hängt ganz schön an dem. Meiner Meinung nach ist der das gewesen. Der Sýkora.

– Warum?

– Keine Ahnung. Das ist doch Ihr Job, oder? Die Zigarette brachte ihr Ruhe und eine gehörige Portion Selbstbewusstsein.

– Warum glauben Sie, dass das der Sýkora war?, ließ er nicht locker.

– Weiß ich nicht, gucken Sie sich den doch bloß mal an, der ist doch ein Psychopath. Sie lief im Zimmer auf und ab und wusste eigentlich gar nicht genau, warum sie ausgerechnet seinen Namen ins Spiel gebracht hatte.

– Wusste Ihr Bruder von Ihrem Verhältnis mit dem Bittner? Die Klocková überlegte lange.

– Ich denke schon. Bittner hat ihn auch eine Zeit lang gevögelt. Der war eben geil wie Sau und mein Bruder war verzweifelt. Er brauchte die Knete. Sie wissen gar nicht, wie viel Kohle der schon in die Spielmaschinen gesteckt hat. Da hat er sich das eben gefallen lassen. Inzwischen ist es aber viel besser geworden. Zu dem Bittner geht er schon lange nicht mehr. Es ist bestimmt ein Vierteljahr her, dass er zuletzt bei ihm war.

Vor einem Vierteljahr hatte er Bittner direkt in seinem Büro beklaut, noch heute kam ihr die Galle hoch, wenn sie daran zurückdachte. Mit seiner dämlichen Unbedachtheit hatte er ihre Existenz in Gefahr gebracht. Damals hätte sie ihn am liebsten geohrfeigt. Von all den Sachen hatte er nur ein Deo und die wertlosen Insulinspritzen zurückgegeben. Die teure Markenuhr und die Brille hatte er verkauft und das Geld verspielt. Was auch sonst. Pavel verkackte eben immer alles.

– Er hat das nicht mehr nötig, endete die Klocková mit den Worten von Pavel. Vejnar zog eine Grimasse. Er wollte der Klocková nicht die Illusion nehmen, dass ihr Bruder von seiner Spielsucht geheilt wäre.

Sie drückte ihre Zigarette auf dem äußeren Fensterbrett aus und warf die Kippe aus dem Fenster.

– Und was ist mit Daniel Gavla? Sagt Ihnen dieser Name etwas?

Sie machte eine säuerliche Miene, also war Vejnar klar, dass sie ihn kannte. Die Klocková schwieg. Beide warteten ab, und in der Stille war das Ticken des Weckers vom Nachttisch zu hören. Sie holte tief Luft und antwortete gemächlich.

– Ja, wir haben auch manchmal zusammen gevögelt. Bittner hat uns miteinander bekannt gemacht.

– Was wissen Sie über ihn?

– Der ist okay. Nicht so ein Rindvieh. Aber ich weiß nichts über ihn. Wir pennen einfach miteinander und das wars. Ich lege keinen Wert auf irgendwelche Geständnisse, damit kann ich mich nicht über Wasser halten.

– Wissen Sie, ob der Bittner und er Meinungsverschiedenheiten hatten?

– Weiß ich nicht. Sie haben zusammen Golf gespielt, glaube ich, und hatten auch irgendwelche gemeinsamen Geschäfte am Laufen, fügte sie hinzu. Ein dumpfer Schmerz begann in Vejnars Schläfe zu pochen. Er wusste genau, dass ein frisch gezapftes Bierchen ihm helfen würde. Aber er würde sich wohl besser in der nächsten Apotheke eine Packung Ibuprofen kaufen. Er wusste gar nicht, warum er das nicht immer bei sich trug. So sammelten sich die Tabletten nur in seiner Schublade auf dem Revier.

– Wie ist er eigentlich gestorben?, riss ihn die Klocková mit einer unerwarteten Frage aus seinen Erwägungen über das Ibuprofen.
– Wir haben noch keine Gewissheit, antwortete Vejnar wahrheitsgemäß.
Per Ausschlussverfahren waren sie jedoch zu dem Schluss gekommen, dass er wahrscheinlich vergiftet worden war. Eine andere Erklärung bot sich nämlich nicht an.
Sie rauchte eine weitere Zigarette und schaute dabei aus dem Fenster. Es hatte keinen Sinn, sie und sich selbst mit weiteren Fragen zu quälen. Er hatte mehr als genug erfahren, außerdem war er nicht in der Verfassung für eine ausführliche Vernehmung. Der würde die Klocková früher oder später sowieso nicht entgehen. Langsam erhob er sich und verließ die Wohnung.
Die Klocková nagte an ihrer Lippe und rauchte noch mehrere Zigaretten. An diesem Tag erwartete sie nur eine Kundin. Um den Bittner wars schade. Mit einem Schlag hatte sie ihre fetten Belohnungen eingebüßt und außerdem sah es so aus, dass ihr auch noch der Gavla flöten gehen würde. Keine Frau hatte so viele Nägel, dass ihr das die verlorenen Einnahmen ersetzen könnte.

XVII.

Die Bittnerová starrte an die Decke. Es war lange nach Mitternacht, aber sie wusste, dass sie nicht früher als in zwei Stunden einschlafen würde. Ihr letzter Urlaubstag war allerdings gestern gewesen, mit dem Ausschlafen bis um elf war jetzt Schluss. Vor zwei Tagen hatte das Begräbnis stattgefunden. Das war die einzige Formalität, die sie geschafft hatte zu organisieren. Die Firma funktionierte bis jetzt im Selbstlauf, obwohl sie völlig von Polizisten belagert war, die alle Angestellten nicht enden wollenden, ergebnislosen Verhören unterzogen. Früher oder später würde sie entscheiden müssen, wie es mit der Firma weitergehen sollte. Alle paar Minuten klingelte das Telefon, der Verkaufsleiter bemühte sich schon seit Tagen vergeblich, sie zu erreichen. Die Angestellten hätten Angst, was aus ihnen werden sollte. *Woher soll ich das denn wissen? Ich habe andere Sorgen! Lasst mich doch alle in Ruhe!*

Sie vergrub den Kopf im Kissen. Wie müde sie doch war. Die letzten zehn Tage hatte sie sich in einem Karussell befunden, von dem man nicht absteigen konnte. Es machte sie schwindlig und nahm ihr die Kraft, bis sie herunterfallen und auf dem Rücken landen würde. Sie las keine Zeitungen, E-Mails und Nachrichten im Internet mehr. Fernsehen schaute sie sporadisch und gönnte sich auch nur Komödien, von denen sie dann aber gar nichts mitbekam.

Nach einer Weile verließ sie das Bett und ging in die Küche, einen Schluck Milch trinken. Schlaftabletten hatte sie keine mehr. Auf dem Küchentisch stapelte sich noch immer die ungeöffnete Post. Das war alles für Milan. Am liebsten würde sie sie ungelesen wegwerfen, aber einstweilen verbot ihr das Verantwortungsgefühl dies noch. Sie nahm einen Umschlag nach dem anderen in die Hand und öffnete ihn. Alles Einladungen zum Golf und zu Partys, die wichtige Korrespondenz ging meist an die Firmenadresse. Im letzten Umschlag fand sie eine Rechnung. Müde hielt sie die mit ausgestrecktem Arm vor sich, sodass sie ihren Blick genau auf die blassen Buchstaben fokussieren konnte.

Anbei schicken wir die Rechnung für erotische Dienstleistungen im Gesamtwert von 30.000 Kč.

Es folgte eine schlecht lesbare Auflistung der einzelnen Leistungen. Jana klappte das Kinn herunter. Sie schaute auf den Briefkopf, in dem MARIAGE GmbH stand, die Adresse und Steuernummer waren nicht mehr zu entziffern, weil dem Drucker genau hier endgültig die Tinte ausgegangen war. Das Ausstellungsdatum war der 12. Oktober, also mehr als eine Woche zurück. Sie suchte im Internet nach der Firma, aber im Handelsregister fand sie nur eine, die Hochzeiten organisierte. Da konnte sonst was dahinterstecken. Wenn ihr Mann wirklich solche erotischen Gelüste gehabt hatte, dann hatte sie ihn tatsächlich nicht gekannt.

Angeekelt warf sie das Blatt Papier zur Seite. Morgen früh würde sie ein komplettes Wrack sein. Die Schlaftabletten waren alle, der Alkohol auch. Sie hatte die Bar bis auf den letzten Tropfen geleert. Diesen verdammten Brief konnte sie niemandem zeigen. Wer ist Milan Bittner eigentlich gewesen? Ihr war nun klar, warum sie nicht mehr miteinander geschlafen hatten. Er musste sich mit ihr ja zu Tode gelangweilt haben, wenn ihn sadomasochistischer Sex erregte, oder wie sollte man sonst dazu sagen? Und obendrein hatte er sich dafür ein ganzes Appartement gleich für drei Tage gemietet. Wie viele seiner Dienstreisen waren in Wirklichkeit wohl Ausflüge nach Sodom gewesen?

Sie wollte nicht darüber nachdenken. Wie sehr sie sich auch bemühte, das Andenken ihres Mannes zu ehren und im Guten an ihn zu denken, irgendwie funktionierte das nicht. Schließlich bekam sie Sehnsucht nach Gavla und es tat ihr leid, dass er jetzt nicht hier war. Gavla oder irgendein anderer, der sie in den Arm nehmen und wie ein kleines Mädchen auf den Knien schaukeln würde. Vielleicht auch ein Vater. Nicht ihr Vater, sondern so einer wie in der Nutella-Reklame. Sie wischte sich die Tränen aus dem Gesicht.

Als Vejnar das Direktorenzimmer betrat, hatten seine Kollegen schon seit Längerem dort gewartet. Zur Überraschung aller saßen auch der Aufsicht führende Staatsanwalt Hrubý, der wegen seiner kleinen flinken Augen Mäuserich genannt wurde, und neben ihm Jana Bittnerová mit im Raum. Es war äußerst ungewöhnlich, dass jemand von außen an der Besprechung der Kriminalpolizei teilnahm. Alle machten ein Gesicht, als würden sie auf Sauerampfer kauen, und der Direktor saß in seinem Sessel, als hätte ihn eine Wespe in den Hintern gestochen. Unter ihrem Pony zog die Turková ihr übliches Pokerface. Mit einer Handbewegung bedeutete der Staatsanwalt Vejnar, dass er sich endlich setzen möge, dann ergriff er selbst das Wort.

– Zu Beginn wird auch Frau Bittnerová hier bei uns sein, dadurch ist das heutige Treffen etwas ungewöhnlich. Ich habe leider eine Beschwerde über das Vorgehen der Polizei in der Mordsache Milan Bittner erhalten. In der nächsten Zeit werden Sie vermutlich mit einer Untersuchung durch die Abteilung für interne Ermittlungen rechnen müssen.

Er nahm eine Zeitung vom Tisch, die Vejnar zunächst nicht bemerkt hatte. Mit einer geschickten Bewegung öffnete er sie auf der Seite, wo der Artikel über den vermissten Erik Sýkora, den Vater der Beigeordneten Bittnerová, abgedruckt war

– Wir hatten ganz klar ein Informationsembargo vereinbart, also erklären Sie mir bitte, wie diese Informationen in die Zeitung gelangen konnten, pochte er auf den Text. Alle starrten den Mäuserich an und warteten, was weiter geschehen würde. Der Mäuserich hatte einen Hang zur Hysterie, und Politikern gegenüber verhielt er sich servil. Die Bittnerová schwieg, sie sah wie eine Märtyrerin aus, die mit Genugtuung verfolgte, wie man über ihre Peiniger richtete. Ihre Augenringe hatte sie nicht einmal mit einer dicken

Schicht Make-up verdecken können, ihre Haut hatte dauerhaft einen graugrünen Ton angenommen.

– Die Beschwerde hat Frau Bittnerová eingereicht, sie war es auch, die auf dieser Besprechung bestanden hat, um sich mit den Ergebnissen und dem Stand Ihrer Ermittlungen vertraut zu machen, da sie sich, und ich muss sagen, wohl ganz zu Recht, gewisse Sorgen macht, dass sie die sonst zuerst in einem Boulevardblatt lesen wird. Soweit ich weiß, ist Frau Major Turková mit der Leitung der Ermittlungen beauftragt. Ich bitte sie also, eine befriedigende Erklärung zu geben.

Die Turková schlug einen professionellen Ton an und lieferte einen Allerweltsbericht ab, in dem sie zwar alles sagte, was die Bittnerová hören wollte, eine Reihe von Fakten jedoch verschwieg. Ob es der Frau Beigeordneten nun gefiel oder nicht, sie war weiterhin eine der Verdächtigen, egal, ob dies ihrer Person gegenüber unsensibel war, sollte sie unschuldig sein. Vejnar musste anerkennen, dass die Turková sich vor all ihre Kollegen stellte und kategorisch ausschloss, dass jemand aus ihrem Team irgendeine Art von Information hatte durchsickern lassen.

– Also, um das noch einmal zu rekapitulieren, die sterblichen Überreste meines Gatten sind wer weiß wo verschwunden, seinen Wagen haben Sie gefunden, aber darin gibt es keinerlei Spuren, und die übrigen persönlichen Sachen meines Mannes haben Sie auch nicht. Den Hauptverdächtigen, also meinen Vater, können Sie weiterhin nicht aufspüren, und außer ihm verdächtigen Sie Menschen wie Daniel Gavla, das stimmt doch so?, fasste die Bittnerová angewidert zusammen.

– Ja, mit einer solchen Version arbeiten wir aktuell. Wir vermuten, dass mehrere Personen an dem Verbrechen beteiligt waren. Mehreren Zeugenaussagen zufolge ist Ihr Vater höchstwahrscheinlich erpresst worden. Unabhängig voneinander waren die Zeugen sich einig, dass Ihr Vater in letzter Zeit Angst um Sie hatte. Schließlich erwähnte er so etwas auch in einer Nachricht, die er vor seinem Verschwinden hinterlassen hat.

Die Bittnerová prustete verächtlich.

– Mein Vater ist ein Verrückter, der von meiner Person besessen ist und an Verfolgungswahn leidet. Er sieht überall Gefahren, und mit fortschreitendem Alter wird das wohl immer schlimmer. Ich verstehe jedoch nicht, warum Sie sich zum Beispiel mit Herrn Gavla beschäftigen. Mein Mann hatte eine Geliebte, ich gehe davon aus, dass ihr am meisten daran gelegen war, mich zu diskreditieren, über die habe ich von Ihnen kein Wort gehört, ereiferte sich die Bittnerová, überzeugt davon, dass die Herangehensweise von Majorin Turková fehlerhaft war. Sie konnte nicht verstehen, weshalb diese offensichtlich unfähige Polizistin den Respekt des Direktors und ein solches Vertrauen genoss.

Vejnar musterte sie und wartete, welche Wirkung dieser Erguss auf die Turková haben würde. Er hatte eine Arena vor sich und darin zwei Frauen mit einem ähnlichen Charakter, die wie zwei spitze Klingen aufeinanderprallten.

– Sie sollten ja wohl wissen, dass der Artikel über Ihren Vater und die Anzeige, die vor einigen Wochen in der *Blesk* erschienen sind, von Daniel Gavla in Auftrag gegeben wurden. Sowohl das Foto als auch die Bestellung der Anzeige wurden von Gavlas Computer gesendet, was wir problemlos über die IP-Adresse herausfinden konnten. Uns interessiert, was ihn dazu veranlasst hat, holte sie die Turková auf den Boden der Tatsachen zurück, ohne eine Spur von Verärgerung zu zeigen.

Der Puls der Beigeordneten wurde ein wenig schneller.

– Das ist doch völliger Blödsinn, das hätte sonst wer schicken

können, das muss nicht unbedingt er gewesen sein, entgegnete die Bittnerová, aber Turkovás Argument hatte sie etwas verunsichert.
– Wir wissen aber, und können das auch beweisen, dass es Herr Gavla war. Wir haben die Aussage eines Zeugen, der ihm das Haus Ihres Vaters gezeigt und ihm die Informationen geliefert hat, die im Artikel erschienen sind.
– Wollen Sie behaupten, dass er es war, der mich unmöglich machen wollte?
Die Turková nickte. – Fällt Ihnen ein Grund dafür ein?
Die Bittnerová dachte nach, aber im ersten Moment fiel ihr nichts ein, weshalb er ihr hätte schaden wollen. Aber dann erinnerte sie sich doch noch an eine länger zurückliegende Angelegenheit, als sie auf den nachteilig niedrigen Preis städtischer Parzellen hingewiesen und so ihren Verkauf verhindert hatte. Und gerade Gavla war es gewesen, der die Grundstücke damals kaufen wollte, was sie nicht wusste, weil sein Name in der auf die Schnelle zusammengeschusterten Gesellschaft nicht auftauchte. Das alles erfuhr sie erst viel später von dem wütenden Milan, der an dem Kauf genauso interessiert gewesen war wie Gavla. Deshalb hatten sie gemeinsam eine Firma mit einem Strohmann an der Spitze gegründet. Und als sie sich dazu bekannt hatte, diejenige gewesen zu sein, die den Verkauf verhindert hatte, hatte das zu einem hässlichen Streit mit Milan geführt. Er war außer sich gewesen vor lauter Wut, hatte sie doch seine Aussichten auf einen dicken Gewinn vereitelt. Sie ging aber davon aus, dass Milan das für sich behalten hatte. Gavla musste also gar nicht wissen, wer den Verkauf verhindert hatte. Hätte sie damals auf Milan gehört, wäre sie im besten Fall nur ihre Stelle beim Magistrat losgeworden. Die Grundstücke hatte schließlich ein anderer Investor gekauft.

Sie hatte nicht gewusst, dass Gavla vor seinen Geschäftspartnern über diesen städtischen Auftrag gesprochen hatte, als sei alles längst abgemacht, und dass er bereits an mehreren Fronten damit operiert hatte. Er war damals überzeugt gewesen, dass die Bittnerová ihnen zur Hand gehen würde. Nicht im Traum wäre ihm eingefallen, dass sie ihm und ihrem eigenen Mann in den Rücken fallen könnte. Schließlich hatte er die Verträge lösen müssen und einen Haufen Geld sowie das Vertrauen seiner Geschäftspartner verloren. In dieser Hinsicht war Milan zum Glück immer viel vorsichtiger. Sie war jedoch noch ein weiteres Mal in eine ähnliche Situation geraten und Milan damals indirekt entgegengekommen, sonst hätte er wohl die Scheidung eingereicht.

Allerdings war ihr nicht klar gewesen, wie sehr sie damit Gavla in Wut versetzt hatte. Er besaß mehrere Firmen, und ein verlorener Auftrag konnte doch keine Bedrohung für ihn sein. Er sah das jedoch ganz anders. Sie hatte ihn um eine fette Beute gebracht, und so etwas ließ sich kaum verzeihen.

Sie war vor allem Angestellte und mit den Geschäftsmechanismen der Privatwirtschaft wenig vertraut, deshalb hatte sie diese Episode schnell wieder vergessen. Sie glaubte eher, dass sich zwischen Gavla und ihrem Mann etwas Privates zugetragen hatte. Könnte das etwas mit ihr zu tun haben? Warum war sie nur mit ihm ins Bett gestiegen, zum Teufel noch mal? Vor den Polizisten erwähnte sie das alles jedoch mit keinem Wort.

– Nein. Mir fällt nichts ein, meinte sie schließlich, und so hatte der Mäuserich das Gefühl, dass er fortfahren könnte in der Debatte.

– Innerhalb einer Woche möchte ich einen Bericht auf dem Tisch haben, wer diese Information in den Äther entlassen hat. Dieses Mal wandte er sich an den Direktor, der sich tunlichst bemühte, nicht wegzudämmern. Als der Staatsanwalt diese vergebliche Liebesmüh sah, fuhr er missgelaunt in Richtung aller Anwesenden fort. *Gott, wenn der doch endlich in Rente wäre. Zum Glück hatten sie schon einen verlässlichen Ersatz …*

– Kurz und gut, der Name von Erik Sýkora darf nirgendwo in Verbindung mit der Frau Beigeordneten hier genannt werden, verstehen wir uns? Und bis auf Widerruf darf auch nirgendwo der Name von Milan Bittner fallen.

Verstört verließ die Bittnerová den Raum. Sie hatte das Vertrauen in den einzigen Menschen verloren, von dem sie bisher geglaubt hatte, dass er eine Stütze für sie sein könne. Wie immer war sie wieder ganz allein und fühlte sich noch eine Spur deprimierter als zuvor, als sie durch diese Tür nach drinnen gegangen war. Es kam ihr so vor, als wäre sie gerade aus dem Karussell gestürzt und auf Beton aufgeschlagen. Sie freute sich darauf, zu Hause ins Bett zu fallen und reglos dort liegen zu bleiben, bis sich das Ganze irgendwie aufklärte und ihr Leben wieder festere Konturen bekam. Momentan strampelte sie nur in einem stinkenden amorphen Morast.

– Ich bräuchte einen Durchsuchungsbefehl für die Villa von Daniel Gavla und die Wohnung von Šárka Klocková, wandte die Turková sich an den Mäuserich, sobald sich hinter der Bittnerová die Tür geschlossen hatte. Der blinzelte nur mit seinen Äuglein, als wäre er plötzlich geblendet.

– Ich höre, forderte der Staatsanwalt sie auf, fortzufahren.

– Erstens: Gavla war der Letzte, der Bittner lebend gesehen hat. Die beiden haben im Taxi die Besprechung verlassen. Und zweitens war er der Auftraggeber für diesen Artikel, der einen einzigen Zweck hatte, und zwar den, Bittners Frau zu schaden. Die Klocková hat verschwiegen, dass sie mit auf der Dienstreise war. Sie waren alle drei unterwegs.

– Für die Klocková bekommen Sie einen, für Gavla vorerst nicht, weil ich die Veröffentlichung des Artikels nicht als Grund für eine Hausdurchsuchung ansehe. Er hatte kein Interesse daran, das Opfer zu diskreditieren, sondern dessen Frau. Und wir untersuchen hier den Mord an Bittner, unterstrich er mit einer besonderen Betonung auf dem Namen des Getöteten.
– Glauben Sie, dass der Artikel und der Mord in keiner Weise zusammenhängen?
Der Mäuserich antwortete nicht.
– Mit der Durchsuchung warten wir noch, weil Sie bei Gavla bisher nicht das kleinste Motiv gefunden haben, warum er Bittner hätte umbringen sollen.
– Wir wissen, dass die Klocková ein Verhältnis mit beiden Männern gehabt hat. Sie hat das selbst zugegeben, aber wir wollen eine Bestätigung.
Ihr Gesichtsausdruck war verbissen. Der Mäuserich blinzelte wieder, faltete die Hände vor der Brust und überlegte eine Weile.
– Ich sage nicht, dass ich ihn nicht ausstelle, aber eins nach dem anderen. Schauen wir mal, was Sie bei der Klocková finden. Davon machen wir dann unser weiteres Vorgehen abhängig.
Die Turková kochte innerlich, verzog jedoch keine Miene.

Jana ließ sich eine heiße Wanne ein und tauchte vollständig unter Wasser. Sie ließ Bläschen aufsteigen und überlegte, was sie tun würde, wenn ihr die Luft ausginge. Mit einem tiefen Atemzug tauchte sie wieder auf. In der vorangegangenen schlaflosen Nacht hatte sie sich vorgenommen, endlich das seelische Erdbeben loszuwerden, dass sie völlig paralysierte. Sie konnte weder arbeiten noch essen noch schlafen. Ihr Körper war nicht mehr weit vom totalen Zusammenbruch entfernt. Um fünf am Nachmittag zwang sie sich aufzustehen und ihre E-Mails zu lesen. Neben dem Computer lag diese ordinäre Rechnung. Sie wählte die dort angegebene Nummer, aber auf der anderen Seite erklang der Ton eines nicht existierenden Anschlusses. Sie wusste auch gar nicht, was sie eigentlich gesagt hätte. Mein Mann ist tot, er kann diese Schweinereien also nicht bezahlen? Aber wen interessierte das? Dafür, dass Bittner tot war, interessierte sich kein Operator, keine Bank, niemand. Ihr wurde ganz schlecht davon. Milan hatte auf seinen Konten anständige Summen gehabt und offenbar nicht gezögert, sie für alle möglichen Sauereien rauszuwerfen. Sie hatte keine Lust, bis ins Detail nachzuforschen, wohin und an wen das Geld in Wirklichkeit gegangen war. Sie hatte Angst, etwas herauszufinden, worum es ihr später leidtun würde. Es war sein Schweinskram und sein Geld. Mit wenigen Mausklicks überwies sie das Geld auf ein fremdes Konto. Damit hatte sie Milans sexuelle Vorlieben vom Tisch gefegt.

Schließlich rief sie ihre Mutter an. Den letzten Fixpunkt in ihrem Leben. Sie hätte sich nie vorstellen können, dass sie mit zweiundvierzig einmal so tief in der Scheiße sitzen würde, dass sie sich gerade bei ihrer Mutter ausheulen müsste. Ihr würde sie damit eine Freude bereiten. Ihre Mutter würde sich wenigstens nützlich fühlen, sie wäre froh, sich um jemanden kümmern zu können. Auf Milans Bestattung hatte sie sogar angeboten, für eine Weile zu Jana zu ziehen. Das fand Jana gruselig, konnte andererseits jedoch nicht der Vorstellung widerstehen, dass jemand liebevoll und in ehrlicher Absicht ihren Kopf streicheln, sie trösten und sich um sie kümmern würde. Jana würde sich endlich in einer Höhle verkriechen und Winterschlaf halten können. Sie würde sich so lange einigeln, bis die Dinge wieder im alten Gleichgewicht waren.

XVIII.

Šárka wählte Gavlas Nummer, aber der nahm nicht ab. Beim zweiten Mal drückte er sie sogar weg. Sie überlegte kurz, rief schließlich ein Taxi und machte sich auf den Weg zu ihm nach Hause. Sie musste um jeden Preis bei ihm reinkommen. Dafür würde sie ihm die aufreizendste Nummer aus ihrem Repertoire vorführen. Sollte sie Gavla gestehen, dass die Bullen sie im Visier hatten? Nein. Diese Angelegenheit würde sie allein klären. Sie wusste auch schon wie, aber dazu brauchte sie ihn, diesen verfluchten Schisshasen, dieses Muttersöhnchen, das einen auf großen Unternehmer machte, sich aber jedes Mal, wenn es ein bisschen spannend wurde, gleich in die Hosen schiss.
Für den Fall, dass der Besuch nicht ganz nach ihrer Vorstellung ablaufen sollte, tippte sie eine kurze SMS.

Ich gehe zu Gavla. Ruf mich um sechs an. Falls ich nicht rangehe, fahr zur Rybnicni 3 in Michalkovice. VERSAU ES NICHT!

Die Nachricht schickte sie an Pavels Nummer. Sie hoffte, dass nichts schiefgehen würde, denn Pavel war nicht gerade zuverlässig. Ihre Uhr zeigte halb fünf. Bis sechs sollte sie es geschafft haben. Es war die Zeit, zu der sie Gavla normalerweise immer besucht hatte. Vielleicht hatte er sich Ersatz für sie gesucht, das wäre nicht schlimm, würde die Situation aber komplizierter machen.
Ein Stück hinter der Bushaltestelle ließ sie sich absetzen, den Rest würde sie zu Fuß gehen. Sie achtete darauf, unterwegs von möglichst vielen Augenpaaren gesehen zu werden. Vom Bus bis zu Gavlas Villa waren es etwas mehr als zehn Minuten. Sein Wagen stand vor dem Haus. Ein gutes Zeichen. Ihre Finger umklammer-

ten eine Dose Pfefferspray in ihrer Manteltasche. Sicher ist sicher. Bisher hatte sie es nie benutzen müssen, aber für ein besseres Gefühl hatte sie es immer dabei. Sie besuchte verschiedenste Männer mit den unterschiedlichsten Gelüsten, und Gavla verhielt sich in letzter Zeit unergründlich.
Sie drückte die Klingel und präsentierte ihr Gesicht vor der Eingangskamera. Diesmal öffnete er ihr sofort. Er erwartete sie in der Tür, in den Sportsachen, die er zu Hause trug. Ohne ein Wort zu verlieren, ließ er sie hinein, schaute sich draußen kurz um und knallte die Tür zu.
– Denkst du, du kannst mich verarschen?, herrschte er sie gleich in der Diele an. Er hatte nicht das geringste Interesse, sie weiter ins Wohnzimmer und schon gar nicht ins Schlafzimmer zu lassen. Ohne ein Wort zog sie ihren Mantel aus, unter dem sie nichts weiter trug als Strapse und eine Art Korsett, das kurz unter ihren Brustwarzen begann und über den Schamhaaren endete.
– Das kannst du gleich wieder zusammenpacken. Er warf ihr den Mantel an den Kopf. Sie ließ ihn auf den Boden fallen, legte ihren Kopf schief und sah Gavla lange an. Das sollte erotisch wirken.
– Worum geht es dir? Ich bin einfach gekommen, um zu bumsen. Sie wurde langsam gereizt, bemühte sich aber, ihre Verstimmtheit so gut wie möglich zu verbergen. Sie wollte sich in seine Gunst schleichen. Zum letzten Mal.
– Ich habe dir doch gesagt, dass ich dich hier nicht mehr sehen will! Und du kommst seelenruhig hier anmarschiert und willst bumsen? Und was ist mit diesen beschissenen E-Mails? Denkst du vielleicht, dass ich total bescheuert bin, oder was? Deine Frechheit ist echt faszinierend! Mit der Faust schlug er neben ihren Kopf gegen die Wand.
Sie zuckte leicht zurück und guckte ihn verständnislos an.

– Was denn für E-Mails?, fragte sie mit begriffsstutziger Naivität, sodass Gavla beinahe die Beherrschung verlor. Am liebsten würde er sie in ihre dreiste Fresse schlagen.
– Du blöde Kuh. Im Unterschied zu dir hab ich nicht nur neun Klassen, und deshalb habe ich sofort kapiert, wer mich hier bedrohen und mich um meine Kohle bringen will. Das hätte mir gleich klar sein sollen! Du kriegst die dreißig Riesen von mir, damit ich dir das Maul stopfe. Und dein Maul wirst du halten, kapiert?!, geiferte er in ihr Gesicht und quetschte dabei ihren Kiefer. – Und lass dich bloß nie wieder hier sehen!, bellte er und ließ sie los.
Auch sie konnte ihre Wut nicht mehr im Zaum halten. Sie richtete ihren Finger mit dem langen roten Nagel auf ihn.
– Bittner ist abgekratzt, okay. Das heißt aber nicht, dass ich mich um weitere Kundschaft bringen lasse. Ich habe dich nie bedroht, den Bullen habe ich bis jetzt nichts gesagt und werde das auch in Zukunft nicht tun, da kannst du dich drauf verlassen. Ich werde mir doch nicht auf den eigenen Kopf scheißen. Ich werde ganz einfach genau wie bisher zum Bumsen kommen, du rückst die zwei Riesen raus und alle sind zufrieden. Nicht mehr und nicht weniger. Ihr Gesicht war nahe an seinem.
Er glaubte ihr kein Wort und hatte den Drang, sie an ihrer Hexenmähne zu packen und ordentlich gegen die Wand zu schleudern. Schließlich hielt er es nicht mehr aus und gab ihr eine Klatsche ins Gesicht, dass sie mit dem Kopf gegen den Spiegel stieß. Ihm war entgangen, dass sie die ganze Zeit eine kleine Spraydose umkrampft hielt. Bevor sie zu Boden ging, sprühte sie ihm eine ordentliche Ladung in die Augen.
Er stöhnte vor Schmerzen, zischte und fluchte laut und sprudelte alle Schimpfwörter hervor, die er kannte. Zusammengekrümmt verschwand er im Bad und spülte sich lange die Augen aus. In der

Zwischenzeit zog Šárka sich an und durchsuchte die Mäntel in der Diele. In einer Jacke fand sie sein Portemonnaie mit zwölf Hundertern.
– Heute kriegst du Rabatt, du Spacko! Sie steckte das Geld in ihre Manteltasche. Es verging noch einige Zeit, bevor er das Knallen der Haustür und das Klappern ihrer Absätze in der Einfahrt hörte. Auf Šárkas Uhr war es zehn vor halb sechs. Ihre Mission war schnell und erfolgreich gewesen. Sie hatte ihm dort ein „Geschenk" hinterlassen, das er mit etwas Glück noch vor den Bullen finden würde. Sie war sauer, aber zufrieden.
Erst eine halbe Stunde später kam Gavla wieder aus dem Bad, er konnte immer noch nichts erkennen und überlegte, einen Krankenwagen zu rufen, aber die Ärzte würden nur unnötige Fragen stellen. Am Ende würde sich noch die Polizei einmischen, und das war das Letzte, was er jetzt brauchte. Er verfluchte die Klocková.

Um viertel nach sechs klingelte ihr Telefon. Zu der Zeit war sie schon längst zu Hause.
– Danke, du Hornochse, du solltest um sechs anrufen.
– Ja, sorry, ich hab das …
– Ich hab das, ich hab das … Du hast wie immer alles verkackt, du Vollpfosten. Das ist doch echt nicht zu glauben, du bist zu nix zu gebrauchen. Dass ich dumme Gans nicht total auf dich scheiße, ließ sie ihre angestaute Wut an ihm aus.
– Und, ist was passiert? Bist du jetzt als Agentin unterwegs, oder wie?, bemühte Pavel sich um einen scherzhaften Ton.
– Ach nix, ich musste mich um eine Versicherung kümmern, hier schleicht jetzt immer ein Bulle rum und stellt dumme Fragen. Sie wollte ihrem Bruder keine Erklärung geben.
– Ach so. Wegen dieser Sache da?

– Nee, wegen Falschparken, du Hornochse. Wütend beendete sie das Gespräch. Bei ihrem schwachsinnigen Bruder kam ihr auch immer nur die Galle hoch. Sie war eine dumme Gans, dass sie ihm überhaupt etwas erzählt hatte. Er stellte nur dämliche Fragen, und vor allem war er total unvorsichtig. Aber damals war ihr eben der Schreck in die Glieder gefahren. Wenn Gavla nicht durchgedreht hätte, wäre sie ruhiger gewesen. So hatte er sie nur nervös gemacht, sodass sie die Beherrschung verloren und ihrem Bruder ziemlich viel auf die Nase gebunden hatte. Jetzt bereute sie das; er war eben immer noch der dumme Pavel, der sie alle in Gefahr bringen konnte. Aber wer konnte ihr schon wirklich etwas anhängen? Es war ein Unfall gewesen. Vielleicht wäre es am Ende doch besser, alles auszupacken.

Sie könnte ja alles diesem Polizisten auf die Nase binden, der nicht gerade wie ein Heiliger aussah. Mit dem würde sie ruhig auch in die Kiste steigen, und er müsste keinen Heller dafür bezahlen. So gut aussehende Bullen kriegten es bei ihr umsonst.

Der Donnerstagmorgen versprach, gleich für mehrere Menschen unangenehm zu werden. Vejnar stand die ermüdende Hausdurchsuchung bei Šárka Klocková bevor, und in der Zeitung erschien unerwartet ein neuer Artikel. Wenigstens bestätigte sich, dass keiner der Kriminalbeamten die Informationen nach draußen gab, denn die Ermittlungen kamen darin gar nicht zur Sprache. Der ganze Artikel betraf das bewegte Schicksal der vertriebenen Deutschen aus Ostrava. Im Grunde war er seriös und behandelte die Möglichkeiten eines Vermögensausgleichs mit den Vorkriegsdeutschen. Er erklärte den Bürgern, dass sie keine Angst davor haben müssten, ihr Dach über dem Kopf zu verlieren. Der Artikel war in der Rubrik *Perlen der Stadtgeschichte* abgedruckt, Erik und die

Beisitzerin wurden als Beispiel für Nachkommen aufgeführt, die einen Anspruch auf Vermögensrückgabe geltend machen könnten, gäbe es die Beneš-Dekrete nicht. Der Name der Beisitzerin wurde erst ganz zum Schluss genannt, der Autor beschäftigte sich vor allem mit dem Schicksal von Erik Sýkora. Unter dem Artikel fand sich nur ein nichtsagendes Kürzel – *lok*.

Trotzdem hatte das Ganze zur Folge, dass der Direktor gleich am Morgen ein unerfreuliches Telefonat mit dem Mäuserich absolvieren musste. Der Kollege Kodler hatte bereits den Autor des Artikels ausfindig gemacht: Es war der leidenschaftliche Schreiberling und Rentner Libor Kotrba – das Phantom der Tageszeitungen dieser Stadt und einer der Kartenspielfreunde Erik Sýkoras. Die Turková beauftragte Filip Kodler, Kotrba ruhigzustellen. Solange der Fall nicht gelöst war, durfte keine einzige Zeile mehr über Sýkora erscheinen, nicht mal ein Inserat, dass er Chihuahuawelpen verkaufte. Sie ahnte nicht, dass Kotrba sich alle erdenkliche Mühe gab, die Polizei auf die Spur seiner frei konstruierten Theorie zu führen. Er glaubte, dass der vermisste Erik schon lange tot und seine Tochter die Mörderin sei. Seiner Überzeugung nach verbarg sich hinter der Maske der ehrenwerten Beisitzerin ein berechnendes Luder, das es nur auf Eriks Geld abgesehen hatte. Er hatte keinen Schimmer, wie viel Geld genau das sein sollte, zweifelte aber nicht daran, dass es viel war.

Der Direktor berief eine schnelle Besprechung ein. Er fasste sich kurz und verblüffte alle mit seiner Rede. Während er sprach, zeichnete er mit seinem dicken Finger irgendwelche Figuren auf die Tischplatte.

– Liebe Kollegen, ich möchte Ihnen allen mitteilen, dass ich zum ersten November in den vorgezogenen Ruhestand gehen werde.

– Aber das ist ja in zwei Tagen, schrie die entsetze Sekretärin auf, als hätte kein anderer einen Kalender. Er lächelte sie väterlich an und fuhr fort.

– In letzter Zeit hat man mich unschön unter Druck gesetzt und ich habe keine Kraft mehr, mich dagegen zu wehren, und so habe ich beschlossen, bei der Polizei aufzuhören. Für Sie ist das vielleicht eine plötzliche und unerwartete Entscheidung, ich allerdings bereite schon seit mehreren Monaten den Boden für meinen Nachfolger vor. Seinen Namen werden Sie bei seiner Ernennung erfahren. Ich denke, nach all den Jahren bei der Polizei habe ich ein Recht auf einen ordentlichen Ruhestand, und Sie haben einen Jüngeren verdient. Seine Rede unterbrach er mehrere Male durch Hüsteln und Schmatzen, als würde sie nicht über seine Lippen kommen wollen und als würde er etwas herunterbeten, was jemand anderer ihm aufgetragen hatte. Auch sein Tonfall war unnatürlich mechanisch. Er breitete sich nicht weiter über die Angelegenheit aus und zog sich wieder in sein Büro zurück, wo er an diesem Tag unverhohlen keinen Handschlag mehr tat. Er sortierte seine Schubladen durch und ging kurz nach elf zum Mittagessen, von dem er um drei zurückkehrte.

Seine Mitarbeiter blieben eine Weile bass erstaunt sitzen; zuerst erhob sich die Turková, weil sie als Einzige nicht überrascht war. Etwas in dieser Art war zu erwarten gewesen, nur wollte das keiner der Kollegen wahrhaben. Bevor sie den Raum verließ, gab sie noch einige kurze Befehle.

– Die hat doch da auch ihre Finger im Spiel, beugte sich ein Kollege zu Vejnar. Adam sagte nichts. Er konnte nicht in ihren Kopf sehen und hoffte nur, dass sie nicht deshalb hier aufgetaucht war, um sich in den noch warmen Chefsessel zu setzen.

Kodler und die Turková machten sich auf den Weg zu Kotrba; Vejnar und drei Techniker fuhren zu Šárka Klockovás Wohnung. Vejnar klingelte. Es machte jedoch niemand auf, nur die Nachbarin lugte durch den Türschlitz, um zu sehen, was für eine Prozession zu dem ordinären Weibsbild von gegenüber drängte.

– Wissen Sie, ob Frau Klocková zu Hause ist?, fragte Vejnar die Nachbarin und zeigte ihr nebenbei seine Dienstmarke.

– Das weiß ich nicht, aber meist verlässt sie ihre Wohnung erst gegen Mittag.

– Danke. Er drehte ihr den Rücken zu, die Alte zog ihren Kopf jedoch nicht wieder zurück. Die Polizisten beachteten sie nicht weiter. Vejnar bedeutete seinem Kollegen, dass er die Tür öffnen solle, was kein Problem war, da die Wohnung weder eine Sicherheitstür noch ein Sicherheitsschloss hatte. Die Klocková fürchtete offenbar nicht, dass jemand sie ausrauben könnte.

Sobald sie in den Flur traten, war ihnen klar, dass etwas nicht stimmte. Eine merkwürdige Intuition, eine Art Polizeiradar, der in Anwesenheit des Todes gleich ansprang. Noch aus dem Flur war ein imposantes Bett zu erkennen, darauf ein lebloser Frauenkörper. Seine unnatürliche Lage verriet, dass die Frau nicht schlief, sondern tot war. Um ihren Hals war ein Damenstrumpf gewickelt. Vejnar legte den Kopf zurück. Ihm stand ein weiteres Martyrium von Fragen und Antworten bevor.

XIX.

– Was, tot? Die Turková parkte den Wagen am Straßenrand. – Gut, rufen Sie den Pathologen, er soll sich das gleich noch vor Ort ansehen. Durchsuchen Sie alles gründlich und rufen Sie mich an, wenn Sie fertig sind.

Vejnar telefonierte mit dem Pathologen und machte sich an die Arbeit. Die Klocková hatte einen stieren Gesichtsausdruck und am Hals ein typisches Würgemal. Das Zimmer sah genauso aus, wie er es in Erinnerung hatte. Er bemerkte auch keine Anzeichen eines stärkeren Kampfes, nur an der Lippe hatte sie eine kleine Verletzung. Als hätte der Unbekannte sie angegriffen und sie war zu überrascht gewesen, um sich zu wehren. Wahrscheinlich hatte sie ihren Mörder gekannt und bedenkenlos in die Wohnung gelassen. Routiniert untersuchten Vejnars Kollegen die Wohnung, sie dokumentierten jeden Zentimeter des Raums vom Fußboden bis zur Decke, nahmen Fingerabdrücke ab und verpackten Körperhärchen, Kopfhaare und anderes verdächtiges Material in kleinen Plastikbeuteln.

Vejnar streifte sich die Handschuhe über und schob vorsichtig die Bettdecke zur Seite.

– Männer, nehmt dann auch das Laken mit.

Die Klocková war mit einer Art Hausanzug bekleidet, der einem Jogginganzug ähnelte. Vor ihrem Tod hatte der Mörder offenbar keinen Verkehr mit ihr gehabt, aber bestätigen würde das erst die Obduktion.

Vejnar durchsuchte die Schubfächer im Tisch, wo er nichts anderes fand als Instrumente zur Pflege von Nägeln, Wimpern und wohl auch zur Haarentfernung. Außer dem Bett und einem Sessel für die Kundinnen gab es in der kleinen Wohnung nur noch einen Spiegelkleiderschrank, der mit Unmengen von Kleidung vollgestopft war. Vejnar warf alles hinaus. In einem Fach fand er eine Herrenunterhose. Gewaschen und gebügelt. Er packte sie in einen Beutel. Dem Bett gegenüber hatte die Klocková einen Glasschrank, in dem sie anstelle von Porzellan eine ordentliche Sammlung von Parfüms und Kosmetik zur Schau gestellt hatte. Er öffnete einige

Flakons und schnupperte. Bei dem vierten Fläschchen gab er auf, sonst hätten ihn die Männer ganz benebelt forttragen müssen. Für die Analyse sammelte Vejnar alle ein.

Einen großen Teil ihrer Einnahmen hatte die Klocková in Kosmetik investiert, sie besaß ungefähr zwanzig Shampoos, mehrere Wimperntuschen, eine ganze Schüssel voller Lippenstifte, Gels und Cremes für alle möglichen und unmöglichen Körperteile. In der Wohnung sah es aus wie in einer Drogerie. Das Badezimmer war im wahrsten Sinne des Wortes verunkrautet, unter dem Spiegel, auf dem Waschbecken und dem Wannenrand lag Schminke. Um den Spiegel herum hingen Haargummis, Stirnreifen und Spangen: Außer der Unterhose fand sich keine weitere Spur, dass jemals ein Mann diese Wohnung bewohnt hatte.

Unter das Bett war eine geräumige Tasche gestopft, eine Art mobiler Kosmetiksalon, außerdem eine Kiste mit Papieren, einem alten Fotoapparat und mehreren Fotografien. Die Klocková besaß weder einen Computer noch etwas anderes von Wert. Auf dem Schreibtisch stand ein Topf mit einer welken Pflanze, vor ihm saß ein Plüschteddy mit einem Herz und dem Schriftzug *I love you* auf dem Bauch. An der Wand über dem Bett hing ein Puzzle mit einer Darstellung trabender Pferde, die aus einem lila Wasserfall hervorstürzten. Vejnar schaute noch in den Kühlschrank, in dem es ungefähr so wie in seinem eigenen aussah, die geöffnete Weinflasche eingeschlossen.

Unterdessen war Rašovský aus der Pathologie eingetroffen und hatte Vejnars Hypothese bestätigt. Todesursache Ersticken. Bei der gründlichen Untersuchung der Leiche hatte er jedoch eine Beule am Kopf und eine Schlagverletzung im Mundbereich gefunden. Die Verletzung war nicht ernst, er vermerkte im Protokoll, dass es sich um eine Quetschung von einem Schlag mit der Handfläche handeln konnte. Ansonsten wies die Leiche keine weiteren Kampfspuren auf. Die vermutliche Todeszeit lag zwischen zehn und zwölf Uhr am gestrigen Abend. Die Fingernägel waren perfekt gepflegt, genauer untersuchen würde man sie in der Pathologie. Die Klocková hatte sich wohl nicht besonders heftig gegen ihren Mörder gewehrt. Es hatte eher den Anschein, dass er sie überrascht hatte. Er musste sie sehr schnell erwürgt haben, ganz sicher verfügte er über viel Kraft. Erst die Obduktion würde zeigen, wie stark das Zungenbein und der Kehlkopf verletzt worden waren.

– Ziemlich gut in Schuss, dafür, dass sie über vierzig war, oder?, konnte sich der Kriminaltechniker eine Bemerkung nicht verkneifen und fuhr fort, die Leiche zu fotografieren.

– Ja, schon. Vejnar nickte. – Aber ich glaube, sie war nicht unbedingt dein Typ. Er klopfte ihm auf den Rücken. – Ich mache Schluss hier. Gebt der Turková Bescheid, wenn ihr fertig seid.

Bevor er das Haus verließ, fragte er noch die alte Nachbarin von gegenüber aus. Sie wusste nichts und hatte nicht einmal gehört, dass irgendwann in der Nacht die Tür geschlagen hätte. Sie hatte ferngesehen und der Fernseher hatte auch die Geräusche des Fahrstuhls übertönt.

Den Wagen ließ er für die Kollegen stehen und machte sich ohne ihn auf den Weg nach Přívoz. Er stieg eine Station früher aus der Straßenbahn, um bei Pavel in der Firma Kovošrot vorbeizugehen. Um diese Zeit sollte er auf der Arbeit sein. Auf dem Firmenhof war nur ein alter Mann, er packte Metallfedern auf einen Haufen zu dem anderen Schrott. Kurz drehte er sich um.

– Was wollen Sie hier?, rief er über die Schulter.

– Ich suche Pavel Klocek.

– Den werden Sie hier nicht finden. Der war vorgestern zum letzten Mal hier, entgegnete der Mann, ohne seine Tätigkeit zu unterbrechen.
– Wissen Sie, wann er hier auftauchen wird?, versuchte es Vejnar noch einmal und zeigte seine Dienstmarke.
Der Mann warf die letzte Feder hin, zog sich die schmuddeligen Handschuhe aus und trottete zu Vejnar. Er starrte auf die Dienstmarke, sein Tonfall änderte sich eine Spur.
– Das weiß ich nicht, aber wenn er kommt, sag ich ihm, dass er wieder gehen kann, so ne Schwerstarbeiter brauch ich hier echt nicht. Ich hatte ja geglaubt, die schicken mir einen, der ordentlich ranklotzen kann, und nicht so n Superhirn. Der Sohnemann hier, der tut so, als ob er der Direktor der Erdkugel sei, der sitzt nur im Büro am Computer oder dort in der Werkstatt und fummelt ständig mit dem Lötkolben rum, winkte er in Richtung des Büros, durch dessen geöffnete Tür Vejnar einen Tisch erkannte, der mit verschiedenstem Kram und Computerkomponenten vollgestellt war.
– Der hat keine linken Hände, und doof ist der auch nicht, aber faul ist er, und er quatscht so schlau wie das Radio. Der Mann nickte. Vejnar musste schmunzeln. Der Mann zog einen kleinen Flachmann hervor und hielt ihm den hin. Vejnar lehnte ab. Er schaute sich ein wenig im Büro um und fuhr mit der Hand über ein paar der Teile auf Pavels Tisch. Missfallend beobachtete der Mann, wie der Polizist eine Tischschublade öffnete.
– Kann ich? Vejnar drehte sich zu dem Kerl um, aber der grunzte nur. In der Schublade fand sich jedoch nichts, was Vejnar inspiriert hätte.
Er schaute noch im Wirtshaus „U Dlouhých“ vorbei, auf der Suche nach Pavel oder einem von Sýkoras Kartenkumpanen. Dort wurde

gerade das Mittagsmenü angeboten, es war also voll und nicht die richtige Zeit für die Kartenspieler.

Vejnar schlängelte sich zwischen mehreren Plattenbauten hindurch, die an einem kleinen Haus mit einem Garten endeten. Als einziges in der ganzen Straße hatte es die sozialistische Stadtplanung überlebt. Vejnar befand sich im alten Teil von Přívoz, den er nicht kannte. Alle Häuser hatten neue Fassaden mit Reliefs und kleinen Laternen anstelle von Straßenlampen. Dieser kleine Stadtteil Ostravas erinnerte an die lauschigen Winkel der Prager Kleinseite. Aber es genügte, sich um einhundertachtzig Grad zu drehen, und schon stand man vor einer Autowerkstatt auf dem Gelände einer ehemaligen Zinngießerei. Gegenüber der Kfz-Werkstatt stand das Haus, in dem Pavel Klocek und sein Vater wohnten.

Vejnar zündete sich eine Zigarette an und beobachtete das Haus. Es war das einzige, das nicht verputzt war, hatte einen Vorgarten und einen kleinen Hof. Ein altes zweistöckiges Mietshaus, das sich seit 1939 nicht verändert hatte. Nur die Ställe auf dem Hof waren verschwunden. Es gab keinen mehr, der noch das Bedürfnis hatte, inmitten der Stadt Schweine zu halten.

Wie durch ein Wunder war die ursprüngliche, mit komplizierten Mustern verzierte Messingklinke an der Haustür erhalten geblieben. Er drückte sie hinunter, aber es war abgeschlossen. Vejnar fand die Klingel mit dem ausgeblichenen Namen von Alois Klocek und drückte den Bakelitknopf. Pavel beugte sich aus dem Fenster. Er sah alarmiert aus, drehte sich nervös nach hinten und rief etwas in das Innere der Wohnung.

– Komm, gehen wir eine Runde. Und rauchen zusammen eine Kippe, trompetete Vejnar zu ihm hoch. Pavel nickte gehorsam und war nur wenige Minuten später unten. Er ähnelte seiner Schwester kein bisschen. Weder vom Äußeren noch im Verhalten. Anders als die selbstsichere Šárka verhielt er sich wie ein aufgescheuchter Hase. Sein Gesicht versteckte er unter dem Mützenschirm, seine Haltung war gebeugt, als hätte er Angst, versehentlich jemanden zu überragen. Vejnar war fast zwei Köpfe größer als er, und er würde wetten, dass er auch doppelt so schwer war.

– Ich habe dich auf der Arbeit gesucht, meinte er, um Pavel zu verstehen zu geben, dass sich die Leute um diese Tageszeit normalerweise dort aufhielten. Pavel verzog das Gesicht.

– Ich hab nen anderen Job, erwiderte er patzig.

– Warum hast du mir nicht gesagt, dass der Bittner dich für Sex bezahlt hat?, fuhr er ihn an.

– Würden Sie das erzählen, wenn Sie jemanden den Schwanz lutschen? Außerdem ist das schon vier Monate oder so her, dass ich das letzte Mal da war.

Pavel nahm ein paar Züge aus seiner Zigarette. Sie spazierten ein Stück weiter. An der Stelle, wo sich früher die Synagoge befunden hatte, blieb Vejnar stehen. Nichts war von ihr geblieben, nur eine mit Gestrüpp zugewachsene Lücke zwischen den Häusern.

– Du weißt, wo Erik Sýkora ist. Vejnar fragte nicht, er konstatierte das nur. Pavel schaute zu ihm hoch.

– Ich hab echt keine Ahnung. Ich hab ihm auch meine Handynummer gegeben, damit er mich anruft, wenn irgendwas ist. Aber er hat sich nicht gemeldet. Ich schwörs.

– Heute haben wir Šárka tot aufgefunden.

Pavel blieb stehen, atmete lange den Rauch aus und guckte Vejnar bestürzt an.

– Wie, tot?

– Jemand hat sie gestern erwürgt.

Abwesend zog Pavel den Rauch seiner Zigarette ein. Er zitterte. Schwer zu sagen, ob vor Kälte oder vor seelischer Erschütterung, die er so gut wie möglich zu verstecken suchte.

– Wissen Sie, wer das war? Er fixierte Vejnar. Der schüttelte nur den Kopf.

Pavel fuhr sich durch sein dichtes Haar.

– Das war bestimmt irgend so ein Schwein, mit dem sie gepennt hat, schrie er.

– Hatte sie mit dem Mord an Bittner etwas zu tun?

Pavel machte sich noch kleiner. Sie kamen zu einem kleinen Platz mit einer neugotischen Kirche, Pavel ließ sich auf eine Bank fallen und versteckte den Kopf in den Händen. In der Nähe standen Grüppchen von Roma mit kleinen Kindern, über irgendetwas stritten sie laut. Vejnar ließ Pavel Zeit zum Nachdenken. Er war überzeugt, dass Pavel ihm endlich alles sagen würde, was er wusste. Der Tod seiner Schwester könnte ihn verschreckt haben. Eine solche Situation löste den Leuten normalerweise die Zunge. Aber statt zu antworten, zog Pavel sein Mobiltelefon aus der Hosentasche und suchte die gestrige Nachricht heraus. Er hielt sie Vejnar vor die Augen.

– Das hier hat sie mir geschickt. Um sechs habe ich sie angerufen, wie sie gewollt hatte, aber sie war so komisch drauf. Ich glaub, sie hatte Schiss vor diesem Gavla.

– Weißt du, warum?

– Meiner Meinung nach hat sie was gewusst. Keine Ahnung. Viel hat sie mir nicht erzählt.

Vejnar las sich die Nachricht mehrmals durch und kontrollierte die Uhrzeit, zu der sie bei Pavel eingetroffen war.

– Kennst du den?

Pavel schüttelte den Kopf.
– Tut mir leid, aber ich muss dich das fragen. Wo warst du gestern zwischen zehn und Mitternacht?
– Ich habe mit Pepe an den Slot-Maschinen gespielt. Er kann das bezeugen.
Vejnar nickte.
– Dein Vater ist zu Hause?
Pavel bejahte.
– Richte ihm aus, dass wir morgen um diese Zeit vorbeikommen.
Er stand auf und ließ Pavel allein auf der Bank zurück.
Für Vejnar begann sich alles zu fügen, er musste keine weiteren Fragen stellen. Unter diesen Umständen würde der Mäuserich den Durchsuchungsbefehl für Gavlas Wohnung sofort herausrücken, und den Haftbefehl vielleicht sogar gleich mit.
Für Vejnar war alles sonnenklar. Gavla und die Klocková hatten Bittner umgebracht, wollten das dem Sýkora in die Schuhe schieben und Jana Bittnerová so Probleme bereiten, was ihnen ja auch gelungen war. Höchstwahrscheinlich war Sýkora ganz gegen seinen Willen in den Mord hineingezogen worden. Die Klocková wiederum war schwach geworden und hatte mit dem Gedanken gespielt, alles bei der Polizei anzuzeigen, Gavla war durchgedreht und hatte sie einfach loswerden wollen. Und das war der eine Fehler, den die Verbrecher in der Regel an einem bestimmten Punkt immer begehen. Jetzt hieß es, genügend Beweise zusammenzutragen und natürlich Erik Sýkora zu finden. Er war der Einzige, der Vejnars These bestätigen konnte, denn wahrscheinlich hatte nur er mit dem Mörder gesprochen. Der Polizist war sich sicher, dass sie bei der Durchsuchung von Gavlas Wohnung, seines Computers und Telefons etwas finden würden.
Die Turková würde heute einen Tag voller guten Nachrichten ha-

ben. Am Abend könnte sie das mit ihren Hunden ordentlich feiern, dachte er.
Vejnar wusste, dass sie seine Alleingänge nicht mochte, aber da sie Ergebnisse brachten, hielt sie den Mund. Filip war zwar sorgfältig und gewissenhaft, tat jedoch nichts, was ein Vorgesetzter ihm nicht sagte. Vejnar war überzeugt, dass die Turková erfreut wäre über seinen Bericht. So könnten sie dem neuen Direktor demonstrieren, wie gute Teamarbeit funktioniert. Irgendwie war das der Turková wahnsinnig wichtig.

1948

Einen Tag, nachdem der unbekannte Mann Irma abgeführt hatte, wurde Erich von einer fremden ausgemergelten Frau mit strenger Miene aus der Schule abgeholt. Erst tuschelte sie etwas mit der Lehrerin. Erich beobachtete, wie die beiden Frauen ihn ansahen und die Stirn runzelten. Die Lehrerin nickte und ihr Gesichtsausdruck verhärtete sich. Dann kamen beide zu Erich.
– Erik, deine Mama wird dich heute nicht abholen, du gehst mit dieser Frau hier mit und tust alles, was sie dir sagt, hast du verstanden? Die Lehrerin sah ihn streng an. Erich war verwirrt.
– Und w-warum kann m-meine Mama nicht kommen?, flüsterte er. Er hatte eine unbestimmte Angst. Die Lehrerin holte Luft, um zu antworten, aber die dürre, fremde Frau kam ihr zuvor.
– Vergiss deine Mama jetzt mal. Wenn du nicht wie sie enden willst, musst du jetzt parieren, ist das klar? Sie ist eine abscheuliche Verräterin und wird vor Gericht gestellt.
Erich verstand nichts von dem, was die fremde Frau sagte. Seine

Mama würde doch nie etwas Schlechtes tun. Gehorsam trippelte er neben der fremden Frau her bis zu den Bočeks, wo er sich nur die nötigsten persönlichen Sachen abholen dufte. Eine Stunde warteten sie vor dem Eingang, dann kam Alžběta zurück und öffnete ihnen die Tür.

– Irma Stillmannová wurde verhaftet. Sie ist eine Verräterin, und so kommt der Junge ins Kinderheim, wo man sich schon darum kümmern wird, ihm alles Reaktionäre und die bourgeoisen Sitten auszutreiben. Die fremde Frau verzog das Gesicht.

Alžběta rang nach Luft. Vergeblich bemühte sie sich, die Frau zu überzeugen, dass der Junge bei ihnen bleiben könnte.

– Er ist doch ein Kind, bat sie. Die fremde Frau schaute sie nur träge an.

– Ein Kind, aber gründlich verdorben. Solche wie er brauchen eine völlig andere Erziehung, schnauzte sie und schob den verstörten Erich aus der Tür. In aller Eile packte Alžběta ihm wenige Kleidungsstücke, sein Lieblingsspielzeug und seine Zahnbürste ein. Mit Tränen in den Augen küsste sie ihn, sie hoffte, dass sich alles bald klären würde.

– Hab keine Angst, Erich, deine Mama oder ich werden dich schon bald abholen. Alles wird sich aufklären. Du wirst nur ein paarmal schlafen, und dann bist du wieder zu Hause. Sie drückte ihn an sich.

Er winkte ihr mit seiner kleinen Kinderhand zu und lächelte sie ängstlich an. Bald würde er acht sein, er war doch schon groß.

Mit dem Bus fuhren sie bis hinter den Fluss Ostravice, in den Ortsteil Slezská Ostrava, wo seine Mama und er manchmal bei Ausflügen hingewandert waren. Auf dem Hügel über einer Bergarbeitersiedlung lag das alte desolate Gebäude, in dem er ein neues Zuhause finden sollte. Die Fenster im Erdgeschoss waren vergittert, an den Scheiben prangten Hammer und Sichel, ausgeschnitten aus Buntpapier. Sobald er nur einen Moment stehen blieb, stieß ihn die Frau nervös in den Rücken. Die Flure waren leer, es gab weder Blumen noch Sitzbänke, nur die Bilder von Stalin, Lenin und Gottwald hingen an den Wänden.

Die Frau brachte Erich in ein Büro. Hinter einem Tisch saß ein junger Mann. Er musterte Erich mit strengem Blick.

– Das ist er? Kann er Tschechisch?

– Angeblich ja, aber wer weiß. Ein stotternder Trottel.

– Hm. Die beiden Erwachsenen betrachteten ihn wie ein unbekanntes Lebewesen. Erich gab keinen Mucks von sich, er hatte Angst, etwas zu sagen, um nicht tatsächlich wie ein Trottel dazustehen. Für sein Stottern schämte er sich, auch wenn er in den letzten zwei Jahren große Fortschritte gemacht und sein Stottern sehr nachgelassen hatte. Der Doktor hatte gesagt, mit der Zeit würde es sich vollkommen geben.

– Stecken Sie ihn in die Sechs!, befahl der Mann. – Vergessen Sie nicht, seine Sachen durchzusehen. Er wedelte mit einer Hand, die Frau packte Erich am Arm und führte ihn fort. Im zweiten Stock am Ende des Flurs war sein Zimmer, das er mit weiteren fünf Jungen verschiedenen Alters teilen sollte. Das Zimmer war groß und ungemütlich. An jedem Bett stand ein Nachtschrank und über dem Kopf hing ein kleines Regal mit einer Lampe. In der Mitte stand ein großer Tisch mit sechs Stühlen. Die Frau zeigte ihm seine zwei Fächer im Schrank. Mehr würde er nicht benötigen. Aus dem Koffer zog sie die Sachen hervor, die er behalten durfte. Unter ihnen war kein einziges Spielzeug.

– Die Spielsachen sind für alle da. Sie kommen in den Gemeinschaftsraum, du kannst dann dort mit ihnen spielen, erklärte sie.

– Die Nachtruhe endet um fünf Uhr dreißig, bis sechs ist Frühsport in der Turnhalle, dann Zeit für persönliche Hygiene, Frühstück im Essensraum im Erdgeschoss und um dreiviertel sieben Abmarsch in die Schule, zählte sie mechanisch die täglichen Pflichten auf.
– Geh jetzt und mach dich mit den anderen Jungen bekannt. Sie stieß ihn in den Flur. Alles hier war kahl und ungemütlich. Kein Schmuck, keine Spuren, die davon zeugten, dass hier Kinder lebten, nur Fahnen, Sicheln, Hämmer und Friedenstauben, verbunden durch Girlanden aus Krepppapier.
Sie führte ihn in einen Raum, in dem es sogar einen Teppich und ein Bücherregal, Stühle und Bänke wie in der Schule gab. In ihnen saßen die Jungen und flüsterten leise miteinander, oder lasen, andere saßen nur da und starrten gelangweilt zum Fenster hinaus. An der Stirnseite saß eine Frau, und sobald jemand laut war, wurde er von ihr angebrüllt. Sie übernahm Erich und stellte ihn den anderen Jungen vor. Einer nach dem anderen traten sie zu ihm und stellten sich vor. Der letzte war ein untersetzter Junge mit dichten blonden Haaren. Er maß Erich mit hartem Blick und streckte seine Hand vor.
– Ich bin Lojza Klocek.
Obwohl er erst neun war, genoss Lojza bei den Jungen eine besondere Autorität. Im Unterschied zu den anderen hatte er sein ganzes bisheriges Leben im Kinderheim verbracht. Einige fürchteten sich vor ihm, er war unergründlich und hatte eine Riesenkraft für sein Alter, verfügte über Kampfgeist und eine selbstbewusste Unverfrorenheit, mit der er sich auch an ältere Jungen herantraute. Und er war es auch, der jeden Neuling in ihrer Mitte „begrüßte“. Jeder, der durch die Tür des Heims kam, musste sich einem Ritual unterziehen, das in Abhängigkeit von der Stimmung der anderen Jungen variierte. Auch Erich entkam dem nicht.

In den ersten zwei Wochen ließen ihn die anderen Jungen in Ruhe, beobachteten ihn verstohlen und schätzten seine Eigenschaften und Fähigkeiten ab. Als sich zeigte, dass er schweigsam war, nahmen sie an, dass er wirklich arm im Geiste sei, wie man munkelte.

Dabei suchte Erich in Büchern Zuflucht vor Einsamkeit und Heimweh. Ganze Tage lang saß er in der Bibliothek, dem einzigen Ort, zu dem er freien Zugang hatte. Er hatte ausgerechnet, dass er zu Weihnachten die gesamte Bibliothek durchgelesen haben könnte. Aber die Festtage würde er bestimmt schon mit seiner Mama, mit Alžběta oder dem Opa verbringen. Unter dem Kopfkissen hatte er einen kleinen Kalender versteckt, in dem er die Tage abhakte, an denen er von seiner Mama getrennt war. Vor dem Einschlafen streichelte er ein Taschentuch, das ihren Duft angenommen hatte. Er dachte daran zurück, wie sie es gebügelt und sorgfältig zusammengelegt hatte. Mit dem Taschentuch kitzelte er sich im Gesicht und stellte sich vor, das wäre kein gewöhnliches Stofftuch, sondern die weichen Hände seiner Mama. Nach vierzehn Tagen gelang ihm die ganze Prozedur schon ohne Tränen. Langsam gewöhnte er sich ein.

Ein plötzliches Gezerre weckte ihn aus dem Tiefschlaf. Jemand packte ihn an den Beinen und schleifte ihn aus dem Bett. Er hörte ein unterdrücktes Kinderlachen. Drei Jungsköpfe beugten sich über seinen Körper, ihre Gesichter konnte er in der Dunkelheit jedoch nicht erkennen.

– Stoßen wir ihn aus dem Fenster, befahl einer von ihnen flüsternd.

Erich war sofort wach und begriff, dass ein Kampf auf Leben und Tod begann. Er verkeilte sich im Fenster und selbst vier starke Arme schafften es nicht, ihn über das Fensterbrett zu stoßen. Sehr

lange hätte er nicht mehr Widerstand leisten können, hätte nicht einer von Erichs Mitbewohnern angefangen zu schreien. Jemand sprang zu ihm hin und hielt ihm die Hand vor den Mund. Dadurch gelang es Erich freizukommen, unbeholfen glitt er vom Fensterbrett und schlug mit dem Kopf gegen die Bettkante. Ihm wurde schwarz vor Augen. Im gleichen Augenblick spürte er einen stechenden Schmerz an seinem Ohr. Zwischen den anderen Jungen begann ein Gerangel. Sie flüchteten schnell aus dem Zimmer, sobald vom Flur die Schritte der Nachtwache zu hören waren.
Erich kletterte ins Bett zurück und fasste sich an sein Ohr. Auf seiner Hand war ein großer Blutfleck. Ihm war schwindlig und es flimmerte vor seinen Augen. Er verkroch sich unter der Bettdecke, um niemanden sehen zu müssen. Wie eine kleine Larve wickelte er sich in die Decke und sagte sich, dass er ja jetzt in Sicherheit sei. Leise weinte er vor sich hin. Wenige Sekunden später flog die Tür auf und ein Erzieher trat ins Zimmer. Er knipste das Licht an. Als er nichts Verdächtiges entdeckte, ging er leise wieder weg.
Am nächsten Morgen war Erichs Kopfkissen voller Blut und sein Kopf drohte zu zerspringen. Er konnte nicht aufstehen, ohne sofort wieder umzufallen. Die Jungen riefen die Erzieherin. Sie zog an der Bettdecke und sah Erich streng an.
– Was hast du getan?, kreischte sie, erschreckt von dem ganzen Blut. Erich schwieg.
– Na ja, von dir werde ich wohl gerade etwas erfahren …, murmelte sie vor sich hin und ging den Direktor holen. Sollte der entscheiden, was mit dem Jungen geschehen würde. Wahrscheinlich hätte sie ihn ins Krankenhaus bringen sollen, sie traute sich jedoch nicht, eigenständig zu handeln.
Fachmännisch beurteilte der Genosse Direktor die Situation. Es war ihm wohl klar, was sich in der Nacht abgespielt hatte. Die

Jungen rauften sich manchmal, das war nichts Besonderes. Sie würden einmal starke Männer sein müssen, aus solchen kleinen Scharmützeln würde er keine große Sache machen.
– Du bist noch nicht einmal drei Wochen hier und prügelst dich schon!, fuhr er Erich an.
Er drehte dessen Kopf zur Seite, um sich die Wunde anzusehen. Das Blut floss aus dem Ohr, sein Kopf war nicht aufgeschlagen.
– Zur Schule geht er morgen wieder, lassen Sie ihn heute hier. Zum Doktor braucht er nicht, ordnete er an, und seine Miene sagte, dass man ihn wegen einer solchen Lappalie nicht von seiner wichtigeren Arbeit hätte abhalten sollen.
Erich hatte noch mehrere Tage Kopfschmerzen. Nach einigen Wochen war es klar, dass er auf dem linken Ohr nie wieder richtig hören würde. Sprach ihn jemand von der linken Seite an, reagierte er häufig nicht. Die Erwachsenen empfanden das als Provokation, und so setzte es öfter mal eine Ohrfeige, wenn ein Erzieher dachte, Erich würde ihn einfach frech ignorieren.
Sein Stottern verstärkte sich im Laufe der Zeit, vor allem, wenn ihn einer der Erwachsenen ansprach. Er fürchtete sich vor ihnen und brachte oft keinen Laut hervor. Es wurde umso schlimmer, je mehr sie nach einer Antwort verlangten. Konnte er sich schließlich doch überwinden, druckste er wenige Worte hervor und bestätigte alle in ihrer Meinung, dass er ein halbtauber stotternder Trottel sei.
Nach mehr als einem Monat wurde ihm erstmals gestattet, seine Mama im Gefängnis zu besuchen. Man führte ihn in einen kahlen Raum, der von allen Seiten vergittert war, im Inneren befanden sich nur ein Tisch und zwei Stühle. Der Erzieher bedeutete ihm, sich zu setzen. Einige Minuten später wurde seine Mama gebracht. Erich beobachtete sie aufmerksam, sie erschien ihm zart und zer-

brechlich wie ein Schmetterling. Ihre Haut war durchscheinend und ihr Haar aschgrau. Ihre ehemals dichten Locken, mit denen er früher so gern spielte, hatten ihre Farbe verloren und sich in einen merkwürdig formlosen Flaum verwandelt. Noch bevor sie ihn hätte anfassen können, umfing sie ihn mit einem ängstlichen, tränenumflorten Blick voller Liebe und Zärtlichkeit. Jede Berührung wurde von der strengen Aufseherin verboten.

– Bitte, er ist mein einziges Kind, bat die Mama und verschluckte sich an ihren Tränen, aber die uniformierte Frau ließ sich nicht erweichen.

– *Erich, Erich, mein Lieber*, flüsterte sie und streckte ihre Finger nach seinen kleinen Händen aus, die sie nicht berühren durfte.

– Sprechen Sie Tschechisch! Sonst führen wir den Jungen fort, kläffte die Aufseherin sie an. Erschreckt sah Irma zu ihr hin.

– Denk immer daran, wer du bist, verstehst du, mein Liebling? Erinnere dich daran, wie schön es gewesen ist, als wir bei der Oma lebten. Das darfst du niemals vergessen, flüsterte sie in einem so eindringlichen Ton, dass sich die Sätze tief in sein Gedächtnis einprägten und er noch viele Jahre später des Öfteren an sie denken musste.

– Geht es dir gut? Dünn bist du geworden. Sie musterte ihn aufmerksam. Erich konnte den Blick nicht von seiner Mama lassen und brachte keinen einzigen Laut hervor. Sie hatte dunkle Ringe unter den Augen und Bläschen an ihrem Mund. Ihre Fingernägel, sonst immer perfekt gepflegt, waren bis zum Nagelbett abgebrochen.

– J-j-ja, stieß er schließlich hervor, und für den Bruchteil einer Sekunde lächelte seine Mama.

– Sei brav und tu, was man dir aufträgt. Aber vergiss nicht, was ich dir gesagt habe. Ich habe dich sehr lieb, denk immer daran! Wir werden uns bald wiedersehen. Du musst Geduld haben, alles wird gut.

Erich nickte. Beide ahnten sie nicht, dass sie sich nach diesem Nachmittag niemals wiedersehen würden.

XX.

Der Mäuserich und die Polizei hatten effektiv funktioniert. Seit dem Auffinden von Bittners Leiche waren nicht ganz drei Wochen vergangen und Gavla saß wegen zweifachen Mordverdachts in einer Zelle in Untersuchungshaft. Bis in die Nacht schrieb die Turková an ihrem detaillierten Bericht für den neuen Direktor. Gleich nach der Besprechung würden sie Gavla verhören und damit wäre der ganze Fall vielleicht auch schon abgeschlossen. Gavla hatte auf der Anwesenheit seines Anwalts bestanden, er war verängstigt und glaubte, hier läge ein Justizirrtum vor. In der ersten Stunde hatte er allen ständig gedroht, dann aber schnell eingesehen, dass er seine Taktik würde ändern müssen. Er hatte kaputt ausgesehen. Die Besprechung begann wie üblich auf die Minute genau um neun Uhr. Die ganze Abteilung war gehorsam im Besprechungsraum angetreten, wo der alte und der neue Direktor sie schon erwarteten. Sofort erkannte die Turková das selbstgefällige Gesicht von Petr Heš. Seit ihrer letzten Begegnung war sein Haar etwas ergraut, was seinem Aussehen mehr Seriosität verlieh. Er war ein durchschnittlicher Anwalt und Ermittler gewesen. Die Arbeit im Gelände hatte ihm nicht zugesagt, er sah sich eher in der Rolle eines Büroangestellten, und so hielten ihn die Kollegen für einen ehrgeizigen Karrieristen. Die Turková kannte ihn von einer gemeinsamen Ermittlung, an der damals mehrere Teams aus der ganzen Republik beteiligt waren. Es war um ein ausgedehntes Netz von Betrugsfällen in der Versicherungsbranche gegangen, die durch zahllose fingierte Einbrüche und schließlich durch einen Mord verbunden waren. Der Kopf der ganzen Verbrecherbande hatte im Ministerium gesessen, in einer hohen Beamtenposition. Jetzt tat Heš so, als würde er sie gar nicht kennen. Immerhin waren seit damals sechs Jahre vergangen.

Alle warteten, was der neue Direktor zu sagen hätte. Selbstbewusst ging er an der Stirnseite des Tisches in Stellung und faltete die Hände. Der teure Anzug und die Brille mit Goldfassung wirkten fehl am Platz in diesem Raum. Keiner der Polizisten legte Wert auf Kleidung, die dem Dresscode einer Bank entsprach. Wahrscheinlich wollte er Eindruck schinden, aber sein Bemühen war kontraproduktiv.

– Für die meisten von Ihnen bin ich ein neues Gesicht, aber glauben Sie mir, ich bin schon seit längerer Zeit mit Ihrer Abteilung verbunden. Ich mache kein Geheimnis daraus, dass ich mich schon lange um die Leitungsposition in dieser Abteilung bemüht habe, schließlich gehören Sie zu den Besten im ganzen Land. Darüber hinaus sind die Verfolgung und das Stellen von Verbrechern sinnvolle Tätigkeiten, in denen ich persönlich wirkliche Erfüllung finde. Wie Sie alle im Übrigen, sonst wären Sie ja gar nicht hier, oder? Er zeigte eine Reihe weißer Zähne.

– Sie wissen selbst sehr gut, dass die Arbeit bei der Polizei keine gewöhnliche Erwerbstätigkeit ist. Wir tragen sie oft mit nach Hause, maßgeblich beeinflusst sie unser Leben und letztlich auch das unserer Familien. Sie ist, und ich möchte nicht, dass dies wie ein Klischee klingt, eine tatsächliche Berufung. Er hüstelte. – Wie ich bereits sagte, Ihre Abteilung gehört zu den besten im ganzen Land, und ich erlaube mir zu behaupten, dass ich diesen Trend nicht nur beibehalten will, sondern unser Team ganz an die Spitze bringen werde. Natürlich wird das nicht möglich sein ohne personelle Veränderungen. Darauf möchte ich schon im Voraus hinweisen. Herrn Velček hier, er drehte sich nach dem ehemaligen Direktor um, der zufrieden blinzelnd nickte, – verdanke ich es, dass ich die Unterlagen und das Vorgehen Ihrer Abteilung einsehen, mich mit den Fällen vertraut machen und überhaupt einige Zeit Ihre Arbeit verfolgen konnte. Man könnte also sagen, dass ich auf einen fahrenden Zug aufspringe, ohne ihn zu bremsen. Der momentan wichtigste Fall ist natürlich der Mord an dem Geschäftsmann Milan Bittner, damit würden wir also beginnen. Frau Major Turková, nehmen Sie sich ab elf Uhr Zeit, damit wir den ganzen Fall detailliert besprechen können.

Die Turková beobachtete ihn grimmig, seine Arroganz und Selbstsicherheit hatten während dieser sechs Jahre noch zugenommen. Für die Arbeit bei der Polizei war er nicht geeignet, weil er unverblümt auf jeden herabschaute, als wären sie alle minderwertige Trottel und Pöbel, ganz gleich, ob es um Kollegen, Zeugen, Mörder oder ein Opfer ging. Aus dem gleichen Grund war er auch als Anwalt denkbar ungeeignet. So war ihm nichts anderes übrig geblieben, als mit seinem Hintern eine Führungsposition zu besetzen, in der er seine Überheblichkeit und Arroganz ganz nach seinen Bedürfnissen straflos ausleben konnte.

Seine Ansprache war nicht mehr als eine Anhäufung leerer Worte, wie sie bei jeder Ernennung vorgetragen werden mussten. Er konnte ja kaum zugeben, dass er es nur auf die Direktorenstelle mit einem guten Gehalt und vielen Befugnissen abgesehen hatte. Das wäre zwar ehrlich und wahrheitsgetreu, aber selbst für abgebrühte Mordermittler sicher schockierend. Sinn für Gerechtigkeit

und eine bessere Welt waren ihm vollkommen schnuppe, das begriff jeder, der jemals unter vier Augen mit ihm zu tun hatte. Aber vielleicht tat sie ihm ja Unrecht.
Heš trug eine anstrengende Rede voll beschwingter Gedanken, Zukunftspläne und Motivationen vor. *Lauter Blablabla.* Turkovás professionelle Miene erweckte jedoch den Eindruck, als würde sie an seinen Lippen hängen. Vejnar saß da und hatte die Augen geschlossen. Schwer zu sagen, ob er schlief, aber wundern würde es sie nicht, hatte er doch wieder eine Fahne.
– Warten Sie auf mich mit Gavlas Vernehmung. Ich werde noch kurz bei Heš bleiben, wisperte sie ihm ins Ohr, womit sie ihn aufweckte. Vejnar behauptete, nicht geschlafen zu haben.
– Klar, wir müssen sowieso erst mal sein ganzes Haus durchsuchen. Sobald die Séance hier vorbei ist, brechen die Männer und ich auf. Ich rufe Sie dann an.
Die Turková maß ihn mit einem Blick. Wenn er nicht saufen würde, wäre sie zufrieden. Sie musste anerkennen, dass er ziemlich fähig war.
– Bringen Sie auch das Labor auf Trab. Sobald ich raus bin bei Heš, komme ich zu Ihnen.
Heš bedachte sie mit einem tadelnden Blick. Sie störten seine Ansprache.
Zum Schluss ergriff auch Direktor Velček, das gutmütige alte Walross, das Wort, er sprach kurz, weil er das Gefühl hatte, dass er alles Wichtige eigentlich schon mitgeteilt hatte. Am Ende der Besprechung öffnete er eine Flasche Sekt, und so verabschiedete er sich endgültig von der Abteilung, in der er ohne eine Pause zwanzig Jahre verbracht hatte. Die letzten sieben Jahre als Leiter der Mordkommission.

Um elf klopfte die Turková an die Tür des Direktorenzimmers, aus dem Stimmen zu hören waren. Velčeks wohlwollender Bariton und Heš' scharfer Tenor.

– Kommen Sie nur rein. Der alte Direktor nickte ihr zu. Entspannt, im Gesicht ein zufriedenes Lächeln. Offensichtlich war er erleichtert, nicht länger die Verantwortung für die ganze Abteilung tragen zu müssen.

– Na, dann lasse ich Sie mal allein. Bevor er davonschaukelte, lächelte er Heš und der Turková gutmütig zu.

Sobald die Tür hinter ihm zugeschlagen war, bedeutete Heš ihr wortlos, sich zu setzen. Vor ihm lag ihr gestriger Bericht ausgebreitet, in den er vor der Besprechung nur einen beiläufigen Blick geworfen hatte. Er blätterte hektisch darin herum. Vielsagend sah die Turková auf ihre Uhr.

– Also. Um die Wahrheit zu sagen, Frau Major, die personellen Veränderungen, von denen ich sprach, betreffen auch Sie. Sie sind noch in der Probezeit, nicht wahr? Er versenkte sich erneut in die Papiere vor sich. – Ich bin Ihren Bericht durchgegangen, und Sie haben ein gutes Stück Arbeit geleistet. Nichtsdestotrotz habe ich andere Absichten mit Ihnen. Ich würde Sie gerne in eine andere Abteilung versetzen. Diesen Fall werden Sie noch zu Ende bringen, allerdings unter der Leitung von Oujezdský.

Die Turková holte Luft, um darauf zu reagieren, aber mit einer resoluten Handbewegung, die keinen Widerspruch duldete, unterbrach er sie. – Zu dieser Entscheidung hat mich Ihre Unfähigkeit gebracht, sich ins Kollektiv einzugliedern. Sie müssen verstehen, wenn wir hundertprozentige Ergebnisse liefern wollen, brauche ich ein absolut eingespieltes Team. In dieser Hinsicht haben Sie leider versagt. Er betrachtete sie über den goldenen Rand seiner Brille hinweg. Mit dieser Ankündigung hatte er sie völlig geschockt. Sie war nicht in der Lage, irgendwie zu protestieren, setzte nur ihre übliche unbewegte Miene auf, die an ein lauerndes Tier erinnerte.

– Es war auch unter Ihrer Leitung, dass Informationen über das Verschwinden und den Mord an Milan Bittner durchgesickert sind. Unterbrechen Sie mich bitte nicht!, sagte er streng, und in seinem Gesicht erschien eine ungewöhnliche Härte. – Und außerdem sehe ich Ihre Unfähigkeit, Erik Sýkora zu ergreifen, als ein fatales Versagen an, schloss er selbstsicher.

– Er ist im landesweiten Register vermisster Personen, wir arbeiten mit den Medien zusammen und das halbe Team sucht intensiv nach ihm. Ich gebe zu, bisher ohne Erfolg, aber das passiert in unserem Beruf eben manchmal, blaffte sie. Unzufrieden schnalzte Heš mit der Zunge.

– Hiermit entziehe ich Ihnen einfach die Leitung des Falls. Nach Ablauf der Probezeit besprechen wir, wie es weitergeht, meinte er streng. Ohne ein einziges Wort stand die Turková auf, noch in der Tür drehte sie sich um.

– Sie wissen ja selbst, wie kompliziert es ist, manche Personen aufzuspüren. Dass wir wenigstens irgendeinen Teil von dem Bittner finden, hat jetzt die gleiche Priorität. Auch daran arbeiten wir intensiv. Ich bin nicht Teil des Kollektivs geworden, das gebe ich zu, weil ich die Leute nicht schone. An dem Fall arbeiten alle wie besessen, sprudelte sie hervor, wobei ihr nicht entging, dass Heš sie immer wütender anblickte.

– Was das Durchsickern von Informationen betrifft, die kamen nicht von uns, die hat sich ein schreibwütiger Nerd aus den Fingern gesaugt, und dagegen kann ich nicht wirklich etwas tun. Sie holte tief Atem, um sich zu beruhigen, und fragte schließlich nach der Sache, die ihr von Anfang an unter den Nägeln brannte.

– Stört es Sie, dass Sie eine Frau in der Abteilung haben?
Heš geriet in Rage.
– Das ist eine vollkommen absurde Frage, Frau Major. Natürlich stören mich Frauen am Arbeitsplatz nicht. Damit hängt das überhaupt nicht zusammen. Ich brauche ein funktionierendes Team, ganz gleich, ob mit Frauen oder mit Männern. Wir haben hier ja schließlich auch Lucie. Triumphierend breitete er die Arme aus.
– Das ist die Sekretärin. Sie nickte, um ihm zu demonstrieren , dass seine Antwort mehr als aufschlussreich war. – Frauen eignen sich eben für Jobs wie Sekretärin, Buchhalterin und Taschenträgerin.
– In der U-Haft sitzt ein Mörder, den können Sie verhören, meinte sie fast flüsternd, dann knallte sie mit der Tür.
Heš kam ihr noch in den Flur nachgelaufen.
– Frau Major, für positive Diskriminierung ist hier kein Platz!
Sie könnte ihm noch sagen: *Leck mich am Arsch*, sie drehte sich aber nicht mehr um. Klar, in Zukunft würde er mit ihr für die Wohnungseinbrüche rechnen. Wenn er großzügig war, vielleicht auch fürs Betrugsdezernat. Und dafür sollte sie ihm dankbar sein?
Sie fuhr auf direktem Wege nach Hause.
– Wenn Kodler und Vejnar zurück sind, sollen sie bei mir vorbeikommen, trötete Heš der Sekretärin zu, die ungläubig Turkovás Rücken nachstarrte. Sie hätte schwören können, dass die beiden sich prima verstehen würden.

Vejnar war überrascht, dass die Turková ihn den ganzen Tag lang nicht anrief. Er versuchte es seinerseits, aber sie hatte ihr Telefon ausgeschaltet. Er hatte eine interessante Nachricht für sie. Sie hatten Gavlas Haus und den Computer gründlich durchsucht, in dem sie eine ganze Sammlung mit kompromittierendem Material über die Beisitzerin fanden sowie mehrere anonyme Nachrichten des geheimnisvollen Mariage. In einer Kammer hinter Skiern und einem Haufen alter Schuhe entdeckten sie eine Plastiktüte mit einem Etui und Insulinspritzen sowie eine Krawatte. Es bestätigte sich auch, dass die Klockovà Gavla regelmäßig besucht hatte. In seinem Haus fanden sich zahllose Fingerabdrücke von ihr. Am Spiegel stellten die Kriminaltechniker Spuren ihres Make-ups sicher, was zu der Hypothese passte, dass jemand sie unmittelbar vor ihrem Tod geschlagen hatte. Dieser Jemand war zweifellos Gavla.

Vejnar war zufrieden. Am Nachmittag würden sie Gavla verhören, und er ging davon aus, dass dieser unter der Last der Argumente schließlich gestehen würde. Gavla sah nicht aus wie jemand, der seine Nerven lange im Zaum halten konnte. Schon jetzt saß er wie ein Hase geduckt in der Zelle und erkundigte sich unentwegt, ob sein Anwalt schon da sei. Der Anwalt war in seinen Augen der Strohhalm, an den sich ein Ertrinkender klammert. Und Gavla hatte das Gefühl, gerade unterzugehen, weil er in den Wassern des Verbrechens nicht besonders gut schwimmen konnte. Er hielt sich für einen grundsätzlich anständigen Menschen, und kleine Beugungen der Gesetze betrachtete er als völlig legale und übliche Praktiken in der echten Businesswelt.

Geringfügige Korruption wurde allgemein hingenommen und war für niemanden ein Grund zur Empörung, das war stiller Konsens in der ganzen Gesellschaft. Nur einige Gesetze waren zu eng gefasst und gingen an den Bedürfnissen des Marktes vorbei. So weit war er mit sich im Reinen, aber Verbrechen wie Überfälle, Taschendiebstahl oder gar Mord hielt er für abscheulich. Er konnte überhaupt nicht begreifen, wie er in diese Situation geraten war. Alle hatten sich gegen ihn verschworen. Zumindest wiederholte er etwas in dieser Art ständig gegenüber dem Wachpersonal, dem Gavlas Drohungen, Flüche und Bitten vollkommen gleichgültig waren. Außer Gavla war auch Jana Bittnerová zum Verhör einbestellt worden. Vejnar wartete auf die Turková, aber die zeigte sich nicht und ging auch nicht an ihr Telefon. Er erhielt eine kurze SMS: *Ich habe mir den Nachmittag freigenommen. Mit der Leitung des Falls ist jetzt Oujezdský beauftragt.*

– Adam, Heš will mit dir und mit Filip sprechen. Ich weiß nicht, was passiert ist, aber ich glaube, der Turková wurde gekündigt. Lucie zuckte mit den Schultern und sah beunruhigt aus.

Vejnar war sauer. Er wollte so schnell wie möglich Gavla verhören, solange der verwirrt und verängstigt war. Je mehr Zeit verging, desto größer war die Wahrscheinlichkeit, dass er sich an die U-Haft „gewöhnen" und ihn die unerwartete Situation nicht mehr so sehr aus der Fassung bringen würde. Hier ging es um die Feinheiten der Psychologie. Wahrscheinlich beriet er sich in der Zwischenzeit mit seinem Anwalt, der ihn angemessen beruhigen würde, wodurch die Polizei einen großen Vorteil verlor. Egal, wie die Turková drauf war, aber diese Dinge verstand sie, und Vejnar musste zugeben, dass sie beruflich eigentlich gut zueinander passten. Sie ließ ihm immer genügend Raum und leitete die ganze Aktion sehr unverkrampft, hatte sie jedoch trotzdem unter Kontrolle.

An diesem Heš hatte er stille, bisher nicht belegbare Zweifel. Irgendwie ahnte er, dass es ein Problem gab, und er fürchtete, dass etwas in die falsche Richtung laufen würde. Dieses Gefühl kannte er schon, und in der Regel täuschte es ihn nicht.

Gavla in seiner U-Haft-Zelle schwitzte Blut und Wasser. Er fühlte sich, als würde man ihn bei lebendigem Leibe kochen. Die Zelle war ein widerliches Loch mit einem Metallbett und einer grauen Zudecke. Ein Blick genügte und schon konnte er sich die Heerscharen dreckiger, stinkender Wiederholungstäter vorstellen, von denen bereits Tausende Wanzen auf die räudige Decke übergesprungen waren. Er tigerte in seiner Zelle auf und ab, wie er es bei Zootieren gesehen hatte. Erst jetzt verstand er, wieso sie das taten. Sie waren offenbar genauso gestresst wie er. Auf seinen Nerven könnte man Harfe spielen, so angespannt waren sie. Er wollte sich nicht wie ein tumbes Tier verhalten und setzte sich auf den Boden unter dem Fenster. In seinem Kopf tobte eine Schlacht, es war ein einziges Chaos, das zur Folge hatte, dass er keinen klaren Gedanken fassen konnte. Das Einzige, was immer wiederkehrte, war die Erinnerung an Bittner und an die Klocková, dieses Flittchen. Immer wieder führte er sich die Ereignisse der letzten Monate vor Augen und bestätigte sich, dass alles ein bedauerlicher Zufall gewesen war, in den er gegen seinen Willen verstrickt wurde, und nur die Umstände ließen alles in dem ungünstigen Licht eines Verbrechens erscheinen.

Abwechselnd überkam ihn ein Gefühl von Hoffnung und von endloser Seelenschwäche. Sollte die Waage sich zur anderen Seite neigen, würde er sich einen Strick nehmen müssen. Wenn man ihn schließlich doch verurteilte, wäre sein Leben eigentlich vorbei. Er würde seinen Ruf, sein Geld und seine Geschäfte verlieren. Er wäre ein Niemand, der irgendwo peinlich um einen drittklassigen Job betteln und nach der Schinderei für ein paar Kröten mit der Straßenbahn zurück in eine lausige Einzimmerwohnung fahren müsste. Die Aussicht auf ein solches Leben ließ sich in keiner Weise mit der Vorstellung vereinbaren, die er sich von seiner Existenz machte. Er musste sich eingestehen, dass er nicht die Eier in der Hose hatte, sich an seinem eigenen Gürtel aufzuknüpfen. Er hatte gehört, dass diese Art zu sterben mehr als schrecklich sein sollte. Das Ringen nach Luft konnte sich eine Viertelstunde oder länger hinziehen. Es dauerte unendlich lange, bis man endgültig erstickte, der Penis

erigierte, Urin abging und das Gesicht sich zu einer abstoßenden lila Grimasse verzerrte. In solchen Momenten war jede Minute länger als eine ganze Arbeitswoche.
Zum Schluss hatte er sich selbst davon überzeugt, dass er unschuldig war, vollkommen unschuldig. Eine andere Möglichkeit gab es für ihn nicht.

XXI.

Der Postbotin öffnete der Vater die Tür nie. Wegen eines blödsinnigen Briefs würde er doch nicht von der Glotze aufstehen. Der Vater war wütend auf Pavel, weil der sich schon wieder zwei Tage lang nicht zu Hause gezeigt und sich um nichts gekümmert hatte. Er selbst hatte keinen Grund rauszugehen und wollte auch nicht, dass irgendjemand zu ihm nach Hause kam. Die Außenwelt interessierte ihn nicht, auch keine Briefe mit blauen oder roten Streifen. In seinem Gesicht sprossen graue Bartstoppeln und am Leib trug er ein Unterhemd undefinierbarer Farbe, in dem er die ganze Woche zugebracht hatte, die Tage und auch die Nächte.
Aber wenn Pavel nicht bald auftauchte, würde er zum Einkaufen raus müssen. Auch Šárka hatte er lange nicht mehr gesehen und keine Nachricht von ihr. Die eigenen Gören husteten ihm was und ließen ihn verhungern wie eine Ratte. Das verdarb ihm gehörig die Laune.
Er machte das letzte Bier auf und aß das letzte Stück Wurst, das er sorgfältig in kleine Würfel schnitt, damit es möglichst lange reichte. Im Kühlschrank fand er noch eine Suppe von letzter Woche. Sie roch nicht mehr so gut, aber er aß sie auf. Er müsste sich auch mal

wieder rasieren, sein Gesicht juckte schon, aber das Wasser machten immer Pavel oder Šárka warm. Im Abwasch türmte sich ein riesiger Berg Geschirr, über dem eine lästige Schmeißfliege kreiste. An den Essenresten wucherte Schimmel. Er kehrte lieber wieder zu seinem Fernsehsessel zurück, wo er schon eine Kuhle ausgesessen und die Armlehnen abgegriffen hatte, ihre ursprüngliche Farbe hatte sich längst verloren.

Der Fernseher war so laut eingestellt, dass er den Schlüssel im Schloss nicht hörte. Erst das Klappen der Tür riss ihn aus seiner Fernsehwelt. Er hatte Mühe, den Kopf in Richtung Flur zu drehen.

– Bisdus, Šarina?, rief er über die Schulter zur Tür hin.

An der langen Stille erkannte er, dass Pavel gekommen war, was ihn etwas enttäuschte. Er setzte sich in seinem Sessel zurecht und verfolgte weiter die Nachmittagsshow.

– Hier ist ein Brief für dich. Pavel warf einen Umschlag mit einem roten Streifen auf den Tisch. – Ich hab die Postfrau im Hausflur getroffen, sie hat gesagt, dass du nicht aufgemacht hast. Und gefragt, ob dir irgendwas passiert ist …

– Wo bistn gewesen?

Pavel zuckte die Schultern. Diese Unterhaltung wiederholte sich immer wieder von vorn. Der Vater erwartete eigentlich gar keine Antwort, es war also vollkommen egal, was Pavel sagte.

– So verschieden eben.

Der Vater schmatzte und wandte seinen Blick nicht von der Glotze ab. Pavel sah sich in der Wohnung um, wo ein immer größeres Chaos herrschte und es immer mehr stank. Von dem Geschirr im Abwasch wurde ihm ganz übel, er hätte es am liebsten gleich in die Mülltonne geworfen. Er verkroch sich in seinem Zimmer, wo seine Zudecke noch immer so aufgeschlagen im Bett lag, wie er sie vor einigen Tagen verlassen hatte. Auf dem Nachttisch stand

ein angefangener Saft, auf dessen Oberfläche sich eine kompakte Schicht Schimmel gebildet hatte. Noch in Schuhen streckte er sich auf dem Bett aus.
– Komm her und lies mir das vor. Ich weiß nicht, wo meine Brille ist, hörte er den Vater aus dem Nebenzimmer. Pavel rührte sich nicht.
– Die haben Šarina umgebracht, rief er dem Vater zu. Sein Ton war absolut unbeteiligt. Er fixierte dabei einen großen Fleck an der Zimmerdecke. Seit dem letzten Mal schien er größer geworden zu sein und sah jetzt ein bisschen so aus wie eine Karte von Afrika. Er hörte, wie der Vater den Fernseher ausschaltete und sich ächzend aus dem Sessel erhob. Ein paar schlurfende Schritte, begleitet vom Klopfen des Stocks, und der Vater stand auf der Zimmerschwelle.
– Wie? Was schwafelst du da wieder? Wie, die haben Šarina umgebracht? Was ist das für blödes Gelaber?
– Ich war bei den Bullen, weil jemand Šarina umgebracht hat. Wahrscheinlich jemand, mit dem sie gefickt hat, bemerkte er ohne jegliche Emotion. – Die waren wohl zweimal hier bei dir, aber du öffnest ja nie die Tür.
Er richtete sich auf und beobachtete den Vater, der ihn mit offenem Mund ungläubig anstarrte: Er sah wütend aus; so ein Gesicht zog er immer dann, wenn er drauf und dran war, Pavel zu vermöbeln. Er hörte, wie der Vater röchelnd atmete, dann kehrtmachte, langsam zum Sessel zurückschlurfte und sich hineinfallen ließ. Mit dem Stock klopfte er auf den Fußboden.
– Was ham die Bullen gesagt?
Pavel zuckte die Schultern.
– Nix.
Der Vater stieß laut seinen Stock auf den Boden und wurde puterrot.

– Irgendwas müssen die ja wohl gesagt haben! Haste nich ma gefragt, was passiert ist? Bist du so bekloppt, dass du nicht mal fragen kannst, wer sie umgebracht hat und warum? Ich will wissen, was passiert ist!

– Hab ich dir doch gesagt, dass sie wahrscheinlich einer von ihren Typen umgebracht hat.

Er sah, dass seinen Vater die Wut packte, und das waren die Momente, in denen sich Pavel vor ihm zu fürchten begann. Ihn überkam eine irrationale heilige Angst, die aus der Kindheit herrührte, als der Vater noch voll bei Kräften war und Pavel so sehr verdrosch, dass er nicht mal mehr laufen konnte. Heute würde er den Vater wohl besiegen, aber die Angst tief in seinem Inneren erlaubte ihm nicht den geringsten Widerstand. Auch keinen verbalen.

– Glaubst du das oder ham die das gesagt?

– Das haben die gesagt. Er senkte den Kopf und starrte zu Boden, um nicht das wutrote Gesicht seines Vaters sehen zu müssen.

Der Vater überlegte einen Moment. Er sah aus dem Fenster und sein Kinn zitterte. Pavel bemerkte, dass Tränen in seinen Augen glänzten.

– Wie lange ist sie schon tot?, flüsterte der Vater mit zitternder Stimme.

Pavel überlegte.

– Drei Tage ungefähr.

– Wo ist sie jetzt?, stieß er hervor, sobald er die Tränen unterdrückt hatte.

Wieder zuckte Pavel nur mit den Schultern. Er hatte nicht genau verstanden, wie der Vater die Frage meinte. *Wo sollte sie schon sein, wenn sie tot war?* In der Hölle wohl, aber das wollte sein Vater wahrscheinlich nicht hören.

Der Vater explodierte.

– Du bist so ein Scheißkerl. Ich will wissen, wo die sie hingetan haben, weil das Begräbnis organisiert werden muss, aber du bist so bekloppt, dass wieder ich mich um alles kümmern muss. Ich kann nicht laufen, ich bin krank, aber auf dich kann ich mich nicht verlassen, denn du bist ein Scheißkerl. Manchmal glaube ich, dass die dich im Kreißsaal vertauscht haben, anders ist es doch nicht zu erklären, dass ich so einen Trottel im Haus habe, wütete er und ächzte, so sehr regte er sich auf. Er stand aus dem Sessel auf und lief humpelnd durchs Zimmer, um sich zu beruhigen.

– Warum bist nicht lieber du abgekratzt? Du taugst doch sowieso zu gar nichts. Irgendwelches Zeugs schnüffeln, an Glücksautomaten spielen, das kannste, aber einen Job behalten, das packste nicht. Du kriegst nichts auf die Reihe, hast nur lauter Scheiße im Kopp. Scheiße, nur Scheiße. Nach seinem Ausbruch war der Vater so außer Atem, als hätte er einen hohen Berg bestiegen. Ganz rot im Gesicht und kaputt gab er sich endlich seiner Trauer hin, schluchzte und ließ seinen Tränen freien Lauf.

Alle schienen ihn verlassen zu haben. Erst seine Frau und jetzt Šárka. Zwei Raubkatzen, die sich immer zu helfen wussten. Drachinnen, die keine Furcht kannten, die sich nie unterkriegen ließen. Sie hatten Haare auf den Zähnen und spitze Krallen, wussten sich zu verteidigen. Solche Frauen achtete er, solche mochte er.

Nebenan im Zimmer fläzte nur Pavel auf dem Bett herum, schwach und weich wie Butter. Ängstlich und unfähig. Alles, was er sagte und tat, war wertlos. Nicht mal seine eigene Mutter hatte ihn je in Schutz genommen, sie sah selbst, dass ihr Sohn ein Trampel war und ein paar Ohrfeigen ihm nur guttun konnten. Eigentlich hatten sie kein zweites Kind mehr gewollt, aber für einen Abbruch hatten

sie kein Geld und außerdem hätte es Ärger mit den Ämtern geben können. Da konnte man nun mal nichts tun, sie mussten sich damit abfinden, dass sie ein Gör mehr haben würden.
Pavel setzte sich auf. Seine Hände waren ganz schwitzig vom ewigen Reiben, während der Vater seine Wut und Trauer rausließ. Am liebsten hätte er sich in einer Zimmerecke zusammengekauert und sich in aller Stille ausgewütet. All seine Wut auf den Vater würde er in die Wände flüstern, alle Gefühle von Demütigung und Verlassensein in den Putz kratzen. Nur war er ja kein kleiner Junge mehr, der nachts in sein Kissen weinte. Er stand lieber auf und öffnete den Briefumschlag. Er las das amtliche Schreiben, in dem seinem Vater mitgeteilt wurde, dass seine Tochter Šárka Klocková einem Verbrechen zum Opfer gefallen war und in dem er aufgefordert wurde, sich zu einer Vernehmung einzufinden. Die zwei einfachen Informationen waren in mehrere Absätze einer merkwürdig unpersönlichen Amtssprache verpackt. Pavel kürzte den Inhalt des Briefes auf die nötigsten Mitteilungen. Er hätte ihn gar nicht lesen müssen, er hatte von vornherein gewusst, was drinstehen würde.
Der Vater rührte sich nicht, er stand da wie eine Statue. Schwer zu sagen, was ihm durch den Kopf ging. Emotionslos beobachtete ihn Pavel. Er spürte keine Gefühlsregung, nichts. Nur Leere. Ihm kam es so vor, als würde ihn der Tod seiner Schwester ungefähr so berühren, wie wenn man eine Mücke an der Wand zerquetschte. Eigentlich verspürte er vor allem eine riesige Genugtuung, dass auch der Vater endlich mal einen Schmerz fühlte. Er betrachtete ihn und verzog das Gesicht. *Das hast du davon, du Schwein!*
Bald jedoch unterdrückte der Vater seinen Schmerz und beruhigte sich. Nach einer Weile war er in der gleichen Verfassung wie einige Stunden zuvor, als er noch nicht von Šarinas Tod wusste. So ist das Leben und nichts dauert ewig. Auch an die Abwesenheit

seiner Frau hatte er sich bald gewöhnt und im Grunde genommen lebte er schon lange allein, er brauchte keinen. Nur Pavel schmarotzte von ihm. In dem Augenblick überkam ihn eine solche Wut, dass er ihn am liebsten totgeschlagen hätte. Diesen verdammten Glücksspieler, Parasiten und Drückeberger. Ungelenk wedelte er mit seinem Arm und schlug mit dem Stock nach Pavel. Er traf ihn genau am Kopf. Pavel hatte den Schlag überhaupt nicht erwartet, der Stock hatte seine Nasenwurzel getroffen. Er sank in den Sessel, kauerte sich zusammen und wartete auf einen weiteren Hagel von Schlägen. Der Vater prügelte auf seinen Rücken, den Kopf und die Schultern ein.

– Das alles ist deine Schuld! Nur deine! Du hast dich nicht um Mama gekümmert, du hast Šarina nur die Kohle abgeknöpft, deinetwegen hat sie mit allen möglichen Typen gepennt, damit du Knete hast für die Scheißautomaten! Du bist ein Wichser, und es wäre besser, wenn es dich gar nicht gäbe.

Pavel spürte, wie der Stock gegen seine Arme schlug, mit denen er seinen Kopf schützte. Nach vorn gebeugt, schlich er sich aus der Reichweite des Vaters. Der hatte schon lange nicht mehr so viel Kraft und Ausdauer wie früher. Ein paar Hiebe genügten und er schwankte müde fort und fiel in seinen Sessel, japste und sah aus, als würde ihn gleich der Schlag treffen. Pavel verzog sich in die Diele. Wie ein Tier in seinem Versteck beobachtete er den Vater eine Zeit lang von dort. Er hatte ihn schon einmal angegriffen, das war Selbstverteidigung, aber damals war er noch sehr jung gewesen und der Vater noch immer kräftig. Wenn er ihn jetzt anspringen würde, wäre Pavel bestimmt auch imstande, ihn zu töten, aber das war ganz sicher nicht seine Absicht. Sollte er hier nur in seiner eigenen Scheiße verfaulen, sollten die Ratten ihn fressen. Er würde sich nie wieder hier blicken lassen, und eines Tages würde jemand den toten Vater finden, der Körper zersetzt und stinkend, weil es niemanden gab, der sich um ihn kümmerte und sich für ihn interessierte. Mit dieser Vorstellung ging Pavel fort. Es würde nicht lange dauern und er hätte genügend Kohle, notfalls könnte er ins Obdachlosenasyl gehen oder ins Wohnheim. Oder er würde sich endlich eine Frau suchen.

XXII.

Gavla spürte, wie ihm ein Schweißtropfen die Schläfe hinablief. Er sehnte eine Dusche und frische Kleidung herbei. Ihm gegenüber saßen zwei Polizisten. Einen von ihnen kannte er, der war bei ihm zu Hause gewesen und hatte herumgeschnüffelt, hatte so getan, als ob er auf der Toilette wäre, in Wirklichkeit jedoch überall herumspioniert. Gegen den hatte Gavla einen besonderen Widerwillen und er schwor sich im Stillen, sich über ihn zu beschweren. Er glaubte noch immer, das Opfer eines bedauerlichen Irrtums geworden zu sein und in der Zukunft eine saftige Entschädigung für diese Qualen und den Prestigeverlust erwarten zu können. Am meisten freute er sich auf die Genugtuung, wenn dieser Typ, der wie ein aus der Zeit gefallener Rocker aus der hinterletzten Kneipe aussah, von seinem Rauswurf erfahren würde.

Sein Anwalt wahrte professionellen Abstand, bedeutete Gavla jedoch mit einer Geste, dass er nichts zu befürchten habe, das alles nur eine Formalie, reine Routine sei, dass sie das gemeinsam spielend bewältigen würden.

Im Raum herrschte eine unnatürliche Hitze, es gab künstliches, unangenehm grelles Licht, in dem alle wie Leichen aussahen. Gavla hatte den Eindruck, dass die beiden Kriminalpolizisten nicht einmal wussten, wonach sie fragen sollten. Ihm kam das alles absurd vor, angewidert schnalzte er mit der Zunge. Die Ermittler betrachteten ihn einige Sekunden, dann zog einer von ihnen wortlos eine Krawatte und ein Etui aus der Jackentasche und legte beides vor Gavla auf den Tisch. Er erkannte sofort, dass es dasselbe Etui war, das die Klocková in ihrer Handtasche gehabt hatte. Er versuchte zu erraten, wie es wohl in die Hände der Polizei gelangt war, und biss die Zähne zusammen, um seine Wut auf die Klocková zu unterdrücken. Sie wollte ihm alles in die Schuhe schieben, das war ihm klar.

– Erkennen Sie diese Sachen?

Gavla schaute sie flüchtig an. Er blieb wachsam.

– Ich bin mir nicht sicher, vermute jedoch, dass es ein Etui und eine Herrenkrawatte sind, sagte er sehr geschliffen und mit einem Anflug von Ironie.

– Das sind Dinge, die wir bei der Durchsuchung in Ihrem Haus gefunden haben. Sie gehörten Milan Bittner.

Gavla starrte Vejnar an, in seinem Gesicht zuckte es leicht. *Dieses gewiefte Luder.*

– Ich habe diese Sachen nie zuvor gesehen und keinerlei Vorstellung, wie sie zu mir geraten sein könnten. In meinem Haus verkehren zahlreiche Geschäftspartner, die sich auch mit Bittner getroffen haben.

– Denken Sie dabei vielleicht an Šárka Klocková?

– Ja, sie vielleicht auch, blaffte er.

– Sie hat Sie vor zwei Tagen besucht. Was wollte sie von Ihnen?

– Geld wollte sie. Bittner hat sie für ihre Dienste großzügig bezahlt. Als er verschwand, glaubte sie, dass sie bei mir Ersatz für das entgangene Geld bekommt. Ich bin jedoch nicht darauf eingegangen.

Gavla wirkte ruhig. Sie hatten ihn schon vorher nach vielen Dingen gefragt und er hatte sich aus allem herausreden können, weil er sich im Grunde für unschuldig hielt. Aus seiner Sicht hatte er nichts zu befürchten und hielt sich bis auf Details an die Wahrheit. Er war das Opfer von Klockovás Intrigen und ging davon aus, dass sie in diesem Moment in einem Nebenraum von dem blonden Mannweib verhört wurde, das auch bei ihm rumspioniert hatte. Er hoffte, dass sie genauso gestresst war wie er. Gavla hatte jedoch den Vorteil, Stress gut verbergen zu können. Die Klocková wiederum konnte er um ihre geistlose Laxheit beneiden, die den Primitivlingen zu eigen war, welche nicht in der Lage waren, die Folgen ihrer Taten abzusehen. Sie jedoch war gerissen, sie hatte ihm diese Sache eingebrockt, einen Teil ihrer Schuld geschickt ihm untergejubelt, und im entscheidenden Augenblick hatte er sie unterschätzt. Nie hätte er sich auf diesem Stuhl den beiden Polizisten gegenüber wiedergefunden, wenn er damals nicht zwei Promille im Blut gehabt hätte. Der Alkohol hatte ihm so sehr die Sinne vernebelt, dass er sich von diesem ausgekochten Luder hatte beherrschen lassen.

– Sagt Ihnen Mariage etwas? Gavla horchte auf. Natürlich hatten sie seinen Rechner und auch den Firmenserver durchsucht. Nur ein naiver Trottel würde glauben, dass es genügte, den Inhalt der Post in den virtuellen Papierkorb zu verschieben. Schnell strengte er alle Hirnwindungen an, um zu überlegen, ob sie irgendwelches kompromittierende Material hätten finden können, aber ihm fiel nichts ein. In dem Moment war es nicht mehr nötig, die anonymen Schreiben zu bestreiten, er würde der Polizei nur bestätigen, dass er das Opfer von Klockovás Erpressungsversuchen geworden war.

– Ja, das ist jemand Anonymes, der mich ausnehmen wollte. Derjenige hat mir Geld für Informationen geboten, an denen ich nicht interessiert war.

Vejnar maß ihn mit einem strengen Blick. Gavlas Arroganz ließ sich beinahe mit Händen greifen. Nicht nur an seinem Tonfall war erkennbar, dass er fest von der Unfehlbarkeit seines Intellekts überzeugt war, der den Vejnars um das Zehnfache übertraf.
– Ich glaube, dass dies nicht ganz der Wahrheit entspricht. Der anonyme Unbekannte hat Sie auf etwas Schmutziges hingewiesen, wofür sich die Boulevardpresse interessieren könnte, und dafür hat er abkassiert. War es nicht so?
– Ja, das habe ich ja bereits zugegeben, und das ist ja auch nicht illegal. Ich hoffe mal, dass es nicht das ist, weshalb ich jetzt hier schmore … Ich habe Ihnen auch den Grund genannt, warum ich das getan habe. Ich verstehe also nicht, warum wir ein weiteres Mal darauf zurückkommen müssen. Bittners Frau hat mir beträchtlichen Schaden zugefügt, aber deshalb würde ich keinesfalls Bittner ermorden. Ich bin doch nicht verrückt, da müsste ich die Hälfte aller Unternehmer in Ostrava töten. Gavla wurde lauter und ließ zum ersten Mal Gereiztheit und Nervosität erkennen.
– Wie lief die Geldübergabe zwischen Ihnen und dem Unbekannten ab“?
– Ich habe es in einem Papierkorb in den Comenius-Gärten hinterlassen. Den Ort kann ich Ihnen zeigen. Gavla ließ Entgegenkommen erkennen, um zu demonstrieren, dass er zu einem Höchstmaß an Kooperation bereit war.
– Wer ist Ihrer Meinung nach dieser Mariage?
– Na die Klocková logischerweise, Herr im Himmel, das ist doch wohl klar! Sie hat mich perfide erpresst!, brüllte Gavla und verlor völlig die Beherrschung.
Vejnar beugte sich näher zu ihm heran.
– Womit hat sie Sie denn erpresst?
– Womit, womit, sie hätte dem Bittner stecken können, dass ich

Schmutz über seiner Alten ausgekübelt habe. Sie hat ganz genau gewusst, dass ich die Bittnerová aus dem Sessel der Beigeordneten wegkriegen musste und auch, dass der Bittner für mich in geschäftlicher Hinsicht wichtig war. Ich konnte es mir nicht erlauben, es mir mit dem zu verderben. Das alles hat sie gewusst. Gavla würde sich jetzt am liebsten selbst eine runterhauen, dass er vor der Klocková manchmal zu viel geplaudert hatte. Vor allem nach ein paar Gläsern Alkohol. Er hatte nicht geahnt, dass sie sein besoffenes Gerede so mies ausnutzen würde.

– Deshalb haben Sie sie getötet?

Für gut fünf Sekunden saß Gavla wie versteinert da. Es herrschte eine Totenstille, die nur von Gavlas hastigem Atem gestört wurde.

– Wie bitte?, stieß er nach einer Weile hervor und befeuchtete seine trockenen Lippen. Vejnar wiederholte seine Frage mit etwas mehr Nachdruck.

Gavla sprang auf, sodass sein Anwalt ihn am Arm festhalten musste.

– Ich habe niemanden getötet, verstehen Sie! Niemanden!

– Wir wissen, dass sie bei Ihnen war, dass es zum Streit kam und Sie sie geschlagen haben. Wir wissen das, auch wenn Sie die Aufnahmen der Überwachungskamera gelöscht haben. Genau für die Zeit, als sie bei Ihnen war, fehlt die Aufzeichnung. Warum? Dumpf starrte Gavla auf einen Punkt vor sich und atmete schwer. Vejnar erhöhte den Druck. Er wollte Gavla keine Zeit zum Nachdenken lassen.

– Mariage hat Ihnen geschrieben, dass er verraten wird, was in dieser schicksalhaften Nacht geschehen ist, wenn Sie nicht zahlen. Was hat er damit gemeint?, fuhr Vejnar ihn an und Gavla erstarrte.

– Wenn die Klocková Mariage war, dann muss sie viel mehr gewusst haben, als Sie behaupten, ließ Vejnar nicht locker.
– Ich bin unschuldig, verstehen Sie? Ich habe niemanden getötet.
Er trank einen Schluck Wasser. Mit einem Mal sah er erschöpft aus, seine Ruhe und Selbstsicherheit waren wie weggewischt.
– Beantworten Sie die Fragen, meinte Vejnar ruhig. Sie hatten viel Zeit.
Durch die Glaswand beobachtete sie Heš, purpurrot vor lauter Wut. Er hatte beim Verhör dabei sein wollen, aber Vejnar hatte den Wunsch seines Vorgesetzten komplett ignoriert. Wenn sie hier fertig wären mit Gavla, würde Heš sich ihn ordentlich zur Brust nehmen.
Gavla ordnete seine Gedanken. Konzentriert und bedacht fügte er ein Wort ans andere.
– Gut, ich versuche Ihnen zu sagen, wie das gewesen ist, damit Sie sehen, dass ich völlig unschuldig bin. Wir waren alle drei zusammen auf dieser Dienstreise in Prag. Die Klocková kam etwas später, eigentlich nur für zwei Tage, Bittner wollte sie als Begleiterin für ein Abendessen, das die Geschäftspartner in einem Prager Hotel veranstalteten. Die Klocková war ein gewöhnliches Flittchen, und das war für alle okay. Sie war eine gute Abwechslung an dem Abend, denn wir waren da eine reine Männergesellschaft, nur die Klocková und noch eine Hostess aus diesem Hotel. Bittner hat an dem Abend ziemlich viel getrunken, mehr als gewöhnlich. Natürlich wurde ihm dann schlecht. Er hatte einen schweren Diabetes und machmal war er so merkwürdig drauf, außerdem litt er an Depressionen und nahm Pillen dagegen, das kombinierte er immer irgendwie miteinander und manchmal trank er obendrauf auch noch Alkohol. Ihm war übel, aber er machte kein Drama draus

und sagte, dass er auch noch mitkommen würde in einen Club außerhalb Prags, in ein Bordell, wohin sonst. Auf dem Hinweg war es noch in Ordnung, aber dann ging er zur Toilette. Und als er zurückkam, war er leichenblass und ganz außer sich, er meinte, dass er sofort ins Hotel müsse. Ihm war schwindlig, und so haben wir ihn in ein Taxi geladen, und ich und die Klocková sind mitgefahren, unterwegs ist er wohl eingeschlafen und als er wieder zu sich kam, war er irgendwie verwirrt. Ich war schrecklich betrunken und hatte den Eindruck, dass er was Falsches gegessen hat, ich habe die Situation einfach völlig falsch eingeschätzt. Ich saß vorn, deshalb weiß ich nicht genau, was da hinten passierte, ich habe nur gehört, dass Bittner meinte, dass er zu viel getrunken habe und jetzt eine Insulinspritze brauchte. An seinem Gürtel trug er immer so ein Instrument bei sich, mit dem er das Insulin dosierte, aber an diesem Abend hatte er es nicht dabei. Er trug es nur, wenn er wusste, dass er sein Jackett nicht ablegen musste. Als hätte er sich dafür geschämt oder so. Auf der Toilette hatte er bemerkt, dass ihm offenbar der Insulin-Pen irgendwo aus der Jacketttasche gefallen war, also musste er sofort los. Der Taxifahrer fragte, ob er ihn nicht ins Krankenhaus bringen soll, aber das hat er abgelehnt. Unterwegs kündigte er an, dass er sich übergeben müsse. Der Taxifahrer regte sich auf, dass er keine vollgekotzten Sitze haben will, er stoppte und wollte, dass wir aussteigen. Ich habe mich eine Weile mit ihm herumgestritten, aber die Klocková und Bittner sind unterdessen raus, weil Milan sich übergeben musste. Zum Glück sind wir nur ein Stück vor dem Hotel ausgestiegen. Bittner bekam keine Luft, er hatte so ein komisches Zittern und konnte nicht laufen. Er wollte nicht, dass jemand ihn in diesem Zustand sieht, so gab er mir seine Zimmerschlüssel und schickte mich los, das Auto, Insulin und etwas zu trinken zu holen. Er hatte schrecklichen Durst, das wiederholte er immer wieder. Ich hatte zwar ganz schön Promille im Blut, sagte mir aber, dass ich die paar Straßen schon fahren könnte, außerdem fühlte ich mich wieder völlig nüchtern, was natürlich ein riesiger Irrtum war. Die Klocková wartete auf einer Bank mit ihm. Als ich zurück war, döste der Bittner vor sich hin und murmelte wieder, dass er Durst habe, also wollte die Klocková ihm Cola zu trinken geben, aber er stieß sie weg. Ich flößte ihm Wasser ein. Er konnte nicht allein trinken und sich auch nicht das Insulin spritzen. Ihm fiel der Pen aus der Hand, irgendwo auf den Boden. Um die Bank herum war es ziemlich dunkel, wir konnten ihn nicht finden, und dann zog die Klocková plötzlich dieses Etui mit der Spritze aus ihrer Handtasche. Gavla zeigte auf das Etui auf dem Tisch.

– Bittner instruierte sie, wohin sie es ihm spritzen sollte. Sie wollte zuerst, dass ich das machen soll, weil ihr davon schlecht würde. Sehen Sie, jetzt wird mir das klar, sie wollte das mir anhängen! Gavla starrte die Ermittler unverwandt an, aber die warteten nur stumm auf die Fortsetzung. Aus ihren Mienen konnte Gavla nichts herauslesen. Er fuhr sich mit der Zunge über seine völlig ausgetrockneten Lippen.

– Bittner verfiel sofort in einen merkwürdigen Zustand, er zuckte ein wenig hin und her, dann sah es so aus, als wäre er eingeschlafen. Ich habe sie gefragt, was sie da macht, ob sie verrückt geworden ist, und sie fuhr mich an, dass das Bittners Spritze sei, die er im Büro hatte. Bittner war völlig erstarrt, so haben wir ihn in den Wagen geladen, um ihn ins Hotel zu bringen, wo er sich ausschlafen könnte …

– Warum haben Sie keinen Krankenwagen gerufen? Bittner könnte vielleicht noch am Leben sein, unterbrach Vejnar ihn.

Gavla sah in diesem Moment unheimlich müde aus, mühsam hob er den Blick zu Vejnar.

– Mir schien, dass er es einfach nur übertrieben hatte und dass ihm übel war. Ich habe die ganze Situation einfach schrecklich unterschätzt. Ich dachte, dass er sich ausschlafen würde und dann wieder okay wäre. Er wischte sich die verschwitzte Stirn ab.
– Auf dem Weg ins Hotel schrie die Klocková plötzlich hysterisch los, dass der Bittner nicht atmet. Er war auf der Rückbank einfach ... eben einfach so, na Sie wissen schon. Ich war total entsetzt. Gavla trank einen Schluck Wasser. Als er mit der Hand nach dem Glas griff, zitterte sie leicht.
– Ich war echt total betrunken und hatte die ganze Situation nicht im Griff, obwohl ich mir in diesem Moment nüchtern vorkam ..., betonte er noch mehrmals, als wäre das ein mildernder Umstand. Gavla verstummte und verfiel in Gedanken. Er sah angeschlagen aus.
– Ich war vollkommen panisch und sie übernahm die Initiative. Natürlich wollte ich einen Krankenwagen rufen. Er schaute Vejnar direkt an, um zu zeigen, dass er schließlich kein Monster sei. – Aber die Klocková hat mich davon abgehalten. Ihm zitterte die Stimme. Sie hatte Gavla damals angeschrien, dass das eine Scheißsituation sei und dass sie beide hinter Gitter wandern würden. Diese Aussicht hatte Gavla geschockt. So waren sie beide übereingekommen, dass es besser wäre, den Körper irgendwo gut zu verstecken. Sie hatten einen Komplott vereinbart und sich auf eine Version geeinigt, die sie einhellig aufsagen würden, falls sich jemand nach Bittner erkundigen sollte.
– Sie hat entschieden, dass wir nach Ostrava fahren. Ich habe zwar nicht verstanden, warum, aber ich habe gehorcht. Um vier Uhr früh bin ich total blau die D 1 langgefahren. Ich hatte vielleicht zwei Promille im Blut und bin mit mindestens zweihundert Sachen die Autobahn langgebrettert. Ich wollte einfach wegfahren

vor dem Ganzen, ich habe mir gewünscht, dass sich die Rückbank abtrennen und ich ganz allein auf dem Sitz am Lenkrad bleiben würde. Ich wollte mit alldem nichts zu tun haben. Die Klocková hat damals jemanden angerufen, ich weiß, dass sie sich mit jemandem beraten hat, was sie machen soll. Ich war schockiert, aber sie hat mir versichert, dass sie weiß, was sie tut, und dass ich mich beruhigen soll. Ich habe ihr in dem Moment ganz unkritisch vertraut, wirklich, wenn ich jetzt daran zurückdenke, erkenne ich mich nicht wieder. Ich verlasse mich immer nur auf mich selbst. Damals habe ich einfach nur das Lenkrad umklammert und stumpf auf die Autobahn gestarrt. Ich wollte mit der ganzen Angelegenheit nichts zu tun haben.

– Irgendwann gegen fünf Uhr morgens kamen wir zu einer Fabrik, oder was das war, und haben das Auto mitsamt dem Bittner da stehen lassen. Wir haben den Wagen nur abgestellt und sind dann weg. Ich und die Klocková, die behauptet hat, dass alles geregelt sei. Gavla machte eine kurze Pause und schaute zum Anwalt hin, der ihm aufmunternd zunickte. *Keine Angst, ich haue Sie da raus.*

– Auf der Straße habe ich mir ein Taxi gerufen und bin nach Prag zurückgefahren. So hatten die Klocková und ich es vereinbart, aber sie ist in Ostrava geblieben. Ich hielt das in dem Moment für eine gute Idee. Dem Taxifahrer habe ich meine Uhr dagelassen, die dreißigtausend wert war, und alles Geld, das ich dabeihatte. Um halb sieben in der Früh war ich zurück im Hotel. Die Klocková hatte mir versichert, dass ich mich um nichts kümmern müsse, dass sie alles regeln würde. Ich sollte nur die Zimmerschlüssel zurückgeben, für alle bezahlen und nach Ostrava zurückfahren, so wie der Bittner und ich es ursprünglich geplant hatten. Was mit dem Bittner und dem Auto wohl geschehen ist, darüber habe ich oft nachgedacht, aber nicht nachgefragt. Ich habe versucht, die ganze Episode kom-

plett zu verdrängen. Auch die Klocková und ich haben nicht wieder darüber gesprochen und seit dieser schicksalhaften Dienstreise bin ich ihr aus dem Weg gegangen. Ich habe noch Bittners Koffer mit seinen Sachen in die Gepäckaufbewahrung auf dem Hauptbahnhof in Prag gebracht. Dort sollte er immer noch sein.
Bei der Besprechung am Nachmittag hat der Bittner zum letzten Mal normal ausgesehen. Zum Abend hin hat er sich schon nicht mehr gut gefühlt und in der Nacht ist er in diesen komischen Zustand gefallen. Seiner Frau und dem Vertriebsleiter habe ich eingeredet, dass er die Dienstreise unvorhergesehen verlängert hat, wie schon einige Male zuvor, und dann habe ich darauf gewartet, dass sein Verschwinden auffliegt.

– Und als Sie wieder nüchtern waren, ist Ihnen nie die Idee gekommen, das Ganze vielleicht zur Anzeige zu bringen?, erkundigte Vejnar sich mit gerunzelter Stirn. Gavla schluckte nur, weil er eine solche Möglichkeit gleich verworfen hatte. Er hatte angenommen, dass Bittner nach einer Weile vermisst werden würde, dass die Polizei ihn nur fragen würde, wann er Bittner das letzte Mal gesehen hatte, dass die Klocková und er sich gegenseitig ihr Alibi bestätigen würden und die Sache damit erledigt sei. Als er seinen Kater ausgeschlafen hatte, war ihm klar geworden, wie sehr er das alles vermasselt hatte, und vor allem war ihm keine befriedigende Lösung eingefallen, die ohne verhängnisvolle Folgen geblieben wäre. Es war einfach für alles zu spät. Als bester Ausweg erschien es ihm, alles zu verdrängen, sich an die eigene Wahrheit zu halten und zu schweigen. Er hatte viel Kraft aufgewandt, um die anderen davon zu überzeugen, dass Bittner ganz von seiner neuen Geliebten beherrscht wurde und ihretwegen alles hatte stehen und liegen lassen und verantwortungslos verschwunden war. Er war davon ausgegangen, dass Bittners Leiche niemals auftauchen würde und im Laufe der Zeit alle übereinkämen, dass er eben spurlos verschwunden war. Die Polizei hätte für einige Zeit etwas zu tun und würde die ganze Sache dann als ungelösten Fall zu den Akten legen. Er selbst begann felsenfest seinem eigenen Gerücht zu glauben. Er konnte ja nicht ahnen, dass Bittner ein paar Wochen später wie ein Gespenst wieder auftauchen und herumspuken würde. Die Klocková hatte das alles versaut. Sie war der schlimmste Fehler seines Lebens.

– Die Klocková hat ihn umgebracht!, stieß er hervor. – Und sie wollte, dass es so aussieht, dass ich es war! Sie hat mir das Etui mit der Spritze ins Haus eingeschleppt! Dabei war sie es, die ihm die Spritze gegeben hat!

Vor Erregung sprang Gavla vom Stuhl hoch, sodass der Anwalt ihn zähmen musste. Sein theatralischer Aufschrei beeindruckte die Ermittler nicht. Er bemerkte, wie sie einen kurzen Blick tauschten. Diese einzige kleine Geste bestärkte Gavla darin, dass sie ihm nicht glaubten. Er ließ seinen Blick von einem zum anderen schweifen und versuchte vergeblich herauszufinden, was sie wohl dachten.

– Erinnern Sie sich, was genau die Klocková in jener Nacht am Telefon gesagt hat?

– Nicht so richtig. In meinem Kopf hat es gedröhnt und wegen des Motors konnte ich schlecht hören. Sie hat nicht sehr laut gesprochen und sich kurz gefasst. Es war aber jemand, den sie gut kannte, denn sie hat kein Blatt vor den Mund genommen.

– Wären Sie in der Lage, den Ort zu finden, an dem Sie den Wagen zurückgelassen haben?

– Ich weiß nicht. Ich bin mir nicht sicher. Von dieser Nacht ist bei mir nur totale Finsternis übrig. Eigentlich haben Sie mich erst jetzt gezwungen, mich wieder daran zu erinnern. Ich weiß nicht. Vielleicht. Ich erinnere mich, dass dort Gleise waren und über uns eine Brücke. Es war dunkel und die Klocková hat mich dirigiert, ich habe also nicht weiter darüber nachgedacht, wo ich langfahre, aber es war ein Stück vom Hauptbahnhof entfernt und in der Gegend kenne ich mich überhaupt nicht aus.

– Wer hat der Bittnerová den Karton mit den Sachen ihres Mannes zugestellt? Waren Sie das?

Gavla sah Vejnar alarmiert an. Ja, diesen verdammten Karton hätte er beinahe vergessen. Er hatte keinen Zweifel, dass auch dies das Werk von Klockovás Intrigen war.

– Von einem Karton weiß ich nichts, log er.

Vejnar wusste, dass er log, ahnte aber nicht, wie weit seine Lüge reichte.

– Unser Labor hat festgestellt, dass in der Spritze Reste eines in Aceton aufgelösten Pestizids waren. Auf dem Etui und der Spritze sind die Fingerabdrücke von Bittner und der Klocková. Hatte die Klocková einen Grund, Bittner umzubringen?

Gavla hielt sich die Hand vor die Augen und schüttelte den Kopf.

– So genau hatte sie das alles durchdacht … So eine Schl… Der Anwalt unterbrach die Aussage.

– Ich bitte um eine Pause, Herr Gavla ist erschöpft.

Die Frage blieb unbeantwortet.

XXIII.

– Meine Herren, Sie haben jetzt eine einzige Aufgabe. Sie müssen Erik Sýkora finden. Sie haben beide Dreck am Stecken. Kodler, wegen Befehlsverweigerung erkenne ich Ihnen die Prämie ab. Vejnar, Sie stehen kurz vor der Entlassung. Zum einen haben Sie offenbar ein Alkoholproblem, zum anderen respektieren Sie ihre Vorgesetzten nicht. Bis Ende der Woche müssen Sie einen psychologischen Test machen. Ich bin mir gar nicht sicher, ob Sie überhaupt noch tauglich für diesen Job sind. Also nehmen Sie sich zusammen. Wegtreten!

Angewidert blickte Heš den Hinausgehenden nach. Während Vejnar die ganze Zeit über merkwürdige Grimassen gezogen hatte, hatte Kodler zumindest eine gewisse Art von Demut gezeigt und auf den Boden gestarrt. Heš hielt Vejnar für ein Relikt von Velčeks zu großer Nachsicht, Vejnars freche Miene und seine allgemeine Respektlosigkeit empfand er als Beleidigung, der hielt es nicht mal für nötig, sich anständig zu kleiden, wenn er zur Arbeit kam, der sah immer wie ein Gammler aus. Kodler war schon eine neue Generation, der trug wenigstens ein sauberes Hemd.

Von der Arbeit fuhr Vejnar direkt zu der Turková nach Hause, er musste unbedingt mit ihr reden.

Sie hatte sich in einem Neubau hinter dem Fluss im Stadtteil Slezská Ostrava eingemietet. Ein schönes, gepflegtes Viertel mit gut erhaltenen Villen und viel Grün. Die Kinder vor dem Haus ließen ihn in das dreistöckige Wohngebäude hinein, über dessen ganze Länge sich große Terrassen erstreckten. Die Turková wohnte in der obersten Etage, in einer kleinen Dachgeschosswohnung. Er klingelte. Lange machte niemand auf. Er wollte schon kehrtmachen, als die Tür schließlich doch geöffnet wurde und ein junger Mann um die dreißig, mit langen, zu einem Zopf zusammengebundenen Haaren erschien. Für einen Sohn sah er zu alt aus, und für einen Partner war er nach Vejnars Dafürhalten zu jung.

– Guten Tag, ich suche Zuzana Turková, begann Vejnar etwas unsicher, weil er glaubte, sich vielleicht in der Tür geirrt zu haben. Er konnte diesen Mann in keinen Zusammenhang mit der Turková

bringen. Der Mann schob sich mit einer automatischen Handbewegung die Brille zur Nasenwurzel hoch.
– Sie ist nicht zu Hause, sie ist mit den Hunden im Park. Und Sie sind …?
– Ich bin ein Arbeitskollege, sicherheitshalber zog er seine Dienstmarke hervor. Er wusste nicht recht, warum eigentlich, die Macht der Gewohnheit eben.
– Sie ist schon ziemlich lange draußen, sollte eigentlich jeden Augenblick zurück sein. Sie können hier warten, wenn Sie wollen. Er öffnete die Tür bis zum Anschlag und Vejnar trat ein.
Die Wohnung war klein, aber sehr zweckmäßig eingerichtet. Mandala-Bilder schmückten die Wände, tibetische Gebetsfahnen hingen an den Dachsparren. Das Wohnzimmer diente zugleich als Schlafzimmer für alle Mitglieder des Haushalts, die Hunde eingeschlossen. Unter dem Dach befand sich eine Galerie, wo die Turková ihr Arbeitszimmer und eine kleine Bibliothek hatte. In einem Mokkakännchen bereitete der Mann einen Kaffee zu. Die ganze Einrichtung passte für Vejnar gar nicht zu der Turková. Er kam zu dem Schluss, dass er bedauerlich wenig über seine Kollegin wusste. In der Bibliothek entdeckte er mehrere Bücher über Yoga, holotropes Atmen und Makrobiotik.
Als der Mann den Kaffee brachte, stellte Vejnar sich ihm vor.
– Jo, ich bin Míra. Sie gaben sich die Hand, aber es war offensichtlich, dass Míra nicht besonders leutselig war. Er stellte noch einige Höflichkeitsfragen, und als er das Gefühl hatte, sich dem Gast ausreichend gewidmet zu haben, kehrte er zu seinem Computer zurück und bohrte seinen Blick wieder in den Bildschirm. Vejnar trank den Kaffee aus und schaute auf seine Uhr. Zwanzig Minuten waren vergangen.
– Sie wissen nicht zufällig, wo ich sie finde?

Míra drehte sich auf dem Stuhl zu ihm um.
– Wenn Sie der Hauptstraße immer weiter nach unten folgen, verpassen Sie sich bestimmt nicht. Falls Sie ihr unterwegs nicht begegnen sollten, gehen Sie auf die Brücke, von dort werden Sie sie bestimmt irgendwo entdecken, sie wird am Fluss sein.
Vejnar verabschiedete sich und steuerte vom Hügel kommend den Fluss an. Er hätte die Turková gerne mit dem jungen Míra zusammen in der gemütlichen Wohnung gesehen, sie schien ihm da wie ein Papagei in einen Schwarm Karpfen zu passen. Er konnte sie nicht mit seiner Vorstellung von einer zarten Yogini zusammenbringen, die Mandala-Bilder an ihre Wände klebte. Das schien überhaupt nicht zu ihr zu passen.
Mira hatte recht. Sie saß am Ufer und warf für die Hunde Steine in den Fluss. Die Akita-Inu-Hündin sprang ins Wasser und versuchte, die Steine unter der Oberfläche hervorzuholen. Ein zweiter, kleinerer Hund stand am Ufer und begrüßte seine gerade aus dem Wasser kommende große Gefährtin mit einem so hysterischen Bellen, als würde er sie das erste Mal sehen. Bevor Vejnar die Turková erreichte, tobten beide Hunde am Ufer herum und balgten sich um einen Stock.
– Was machen Sie hier?, fuhr sie ihn an, ohne zu grüßen.
– Ich war bei Ihnen zu Hause, Sie gehen nicht ans Telefon.
– Ich musste meine Gedanken ordnen.
– Interessiert es Sie, was Gavla gesagt hat?
– Klar interessiert mich das. Ich war wirklich neugierig, was wir aus dem Kerl herausbekommen, aber der Heš ist so ein Idiot, dass er mir das alles vermiest hat, ereiferte sie sich. Die Hunde kamen angelaufen und beschnüffelten Vejnar. Kira rieb ihr nasses Fell an seinen Beinen. Sie wollte gekrault werden.
– Ich habe bis in die Nacht einen blöden Bericht geschrieben, nur

damit der mir dann mitteilt, dass ich das alles vergeigt habe. Ich bin nicht mehr zwanzig, dass jemand diesen ganzen Mist über mir auskübeln kann, erregte sie sich und warf einen Stein nach dem anderen ins Wasser, bis Kira es schließlich nicht mehr schaffte, ihnen hinterherzuspringen und nur mit offener Schnauze ihre Bewegung verfolgte. Vejnar erzählte der Turková alles Wesentliche, was er von Gavla erfahren hatte.

– Glauben Sie ihm? Vejnar dachte lange nach.

– Ich weiß nicht. Das meiste könnte stimmen, meinte er. – Wir müssen den Sýkora finden, ohne den kommen wir nicht von der Stelle.

– Den Fall leitet jetzt Oujezdský. Ich schätze mal, dass ich irgendeine spannende Büroarbeit übergeholfen kriege, sagte sie mit einer gehörigen Portion Ironie in der Stimme.

Vejnar schwieg.

– Am liebsten würde ich Heš, diesen verdammten Karrieristen, von seinem Stuhl fegen, aber für Intrigen fehlen mir leider die entsprechenden Gehirnwindungen, also werde ich wohl meine Siebensachen packen und mich in die Spur machen, um nach gestohlenen Autoradios zu fahnden, wütete sie.

Vejnar wusste nicht, was er darauf erwidern sollte. Bei einem Kerl würde das gute alte „Scheiß drauf“ reichen. Aber was erwartete sie wohl von ihm? Er schaute den Hunden zu und ließ die Turková in Ruhe, damit ihre Wut verrauchen konnte. Der kleine Kläffer bellte pausenlos, bis ihm das genauso auf die Nerven ging wie der Ausbruch seines Frauchens.

– Ist das auch eine Rasse?, zeigte Vejnar auf die Töle, um das Thema zu wechseln.

– Das ist eine gesunde Promenadenmischung. Ich habe sie unterwegs gefunden. Sie war angebunden, ihr Halsband war ganz blutig gescheuert. Sie bellt andauernd, das hat wohl jemanden gestört.

Sie spazierten ein Stück weiter.

– Ich weiß immer noch nicht, welche Rolle der Sýkora bei der ganzen Sache gespielt hat, meinte Vejnar. – Ich würde nicht einmal ausschließen, dass er dieser Mariage ist. Intelligent genug ist er ja wohl.

– Das würde keinen Sinn ergeben. Nach allem, was der junge Klocek gesagt hat, interessiert er sich nicht für Geld. Ihm fehlt ein Motiv. Eigentlich fehlt allen ein Motiv, oder uns entgeht etwas Grundsätzliches.

– Wenn er ein Psychopath ist, was braucht er dann für ein Motiv? Eigentlich deutet alles auf Gavla hin.

– Gavla behauptet, dass er den Bittner gebraucht hat. Entweder er lügt oder er ist nicht der Mörder, überlegte die Turková. – Und was ist mit den Sachen bei ihm zu Hause?, wandte sie sich an Vejnar.

– Auf denen ist kein einziger Fingerabdruck von Gavla, dafür gibt es mehr als genug von der Klocková.

– Aber was für einen Grund hätte die Klocková haben sollen? Was für ein Interesse könnte sie an Bittners Tod gehabt haben? Sie hat doch Geld von ihm bekommen. Sie hatte doch gar keinen Grund, den Bittner zu töten, ging der Turková im Kopf herum. Vejnar zuckte nur ratlos die Schultern.

– Ich bin mir auch gar nicht sicher, ob sie dieser Mariage ist. In letzter Zeit hat sie kein Geld auf ihr Konto gebracht, auch in ihrer Wohnung haben wir kein Bargeld, keine Wertsachen, keinen Schmuck gefunden, gar nichts. So viel Geld hätte sie in ein paar Tagen gar nicht ausgeben können. Sie ist in keinem Luxusurlaub gewesen, einfach nichts.

– Sie hätte Schulden haben oder das Geld jemand anderem aufs Konto einzahlen können oder das Bargeld ist irgendwo versteckt, beim Vater zum Beispiel, nahm die Turková Vejnars Gedanken auf. – Wir werden uns bei den Klocеks umschauen müssen, nur ganz unverbindlich nach ein paar Dingen fragen und ein bisschen in der Wohnung rumschnüffeln. Darin haben Sie ja Praxis!, erinnerte sie sich an Vejnars durchsichtige und peinliche Finte mit der Toilette bei Gavla. Damals hatte sie Lust, ihm eine runterzuhauen. So vollkommen unprofessionell und vor allem kontraproduktiv war ihr das erschienen. Selbst wenn er etwas gefunden hätte, ohne einen offiziellen Durchsuchungsbefehl konnte man solches Beweismaterial vor Gericht nicht verwenden und Gavla hätte das womöglich nur noch vorsichtiger werden lassen. Im Falle der Klocеks ließe sich etwas Ähnliches allerdings schon verwenden. Sie mussten herausfinden, wo das Geld, das Gavla angeblich in den Papierkörben im Park hinterlassen hatte, schließlich gelandet ist.

– Egal, wer den Mord begangen hat, mir ist immer noch nicht klar, warum er sich die Leiche nicht einfach vom Hals geschafft, sondern sie stattdessen zu Sýkora gebracht hat. Das kann ich echt nicht verstehen. Was hatte der Mörder davon?, wunderte sich die Turková und warf einen Stock für die ungeduldige Kira, die sich von ihrem Frauchen übersehen fühlte.

Vejnar blieb stehen.

– Ich tendiere zu der Version, dass gerade Sýkora der Mörder sein könnte. Wer weiß, an welchen psychischen Störungen er leidet und was er sich in all den Jahren zusammenfantasiert hat. Vielleicht wollte er seine Tochter von ihrem Mann erlösen. Wer weiß, erinnerte sich Vejnar an Pavels Worte.

– Und was ist mit der Bittnerová? Was, wenn sie die Mörderin ist und von ihrem Vater wollte, dass er das auf seine Kappe nimmt? Oder jemand will, dass es so aussieht, als wäre sie die Mörderin, weil er wütend auf sie ist? Vielleicht hat derjenige erwartet, dass

der Bittner sich zu Hause vergiftet, weil der Verdacht so automatisch auf seine Frau gefallen wäre. Einfach zwei Fliegen mit einer Klappe, spann die Turková den Gedanken weiter.
– Der Verdacht fällt in jedem Fall auf sie. Sie ist die verschmähte, betrogene Ehefrau, also hat sie ein Motiv …, ergänzte Vejnar ihre Überlegungen.
– Der Sýkora kommt jetzt allen gut gelegen, auf den können sie die Schuld abwälzen. Nach allem, was man weiß, ist er ein Psychopath, ein Alkoholiker, Obdachloser, der Bodensatz der Gesellschaft eben. Wessen Version wird die Polizei wohl glauben? Vejnar breitete die Arme aus. – Gavlas oder Bittnerovás, die zur gesellschaftlichen Elite gehören, oder die des Trunkenbolds Sýkora?
Die Turková nickte und überlegte weiter. Gavla war sich zwar nicht zu schade, die Bittnerová mit Schmutz zu bewerfen, aber das war im Grunde nicht strafbar. Würden sie ihn jedoch des Mordes überführen, hätte er ganz schön viel riskiert. Vielleicht hatte er den Bittner tatsächlich nicht umgebracht, aber Klockovás Tod ging wahrscheinlich schon auf sein Konto. Er war panisch geworden, hatte im Affekt gehandelt.
– Der Mord an Bittner war genau durchdacht. Eine Vergiftung. Typisch für Frauen, fasste Vejnar zusammen und sah die Turková an.
– Das ist eine stereotype Überlegung, tadelte sie ihn. – Sie denken also, die Klocková oder die Beigeordnete waren es? Sie verzog das Gesicht.
– Andererseits hat Gavla dem Mariage alles gezahlt, was der verlangte. Warum hätte er das tun sollen, wenn er nicht irgendwie in den Mord verwickelt wäre? Jetzt, wo die Klocková tot ist, kann er alles ihr in die Schuhe schieben.
Beide schwiegen eine Weile. Müde und mit hängendem Schwanz

trotteten die Hunde ein paar Meter hinter ihren menschlichen Gefährten her.

– Der Mord an der Klocková war ein Fehler, der ihm danach unterlaufen ist, beendete die Turková die Diskussion. Im Stillen dachte sie über weitere Möglichkeiten nach.

Aber nur die Bittnerová hatte ein Motiv. Das mögliche Motiv von Gavla oder der Klocková war ihnen bisher entgangen. Den Bittner umzubringen, um dann alles ihr anzuhängen und sie damit fertigzumachen, war eine unwahrscheinliche Version. Da hätten sie beide die Bittnerová sehr hassen müssen. Aber warum? Wollte die Klocková ihre Nebenbuhlerin loswerden? Der Fall erschien der Turková immer verzwickter.

– Haben Sie bei der Klocková etwas gefunden?

– Nein. Keine Spur. Wir wissen nur, dass sie den Mörder hineingelassen, ihm jedoch nichts angeboten hat. Kein Glas, nichts. Alle Fingerabdrücke, die wir gefunden haben, waren von ihr. Es deutet alles darauf hin, dass sich der Mörder nicht länger als zehn Minuten bei ihr aufgehalten hat. In ihrem Haus weiß keiner von was.

– Was ist mit Geruchsspuren?

– Nicht nachweisbar. Vejnar schüttelte den Kopf.

Die Turková ließ nicht locker.

– Was ist mit der Familie der Klocková? Haben Sie mit denen gesprochen?

– Nur mit dem Bruder, den Vater habe ich nicht zu Hause erwischt. Wir haben ihm eine Vorladung geschickt.

Die Turková fixierte Vejnar.

– Entweder Sie bekommen ein Geständnis von Gavla oder Sie müssen den Sýkora finden. Eine andere Möglichkeit gibt es nicht. Außerdem müssen Sie Alois Klocek in den Hintern treten, damit er zum Verhör erscheint, und die Beisitzerin noch einmal abklopfen.

Meiner Meinung nach verheimlicht sie uns etwas. Sie muss jemanden einfach wirklich in Rage gebracht haben. Auch für ihre Wohnung werden wir einen Durchsuchungsbefehl brauchen, also finden Sie irgendeinen triftigen Grund. Die Turková schien vergessen zu haben, dass sie nicht mehr mit der Leitung des Falles betraut war.
– Und finden Sie heraus, mit wem die Klocková in jener Nacht telefoniert hat. Das ist das A und O. Und dann müssen Sie natürlich mit absoluter Sicherheit die Identität von Mariage klären, was wahrscheinlich problematisch ist, denn wenn es die Klocková war, muss sie alles von einem öffentlichen Rechner verschickt haben. Das bedeutet, Cafés, Bibliotheken und so weiterhin zu durchkämmen. Einen Versuch ist es wert, sie war auffällig, da könnte es sein, dass sich jemand an sie erinnert.
Sie nahmen den Fall noch mehrmals von allen Seiten auseinander. Wenn Gavla sich nicht von allein zu den Morden bekannte, würde es schwer sein, ihn zu überführen.

1960

Obwohl Erich eine überdurchschnittliche Begabung für Sprachen besaß, musste er eine Lehre im Bergbau beginnen.
Einer von den als Hilfskraft im Heim Angestellten hatte sich vergeblich für Erich eingesetzt; der einzige Verbündete und Freund, dem Erik im Laufe der ganzen Zeit begegnet war. Er arbeitete als Putzkraft im Heim, obwohl er einen Ingenieurstitel hatte. In der Jugend hatte er eine Pfadfinderorganisation geleitet und nun bemühte er sich, auch Erich in einem solchen Geist zu erziehen. Zusammen bildeten sie eine Art illegale Zelle, dank derer die elf

Jahre, die Erich in den Mauern des Heims verbrachte, etwas erträglicher wurden.
Der Mann hieß Vadimír Sýkora. Er erzählte Erich von der Ersten Republik und dem Präsidenten Masaryk. Er besorgte ihm eine Menge Bücher aus verschiedenen Fachbereichen, mit denen Erich in seiner Lehre nicht in Berührung kam. Erich hatte Spaß an Mathematik und an Naturwissenschaften. Von Sýkora hatte er auch viele Bücher in deutscher Sprache, die er nicht vergessen wollte.
Nach dem Tod der Mutter musste er seinen Namen ändern. So wählte er den Namen seines einzigen Freundes, er erhielt eine neue Geburtsurkunde, in welcher schon sein ins Tschechische übertragener Name Erik Sýkora stand. Im Inneren blieb er jedoch Erich Stillmann, wie ihm die Mutter eingeprägt und er ihr versprochen hatte.
Auch Alžběta Bočková hatte Erik nicht vergessen und besuchte ihn jeden Monat. In den letzten vier Jahren durfte er manchmal auch am Wochenende bei den Bočeks bleiben. Er freute sich immer auf den Besuch, auch wenn er sich in ihrer Wohnung ein wenig unbehaglich fühlte. Nach einem Schlaganfall war Herr Boček ans Bett gefesselt und seine Frau kümmerte sich den ganzen Tag hingebungsvoll um ihn.
Bis ans Ende ihres Lebens litt sie unter dem unbestimmten Schuldgefühl, dass sie Irma zurück in die Tschechoslowakei gelockt hatte, obwohl sich schon wenige Jahre später herausgestellt hatte, dass Alex während des Krieges in Auschwitz umgekommen war und er sich nach 1945 nie in Ostrava gezeigt hatte. Der Nachbar, der ihn damals angeblich erkannt hatte, sah seit Kriegsende die Geister und Schatten verschiedener Menschen, auch seiner Frau, die wie so viele andere in einem Konzentrationslager ums Leben gekommen war. Bevor seine Krankheit völlig augenscheinlich wurde, hatten

ihm jedoch viele Leute geglaubt, unter anderem auch Alžběta. Den Rest seines Lebens verbrachte er dann in der Psychiatrie in Opava, wo er ganze Stunden im Gespräch mit den Toten verbrachte, mit seiner Frau, mit Freunden, Bekannten und Nachbarn.

Alžběta machte sich Vorwürfe, weil Irma und Erik wegen ihres blinden Glaubens an die guten Botschaften eines kranken, gebrochenen Menschen so viel Leid durchmachen mussten. Mit übertriebener Sorge und Liebe für alle in ihrer Nähe, vor allem für Erik, wollte sie das alles wiedergutmachen.

Sobald er mit achtzehn Jahren das Kinderheim verlassen konnte, fand Erik bei den Bočeks für einige Zeit ein wirkliches Zuhause. Er musste lernen, ein normales Leben zu führen. Er kannte den Wert von Geld nicht, war nie einkaufen oder in einem Restaurant gewesen und hatte noch nie einen Ausflug nach Prag unternommen. Er konnte sich weder Schuhe noch eine Fahrkarte für die Straßenbahn kaufen.

Während des ersten Monats unternahm Alžběta Ausflüge mit ihm, sie gingen in die Konditorei und aßen in Restaurants. Schnell begann Erik sich in der Stadt zu orientieren und bald besuchte er auf eigene Faust Kinos und Theater, ging in die Bibliothek und hatte das Gefühl, eine neue Welt zu entdecken. Allerdings musste er auch zur Arbeit gehen. Er malochte in der Grube Alexander, wo ihm alles verhasst war und er nur darauf hoffte, bald etwas anderes zu finden. Er träumte davon, Brücken und Tunnel zu projektieren, aber ihm fehlte das Abitur. An den Wochenenden besuchte er deshalb die Abendschule, wo er auch seine spätere Frau kennenlernte. Sie trafen sich im Park am Fluss, und weil Erik bis dahin noch nie eine Bekanntschaft gehabt hatte, war er sehr zurückhaltend und vorsichtig, um das junge Fräulein nicht zu verschrecken. Er war schüchtern und wegen seines Stotterns auch schweigsam.

Sie störte es nicht, dass er etwas stockend sprach. Er war gut aussehend und rücksichtsvoll, ja geradezu galant, und auch klug. Er half ihr immer bei allem, womit sie sich in der Schule keinen Rat wusste.

Eines Tages erschien er nicht zu ihrem Treffen. Weder öffnete er die Tür noch beantwortete er ihre Briefe. Als sie bei den Bočeks klingelte, erhielt sie nur die knappe Antwort, dass Erik mit Freunden irgendwohin gereist sei. Als würde nicht einmal Frau Bočková mit ihr reden wollen, obwohl sie sonst so freundlich zu ihr gewesen war. Einige Wochen vergingen und Erik zeigte sich weder zu Hause noch auf der Arbeit. Sie hatte keinerlei Nachricht von ihm und alle zuckten nur mit den Schultern oder machten ein finsteres Gesicht. Sie kam darüber hinweg und schwor sich, dass für eine Weile Schluss sei mit den Jungs. Sie konnte ja nicht ahnen, dass Erik in Untersuchungshaft saß und in einem fort unangenehme Fragen beantworten musste. Schon wieder war er in einem Strudel des Unrechts gefangen, das sein kurzes Glück zerstört hatte.

Ein paar Wochen, nachdem Erik mit Alena auszugehen begann, hatte ein hochgewachsener junger Mann mit dichtem kastanienbraunen Haar bei den Bočeks geklingelt.

– Tach auch, ich bin Pepa Varac, Eriks Freund aus dem Kinderheim. Ich müsste mal mit ihm sprechen.

Er war ganz hibbelig und schaute nervös hin und her. Alžběta bat ihn deshalb herein und kochte ihm einen Kaffee. Erik war einigermaßen überrascht, als er Pepík bei sich zu Hause in der Küche sitzen sah.

– Das ist mir ja eine Begrüßung, grinste Pepík und gab Erik die Hand. Er gab Erik zu verstehen, dass er mit ihm über etwas ungeheuer Wichtiges sprechen müsse, das nur für seine Ohren bestimmt war. Sie schlossen sich im Zimmer ein.

– Erik, ich will nach Deutschland abhauen. Kommst du mit? Das haben wir uns doch mal versprochen, erinnerst du dich? Vor langer Zeit, als sie noch kleine Jungs waren, hatten sie in der Dunkelheit vor dem Einschlafen darüber geredet. Aber seit damals waren mehr als sechs Jahre vergangen und Erik hatte diese Erinnerung irgendwo in den Tiefen seiner Kindheitsträumereien versenkt. Allerdings hatte er noch immer Tausende Gründe, um abzuhauen von hier, irgendwo in Deutschland hatte er wohl noch seine Familie. Vielleicht würde es ihm gelingen, sie zu finden, auch wenn er für sie inzwischen eigentlich ein Fremder war. Wenn Oma und Opa noch irgendwo am Leben waren, würden sie ihn wahrscheinlich nicht einmal wiedererkennen.

– Erik, du sprichst Deutsch, mit dir gehen wir dort nicht unter.

Erik kratzte sich am Kinn und schaute Pepík direkt in die Augen.

– W-weiß n-noch jemand d-davon?

– Lojza Klocek noch. Mir ist etwas rausgerutscht vor ihm, aber er macht mit. Eigentlich war er es, der wollte, dass ich dich einweihe, ergänzte Pepík. Er wusste, dass Erik Lojza nicht besonders mochte. Erik war klar, warum Lojza plötzlich so ein Interesse an ihm hatte. Sie brauchten einen Dussel, der sich am Anfang um sie kümmerte, bevor sie selbst lernten, den Mund aufzumachen.

– Und w-wie w-wollt ihr das a-anstellen?

– Mein Cousin war bei der Armee an der Grenze, der weiß, wie das da läuft, er hat mir alles erzählt und auch ausgeplaudert, wie er das machen würde. Wir fahren nach Břeclav, das ist eine ziemlich große Stadt, da werden wir keinem weiter auffallen, na und dann gehen wir zu Fuß weiter, sabbelte Pepa und schaute drein, als hätte er alles bis ins kleinste Detail durchdacht.

– Und w-was ist mit d-den D-drähten?

– Na, das ist ein Problem, aber Franta meinte, dass die sparen und

die Drähte manchmal abgeschaltet werden. Meist gegen Morgen. Er hat mir sogar eine Stelle gezeigt, wo es große Lücken zwischen den Wachtürmen gibt. Das ist im Wald und angeblich eins a geeignet, um rüberzumachen. Er hat mir das auch auf der Landkarte gezeigt. Pepík verstummte und beobachtete Erik.
Der zögerte. Pepík mochte er gern, auch mit Klocek kam er in den letzten Jahren ganz gut aus, aber von Freundschaft konnte keine Rede sein. Das hier war ein Unternehmen, bei dem sich einer auf den anderen verlassen können musste.
– Du musst so tun, als wäre alles normal, und in drei Tagen können wir uns vom Acker machen. Du, Erik. Pepa fasste ihn am Arm. – Du wirst doch nicht hierbleiben, nach alldem …, bedrängte er ihn.
– I-ich m-muss darüber n-nach-d-denken. D-das ist g-ganz schön a-auf d-die Schnelle.
– Jetzt hätten wir eine Chance. Irgendeine Reisegruppe von der Gewerkschaft oder so fährt nach Valtice, da könnten wir uns im Fall der Fälle dazugesellen …
Die Aussicht zu fliehen, war auch für Erik verlockend. Dieser Gedanke hatte schon des Öfteren an ihm genagt, aber noch nie war er so kurz davor, ihn auch in die Tat umzusetzen. Eigentlich war er bisher nur ein Teil seiner fernen Fantasien für die Zukunft gewesen, so wie vieles andere.
Den folgenden Tag auf der Arbeit verbrachte er wie unter Betäubung, er dachte nur über Pepíks Vorschlag nach. In der Nacht konnte er nicht schlafen. Er fand es schade, dass das Ganze so auf die Schnelle geschah, er würde es nicht einmal schaffen, sich von Alena zu verabschieden. Am Ende war es für sie vielleicht auch nur gut, wenn sie von nichts wusste, dann musste sie später nicht lügen, wenn die Genossen sie verhören würden. Er rechnete aus, wie viele Menschen er mit seiner Flucht in Schwierigkeiten bringen

könnte, beschloss dann aber, es trotzdem zu versuchen. Er hatte nie vergessen, wer er war. Er war ein Deutscher. Je weniger Leute von seinen Plänen wussten, desto besser. Er schuldete niemandem etwas und besaß nichts. So hatte er nichts zu verlieren außer das bloße Leben, aber auch damit musste man rechnen. Bis zur geplanten Flucht blieben zwei Tage. Wären es mehr gewesen, hätte er es sich bestimmt noch anders überlegt.

Schließlich stand er zwei Tage später nur mit einem kleinen Rucksack über der Schulter zur vereinbarten Zeit auf dem Bahnsteig des Hauptbahnhofs und konnte nicht glauben, dass er sich gerade auf die abenteuerlichste Unternehmung seines Lebens einließ.

Sie sprachen nicht viel unterwegs. Lojza und Pepa spielten Karten, Erik sah aus dem Fenster und überlegte, dass er immer noch umkehren könnte. Sein Kopf dachte nach und befahl dem Körper aufzustehen und an der nächsten Station auszusteigen, aber Erik saß da wie versteinert und rührte sich nicht.

Auf dem Bahnhof in Břeclav stiegen nur wenige Reisende mit ihnen aus. In einem Wirtshaus tranken die drei ein Bier und gingen dann durch den Wald in Richtung Grenze. Sie hatten jedoch nicht vor, bis nach Valtice hinein zu laufen. Nach einiger Zeit passierten sie die erste Tafel mit dem Warnhinweis „Betreten verboten! Grenzgebiet!“.

– Hier warten wir, bis es dunkel ist, entschied Pepík, der die Leitung der ganzen Aktion übernommen hatte. Als Einziger hatte er eine kleine Landkarte dabei, die sie bei der nächsten Gelegenheit fortwerfen wollten, damit sie nicht bei ihnen gefunden würde, sollte zufällig eine Grenzpatrouille sie überraschen. Pepík selbst war überzeugt, dass ihr Plan durch die Hilfe seines Cousins perfekt vorbereitet und lückenlos war. Er kannte alle Fallen genau, wusste, dass sie insgesamt drei Zäune überwinden mussten, einer davon war unter Strom. Im Extremfall würden sie den Zaun kurzschließen müssen, aber dann würden ihnen nur ein paar Minuten bleiben, um das nächste Hindernis und eine Entfernung von mehr als hundert Metern zu überwinden, bis in die Sicherheit Österreichs.

Lojza wiederum hatte einen Klappspaten dabei, damit sie sich wenn nötig unter den Drähten hindurchgraben könnten. Nur Erik war nichts eingefallen, was er hätte mitnehmen können. Er sagte sich, dass das Einzige, was er brauchen würde, die größte Portion Glück seines Lebens war.

Es sah so aus, dass ihnen bis zur Grenze nur noch weniger als ein Kilometer blieb. Sie versteckten sich in einem kleinen Unterstand, von dem sie einen guten Ausblick nach allen Seiten hatten und gleichzeitig gut verborgen blieben. Sie saßen mit den Rücken zueinander und schwiegen. Langsam kam die Abenddämmerung und der Wald versank im Grau. Nirgendwo war ein Laut zu hören, nicht einmal das Rascheln von Zweigen. Als würde niemand in der geheimnisvollen Zone leben, auch keine Vögel.

Lojza holte die letzte Flasche Bier aus dem Rucksack und öffnete sie. Erik konnte hören, wie er laut schluckte, und dieses Geräusch ging ihm auf die Nerven. Er trank nichts, sondern starrte wie eine Eule ins Dunkle und zitterte leicht vor unbestimmter Angst und Nervosität. Eine knappe Stunde war vergangen, aber Erik kam es vor, als säßen sie schon eine Ewigkeit hier. Unterdessen hatten Pepík und Lojza das Bier ausgetrunken.

– Scheiße, Mann, ist das langweilig, beschwerte sich Lojza.

– Psst, ermahnte ihn Pepík. – Wir müssen das Maul halten.

– Wie lange sollen wir denn noch hier herumsitzen? Sie wussten jedoch alle drei, dass sie nicht früher als in sechs Stunden zu ihrem

Ziel aufbrechen würden. Zwischen vier und fünf, kurz bevor die Morgenröte einsetzte, wollten sie die Grenze überqueren.
– Sei still, ermahnte ihn Pepík. – Es kann sein, dass die Soldaten nur ein Stück von uns entfernt sind.
– Ich mach wenigstens einen Abstecher nach Poštorná und hole Bier, sonst kann man das ja nicht ertragen, ärgerte sich Lojza. Pepík schwieg und machte ein finsteres Gesicht. Er beobachtete jedes Blatt und erschrak bei jedem noch so unbedeutenden Geräusch. Erik erging es nicht viel besser. Seit Einbruch der Dunkelheit glaubte er, in jedem Schatten einen Soldaten zu sehen.
– Verdammt noch mal, gebt mir wenigstens einen Schluck Bier, sonst dreh ich durch, zischte Lojza.
– Es ist acht, da hat die K-kneipe b-bestimmt noch o-offen. Erik warf Pepík einen Blick zu. Er würde auch gern einen Schluck trinken. Seine Kehle war wie ausgetrocknet. Pepík schwieg beharrlich.
– Ich geh los. Lojza stand auf, aber Pepík riss ihn zurück auf den Boden.
– Wenn schon jemand geht, dann Erik, befahl er, aber er war nicht erfreut darüber. Die Gefährten hatten sich als disziplinlose Burschen erwiesen und Pepík bereute, sich nicht allein auf den Weg gemacht zu haben. *Kapierten die etwa nicht, dass sie hier ihr Leben riskierten?* Erik wartete noch eine Weile ab, ehe er aufbrach. Den ganzen Tag hatten sie keine Menschenseele getroffen, obwohl es noch ziemlich weit bis zur Grenze war. So hatte er das Gefühl, relativ sicher zu sein. Er trug kein Gepäck bei sich und wirkte in keiner Weise auffällig.
Im Wald herrschte undurchdringliche Finsternis, aber seine Augen hatten sich bald daran gewöhnt, und Erik schaffte es, sich zu orientieren und sich an die Stellen zu erinnern, an denen sie vor ein paar Stunden vorbeigekommen waren. Sorgfältig achtete er

auf den Weg, um die Jungs in ihrem Versteck wiederzufinden. Er hatte es nicht eilig. Umsichtig setzte er einen Fuß vor den anderen, stieß manchmal gegen einen querstehenden Ast oder sogar einen Draht und stieg vorsichtig über alles hinüber. So kam er erst nach neun im Wirtshaus an.

Dort saßen ein paar Einheimische und unterhielten sich. Einige maßen Erik von oben bis unten und wandten sich dann wieder ihrem Bier zu. Er bereute kurz, dass er es nicht ausgehalten und sich auf den Weg hierher gemacht hatte. Wenn Lojza nicht damit angefangen hätte, wäre er selbst nie auf diese Idee gekommen. Aber die Warterei war ihm mit einem Mal endlos vorgekommen und irgendetwas schien ihn die ganze Zeit zurück nach Hause zu ziehen. Bisher hatte ihr ganzer Plan etwas von einem Ferienabenteuer, als würden weder er noch Lojza die Sache vollkommen ernst nehmen. Sie wollten nur Pepík nicht im Stich lassen. Seine Entschlossenheit, Disziplin und Ausdauer teilten sie beide jedoch nicht. Deshalb hatte er es nicht länger ausgehalten, untätig herumzusitzen und zu warten, bis die Hunde sie erschnüffelten oder die Grenzwache sie überfiel. Auch Lojzas wütende Ausbrüche waren ihm auf die Nerven gegangen, er musste sich bewegen, irgendwie locker werden.

Erst jetzt, in Anbetracht all der prüfenden Blicke der Stammgäste, wurde ihm so richtig klar, welche Folgen ihr Handeln haben könnte, sollten sie von den Grenzern erwischt werden. Er wurde nervös. An der Theke orderte er sechs Flaschen Bier. Mehr passten nicht in seine Manteltaschen.

– Seid ihr zu einem Ausflug hier?, erkundigte sich der Wirt ganz nebenbei.

– Mit d-dem G-gewerkschafts-b-bund, stotterte Erik und wurde ganz rot. Der Wirt musterte ihn scheel.

– Sieben fünfzig, bellte er.
Erik schüttete die Münzen auf den Tresen, nahm die Biere und machte sich grußlos und ohne sich umzudrehen auf den Weg in die Dunkelheit. Der Wirt verkroch sich im Büro und wählte die Nummer der örtlichen Volkspolizei.
Erik nahm den Weg in Richtung Valtice, hinter den Bahngleisen sollte er in den Wald abbiegen. Aber genau an dieser Stelle erkannte er die Silhouetten zweier Männer. Seine Schritte wurden langsamer. Er dachte fieberhaft nach, wie er den beiden ausweichen könnte, aber ihm blieb keine andere Wahl, als an ihnen vorbeizugehen. Sie hielten ihn an.
– Sie befinden sich im Grenzgebiet, den Passierschein und Ihre Papiere! Ein uniformierter Mann streckte seine Hand nach Erik aus. Der hatte keine Papiere bei sich. Alles war in seinem Rucksack im Wald geblieben. Er zuckte nur mit den Schultern, sodass die Bierflaschen in seinem Mantel klirrten.
Die Männer warteten nicht weiter, packten Erik geschickt an den Armen und drehten sie ihm auf den Rücken. Einen solch plötzlichen Angriff hatte Erik nicht erwartet, er ließ eine Flasche fallen und sie zerschellte auf der Straße. In einem dünnen Rinnsal floss das Bier ins Gras. Ein paar Minuten später saßen sie in der örtlichen Polizeistation, wo der Wachtmeister ein Protokoll mit ihm niederschrieb.
Erik schwieg. Wenn er den Mund aufmachte, brachte er kaum einen Satz hervor, deshalb mühte er sich gar nicht erst länger ab.
– Mann, das ist wahrscheinlich ein Schwachsinniger, beugte sich der eine zum anderen. In ihren Bericht tippten sie: *Der Aufgegriffene ist mental zu keiner Aussage fähig.*
In der Zwischenzeit hatten sie jedoch die Grenzwache alarmiert, die damit begann, die gesamte Umgebung durchzukämmen. Erik

war ein Fremder, und die Anzahl der gekauften Flaschenbiere ließ den Schluss zu, dass er sie jemandem mitbringen wollte. Sonst hätte er doch wie alle anderen fünf frisch Gezapfte schön im Warmen getrunken.

Die Polizisten bombardierten Erik mit Fragen, die er nur mit *ja* oder *nein* zu beantworten brauchte. So nickte er wie ein Esel.

Es waren keine zwei Stunden vergangen und vom Flur hörte Erik die Stimmen weiterer Männer, unter ihnen auch die von Pepík und Lojza. Als er aus dem Verhörraum kam, schaute Pepík nicht einmal zu ihm hin, Lojza hingegen durchbohrte ihn mit seinen Blicken.

– Du Faschoschwachkopf, das hast du echt verkackt!

Erik bekam schließlich nur neun Monate, Pepík und Lojza jedoch fünf Jahre dafür, dass man bei ihnen eine Landkarte und eine Schippe gefunden hatte.

XXIV.

Er hatte schon dreimal alle Regale und Schränkchen durchsucht, aber etwas zu Essen hatte er nicht gefunden. Nur ein leerer Topf mit einem Rest Rührei, das er sich vor zwei Tagen zubereitet hatte, stand auf dem Ofen. Mit der letzten trockenen Brotrinde wischte er die Kasserolle aus, bis sie fast aussah wie abgewaschen. Für Waldfrüchte war es schon zu spät, und Geld hatte er seit Langem nicht mehr. In der Manteltasche fand er die letzten drei Kronen, für die könnte er sich auf dem Bahnhof ein Brötchen kaufen, aber die Fahrkarte würde er sich zusammenschnorren müssen.

Sein Gesicht war von einem Bart bedeckt und er stank. In der ganzen Zeit hatte er sich nur zweimal im Bach gewaschen, für ein größeres Bad war es jedoch schon zu kalt gewesen. Jeden Tag konnte der erste Schnee fallen. Außerdem besaß er nur die Kleidung, die er am Leib trug. Von zu Hause hatte er nur die wichtigsten Dinge mitgenommen, Sachen zum Wechseln waren nicht dabei. Er war mit einer Plastiktüte und den sterblichen Überresten des unbekannten Mannes aufgebrochen. Für die Reise hatte er nur zwei Tausender eingesteckt. Zwei weitere hatte er sich als Reserve gelassen, die könnte er jetzt dringend gebrauchen. Sie waren jedoch achtzig Kilometer entfernt. Bei seiner Abreise hatte er keinen Gedanken an eine Rückfahrt verschwendet. Er hatte geglaubt, dass er nie wieder zurückkehren würde. Die Zukunft hatte er abgeschrieben, weil sie sich immer als unergründlich und heimtückisch erwiesen hatte. Es war ihr wieder und wieder gelungen, ihn zu überraschen, und in den letzten drei Monaten war es nicht anders gewesen. Vor allem aber fühlte er sich schon zu alt für so etwas wie die Zukunft.

Er wäre durchaus in der Lage, den Rest seines Lebens inmitten des Waldes zu verbringen, daran hatte er keine Zweifel, aber die Gedanken, die Kälte und der Hunger hatten ihn schließlich fortgetrieben. Seinem Bekannten hatte er versprochen, sich nur ein paar Tage in dem alten Wohnwagen aufzuhalten, aber in drei Tagen würden es nun schon vier Wochen sein. Er lebte wie ein Schiffbrüchiger, der keine Nachrichten vom Festland hatte. Wer weiß, ob die Polizei den ausgestopften Körper des Toten schon gefunden hatte. Wenn nicht, würde er hingehen und selbst Anzeige erstatten, damit er vor lauter Einsamkeit, Ungewissheit und innerer Zerrissenheit nicht noch durchdrehte. Erik zündete seine

letzte Zigarette vor der Fahrt an. Früher oder später würden sie ihn sowieso finden.
Im Bach spülte er das Geschirr, packte eine Decke, ein Handtuch und einen Pullover in die Plastiktüte. Er schloss den Wohnwagen ab und legte den Schlüssel unter den flachen Stein am kleinen Wehr. Bis ins Dorf war es knapp eine Stunde Fußmarsch, aber er nahm lieber den Waldweg und würde dann über das Feld direkt zum Zug laufen, um nicht durchs Dorf gehen zu müssen. Um Menschen machte er einen großen Bogen. Nur wenige Male hatte er es gewagt einzukaufen. Für seine unfreiwilligen Ferien brauchte er Konserven, Hülsenfrüchte und harte Wurst. Auch Toilettenpapier und jede Menge Alkohol.
Vor ein paar Wochen noch hatte er geglaubt, dass er einfach eines Tages auf der Straße sterben würde, so wie viele andere arme Schlucker, Knastbrüder und Verrückte, dass der erste Winter sein Lebenslicht ausblasen würde. Aber mitten im Wald hatte er Schutz, Ruhe und mehr als genug Zeit zum Nachdenken gefunden. Die Stille und die Natur hatten ihn in die frühe Kindheit zurückversetzt, in diese kurze, fast traumhaft glückliche Zeit, die ihn daran hinderte, alles aufzugeben. Als kleiner Junge hatte er auch etwas Wunderbares erfahren, das sagenhaft fern, aber ganz deutlich war, und gerade diese Erinnerungen gaben ihm die Hoffnung zurück, dass ihm noch ähnlich sorglose Tage bevorstehen könnten. Sein ganzes Leben lang hatte er jene Erinnerungen bewusst gehätschelt und alles dafür getan, wieder in die Ruhe seiner Kindheit zurückkehren zu können. Er dachte auch gern an die wenigen Jahre zurück, als Jana noch ein kleines Mädchen war und er ein stolzer Papa. Alles schien normal und von Dauer zu sein, bis ihm seine Frau die Scheidungspapiere auf den Küchentisch gelegt hatte. Sie hatte ihn damit völlig überrascht und in ihm wieder dieses Schwin-

delgefühl ausgelöst, als würde er in die Tiefe fallen, ohne sich an einer Rettungsleine festhalten zu können. Er hatte keinerlei Vorzeichen bemerkt, sie hatte mit keinem Wort angedeutet, dass sie ihn verlassen wollte. Seine Welt war zerbrochen. Wieder hatte er sein Zuhause und das Gefühl, glücklich zu sein, verloren.
Hundertmal war er jetzt alle Ereignisse der letzten Monate durchgegangen und hatte dann pragmatisch beschlossen, zurückzukehren und alles ins Lot zu bringen. Das hätte er schon längst tun sollen: mit wackligen Beinen wieder aufstehen.
Nur die Angst, die Angst vor staatlichen Institutionen aller Art, hatte ihn daran gehindert, die Angst, dass er statt Gerechtigkeit wieder nur ein paar Ohrfeigen bekommen würde. Die Jahre im Kinderheim und im Gefängnis hatten ihn gelehrt, niemandem zu trauen – keinen Beamten, keinen Sozialarbeitern, Ärzten oder Polizisten. Zu viele schlechte Erfahrungen machten es ihm nicht mehr möglich, Hilfe zu suchen. Nur die Liebe zu Jana hatte ihn in diesen Wohnwagen getrieben und würde ihn schließlich zurück in die Stadt führen. Er musste los. Er konnte nicht endlos vor sich selbst und seinen Dämonen fliehen. Er musste gestehen und ein weiteres Mal absitzen, was er sich eingebrockt hatte.
Und wie immer waren es die Umstände gewesen, die ihn gefunden, aufgespürt und nicht zu Atem hatten kommen lassen. Sie waren sofort zur Stelle, wenn er auch nur ein klein bisschen zufrieden zu sein schien. Er hatte schon lange ungestraft in seinem Stellwerk gelebt, verborgen vor den Blicken der Menschen und Ämter. Es wäre nicht sein Schicksal, wenn es das nicht bemerkt und ihn nicht wieder auf den Boden geschleudert hätte.
Irgendwann hatte er sich geschworen, nie wieder ins Gefängnis zurückzukehren, aber die durchtriebene Zukunft hatte ihm ein weiteres Mal gezeigt, dass sie mit ihm machte, was sie wollte, dass

er keine Kontrolle über sie hatte. Sein Schicksal war längst besiegelt worden, noch vor seiner Geburt. Er hatte nie jemanden gehabt, auf den er sich stützen konnte, um dem Schicksal zu trotzen. Er musste sich immer nur fügen, und das tat er auch diesmal.
In seine Gedanken versunken, trottete er einen Waldweg entlang, den nur das Wild benutzte. Der schmale Pfad säumte einen Forstweg, der ihn zur Asphaltstraße bringen würde und von dort um das Dorf herum und über das Feld zum Bahnhof. Er war ein merkwürdiger Wandersmann, nur mit einer Plastiktüte und in Stoffturnschuhen.
Auf dem Bahnhof schenkte ihm niemand besondere Beachtung. Im Kaffeeautomaten fand er eine vergessene Fünfkronenmünze. Er kaufte sich drei Brötchen und verschlang sie mit einem Mal. Ein paar Krümel blieben in seinem Bart kleben, eine Frau auf dem Bahnsteig musterte ihn angewidert. Mit ausgestreckter Hand sprach er im Warteraum und auf dem Bahnsteig mehrere Wartende an. Er schaffte es, fünfzehn Kronen zu bekommen. Er bedauerte, keinen Hund bei sich zu haben. Die Hunde taten den Leuten leid, und sie gaben immer noch ein paar Kronen obendrauf, damit das arme Hündchen was zu fressen bekam.
Ein Zug kam und die Reisenden stiegen ein. Er konnte für eine Stunde einnicken, vorher würde sowieso niemand in den Bahnhof kommen. Noch zweimal je zwanzig Kronen, und er hätte das Geld für eine Fahrkarte nach Hause zusammen. Er kauerte auf der Bank und döste vor sich hin.

Seit dem Morgen telefonierte Heš oder er lief durch die Abteilung und erteilte Befehle. Für den Nachmittag ließ er eine Pressekonferenz anberaumen. Er befand, dass es an der Zeit war, die Informationen zum Fall Bittner an die Medien zu geben. Er saß gerade mal wenige Tage im Chefsessel, aber schon war es ihm gelungen, den gesuchten Erik Sýkora zu ergreifen, der sich fast einen Monat lang irgendwo im Dickicht mitten in den Beskiden versteckt hatte. Die Umstände der Ergreifung würden niemanden interessieren, entscheidend war, dass der wichtigste Zeuge und Verdächtige in einer Person nur wenige Tage nach Heš' Ernennung auf der Bildfläche erschienen war.

Vejnar hatte sich gut amüsiert. Sýkora war so lange vor dem Dienstzimmer herumscharwenzelt, bis ihn ein Polizist fragen kam, was er dort zu gaffen hätte. Und jetzt galten sie alle als Helden. Dass Sýkora sich freiwillig gestellt hatte, präsentierte Heš, ohne auch nur leicht zu erröten, als Ergreifung des Täters.

Sýkora saß in Haft und kooperierte im Rahmen seiner Möglichkeiten. Da er es ablehnte zu sprechen, hatte er eine Art schriftlicher Erklärung verfasst. Sie war sehr knapp, das Wesentliche, das Vejnar wissen musste, fand er dort nicht.

Unterdessen saßen eine Polizeipsychologin und ein Psychiater bei Sýkora, sie arbeiteten an einem Gutachten. Heš hatte es mit großen Erwartungen in Auftrag gegeben, aus irgendeinem Grunde war er entschlossen, Sýkora des Mordes zu überführen. Er hatte keinen Zweifel daran, dass Sýkora ein gefährlicher Psychopath war. Außerdem hatten sich in der Spritze genau die Chemikalien befunden, von denen Sýkora ganze Regalreihen voll besaß. Aceton und Furadan – ein extrem giftiges Pestizid, in allen Ländern der Europäischen Union schon lange verboten. In den Haaren des Opfers hatten sie das gleiche Pestizid nachgewiesen. Das genügte ihm erst einmal als Beweis, aber das ganze Team fahndete nach weiteren Spuren, die Sýkora vor Gericht überführen würden.

Er beobachtete ihn durch die Glasscheibe des Verhörraums wie ein besonders abstoßendes Tier.

Aber jetzt musste Heš den Sýkora erst einmal verlassen, weil ihn dreißig Minuten Ruhm auf der Pressekonferenz erwarteten, wo er sich ordentlich aufplustern konnte. Jedenfalls eine angenehmere Aussicht für den Vormittag, als den alten vergammelten Typen anzustieren, der schon so aussah wie ein Verbrecher. Allein der Gestank, der dem ungewaschenen Körper entströmte, war für Heš eine Straftat.

Bevor er die Tür zum Konferenzraum aufstieß, kontrollierte er sein Spiegelbild, musterte seine Zähne, rückte seine Krawatte zurecht, und erst danach trat er sicheren Schrittes durch die Tür. Der Pressesprecher platzierte ihn zwischen Oujezdský und dem stellvertretenden Regionalhauptmann. Neben ihnen standen zwei Stühle, auf denen eigentlich die Turková und Vejnar sitzen sollten. Ihre Plätze hatten Kodler und Rašovský eingenommen und am Rand saßen zwei Techniker als Statisten, damit das Ermittlungsteam nicht wie das zahnlose Lächeln eines Greises aussah. Journalisten der regionalen und überregionalen Tageszeitungen kamen in den Raum geschlendert, bis es schließlich mehr als zwanzig waren.

Der Polizeisprecher eröffnete die Konferenz: – Auf der heutigen Pressekonferenz wollen wir Sie über den Mord an Milan Bittner, dem erfolgreichen Unternehmer aus Ostrava, informieren, dessen Körper im Haus eines Verwandten gefunden wurde. Weitere Auskünfte erteilt Ihnen Hauptmann Oujezdský, der mit der Leitung der Ermittlungen beauftragt ist. Er schaute Oujezdský an. Dieser rutschte unruhig hin und her, im Geiste bereitete er seine Ansprache vor.

Mit wenigen Worten fasste er die Fakten über den Mord zusammen, wann und wo genau der Körper gefunden wurde, wer verdächtig war, wen sie festgenommen hatten und so weiter. Nach der erschöpfenden Aufzählung der Fakten wandte er sich dem Pressesprecher zu, der die Journalisten aufforderte, Fragen zu stellen. Es hoben sich gleich mehrere Hände, sodass der Sprecher für einen kurzen Moment wie ein zweiarmiger Wegweiser aussah, der auf die einzelnen Fragenden zeigte.

– *Volksstimme*. Steht der Mord in Zusammenhang mit der unternehmerischen Tätigkeit des Herrn Bittner?, wollte ein Journalist von Oujezdský, dem bisherigen Hauptheldend der ganzen Pressekonferenz, wissen.

– Nein. Der Verdächtige ahnte offensichtlich nicht, wer sein Opfer war. Bisher weist alles auf einen Unglücksfall innerhalb der Familie hin, antwortete Oujezdský und machte ein sehr ernstes Gesicht. Er wartete auf eine nächste Frage, die er blitzschnell beantworten könnte.

– Soll ich das also so verstehen, dass der eigene Verwandte keine Ahnung hatte, wen er da gerade umbringt? Durch den Saal ging ein Lachen. Heš schaute nervös um sich, und bevor der Hauptmann zu einer befriedigenden Antwort ansetzen konnte, übernahm er das Wort.

– Verstehen Sie das so, dass er nicht primär den Unternehmer umgebracht hat, sondern den Verwandten, der Mord stand in keinem Zusammenhang mit dem Unternehmen. Von den unternehmerischen Aktivitäten hatte der Verdächtige keine Ahnung, entgegnete Heš scharf.

– Gehört die Frau Beisitzerin zu den verdächtigen Personen?, fiel eine weitere Frage, und Heš gab das Wort nicht wieder ab. Schließlich hielt er sich für die kompetenteste Person, die also auch antworten sollte.

– Bis auf Weiteres ohne Kommentar.

– Wie war der Modus Operandi?

– Er hat das Opfer zuerst vergiftet und dann präpariert. Wir haben

es hier mit einem sehr unmenschlichen und widerlichen Tathergang zu tun, das Opfer starb einen qualvollen Tod durch Intoxikation.
In den Mienen der anwesenden Journalisten sah er Verwunderung, für einen kurzen Moment herrschte Schweigen.
– Machen Sie sich keine Sorgen, wenige Tage nach meiner Ernennung ist es gelungen, den Hauptverdächtigen zu ergreifen, antwortete Heš blitzschnell und mit unverhohlener, aufgeblähter Selbstsicherheit.
– Welche Rolle spielte Herr Gavla in dem ganzen Fall?
– Mit an Sicherheit grenzender Wahrscheinlichkeit war er auf indirekte Weise an dem Mord beteiligt. Das alles ist jedoch bis auf Weiteres Gegenstand der Untersuchungen. Herr Gavla wird momentan als Kronzeuge festgehalten.
Es fielen noch einige Fragen, die Heš bereitwillig beantwortete. Er war überaus zufrieden mit sich. Nur die unglücklich formulierte Einleitung des Hauptmanns bedauerte er ein wenig. Die Journalisten verstanden sich gut darauf, peinliche Augenblicke voll auszukosten. Aber das nächste Mal würde es für eine Eins reichen.

Vejnar hatte genug Zeit, um nachzudenken. Sein Blick schweifte über einen Text in einer kleinen, eleganten Handschrift auf einem schmierigen Stück Papier mit vielen Streichungen und Einfügungen. Sýkora hatte eine Unmenge Zeit über seinem Werk verbracht, eher er damit zufrieden war, aber auch so war offensichtlich, dass er seine Erklärung ohne Ende verbessern und umschreiben könnte. Wenn Vejnar die verschiedenen Einfügungen, überflüssigen Ergänzungen und den Unsinn außer Acht ließ, blieb ungefähr Folgendes übrig:

Ich heiße Erik Sýkora. Ich zeige den Mord an einem Mann an, den ich unter Zwang präparieren musste. Ich habe ihn nicht getötet und weiß auch nicht, wer der Mörder ist. Die Arbeit habe ich unfreiwillig erledigt und die Leiche im Anbau an meinem Haus auf dem ehemaligen Umschlagbahnhof Ostrava-Přívoz zurückgelassen. Ich kenne weder das Opfer noch den Mann, der mir den toten Körper ins Haus gebracht hat. Er ist in mein Haus eingebrochen, wo ich dann die nackte Leiche vorfand. Die Präparierung hat drei Wochen gedauert, was dann mit der Leiche geschah, weiß ich nicht.

Ich hatte das Haus verlassen und mich seither im Wald versteckt. Ich bin niemandem begegnet, auch nicht dem Mann, der den Körper abholen sollte. Den habe ich seit der Zeit nicht mehr gesehen. Der fremde Mann hat mir gedroht, meine Tochter umzubringen, wenn ich den Toten nicht präpariere.

Ich habe Angst um meine Tochter, deshalb tat ich, was der Mann wollte. Ich wollte meiner Tochter keinerlei Probleme bereiten, und so habe ich mich lieber für einige Zeit versteckt. Seitdem habe ich keine Nachricht, weder von meiner Tochter noch über das Schicksal des Toten. Ich bitte Sie, beschützen Sie meine Tochter Jana Sýkorová, verheiratete Bittnerová. Jemand will ihr etwas tun.

Vejnar hatte Sýkoras gesamte Habseligkeiten vor sich, die dieser bei seiner „Ergreifung“ bei sich getragen hatte. In einem Karton lagen seine schmierige Kleidung, ein gebrauchtes Taschentuch und ein Zettel mit der Telefonnummer von Pavel Klocek. In einer Plastiktüte hatte er nur noch einen Pullover zum Wechseln und Unterwäsche dabeigehabt. Mehr hatte er für seine weitere Existenz offenbar nicht benötigt.

Sýkora wartete schon im Verhörraum, als der gut gelaunte Heš,

Oujezdský und Kodler, Vejnar und die Polizeipsychologin Marie Woznická in den Raum einliefen. Er saß zusammengekauert da und sah aus wie ein Tier, das in eine Falle gegangen war. Wachsam ließ er seinen Blick schweifen und schien auf die erste Gelegenheit zu warten, wenn die Aufmerksamkeit der Beamten nachlassen würde, und er unbemerkt fliehen konnte. So etwas hatte er allerdings gar nicht im Sinn. Er konnte nur die Instinkte nicht ablegen, die er im Laufe der Jahre ausgebildet hatte. Er wusste, dass er kein vollständiges Wort hervorbringen würde. Bei jedem vergeblichen Versuch würde er nur noch stärker stottern als sonst, und so hatte er jedes Bemühen gleich aufgegeben. Er musste an ähnliche Situationen denken, in denen er sich keinen Rat gewusst hatte. Kurz gesagt, er war verstört und paralysiert. Oujezdský führte das Verhör.

– Warum haben Sie sich nicht gleich an die Polizei gewandt?

Nichts. Stille. Sýkora rieb sich nervös die Hände, öffnete stumm den Mund und schloss ihn wieder. Alle Anwesenden musterten ihn wortlos. Die Woznická beugte sich zu Heš hinüber und flüsterte ihm etwas ins Ohr. Heš schaute angewidert drein und schien am liebsten eine Antwort aus Sýkora herausprügeln zu wollen, hätte er die Möglichkeit dazu gehabt. Geduld war nicht seine Stärke.

Sýkora sah mehrmals verzweifelt zur Woznická hinüber und die lächelte ihm aufmunternd zu. Es half jedoch nichts.

– Gut, nehmen Sie ihn mit und rekonstruieren Sie den Tathergang vor Ort. Seien Sie sich bewusst, dass es Ihre Situation verschlimmert, wenn Sie nicht reden, wandte Heš sich an Sýkora und seine Stimme hallte von den Wänden wider. Sýkora blickte ihn alarmiert an.

– Begreifen Sie doch, es ist nicht so, dass er nicht reden will. Er braucht einfach Zeit, zischte die Woznická.

– Frau Doktor Woznická, wir haben nicht die Zeit, uns hier mit jedem … herumzuplagen. Er blickte zu Sýkora hin, weil er keinen korrekten Ausdruck finden konnte. Sýkora sah verzweifelt aus, offenbar war ihm übel. Vejnar reichte ihm ein Glas Wasser.

Schon eine Stunde später standen sie vor dem heruntergekommenen Stellwerk, das ohne seinen Besitzer ganz dem Verfall preisgegeben war. Versteckt hinter eine Reihe Pappeln und dem halb verfallenen Umschlagbahnhof, war es schnell zum Ziel von Vandalen geworden. Das drumherum gespannte rot-weiße Flatterband hatte nichts geholfen. Ein fliegender Stein konnte es leicht überwinden. An diesem Tag nieselte es leicht und es war kalt. Der Mäuserich war schon vor Ort, als sie eintrafen: nervös trat er von einem Bein auf das andere, und es war offensichtlich, dass ihm die auf die Schnelle einberufene Aktion zu viel war.
Lange schaute Sýkora auf sein Zuhause, bevor er den dunklen Anbau betrat. Die Kriminaltechniker bauten blitzschnell eine Videokamera und Beleuchtung auf, sodass sich Erik wie ein Hollywoodstar vorkam, was ihn nicht gerade ruhiger machte.
– H-hier h-hat er auf mich g-gewartet. Er wies in die Ecke des Anbaus, in dem eine schmutzige Matratze und eine Menge Unrat lagen. Allmählich überwand er seine Nervosität. Heš, der sie verursacht hatte, war jetzt glücklicherweise nicht mit dabei. Sein Anblick hatte Erik an einen besonders unangenehmen Ermittler erinnert, der genauso unpersönlich und kalt gewesen war. Erik zweifelte nicht daran, dass er für Heš nicht mehr war als ein lästiges Insekt, das man ungestraft mit dem Daumen zerquetschen konnte. Er strahlte die gleiche Verachtung und Geringschätzung für jeden anderen aus wie der Ermittler damals, als Erik Prügel bezogen und eine Woche Einzelzelle bekommen hatte.

Vejnar beobachtete ihn. Mimik und Gestik sagten häufig mehr als ganze Sätze.

– I-ich habe ihn nicht b-bemerkt. E-erst als er h-hervortrat und m-mich ansprach, h-habe ich b-bemerkt, dass j-jemand h-hier ist, würgte er den längsten Satz der letzten zwei Monate aus sich hervor.

Der Darsteller trat an die Stelle, auf die Sýkora gezeigt hatte. In der Ecke war er gut verborgen und nur schwer zu bemerken. Sobald Sýkora sich dem Eingang ins Stellwerk zugewandt hatte, hätte der Unbekannte unbeobachtet aus dem Anbau hervorgetreten sein können.

– Was ist mit dem Licht? Vejnar deutete auf die große Lampe, die über dem Eingang baumelte. Die Glühlampe war zerschlagen, obwohl sie von einem Drahtnetz geschützt war.

– J-jemand hat sie in d-dieser Nacht k-kaputt gemacht. Sýkora sah hoch. Der Unbekannte musste ein Interesse daran gehabt haben, dass es rundherum möglichst dunkel war. Er wollte von Sýkora nicht erkannt werden. Dieser hatte die ganze Zeit mit dem Rücken zu ihm gestanden und sein Gesicht nicht erkennen können. Aus dem Augenwinkel hatte er nur einen Mantel erkannt, schwarz wie die Dunkelheit rundherum. Alles war schwarz gewesen. Eigentlich hatte er nur die Silhouette eines nicht gerade großen Mannes mit einem Stock erkannt. Dann hatte der Unbekannte ihn mit einem leichten Stockschlag davon abgehalten, sich unnötig umzudrehen.

Der Fremde hatte wenig gesagt und eher geflüstert. Als würde er in den Mantelkragen oder in ein Taschentuch sprechen, Sýkora musste gehörig die Ohren spitzen, um seine Worte zu verstehen. Die Ansage war kurz und bündig:

Da drinnen hast du einen Toten. Du stopfst ihn aus wie eine Ratte, sonst findest du das nächste Mal deine Tochter hier. Verstanden, du alter Nazi? Wenn du den Bullen was ausquatschst, bring ich sie um die Ecke, klaro? Wenn du fertig bist, stellst du ihn hier hin und ich hole ihn ab. Du hast einen Monat Zeit, ich werde dich kontrollieren. Wenn du das vermasselst, murkse ich euch beide ab.

Nach diesen Worten hielt er noch eine Weile seinen Stock gegen Eriks Hals gedrückt, bis es schmerzte, und dann verschwand er. Sýkora war wie gelähmt und vollkommen verstört. Er wusste nicht einmal, wie lange er noch vor dem Eingang gestanden hatte, bevor er es wagte, die Tür zu seiner Werkstatt zu öffnen. Zu seiner Überraschung war die Tür unverschlossen. Aber das Schloss war nicht beschädigt. Der Unbekannte musste es geschickt geöffnet haben und hatte den Toten dann auf dem Arbeitstisch arrangiert. Bis zu diesem Moment hatte Erik nicht geglaubt, drinnen tatsächlich eine Leiche zu finden. Er hatte angenommen, dass das alles nur der geschmacklose Scherz eines dieser Penner war, die manchmal im Anbau des Stellwerks übernachteten.

Sobald er jedoch sah, dass all die Sachen, an denen er gerade arbeitete, auf dem Boden verstreut waren, begriff er, dass das hier kein Scherz war. Der ganze Tisch wurde von einem nackten Männerkörper eingenommen. Er hatte nicht einmal mit dem Gedanken gespielt, den Auftrag nicht auszuführen. Er war so verängstigt, dass er mechanisch mit der Arbeit begann, obwohl seine Hände zitterten und sich ihm der Magen umdrehte. Sein Überlebensinstinkt nötigte ihn, den menschlichen Körper aufzuschneiden und mit der widerlichsten Tätigkeit zu beginnen, die er sich nicht einmal in den schlimmsten Albträumen hätte vorstellen können. Irgendwo in den Tiefen seines Gehirns war kurz der schüchterne Gedanke aufgetaucht, sich an die Polizei zu wenden. Aber sobald er an seine bisherigen Erfahrungen dachte, verwarf er die Idee wieder. Nie hatte jemand ihn ernst genommen, und nur selten hatte ihm jemand geglaubt. Oft war er ausgelacht worden, und wenn er Gerechtigkeit forderte, hatte man ihn nur von Pontius zu Pilatus geschickt. Als wäre Gerechtigkeit eine Überforderung der Beamten. Er hatte keinen Zweifel, dass sie ihn des Mordes bezichtigen würden.

Die Polizei würde in ihm nur einen wertlosen Herumtreiber, einen Alkoholiker, im besseren Fall einen stotternden Trottel und Sonderling sehen. Ehe sie alles überprüft hätten, könnte es längst zu spät sein. Er hatte gelernt, sich auf sich selbst zu verlassen, und auch jetzt musste er nur so viel tun, wie ihm sein eigener Verstand befahl. Ein weiteres Mal war er in einen Teufelskreis aus widrigen Umständen geraten, wieder war eins zum anderen gekommen, er würde sich wohl sein Leben lang nicht gänzlich davon befreien können. Trotz seines Ekels setzte er seine Arbeit an dem toten Körper systematisch jeden Tag fort. Er trank literweise Wodka und nahm zehn Kilo ab. Im Wirtshaus „U Dlouhých" schaute er aber regelmäßig vorbei und versuchte sich so zu verhalten, als wäre alles normal. Einmal hatte er den Druck nicht länger ertragen können und sich andeutungsweise seinen Wirtshauskumpanen anvertraut, er empfand jedoch keine Erleichterung. Es gelang ihm nicht einmal, sich anständig zu betrinken. Er beeilte sich, um den Auftrag termingerecht zu beenden, was nahezu unmöglich war. Nach knapp vier Wochen ließ er im Anbau ein hoffnungsloses Halbfabrikat stehen, aber es war ihm egal. Er war nur froh, dass er den Körper endlich los sein und er selbst irgendwo weit weg von hier verschwinden würde, wohin ihm der Geist des Toten nicht folgen konnte. Wohlüberlegt schaffte er sich die Innereien vom Hals und vernichtete alle Spuren, bevor er selbst endgültig verschwand.

Vejnar und die Turková hatten weder bei Doktor Netík in der Praxis noch anderswo Überreste des Toten finden können, weil Sýkora sie nie dorthin gebracht hatte. Aus dem nahe gelegenen Wohnheim verirrte sich ab und zu ein klappriger Hund zu ihm hin und Sýkora fütterte ihn jedes Mal. Er gab ihm meist Reste vom Tisch, aber plötzlich hielt er ein wahres Festmahl für ihn bereit. Fast hatte es den Anschein, als würde sich der Hund nie mehr von ihm entfernen, aber als Sýkora verschwand, verlor auch der Hund sich irgendwo. Was er nicht gefressen hatte, hatte Sýkora in Gläser gefüllt und sie zusammen mit dem Skelett im Wald vergraben, ein paar Hundert Meter vom Wohnwagen entfernt. Es war ein Wunder oder bloßer Zufall, dass nicht ein entlaufener Hund oder die Wölfe die Knochen ausgebuddelt hatten. Jetzt konnte er der Polizei die genaue Stelle zeigen, an der die Reste des menschlichen Körpers verwesten.

Während der Arbeit hatte Sýkora drei bis vier Stunden täglich geschlafen und mehrere Schachteln Zigaretten geraucht. Die Hälfte der Kippen, die um das Stellwerk herum lagen, waren seine. Es interessierte ihn nicht, wie es mit der Leiche weitergehen würde. Er hatte sie einfach abgestellt wie vereinbart und war mit dem nächsten Zug in das kleine Dorf in den Beskiden gefahren.

Als Sýkora Bittners Leiche in seiner Werkstatt gefunden hatte, war sie einen Tag alt gewesen. In der Nacht zuvor hatte die Klocková jemand Unbekanntes angerufen, um zu beraten, was mit dem toten Bittner geschehen sollte. Das hatte Gavla behauptet, und es hatte sich auch bestätigt. In Klockovás Telefon hatte Vejnar ein

Gespräch aus jener Nacht gefunden, aber der Nummer war kein Name zugeordnet und die Telefonnummer war schon lange deaktiviert.

– Unter dieser Nummer ist kein Vertrag aufgeführt. Das wird wohl eine Prepaidkarte gewesen sein, die Frau von der Telefongesellschaft hatte mit den Schultern gezuckt. So hatte Vejnar bisher nicht herausfinden können, wer Klockovás Komplize war und warum sie Bittner getötet hatten.

Unterdessen hatte die Turková auch den Ort gefunden, an dem Gavla angeblich den Wagen abgestellt hatte und dann zu Fuß losgegangen war, um ein Taxi zu suchen. Alles entsprach der Beschreibung: die Brücke, die Gleise und der alte Ziegelbau, der einer Fabrik ähnelte. Davor eine Stelle voller Autospuren und die Reste eines Hauses mit Pawlatschen. Drinnen Matratzen und Lumpen, wahrscheinlich suchten Obdachlose hier manchmal Zuflucht.

Bittners Wagen fand sich fünf Wochen nach dem Mord, er war auf einem Waldweg unweit des Stausees Žermanice geparkt. Schwer zu sagen, wer ihn dort hingebracht hatte, die Klocková besaß keinen Führerschein. Der geheimnisvolle Berater ohne Namen hätte ihn gefahren haben können. Der Betreffende hatte das Auto sorgfältig gereinigt, weder auf dem Lenkrad noch auf dem Armaturenbrett hatte er auch nur einen Fingerabdruck hinterlassen.

XXV.

Jana Bittnerová hatte resigniert. Ihr war klargeworden, dass sie keine Chance hatte, all die angestaute Arbeit und die ganze entstandene Situation zu beherrschen. Aus dem Erdgeschoss war Töpfeklappern zu hören. Jana zog noch einmal an ihrer Zigarette und drückte sie halb aufgeraucht aus. Dann öffnete sie sperrangelweit das Fenster, damit ihre Mutter nichts roch. Sie hatte keinen Bedarf an einer Predigt über die Schädlichkeit des Rauchens. Aber wenn sie nicht vollkommen verrückt werden wollte, würde sie auch dies aushalten müssen. Sie konnte momentan einfach nicht allein sein und hatte ihrer Mutter gestattet, für eine Weile bei ihr einzuziehen. Zur Beisetzung waren überraschend viele Leute gekommen, neben den nahen und entfernteren Verwandten auch Klienten, Geschäftspartner, Bekannte und ein trauriges Häuflein Freunde. Die ließen sich an den Fingern einer Hand abzählen. Gavla war nicht unter ihnen. Sie hätte ihn auch dann nicht eingeladen, wenn er nicht in U-Haft säße. Heute konnte sie ihn nicht mehr zum Freundeskreis zählen. Den Schmutz in der *Blesk* würde sie ihm nie verzeihen, und auch nicht, dass er sie die ganzen Jahre über zum Narren gehalten hatte. Er musste von all den Schweinereien ihres Mannes gewusst haben und hatte kein einziges Wort gesagt, nie eine Andeutung gemacht oder sich sogar selbst an ihnen beteiligt. Ein Männerkomplott eben, den die Frauen nicht verstehen können. Ihr wurde ganz übel, wenn sie an den Morgen zurückdachte, als sie neben ihm in einem Bett aufgewacht war. Damals hatte sie ein schlechtes Gewissen gehabt, dabei wäre es ihrem Mann wahrscheinlich vollkommen egal gewesen.

Der Beweis dafür war eine weitere verdammte Rechnung, die auf dem Schreibtisch lag. Die erste hatte sie bezahlt und geglaubt, damit einen dicken Strich unter alles gezogen zu haben. Nur war ihr Mann inzwischen seit fast zwei Monaten tot, aber die Rechnungen für erotische Dienste kamen weiterhin. *Gab es im Bordell etwa so etwas wie ein Abo? Wie viele solcher Rechnungen würden noch angeflattert kommen?* Irgendjemand wollte sie abzocken. Sie steckte sich die nächste Zigarette an. Die *Slim* waren Mädchenzigaretten, die konnten ihr nicht schaden, sie verschafften ihr jedoch auch keine große Befriedigung. In ihrer jetzigen Stimmung war ihr danach, sich mit der ekelhaftesten Zigarette zu vergiften, die sich nur auftreiben ließ. Jana konnte ein leichtes Händezittern nicht unterdrücken. Sie starrte auf das verdammte Stück Papier und überlegte, was sie mit ihm anstellen sollte. Die Rechnung belief sich wieder auf dreißigtausend für Waren, die angeblich schon vor einigen Monaten geliefert worden waren. Korsetts, Handschellen, Peitschen. Falls die Sachen wirklich existierten, waren sie bestimmt bei seinem Flittchen. Sie drückte die Zigarette aus und ging zu ihrer Mutter in die Küche, aus der schon der Lendenbraten duftete. Ihr Lieblingsessen.

Der Mäuserich saß bereits bei Heš im Büro und trank einen heißen Kaffee. Er würde nicht so weit gehen zu behaupten, dass der Nachmittag am Stellwerk reine Zeitverschwendung gewesen war, aber der ganze Tag hatte ihm gehörig die Laune verdorben. Er war durchgefroren und vor allem verstand er nicht, wie jemand freiwillig an einem so unerfreulichen und hässlichen Ort wohnen konnte.

– Die Chemikalien allein werden als Beweismittel nicht reichen. Aceton bekommt man in jeder Drogerie, das ist klar. Der Mäuserich schlürfte an seinem Kaffee. Heš griff sich den Laborbericht und studierte ihn sorgsam.

– Carbofuran ist ein Stoff, der sich nicht so leicht auftreiben lässt. Furadan wird seit mehr als vier Jahren nicht mehr verkauft, und Sýkora hat fast ein halbes Kilo davon im Regal stehen …, überlegte Heš und starrte finster auf das Blatt Papier. – Braucht man dafür nicht sogar eine Genehmigung? Er nahm die Brille ab und sah den Mäuserich an. Der schüttelte den Kopf.

– Bestimmt nicht. Ein normales Pestizid für die Landwirtschaft. Früher war es normal zugänglich und ich würde wetten, dass so mancher Landwirt es noch in seinem Keller hat. Das ist legal. Wozu es jedoch der Sýkora brauchte, das verstehe ich nicht, überlegte der Mäuserich.
– Hier steht, dass er es vielleicht gegen Schädlinge auf den Präparaten benutzt hat, aber in Anbetracht dessen, dass es sich um ein starkes Gift handelt, ist das eher unwahrscheinlich.
Heš sah trotzdem nicht zufrieden aus.
– Sicher ist, dass es jemand in die Spritze gefüllt haben muss, der sich mit Chemikalien auskennt und normal Zugang zu ihnen hat, was von allen Verdächtigen nur auf Sýkora zutrifft, das ist schon richtig, meinte der Mäuserich nachdenklich und trank den letzten Rest Kaffee. Jemand klopfte an die Tür. Der Kopf der Sekretärin tauchte auf.
– Hier ist ein aufdringlicher Herr, der darauf besteht, unbedingt mit Ihnen sprechen zu müssen, meinte sie verlegen. Es war ihr peinlich, dass sie es nicht geschafft hatte, ihn abzuwimmeln, und Heš' Blick bestätigte nur ihre Annahme, als Sekretärin versagt zu haben.
– Sagen Sie, dass wir eine Besprechung haben, verdammt!
Sie sah verzweifelt aus.
– Na gut, soll er hereinkommen, meinte er resigniert und einen Moment später stand Kotrba in der Tür. Er verneigte sich leicht und lächelte servil, was Heš' Widerwillen nur noch verstärkte. Er selbst nahm in einem Sessel Platz, dem Hereinkommenden bot er nicht einmal einen Stuhl an, beobachtete ihn nur wie ein Raubtier. Kotrba rasselte los.
– Ich will den Mord an meinem Freund Erik Sýkora anzeigen.
Ohne dass er eine Miene verzog, musterte Heš ihn und überlegte,

ob er ihn sofort hinauswerfen oder warten sollte, was dieser Wirrkopf sonst noch zu sagen hatte.

– Hier habe ich den Beweis, dass seine Tochter Jana Bittnerová sich mit dem Typen zusammengetan hat, der nach Erik herumfragte. Eilig holte er einen Umschlag mit zwei Fotografien aus seiner speckigen Tasche. Darauf waren Jana Bittnerová und Gavla zu sehen. Sie saßen im Auto und Gavla beugte sich zu ihr hinüber. Es war nicht zu erkennen, ob er ihr etwas ins Ohr flüsterte oder sie küsste.

Ohne ein Wort zu verlieren, griff Heš sich die Fotografien und warf einen beiläufigen Blick darauf, bevor er sie an den Mäuserich weiterreichte.

– Nur zu Ihrer Information, Erik Sýkora ist momentan bei uns in Haft, er ist also ganz offensichtlich am Leben. Für Ihre Wahnvorstellungen haben wir hier leider keine Zeit. Wenn Sie nicht auch hinter Gittern landen wollen, spucken Sie sofort aus, woher Sie die Fotos haben.

Kotrba sah beunruhigt aus, er blinzelte überrascht. Eine solche Behandlung hatte er nicht erwartet. Er half der Polizei auf Schritt und Tritt, und die wollten ihm dafür jetzt Scherereien machen? Wenn es ihn nicht gäbe, wüssten die überhaupt nichts. Auch dieser junge Lackaffe, Kodler, oder wie er sich vorgestellt hatte, hatte ihn ausgefragt, um etwas von ihm zu erfahren. Aber er hatte geschwiegen wie ein Grab. Er würde doch nicht alles einem jungen Schnösel ausplaudern.

– Ich, also, das sind geheime Informationen, stammelte er.

– Guter Mann, wenn es um einen Mord geht, ist überhaupt nichts geheim. Sagen Sie uns bitte alles, was Sie wissen, mischte der Mäuserich sich ins Gespräch. Er hatte bemerkt, dass Heš purpurrot zu werden begann.

– Na ja, ich habe ein paar Bekannte bei der Zeitung, so … Er schluckte. – Ich arbeite eben auch daran und habe herausgefunden, dass die Bittnerová etwas mit diesem Typen hat, der sich neulich nach Erik erkundigte. Und deshalb glaube ich, dass beide bei dem Mord und Eriks Verschwinden ihre Finger im Spiel haben, denn Erik hat keinen getötet, dafür lege ich meine Hand ins Feuer, zog Kotrba in den Kampf.
– Sind Sie sich bewusst …, platzte Heš beinahe der Kragen, aber der Mäuserich bedeutete ihm unauffällig, dass er sich beruhigen solle.
– Gut, ich hole einen Kollegen und Sie sagen ihm alles, was Sie wissen oder glauben zu wissen, sagte er gereizt und wählte Kodlers Nummer. Der Kollege kam sofort herbei und führte Kotrba weg. Der war enttäuscht, dass er wieder bei dem unerfahrenen Milchbart gelandet war. Dem würde er gar nichts sagen. Mit der Polizei hatte er abgeschlossen. Das waren undankbare Idioten und nach der Samtenen Revolution hatte sich nichts geändert. Dass sich seit den kommunistischen Zeiten etwas verbessert haben sollte, das war nur dummes Gewäsch von denjenigen, die nicht mal bis um die Ecke schauen konnten. Zornig verließ er das Chefbüro und verschanzte sich in sich selbst.

Vejnar war zu dieser Zeit in Přívoz, um erneut Sýkoras Freunde zu befragen. Jetzt wo Sýkora verhaftet war, würden sie bestimmt mit etwas herausrücken, um nicht selbst Scherereien zu kriegen.
Zur üblichen Stunde traf er im „U Dlouhých“ nur den Professor an. Er konnte nicht ahnen, dass Kotrba gerade bei seinem Chef im Büro war und dass Pavel damit beschäftigt war, sein letztes Geld an einen Spielautomaten in irgendeiner Bar zu verlieren.
Der Professor sah traurig aus. Er saß allein am Tisch, nippte an einem Bier und verfolgte das Eishockeyspiel im Fernsehen.

– Kann ich mich dazusetzen?, riss Vejnar ihn aus seinen Gedanken, nahm Platz, ohne auf eine Antwort zu warten, und bestellte eine Kofola. Er hatte sich geschworen, mindestens eine Woche keinen Alkohol mehr zu trinken, seinen Vorsatz jedoch schon am Tag zuvor gebrochen und musste nun von vorn beginnen. Der Professor nickte nur und schaute weiter zum Fernseher hin.
– Spielen Sie denn heute keine Karten?, wunderte Vejnar sich. Er hatte gedacht, alle schön hier beisammen zu finden.
– Ach, schade um jedes Wort. Der Professor winkte ab, bevor er ins Reden kam. Er war wütend auf seine Mitspieler und brauchte jemanden, bei dem er sich Luft machen konnte.
– Das ist doch alles Scheiße. Seit fünf Jahren treffen wir uns hier, und jetzt, wo Erik verschwunden ist, pfeifen die plötzlich auf alles. Mariáš kann man doch auch zu dritt spielen.
– Wissen Sie denn, wo die anderen sind? Ich müsste mit ihnen sprechen.
Erneut wedelte der Professor wütend mit der Hand.
– Also Kotrba hat sich in den Kopf gesetzt, ein neuer James Bond zu werden, der ist ständig zu irgendwelchen Bekannten unterwegs, klappert Ämter und Archive ab und sucht, wie er sagt, nach Spuren. Na, und der Junge, das überrascht mich gar nicht, das ist auch so eine unzuverlässige Kreatur, der zeigt sich hier nur, wenn er schön im Warmen bei seinem Papi wohnt. Ich glaube, dass ihn der Papi mal wieder aus seiner Bude gejagt hat. Ist ja auch kein Wunder. Wenn ich zu Hause einen Sohnemann hätte, der fast dreißig ist, dann hätte ich den schon längst an die frische Luft gesetzt. Das ist doch unmöglich, dass das erwachsene Söhnchen zu Hause sitzt, nicht arbeiten geht und auf alles scheißt. Die Jungen von heute wissen doch gar nicht, was Verantwortung ist. Als ich so alt war wie er, da hatte ich schon zwei Kinder, da musste ich mich um die

kümmern und malochen gehen. Spaß hat mir das nicht gemacht, aber danach hat keiner gefragt, arbeiten muss man nun mal!
Es regte ihn auf. Die Karten waren ihm heilig, vor allem waren sie seine einzige Freude. Und wenn seine Mitspieler so auf ihn pfiffen, dann fühlte er sich von ihnen aufs Schlimmste betrogen.
– Ich wundere mich nur, was der zu Hause noch will, wo sein Vater ihn ständig vermöbelt. Wenn mich jemand so verdreschen würde, dann würde ich mich doch da nicht mehr blicken lassen. Also das kapiere ich auch nicht.
– Sie kennen seinen Vater?
– Na aber. Wir haben jahrelang im gleichen Betrieb gearbeitet, also er als Schlosser in der Produktion, ich beim Betriebsschutz, aber manchmal sind wir uns in irgendeiner Kneipe begegnet, aber wir haben nie viel miteinander geredet. Das ist ein komischer Kerl. Der Professor schüttelte den Kopf.
– Andauernd wütend, nichts war ihm gut genug, auf der Arbeit konnte den auch keiner groß leiden. Den Pavel hat er auch nicht besonders erzogen, seine Alte war wohl irgendwie krank, oder was weiß ich, ich habe sie nicht besonders gut gekannt, aber um Pavel hat sie sich auch nicht groß gekümmert, da brauchen die sich heute nicht wundern, was aus dem geworden ist. Der interessiert sich doch nur für Spielautomaten, der ist doch total süchtig. Er drehte sich zu Vejnar hin. – Jo, und dann tut der dauernd so, als wäre er dicke befreundet mit Erik, aber jetzt, wo Erik verschwunden ist, da interessiert der sich überhaupt nicht mehr für ihn. Glauben Sie, dass er mal nach ihm gefragt hat? Nicht ein einziges Mal! Und dabei ist er ihm andauernd nachgelatscht, sogar bis nach Hause, und Erik war so eine gute Haut, der hat ihn sogar bei sich übernachten lassen, und Kohle hat er dem zugesteckt, ach … Zum Zeichen, dass es nicht lohnte, weiter darüber zu reden, wedelte er mit der Hand.

– Pavels Alter hat Erik gehasst wie die Pest und der Junior hat sich an ihn rangeklebt wie eine Zecke. Ausgesaugt hat er ihn, im wahrsten Sinne des Wortes wie eine Zecke. Erik hat im Wirtshaus für ihn bezahlt – und das wohlgeratene Söhnchen sah das als selbstverständlich an, ich habe nie gesehen, dass der Erik was zurückgegeben hätte. Der hat sich nur für die Kohle interessiert, für nichts weiter. Diese ganze Sippe interessiert sich für nichts anderes als für Zaster, fügte er leise hinzu und trank den Rest Bier aus.
– Haben Sie nicht Lust, mit mir eine Partie zu spielen?, unternahm er einen verzweifelten Versuch bei Vejnar, weil er sich bei seinem Ausbruch ausreichend beruhigt hatte.
– Das nächste Mal, lächelte Vejnar und brach auf. Er musste unbedingt mit den Kloceks sprechen. Mit Pavel und seinem Vater, der ihm mehrere Tage lang aus dem Weg gegangen war. Er war nicht zum Verhör erschienen, obwohl ihm die Vorladung gleich nach Šárkas Tod zugestellt wurde. Er hatte noch einen zweiten Termin, aber bis dahin konnte er sich sonst was ausdenken oder sich sogar aus dem Staub machen. Vejnar wäre überhaupt nicht überrascht. An diesem Tag jedoch erwischte er weder den einen noch den anderen. Pavel trieb sich irgendwo herum und sein Vater öffnete wieder nicht die Tür, dafür hatte er schließlich seine Kinder. Er brachte noch nicht einmal so viel Neugier auf, um sich aus dem Sessel zu erheben und aus dem Fenster zu sehen. Ganze Tage lang hockte er in seinem Sessel und starrte in die Glotze, bis ihn der Hunger nach draußen trieb, aber das geschah nur selten. Oder er war tatsächlich nicht zu Hause. So verhörte Vejnar wenigstens die alte Nachbarin, die Alois Klocek seit seinem Einzug kannte. Sie konnte ihn nicht ausstehen, und deshalb war sie sehr mitteilsam und bereit alles auszuplaudern, was ihr schon die ganzen Jahre lang auf der Zunge lag. Sie bestätigte, dass sie heute sogar

gesehen hatte, wie er auf die Straße ging, wusste allerdings nicht, ob er schon zurück war.

Klocek war Invalide, er war in Rente gegangen, als seine Frau erkrankte, um die er sich damals gekümmert hat. *Gekümmert* war eigentlich übertrieben, er kassierte einfach das Pflegegeld und gab ihr von Zeit zu Zeit was zu essen. Den Rest mussten die Kinder erledigen. Am Ende war es ein Segen, als man sie ins Krankenhaus brachte. Die ganze Familie hat er verdroschen, aber die Frauen ließen sich das nicht gefallen, sie hielten zusammen und wehrten sich gegen den Vater, deshalb konzentrierte der sich schließlich vor allem auf seinen Sohn, der einen passablen Sandsack für seine unerwarteten Wutausbrüche abgab.

Für Klocek hätten ein Gitter mit einem Vorhängeschloss und eine Tür mit einem gewöhnlichen Schloss kein großes Hindernis dargestellt. Den Körper des Toten bis zum Stellwerk zu schleifen, hätte er ohne einen Komplizen nicht geschafft. Er hatte allerdings einen Grund, Sýkora zu hassen, angeblich war er seinetwegen für fünf Jahre ins Gefängnis gewandert, und auch zuvor hatten die beiden wohl keine großen Sympathien füreinander gehegt. Hatte Šárka in jener Nacht bei ihm angerufen?

Vejnar war müde. Er müsste einmal vernünftig ausschlafen, um sich zu konzentrieren und alles durchdenken zu können, um mögliche und unmögliche Varianten zu skizzieren, Verbindungen zwischen Gavla, Bittner, der Bittnerová und der ganzen Familie Klocek zu finden, die auf die eine oder andere Art in den Fall verwickelt sein musste, daran hatte er keinen Zweifel. Vielleicht hatten sie es hier auch mit einem Komplott der Familie Klocek zu tun. Wenn es Geld einbrachte, schreckten die wahrscheinlich vor gar nichts zurück, weder vor Mord noch vor Erpressung. Es hätte die Klocková gewesen sein können, die den Bittner vergiftet hat, sie hatte ihm das Gift in den Körper injiziert und es vermutlich in die Ampulle gefüllt. Und dann musste man nur noch den Gavla erpressen und ihm als Mariage sein Geld abknöpfen. Gavla hatte offenbar seine Nerven nicht im Griff, er wollte sich nicht länger erpressen lassen und hatte sie sich deshalb vom Halse geschafft. Er hatte das wohlüberlegt getan, ohne eine einzige Spur zu hinterlassen. Vater und Tochter wären ein perfektes Team gewesen. Der Vater als Schlosser, und mit seinem Hass auf Sýkora.

Vejnar ging zu Fuß die Hauptstraße entlang, die von zahlreichen Spielhallen und Secondhandshops gesäumt war. In einem der Läden saß vielleicht gerade Pavel Klocek. Aber Vejnar steuerte sein Zuhause an, wo er sich auf eine heiße Wanne und Kristýnas leckere Lasagne freuen konnte. Sie hatte versprochen, schon nachmittags zu Hause zu sein, eine Flasche Wein mitzubringen und zusammen mit ihm Fernsehen zu schauen. So einen ruhigen Abend ohne Besucher hatte er schon seit Wochen nicht mehr erlebt. Oft kam er erst gegen Abend von der Arbeit zurück, genau wenn Kristýna losmusste. Sie gingen in der Tür aneinander vorbei. Manchmal hatte er das Gefühl, dass sie insgesamt irgendwie aneinander vorbeiliefen. Trotzdem wusste er, dass er sie liebte.

Das Stadtzentrum versank langsam in der Abenddämmerung, die Straßenlampen beleuchteten den Platz und den Boulevard, der heruntergekommen und verlassen dalag. Die Kinos in den Shoppingmalls hatten jegliches abendliche Leben eingesaugt, alle Trinker wurden von der Stodolní-Straße geschluckt. So konnten in der Fußgängerzone ungestört Tauben flanieren und in die leeren Schaufenster bankrotter Geschäfte äugen. Anstelle von Konsumgütern erblickte Vejnar nur schmutzige Scheiben, die mit einer dicken Schicht von Plakaten beklebt waren. Das Zentrum von Ostrava sah traurig und verlassen aus. Vejnar betrachtete sein

Spiegelbild in einem der Schaufenster. Er kam sich wie der letzte Mensch auf einem Planeten vor, auf dem alle einem heimtückischen Bakterium zum Opfer gefallen waren und nur er aus einem unbekannten Grund der Ansteckung getrotzt hatte und noch lebte. Die Fenster waren dunkel, lange Risse zogen sich über den Bürgersteig, und anstatt auf bunte Reklame in den Geschäften, starrte er auf seinen eigenen Schatten. Die Stadt war entvölkert und in den alten schäbigen Häusern lebten nur noch diejenigen, die nirgendwo anders hingehen konnten.

Er bemerkte, dass auch in seinen Fenstern kein Licht brannte. Kristýna war nicht zu Hause. Er zog sich in den Fernsehclub gegenüber zurück, die einzige Oase inmitten der Einöde, um nicht die Einsamkeit der leeren Wohnung ertragen zu müssen. Am Ende würde er sowieso vor dem Fernseher einschlafen und Kristýna würde leise wie ein Mäuschen um ihn herumschleichen, um ihn nicht zu wecken. Da trank er doch lieber einen starken Kaffee und hörte sich die abgedroschenen Hits der Achtziger an. Der einstige Glanz des noblen Lokals war längst verblichen, die roten Polster der abgesessenen Sofas verströmten die Atmosphäre einer Dorfdisco. Vejnar setzte sich in eine Ecke und betrachtete die welken Gesichter der Gäste, die sich wie müde Komparsen aus einem Miloš-Forman-Film ausnahmen.

Der Kaffee im Glas war längst kalt geworden und die Fenster seiner Wohnung lagen in der noch immer gleichen Dunkelheit. Er zahlte und machte sich auf in das Viertel hinter dem Fluss, zur Turková. Er gestand es sich ungern ein, aber sie war die Einzige, mit der er gerade Lust hatte zu reden.

XXVI.

– Ja, das könnte von ihm sein, obwohl er, soweit ich weiß, eher einen Pen oder eine Insulinpumpe benutzt hat, sagte die Bittnerová mit dumpfer Stimme, als sie das Etui mit der Insulinspritze sah. Heš war voller Ungeduld, erlaubte sich jedoch nicht, die Beigeordnete zu bedrängen.
– Und die Krawatte und die Unterhosen? Bezeichnen Sie bitte die Gegenstände, von denen Sie ganz sicher wissen, dass sie Ihrem Mann gehört haben.
Die Bittnerová zögerte. Von keiner dieser Sachen konnte sie mit Sicherheit sagen, dass sie Milan gehört hatten. Seine Unterwäsche hatte sie nicht mehr gesehen, seit sie sich eine Haushaltshilfe genommen hatten, seine Krawatten füllten einen ganzen Schrank und eine sah wie die andere aus. Er legte keinen Wert auf modische Exzesse, und so entsprachen alle seine Krawatten dem Durchschnittsgeschmack. Und was das Etui und die Insulinspritzen anging, die sahen doch alle gleich aus. Sie kam sich hier vollkommen überflüssig vor. Sie konnte der Polizei in keiner Weise behilflich sein.
Heš höchstpersönlich hatte den Fall übernommen und beaufsichtigte sämtliche Verhöre, einige führte er sogar selbst. Zu Vejnars Fähigkeiten hatte er kein Vertrauen, und Oujezdský sowie Kodler wollte er zunächst prüfen und dann zu loyalen Untergebenen heranziehen. Die weitere Vernehmung der Beigeordneten überließ er Kodler, er selbst entschuldigte sich und ging in sein Büro. Er wollte sich die Rolle des „guten“ Polizisten erhalten. Die Kollegen würden der Beigeordneten nämlich einige unangenehme Fragen stellen müssen.

– Frau Beigeordnete ..., begann Kodler nervös. Die Bittnerová unterbrach ihn.
– Sprechen Sie mich bitte mit meinem Nachnamen an, aus nachvollziehbaren Gründen bin ich nicht länger Beigeordnete, ich habe meine Funktion aufgegeben. Damit hatte sie Kodler aus seiner Konzentration gerissen.
– Ach so, hm. Also, Frau Bittnerová, können Sie mir Ihre Beziehung zu Herrn Gavla beschreiben?
– Wie ich bereits erwähnte, war er ein Freund der Familie und ein Geschäftspartner meines Mannes.
– Aha. Kodler zog die beiden Fotos, die Kotrba ihnen gegeben hatte, aus einem Umschlag und legte sie vor die Bittnerová.
– Haben Sie mich etwa verfolgt? Die Bittnerová schaute ihn überrascht an und wirkte gereizt.
– Nein, ein Zeuge hat uns diese Fotos zur Verfügung gestellt.
Ihre Miene war angewidert. Sie konnte sich gut vorstellen, was für eine Art Zeuge das wohl gewesen war. Der Polizei schien ja wirklich alles und jeder genehm zu sein.
– Ich weiß nicht, was ich dem noch hinzufügen soll.
– Zum Beispiel, ob Sie ein Verhältnis mit Herrn Gavla hatten.
Sie schwieg lange.
– Nein, hatte ich nicht, sagte sie mit fester Stimme, um klarzustellen, dass weitere Fragen zu diesem Thema überflüssig waren: Dass sie einmal mit Gavla geschlafen hatte, war ja wohl noch kein Verhältnis.
– Haben Sie von den Geliebten Ihres Mannes gewusst?, fuhr Kodler fort.
Sie nickte schweigend.
– Warum haben Sie das für sich behalten?

Die Bittnerová wurde wütend.
– Und wem hätte ich Ihrer Meinung nach erzählen sollen, dass mein Mann fremdgeht? Sie müssen ja wohl selber zugeben, dass man solche Sachen nicht gerade in die Welt hinausposaunt.
– Ich meinte eher, warum Sie das toleriert haben. Kodler wurde rot. Darauf hatte sie keine Antwort. Sie verstand nämlich selbst nicht, warum sie das so lange hingenommen hatte. Sie hätte ihn schon längst vor die Tür setzen und seinen Flittchen überlassen sollen. Sollten die sich doch um ihn prügeln. Andererseits hatte sie gedacht, dass er im Grunde ein hingebungsvoller Familienvater war, der nur hin und wieder einen Seitensprung brauchte. Da konnte man schon mal ein Auge zudrücken. Wie hätte sie ahnen sollen, dass er ein sexuell Getriebener war, der seine Dienstreisen als Vorwand für regelmäßige Ausflüge in die ordinärsten Bordelle nutzte?
– Wir haben zusammen eine Tochter, ein Haus … Sie winkte unbestimmt ab. – Fast zwanzig Jahre gemeinsamen Lebens, das werfe ich doch wegen ein paar bedeutungslosen Seitensprüngen nicht alles weg.
– Wussten Sie, dass Ihr Mann in seiner Firma ein Refugium hatte, in das er sich Frauen und auch Männer einlud?
Die Bittnerová holte tief Luft. So etwas musste sie sich nicht anhören. Von einem Lotternest zum Vögeln hatte sie natürlich keine Ahnung gehabt. *Bewahre dir wenigstens einen letzten Rest Würde*, ermahnte sie sich.
– Nein, davon habe ich nichts gewusst. Ich wusste auch nicht, dass er mehrere Erotiksalons besucht hat und sich verschiedene Dienstleistungen und Hilfsmittel im Internet bestellt hat … Davon hatte ich keine Ahnung. Das habe ich erst aus den Rechnungen erfahren, die ich jetzt bezahlen muss. Die letzte kam in der vergangenen Woche und ich hoffe, dass nicht noch weitere hinzu-

kommen. Wenn ich das alles vorher gewusst hätte, hätte ich die Situation bestimmt anders beurteilt.
Mehr als drei Stunden brachte die Bittnerová in der Polizeidienststelle zu. Die Beamten stellten ihr zermürbende Fragen, sie fühlte sich so kaputt, als hätte sie den ganzen Tag lang Wassereimer von einem unerschöpflichen Brunnen geschleppt. An den Fragen konnte sie spüren, dass die Polizei sie verdächtigte, und das machte sie nervös. Kodler hatte von Heš den Auftrag herauszufinden, ob nicht Sýkora der Mörder seines treulosen Schwiegersohns war, denn aus dem psychologischen Gutachten ging hervor, dass er psychisch abhängig von seiner Tochter war und ihr gegenüber einen ungesunden Beschützerinstinkt hatte. Es war gut möglich, dass er es gewesen ist, der die Spritze mit der Chemikalie gefüllt und sie Bittner untergeschoben hatte, in einem Komplott mit Gavla oder sogar mit seiner Tochter. Dann hätten sie nur noch abwarten müssen, bis Bittner sich selbst vergiftete. Allerdings behaupteten Gavla und Sýkora einhellig, sich niemals im Leben begegnet zu sein. Heš war überzeugt, dass beide logen. Auch Sýkora hätte der unbekannte Mariage sein können. Das bedeutete ja nicht nur *Hochzeit*, sondern klang phonetisch wie *Mariáš*, und das spielte Sýkora ja sehr gerne.

Die Turková hatte sich in den letzten Tagen nicht gelangweilt. Mit Vejnars Hilfe hatte sie sich von den Mobilfunkbetreibern eine Übersicht über die Telefonate und Kurznachrichten aller Verdächtigen im letzten halben Jahr schicken lassen. So hatte sie Hunderte von Nummern aus den Telefonen von der Klocková, von Gavla, Bittner, seiner Frau sowie von Pavel und seinem Vater. Bei den beiden Letzten war das Verzeichnis am kürzesten. Sýkora hatte nie ein Telefon besessen. Das war eine Puzzlearbeit, die Oujezdský ihr zugeteilt hatte, um sie angemessen zu beschäftigen. Wie erwartet saß sie also zu Hause oder im Büro, stellte Telefonnummern zu Paaren zusammen und suchte nach wechselseitigen Übereinstimmungen.

Sie glaubte, dass die eine gemeinsame Nummer, durch die alle Beteiligten miteinander verbunden waren, dem Mörder gehören musste. Zu dieser Überzeugung war sie mithilfe einer einfachen Gleichung gelangt, die aus einer komplizierten Skizze über ihrem Schreibtisch hervorging. Über den Tisch in ihrem Arbeitszimmer hatte sie ein Blatt Papier gehängt, auf das sie die Namen der Verdächtigen geschrieben und sich zu jedem alle möglichen Indizien notiert hatte, die zum Mörder führen könnten. Aus diesem komplizierten Spinnennetz hatte sie den einfachen Schluss gezogen, dass der Mörder alle kennen musste, auch wenn es auf den ersten Blick nicht so schien. Die einzige Möglichkeit, das mit Sicherheit festzustellen, bestand darin, eine Telefonnummer oder E-Mail-Adresse zu finden, die allen Namen gemeinsam war. Da die Hälfte von ihnen keine E-Mail-Adresse besaß, blieben die Telefonnummern. Die entscheidende Nummer war jene unbekannte, welche die Klocková in der Tatnacht angerufen hatte. Bisher war es der Turková noch nicht gelungen, diese Nummer einer konkreten Person zuzuordnen, aber sie war sich sicher, dass der unbekannte X früher oder später auftauchen würde. Fast jede Morduntersuchung war nur eine Gleichung mit einer Unbekannten und diese Unbekannte war der Mörder.

Nachdem sie zwei Stunden lang die Nummern auf dem Computerbildschirm angestarrt hatte, begann es vor ihren Augen zu flimmern. Um bei der monotonen Arbeit nicht den Verstand zu verlieren, nahm sie die Hunde und machte mit ihnen einen Spaziergang am Fluss entlang bis nach Přívoz. Wenn sie größeres Glück hätte

als Vejnar, würde sie Alois Klocek antreffen und ihm ein paar Fragen stellen können, obwohl es schon nach sieben war.
Kaum war sie aus der Tür, stieß sie mit Vejnar zusammen. Trotz der abendlichen Stunde schien er noch nüchtern zu sein. Er sah angegriffen und müde aus, im ersten Moment dachte sie, dass er vielleicht seine Kündigung bekommen hatte und sich bei ihr ausheulen wollte. Was hätte er sonst zu solch später Stunde bei ihr gewollt?
– Sie sehen schrecklich aus, fuhr sie ihn an. Damit weckte sie Vejnar aus der Lethargie, die sich seiner bemächtigt hatte.
– Ich hatte ganz vergessen, wie reizend Sie sind. Dann geh ich mal lieber.
Sie hielt ihn am Ärmel fest.
– Sie wissen doch, dass ich es nicht so meine, das bricht einfach immer so aus mir heraus. Eigentlich ist es ja gut, dass Sie da sind, ich will Ihnen etwas zeigen.
Sie machte die Hunde los, um ihnen einen kurzen Auslauf zu gönnen, für einen langen Spaziergang war keine Zeit und die Klocek könnten auch bis morgen warten. Es war sowieso schon spät.
Sie musste Vejnar geradezu in die Wohnung schieben, weil der nach ihrer Begrüßung keine große Lust mehr hatte, mit ihr zu reden. Er bereute, dass er nicht lieber ein Bier bestellt und gewartet hatte, bis Kristýna nach Hause kam. So würde wieder er der Böse sein, der später kam als sie. Selbst seine Beteuerungen, dass er vergeblich auf sie gewartet hatte, würden nichts helfen. Sie würde ihm nicht glauben.
Er setzte sich auf die Couch und ließ sich einen Tee kochen, obwohl ihm der Sinn nach einem frisch gezapften Bier stand. Aber selbst ein Flaschenbier würde er in diesem Haushalt vergeblich suchen, da war er sich sicher. Während er an seinem Tee nippte,

erklärte ihm die Turková voller Begeisterung ihre Methode, aber Vejnar teilte ihre Begeisterung definitiv nicht. Er sagte kein Wort. Er hatte sofort begriffen, dass das Ganze nur ein Schachzug von Heš war, um sie zu beschäftigen und unauffällig aus den Ermittlungen herauszuhalten. Er ließ sie sklavisch die Telefonrechnungen und Nachrichten durcharbeiten und nach etwaigen Zusammenhängen suchen. Turková jedoch fand in dieser Tätigkeit eine seltsame Befriedigung.

– Also, was halten Sie davon?

– Ich denke, das ist ein interessantes Experiment, sagte er unbestimmt, um sie nicht zu kränken. Eine solche Arbeitsweise war Lichtjahre von seinem Naturell entfernt. Er lümmelte gemütlich auf der Couch.

Die Turková richtete sich auf und starrte Vejnar durchdringend an. Er nervte sie.

– Interessiert Sie der Fall oder suhlen Sie sich nur in Ihren Depressionen? Ihr Leben hat kein Ziel, Sie können sich das bloß nicht eingestehen. Sie verstecken sich hier hinter der Maske des hartgesottenen Typen und spülen alles mit Alkohol hinunter, habe ich nicht recht?

Vejnar stand auf.

– Danke für den Tee. Ich muss jetzt gehen. Er wollte schnell aus der Wohnung verschwinden, bevor ihm noch etwas herausrutschte, das er später vielleicht bereute. Egal, was sie ihm mitteilen wollte, er würde sich das besser für später aufheben. Das war einfach gerade keine gute Konstellation. Manchmal geriet ihre Kommunikation merkwürdig ins Stocken, bis sie sich wie zwei Ausländer gegenüberstanden, die vergeblich versuchen, sich zu verständigen und es dann lieber bleiben lassen. Außerdem hasste er die Predigten, mit denen sie ihn traktierte. Was war eigentlich der Unter-

schied zwischen ihnen beiden? Sie klammerte sich an die Arbeit. An was für eine auch immer. Anstelle von Kindern hatte sie Hunde und den Alkohol hatte sie durch Yoga ersetzt.
Er ließ sie mit ihrer grimmigen Miene in der Diele stehen und machte sich auf den Weg. Seine Laune war noch schlechter als vorher.
Als er zu Hause ankam, war Kristýna gerade in der Dusche. Er zog sich aus und ging zu ihr ins Bad. Sie war leicht weinselig und drollig. Beide machten einander keine Vorwürfe. Kristýna umarmte und küsste ihn. Er wollte mir ihr schlafen, den ganzen verdammten Tag vergessen, sich an sie schmiegen und dann einschlafen, seine Nase in ihren Haaren vergraben. Noch nass trug er sie aus dem Bad ins Bett und machte dann lange Liebe mit ihr.
Die Uhr zeigte dreißig Minuten nach Mitternacht, und angenehm müde streckten sich die beiden nebeneinander aus und sahen sich an, während das Mondlicht auf ihr Kopfkissen fiel.

Im letzten halben Jahr war es ihm schwergefallen, morgens aufzustehen und zur Arbeit zu gehen, an diesem Morgen war es wohl noch schlimmer als sonst. Heš hatte Vejnar und die Turková aufs Abstellgleis geschoben und sich selbst mit Oujezdský und Kodler an den Fall Bittner gemacht. Heš' Regentschaft machte sich auch auf dem Lohnstreifen bemerkbar. Nach fünf Jahren im Job ging Vejnar mit dem Grundgehalt und einer Verwarnung nach Hause. Wenn er nur ein einziges Mal noch mit einer Fahne auf der Arbeit erschien, könnte er seinen Hut nehmen. Ihm war es schon beinahe egal. Er musste ja nicht sein ganzes Leben lang Wahnsinnige, Mörder und Psychopathen jagen. Er konnte sich auch eine ruhigere Existenz vorstellen. Eigentlich wäre er froh, wenn sich alles ohne sein Zutun irgendwie klären würde, vielleicht genau durch einen schönen Rausschmiss. Ein paar Augenblicke saß er nur so in den Sessel gelehnt da und überlegte, warum ihn die Turková eigentlich gestern so auf die Palme gebracht hatte. Am Ende hatte sie vielleicht nicht ganz unrecht.

Um nicht gleich am Morgen komplett in Lethargie zu versinken, machte er sich einen Kaffee, öffnete die Ermittlungsakte und studierte die Aussage der Bittnerová, bevor sie die bei der Besprechung gemeinsam durchgehen würden. Er hatte gar nicht gewusst, dass Heš sie zum Verhör vorgeladen hatte. Er wusste auch nichts von den Fotos, die an ihre Aussage geheftet waren. Ohne größeres Interesse las er sich mehrmals ihre Aussage durch, um irgendeine Beschäftigung vorzutäuschen, bis ihm ein Detail auffiel, dem Filip sträflicherweise keine Beachtung geschenkt hatte.

Er machte sich gleich auf den Weg zu der Bittnerová und hoffte, bis zur Besprechung wieder zurück zu sein. Er würde sie wahrscheinlich zu Hause antreffen. Außer für die notwendigsten Gänge verließ sie sozusagen nicht das Haus, selbst die Einkäufe erledigte ihre Mutter.

– Ich war gestern bei Ihnen in der Dienststelle, was wollen Sie denn noch von mir? Für mich ist das psychisch sehr anstrengend, das können Sie mir glauben, ranzte sie ihn an, kaum dass er seine Dienstmarke gezückt hatte.

– Ich werde Sie wirklich nicht lange aufhalten, mich interessiert nur ein Detail. Kann ich reinkommen?

– Was wollen Sie?, fragte sie und verkantete streng ihre Kiefer, ohne Vejnar hineinzulassen. Hinter ihrem Rücken zeigte sich das Gesicht ihrer Mutter, die bereit war, die Privatsphäre ihrer Tochter zu schützen.

– Die Rechnung. Können Sie mir bitte die Rechnung zeigen, die Sie gestern erwähnten? Die Bittnerová stutzte.

– Warten Sie, sie drehte sich um und schloss die Tür hinter sich. Vejnar stand eine Weile auf der Türschwelle und hoffte, dass sich die Tür noch einmal öffnen würde. Einen Moment später wurde sein Warten belohnt und durch den Türschlitz reichte ihm die Bittnerová ein zusammengefaltetes Blatt Papier.

– Ich habe beschlossen, sie nicht zu bezahlen. Die Firma ist ziemlich suspekt. Vielleicht werde ich vor Gericht ziehen müssen, aber solche Lieferungen gibt es hier nicht, soweit mir bekannt ist. Ich werde nicht für etwas bezahlen, das nicht existiert. Haben Sie dieses Zeug hier gefunden …? Sie wedelte mit der Hand in Richtung der Rechnung, die Vejnar gerade studierte. Er schüttelte den Kopf, weil sie tatsächlich weder Peitschen noch Handschellen oder etwas Ähnliches gefunden hatten. Auch nicht bei Bittner in seinem Refugium, nicht in der Firma, bei den Geliebten, bei Gavla, nirgends, auch nicht bei der Klocková, wo man es am ehesten hätte vermuten können.

– Die können Sie behalten. Wenn das alles ist, dann entschuldigen Sie mich, ich bin furchtbar müde.

Vejnar glaubte ihr das sofort, ungeschminkt sah sie schrecklich aus.

– Warum haben Sie uns die Rechnung nicht sofort ausgehändigt?

Bittnerovás Miene verfinsterte sich.

– Können Sie sich vielleicht vorstellen, wie erniedrigend das Ganze für mich ist?, fuhr sie Vejnar an. Der biss die Zähne zusammen. Wenn sie ihren Stolz heruntergeschluckt und ihnen das verdammte Blatt Papier gleich übergeben hätte, hätten sie mit den Ermittlungen schneller vorankommen können.

– Falls es Sie beruhigt, mit größter Wahrscheinlichkeit hat Ihr Mann nichts von alldem bestellt. Jemand will von seinem Tod profitieren. Vielleicht sogar der Mörder selbst. Er musterte sie ernst.

Bittner stand auf Pornos, aber nicht auf welche mit Sado-Maso-Maskeraden. Er selbst benutzte offensichtlich auch keine Hilfsmittel. Diese Sachen existierten nicht und der Betreffende hatte nur die Situation ausgenutzt. Er wusste ganz genau, dass Bittner nicht mehr lebte, ja mehr noch, dass er gut betucht und sexbesessen war. Im Briefkopf der Rechnung stand der Firmenname – MARIAGE. Also hatte Mariage gleich an mehreren Fronten den Leuten das Geld aus der Tasche gezogen. Bei Gavla hatte er sich für Erpressung entschieden und bei der Bittnerová darauf gesetzt, dass sie korrekt und puritanisch war. Von Gavla hatte er dreißigtausend Kronen gefordert und von der Bittnerová die gleiche Summe. Gavla hatte ihm das Geld in bar rübergereicht, aber hier ließ er es sich überweisen. Allerdings war die Rechnung zwei Tage nach dem Tod der Klocková ausgestellt worden. Er ging jetzt mal nicht davon aus, dass sie Rechnungen aus dem Jenseits schickte. Die Theorie, dass die Klocková Mariage war, hatte sich damit erledigt. Während der Hausdurchsuchung bei Erik Sýkora hatten sie einen Haufen Rechnungen gefunden, die die Besitzer der Haustiere für seine Arbeit bezahlen sollten. Der Briefkopf, die Schrift, der Zeilenabstand, alles stimmte mit dem Schreiben überein, das er gerade in der Hand hielt. Charakteristisch war, dass es manuell auf dem Computer erstellt wurde und keine Ähnlichkeit hatte mit den automatisch von einer Buchhaltungssoftware generierten Dokumenten. Nur in der Ecke fehlte das Hundebild, das Sýkora auf seinen Rechnungen nutzte. Und anstelle seines Namens stand da nur die Bezeichnung *Mariage*.

Vejnar rieb sich das Gesicht und wählte Turkovás Nummer. Er ließ es lange klingeln, aber niemand meldete sich.

XXVII.

Nach langer Zeit wurde er wieder einmal von dieser Erregung gepackt, die er von allen Ermittlungen kannte, sobald sich ein grundsätzlicher Durchbruch abzuzeichnen begann. Er wies Filip Kodler an, alles über den Besitzer des auf der Rechnung genannten Kontos herauszufinden, und beim Mäuserich holte er sich die Genehmigung zur Verfolgung der Kontobewegungen. Er musste wissen, wer dem unbekannten Mariage wie viel Geld überwiesen hatte.

Kurz nach Mittag traf er in seinem Büro ein. An Heš ging er vorüber, ohne ihn zu beachten, der wiederum bemühte sich, Vejnar seinerseits zu ignorieren, auch wenn ihn seine Anwesenheit aus irgendeinem Grund immer wieder in Rage versetzte. Erstaunlicherweise schien Vejnar diesmal nicht nur nüchtern zu sein, sondern aus seinem Verhalten ließ sich schließen, dass er sogar seiner Arbeit nachging.

In den E-Mails fand Vejnar eine lange Nachricht der Turková, die er jedoch nur schnell überflog, und außerdem ihre Tabelle mit den Telefonnummern. Nachdem er sie geöffnet hatte, zuckte er zusammen. Endlose Zeilen und Spalten mit den Namen aller Personen, die die Verdächtigen in ihren Kontaktlisten hatten, sprangen ihm entgegen. Hinter jeder Nummer waren Datum und Uhrzeit der abgehenden und ankommenden Gespräche und auch der Nachrichten festgehalten. Die Software hatte jeder Nummer aus dem Auszug des Mobilfunkbetreibers eine Person aus dem Adressbuch aller Verdächtigen zugeordnet. Vejnar verfiel in Skepsis, weil er das System auf den ersten Blick überhaupt nicht durchschaute. Turkovás Denkweise und seine konnten unterschiedlicher nicht sein. Ihn überkamen Zweifel, ob ihre und seine Hirnrinde überhaupt die gleiche Farbe und Form hatten.

Er zog die Rechnung aus seiner Brusttasche und strich sie mit der Handfläche glatt. Er gab die längst nicht mehr existierende Telefonnummer aus der Rechnung in die Tabelle ein und starrte kurz auf das Ergebnis. Sofort war zu sehen, dass Mariages Nummer in den Kontakten aller Mobiltelefone gespeichert war, außer in denen von Bittnerová und Gavla. Aber nur Bittner hatte der Nummer auch einen Namen zugeordnet – MIETER 3 – UNZUVERLÄSSIG. So hätte Bittner jeden bezeichnen können: einen tatsächlichen Mieter, einen Klienten, einen Zulieferer, aber auch eine Geliebte oder auch einen Geliebten. Und genau diese Nummer hatte Sárka in jener schicksalhaften Nacht angerufen, als Gavla und sie den toten Bittner nach Ostrava brachten. Es musste also ihr gemeinsamer Bekannter sein, dem Šárka grenzenlos vertraute. Der einzige Mensch, der sich mit Bittner getroffen hatte und der zugleich Šárka kannte, war Pavel Klocek.

Vejnar musste zugeben, dass die Gedankengänge der Turková in eine gute Richtung gingen, nur ihre Methode unterschied sich komplett von seiner. Für solch eine Puzzelei hätte er niemals die Geduld aufgebracht, selbst wenn er jahrelang in einer Zelle eingeschlossen wäre und vor Langeweile fast umkäme.

Kira ließ die Turková diesmal zu Hause und nahm nur die ständig bellende Mufina mit, deren Körpergröße niemandem Angst machte, und die sie deshalb, wenn nötig, auch zur Arbeit mitbringen konnte. Nur musste sie der Hündin mit einem Leckerli die Schnauze verschließen, damit sie still war. Sie ging los zu den Klocek. Es erschien ihr immer wahrscheinlicher, dass auch Alois Klocek irgendeine wichtige Rolle in dem ganzen Fall spielte, hatte er doch genügend Gründe, Sýkora in das Verbrechen hineinzuziehen und ihn aus Rache auch hinter Gitter zu bringen. Seinen Sohn hätte er als Komplizen benutzen oder ihn einfach nur ausnutzen können.

Den Weg nach Přívoz ging sie zu Fuß. Unterwegs machte sie bei der Firma Kovošrot halt, wo sie vom Eigentümer erfuhr, dass Pavel sich schon mehr als eine Woche nicht mehr auf der Arbeit gezeigt und deshalb in Abwesenheit seine Kündigung erhalten hatte. Den Vater würde sie wahrscheinlich zu Hause antreffen, aber Pavel konnte um diese Uhrzeit sonst wo sein. Ohne ihn würde sie jedoch nicht zu dem alten Klocek vordringen. Sie schaute im Wirtshaus „U Dlouhých" vorbei und in mehreren Spielhallen, aber Pavel konnte sie nirgendwo finden. Vom Publikum all dieser Lokalitäten wurde sie angewidert gemustert. Entweder glaubten die Leute, dass sie eine Mutter auf der Suche nach ihrem missratenen Kind war oder eine herumschnüffelnde Polizistin. Ihre Mienen verrieten, dass sie der zweiten Möglichkeit zuneigten. Sie stellte keinerlei Fragen und verzog sich schnell wieder. Der alte Klocek interessierte sie so sehr, dass sie sogar bereit wäre, durch ein Fenster in seine Wohnung einzusteigen, wenn sie ihn nur vernehmen könnte.

Ganz Přívoz erschien ihr feindlich gestimmt, sie ließ ihren Blick über die Jugendstilhäuser schweifen, aus deren Fenstern die Köpfe von Roma-Männern und gelangweilten, billige Zigaretten rauchenden Frauen herausragten. Es war ein sonniger Herbsttag und viele von ihnen waren auf die Straße gekommen, standen in kleinen Grüppchen herum und unterhielten sich laut. Wenn sie an solch einer Gruppe vorbeikam, spürte sie noch eine ganze Zeit die scheelen Blicke in ihrem Rücken. Sie war ein unbekannter Eindringling in deren Viertel. Sie hatten sie nie zuvor gesehen, deshalb war sie eine gefährliche Fremde, auf die man gut achtgeben musste. Die Turková bereute es fast, nicht auch Kira mitgenommen zu haben. Přívoz war eine vernachlässigte, heruntergekom-

mene Gegend, einem Ghetto nicht unähnlich. Als wollten alle vergessen, dass es einen solchen Stadtteil überhaupt gab.
Das Haus, in dem die Klོceks wohnten, lag schon in der Nähe der Hauptstraße, hinter der Kirche und dem Platz, hier fühlte sie sich einen Deut besser. Eine Nachbarin, die im Garten einen Pfingstrosenstrauch schnitt, ließ sie ins Haus hinein. Die Kloceks wohnten im zweiten Stock dieses maroden Mietshauses. Die Türklingel funktionierte nicht, deshalb musste sie mehrmals laut mit der Faust gegen die Tür schlagen. Es war um die Mittagszeit, der alte Klocek schlief vielleicht und hörte sie nicht. Gerade wollte sie zum nächsten Schlag ausholen, als die Tür sich doch öffnete und Pavel sich zeigte.
– Ich müsste mit Ihnen und Ihrem Vater sprechen, kann ich reinkommen?
– Warum?, blaffte Pavel. Er sah genauso erschrocken und verstört aus wie bei allen vorherigen Begegnungen. Sie maß ihn mit einem wachsamen Blick.
– Ich muss noch nach einigen Details fragen, die den Mord an Ihrer Schwester betreffen. Ich weiß, dass Sie schon bei einer Vernehmung waren und dass Ihr Vater vorgeladen wurde, aber unter vier Augen wird es vielleicht nicht so formal und unangenehm, fügte sie erklärend hinzu, um sein Vertrauen zu wecken.
Pavel trat zur Seite und ließ sie hinein. Mufina ließ sie auf der Fußmatte vor der Wohnungstür liegen. Wie jeder verlassene Hund konnte sie stundenlang reglos auf das Frauchen warten.
Hinter der Turková schloss sich die Tür. Sie fand sich in einer geräumigen Wohnung wieder, die ungelüftet und muffig war. An den Wänden zeigte sich Schimmel, der Fußboden war verdreckt. Die Kloceks trugen ihre Straßenschuhe auch zu Hause und der Fußboden hatte schon seit Jahren keinen Kontakt mehr mit einem Scheuerlappen. In der Küche ragte ein abgeplatztes Spülbecken

aus der Wand, aus einem Hahn, der sich nicht mehr schließen ließ, tropfte Wasser auf einen Geschirrstapel. Mit der Zustimmung des finster dreinblickenden Vaters rückte die Turková einen Stuhl an seinen Fernsehsessel heran. Sein Blick durchbohrte zuerst Pavel, weil er ungeladenen Besuch in die Wohnung gelassen hatte, und anschließend die Turková. Pavel lehnte sich gegen den Rahmen der Zimmertür und beobachtete sie beide. Nervös drehte sich die Turková um. Sie mochte es nicht, wenn jemand in ihrem Rücken stand.
– Herr Klocek, wir haben den mutmaßlichen Mörder Ihrer Tochter in Gewahrsam genommen, aber um ihn überführen zu können, müssen wir noch einen Tatbestand klären. Sie verstummte. Unterwegs hatte sie überlegt, welche List sie anwenden könnte, um alles aus ihm herauszubekommen, was Klocek wusste und nicht sagen wollte. Ihr war nichts Vernünftiges eingefallen, und so setzte sie auf Improvisation, was manchmal die glücklichste Lösung war. Wenn es ihr gelang, Klocek ein Geständnis zu entlocken, könnte sie Heš beweisen, dass sie zu schade war für Wohnungseinbrüche. Aber dieser Alleingang konnte auch mit ihrem Rauswurf enden. Diese unerfreuliche Vorstellung schob sie gleich wieder beiseite.
– Ihre Tochter war in den Mord an einem einflussreichen Unternehmer verwickelt. Sagt Ihnen der Name Mariage etwas? Unverwandt starrte sie Klocek an. Der saß regungslos in seinem Sessel, mit der Fernbedienung stellte er lediglich den Ton des Fernsehers aus. Grabesstille machte sich in der Wohnung breit. Unterbrochen wurde sie nur von dem Wasser, das auf das Geschirr in der Spüle tropfte. Im Rücken spürte die Turková Pavels Blick, sie drehte sich jedoch nicht um.
Klocek schwieg weiterhin, in seinem Gesicht zuckte es leicht. Ob das von Trauer oder von Wut kam, konnte sie nicht erkennen. Vor ihm im Fernseher flimmerten lautlose Bilder.

– Ich hab ihr gesacht, dass das alles nur Schweine sind und dass sie sich in Acht nehmen soll vor denen. Mir war doch klar, dass die alles einem einfachen Mädchen in die Schuhe schieben, wenn da irgendwas schiefläuft. Ich könnte den umbringen, diesen Wichser, der ihr … Er sprach nicht weiter, presste die leicht zitternden Lippen aufeinander und versuchte, den Gefühlsausbruch unter Kontrolle zu halten. Die Turková drehte sich um. Pavel stand an den Türrahmen gelehnt und machte eine gleichgültige Miene. Als wäre er nur ein Assistent, der Besuch zu einem Kranken vorlässt. Nichts von dem, was sich vor seinen Augen abspielte, schien ihn selbst zu berühren. Trotzdem glaubte sie in seinem Gesicht eine gewisse Neugier erkennen zu können.

– Sie hat es gelernt, sich nur auf sich selbst zu verlassen. Sie war so gewitzt. Der Vater schluchzte. – Auf wen hätte sie sich auch sonst verlassen sollen? Die Mama tot, ich kann kaum noch aufstehen, ich bin alt und krank, und ihr Bruder ist so überflüssig wie ein Kropf, ein unfähiger Bursche, der sie immer nur ausgenutzt hat. Und sie hat sich noch um ihn gekümmert. Alles hat sie alleine gestemmt, sie hat keinen um Hilfe gebeten. So eine tolle Frau ist das gewesen, träumte der alte Klocek vor sich hin und sah plötzlich aus wie ein hilfloser, gebrochener Greis.

– Denken Sie nach, verstehen Sie doch, vielleicht sind gerade Sie es, der uns helfen kann, ihren Mörder zu fassen. Wenn Sie mir alles erzählen, was Sie wissen, kann es uns gelingen, ihn zu überführen, bedrängte ihn die Turková, aber Klocek schüttelte nur den Kopf. Sie stand auf und wandte sich Pavel zu. Sie sahen sich flüchtig an, dann klingelte ihr Telefon.

– Entschuldigung. Das Klingeln hatte ihre Konzentration unterbrochen, sie aus der entstandenen Situation befreit, in der sie sich keinen mehr Rat wusste, wie sie aus den beiden die Informationen herausbekommen sollte, die sie interessierten. Ohne auf das Display zu sehen, nahm sie das Gespräch sofort an. Und begriff im selben Moment, dass sie nicht gerade am besten Ort war, um irgendwelche Ermittlungsdetails anzuhören. Aber es war zu spät. Sie war sich sicher, dass Vejnar etwas herausgefunden hatte. Aus dem Augenwinkel nahm sie Pavel wahr, der kaum drei Schritte von ihr entfernt stand. Nahe genug, um zu hören, worüber Vejnar und sie sprachen.

In der Wohnung herrschte absolute Stille, der Vater hatte sich schon gefangen, nur der dämliche Wasserhahn tropfte weiter, er machte ein rhythmisches Geräusch, fast wie ein Pendel. Kaum hatte sie das Gespräch angenommen, schon sprudelte Vejnar los. Sie hoffte, dass Klocek den Ton des Fernsehers wieder anschalten würde, aber seine soziale Intelligenz war nicht so weit ausgeprägt, dass er keinen fremden Gesprächen lauschen würde. Die Turková unterbrach Vejnar sofort.

– Ich kann jetzt nicht, ich rufe Sie in einer Viertelstunde zurück, sagte sie mehr als nachdrücklich. Sie guckte nach Pavel, der unauffällig noch einen Schritt näher gekommen war und sie mit einem merkwürdig stechenden Blick hypnotisierte. Vejnar ließ sich nicht abwimmeln.

– Es ist Pavel Klocek, hörte sie und drückte das Gespräch sofort weg. Vejnar wäre wohl im Traum nicht eingefallen, dass seine Kollegin gerade in Mariages Wohnzimmer stand.

Vejnar war offensichtlich begeistert, denn er hatte schnell und ungewöhnlich laut gesprochen. Zweifellos hatte Pavel alles verstanden. Sie konnte geradezu körperlich spüren, wie die Atmosphäre im Zimmer sich merkwürdig auflud. Pavel starrte sie noch immer unverwandt an. In seinen Augen erkannte sie Anspannung, Angst und so etwas wie eiskaltes Überlegen. Etwas, das sie ihm keinesfalls zugetraut hätte. In seinem Gesicht spielten die Muskeln, sein ganzer Körper war zum Sprung bereit wie der eines Raubtiers. Sie wandte ihren Blick von ihm ab und machte einen entschlossenen Schritt in Richtung Diele, um dieser verdammten Wohnung schnellstmöglich zu entkommen. In diesem Moment bemerkte sie ihren fatalen Fehler, der ganz bestimmt verhindern würde, dass sie weiterhin als Polizistin tätig sein konnte.

Sie wurde von einer Hand an der Schulter gepackt, die heftig an ihr zerrte. Pavels Blick war nicht mehr verschreckt oder unsicher. Er war hart und unberechenbar. Sie bekam Angst. Instinktiv griff sie an ihre Hüfte, wo sie ihre Waffe hatte. Geübt zog sie sie aus dem Holster und zielte auf Pavel.

Diese eine Bewegung war allerdings ein Signal, sie rief den Alarmzustand aus, und Pavel begriff das genau.

Als er seinen Namen gehört hatte, hatte er instinktiv die drohende Gefahr gewittert. Ohne sich das genauer zu überlegen, beschloss er zu handeln. Die Turková spürte das Adrenalin, das in ihrem Körper pulsierte. Sie versuchte, die Entfernung zur Tür abzuschätzen. Ihr fehlte jede Vorstellung, wie Pavel sich verhalten würde. Unverwandt machte er einen Schritt auf sie zu.

– Keine Bewegung, brüllte sie.

Er erstarrte unmittelbar in ihrer Nähe, sodass sie mit der Waffe fast seine Brust berührte. Sie maßen einander. Die Turková machte einen Schritt zur Seite, sie versuchte, mit der freien Hand Vejnars Nummer zu wählen und gleichzeitig den Feind gegenüber nicht aus den Augen zu lassen. Sie zitterte am ganzen Körper, ihre Hände gehorchten nicht länger, ihre Fingergelenke verkrampften. Die Waffe würde man ihr wohl aus der Hand hebeln müssen.

Aus dem Hausflur hörte man lautes Türenschlagen, Mufina bellte hysterisch los. Die Turková fuhr zusammen und drehte sich instinktiv nach ihr um. Genau in diesem Moment sprang Pavel in ihre Richtung und trat mit aller Kraft und unerwartetem Geschick gegen ihren Unterarm. Ein Schuss löste sich.

Vejnar lehnte sich zufrieden im Sessel zurück und überlegte. Pavels einziges Motiv war wohl Hass. Andererseits war er auf einen ständigen Zustrom von Geld angewiesen, das er immer wieder aufs Neue an den Spielautomaten verlor. Er hatte sowohl zu Bittners Büro Zugang, wo er alles Mögliche, auch das Etui mit der Insulinspritze, gestohlen haben konnte, als auch zu Sýkoras Wohnung, wo er sich so viel von den Chemikalien genommen haben konnte, wie er wollte, und zu guter Letzt auch den Schlüssel, um später gewaltlos bei Sýkora eindringen zu können.
Mariage und Pavel Klocek waren ein und dieselbe Person. Die Klocková hatte sich in jener Nacht mit ihrem Bruder beraten, wie sie den toten Bittner loswerden könnte, und Pavel hatte das erledigt, wahrscheinlich in einem Komplott mit seinem Vater. Der hatte am nächsten Tag Sýkora aufgesucht, um ihn zu erpressen. Die Kloceks waren ein eingespieltes Trio, das den Bittner auf dem Gewissen hatte. Pavel hatte die Möglichkeit, die Spritze zu stehlen und zu befüllen, Šárka konnte ihn vergiftet haben und Klocek hätte sich so an Sýkora für altes Unrecht gerächt. Alle drei hätten von der Erpressung profitiert. Als sich zeigte, dass Gavla nichts springen lässt, begann Mariage, die Rechnungen an die Bittnerová zu schicken. Aber Vejnar stieg noch immer nicht dahinter, welches Interesse die Klocková an Bittners Tod hatte und wer wiederum sie umgebracht haben könnte. Den triftigsten Grund für diesem Mord hatte Gavla, der sie irrtümlich für Mariage gehalten hatte.
Vejnar war überaus zufrieden, wie sich alles aufzulösen begann. Er wählte Turkovás Nummer und freute sich wie ein kleines Kind,

dass er ihr alles verraten würde. Das Telefon hatte nur zwei Mal geklingelt, als sie abnahm, aber ihre Stimme klang irgendwie hohl und unnatürlich, schon, als sie sich vorstellte.
– Hallo, sind Sie das?, fragte er sicherheitshalber und nahm das Telefon vom Ohr, um zu schauen, ob nicht ein Kaugummi oder so etwas auf dem Lautsprecher klebte und diesen merkwürdig hölzernen Klang verursachte.
– Ich habe etwas sehr Interessantes herausgefunden, sprudelte er los.
– Ich kann jetzt nicht, ich rufe Sie in einer Viertelstunde zurück, ließ sie ihn schnöde abblitzen, sodass Vejnar schon dachte, sie säße in der Gynäkologie und könne sich nicht unterhalten, oder sie wäre immer noch sauer auf ihn. Ihre merkwürdige Reaktion dämpfte zwar seine Begeisterung, aber auch so stieß er schnell noch hervor:
– Es ist Pavel Klocek. Klocek ist Mariage. Schon bevor er den Satz beenden konnte, erklang der Besetztton. Sie hatte aufgelegt. Weder nach fünfzehn Minuten noch nach einer halben Stunde rief sie zurück. Ihr Telefon klingelte, aber niemand nahm ab.

XXVIII.

Kodler war überaus effektiv. Das Konto von Mariage lief auf den Namen von Stanislav Lejsek, der sich zurzeit in der geschlossenen Abteilung der psychiatrischen Klinik von Opava aufhielt.
– Jo, jo, den kenn ich. Lejsek zeigte mit dem Finger auf ein Foto von Pavel Klocek. Dann strich er sich eine fettige Haarsträhne hinters Ohr.

– Wir haben manchmal zusammen gekifft. Er wohnte im Haus nebenan. Hatte aber nie was mit harten Drogen zu tun.
Kodler steckte das Foto zurück in seine Brusttasche.
– Haben Sie ein Bankkonto?
Der Mann in Pavels Alter lachte laut auf.
– Wie meinen Sie das? Ob ich irgendwelche Kohle habe? Wenn ich hier rauskomme, lande ich direkt auf der Straße, wenn ich nicht schnell irgendwo einen Job finde.
– Ich möchte wissen, ob Sie irgendwann in der Vergangenheit ein Bankkonto eröffnet haben, unabhängig davon, ob darauf Geld liegt oder nicht. Kodler wurde klar, dass es ein bisschen schwieriger sein würde, mit diesem Menschen etwas zu klären.
– Nein, echt nicht. Lejsek musste lachen.
– Als Sie auf der Straße lebten, hatten Sie da Papiere? Lejsek machte eine genervte Miene. Mit den Papieren war es kompliziert. So ein blödes kleines Rechteck, und was für ein Aufstand darum immer gemacht wurde. War doch klar, dass seine Papiere immer wieder verloren gingen. Bei jedem Entzug musste er sich neue machen lassen, nur um sie dann wieder irgendwo zu verschusseln, zu zerknicken oder sich stehlen zu lassen.
– Jo, ich hab mich schon drum gekümmert. Ohne Perso könnte ich ja wohl kaum auf Jobsuche gehn.
Kodler sah sich Lejsek genauer an. Er hatte ein schmales, von Abhängigkeit gezeichnetes Gesicht, das unauffällig und alltäglich war. Nur seine Augen waren genauso groß und schreckhaft wie die von Klocek. Wenn man sich die langen fettigen Haare wegdachte, waren sie sich eigentlich ziemlich ähnlich.
Das Konto von Mariage war vor ungefähr fünf Monaten eröffnet worden. Zu einer Zeit, als Lejsek mit einer schweren Blutvergiftung im Krankenhaus lag. Auch wenn sie Klocek den Mord viel-

leicht nicht beweisen konnten, die Erpressung würden sie ihm hundertprozentig nachweisen.

Vejnar strengte all seine Gehirnwindungen an, um dahinterzukommen, wo die Turková wohl gerade sein könnte. Zu Hause hatte er sie nicht erwischt, aber Míra hatte bestätigt, dass sie zu jemandem in Přívoz wollte. Ihm kam die Idee, dass sie entweder im „U Dlouhých“ sein könnte, wo sie erneut alle Mariáš-Spieler verhören wollten, oder bei den Kloceks. Ursprünglich hätten sie gemeinsam dorthin gehen sollen, aber die Turková war voller Ungeduld und in den Fall verbissen. Vielleicht hatte sie sich ohne ihn aufgemacht, was aber äußerst unwahrscheinlich war, wenn man an ihren Grundsatz dachte, sich stets an alle Vorschriften zu halten. Der Staatsanwalt stellte ihm umgehend einen Haftbefehl für Alois und Pavel Klocek aus, und zusammen mit Oujezdský machte er sich auf den Weg nach Přívoz.
Die Fenster der Kloceks waren geschlossen, obwohl draußen ein herrlicher Herbsttag war. Im Garten konnten sie niemanden sehen, die Haustür stand allerdings offen. Sie traten in den dunklen, kühlen Hausflur und lauschten eine Weile an der Wohnungstür, ob Stimmen zu hören waren. Es war jedoch vollkommen still. Vejnar hämmerte gegen die Tür und wartete ab. Mehr als fünf Minuten vergingen, dann klopfte er noch einmal. Die Toilette der Kloceks befand sich im Hausflur, aber auch dort trafen sie niemanden an. Sie könnten die Tür eintreten, aber das wäre die äußerste Möglichkeit. Pavel konnte um diese Zeit sonst wo sein, aber der alte Klocek hielt sich meist in der näheren Umgebung seiner Wohnung auf.
– Wir können ja erst mal um das Haus herum nachschauen, schlug der Kollege vor und Vejnar war einverstanden.
Einige Minuten später traten sie auf die Straße und jeder lief in

eine andere Richtung. Oujezdský ging in die Kneipe, die an das Wohnhaus angrenzte, Vejnar machte sich auf in Richtung der Kirche im nahe gelegenen Park. Kaum war er um die Ecke gebogen, vernahm er ein aufdringliches Gebell hinter sich. Er drehte sich um und sah einen struppigen Hund, der auf der Straße hin und her lief, immer für einen Moment stehen blieb und dann losbellte, bevor er wieder irgendwohin in Richtung Bahnhof lief. Das wiederholte er ungefähr dreimal. Er erinnerte Vejnar an Turkovás Hündin. Ein strubbeliger Hund auf kurzen Beinen, so wie es viele auf der Straße gab. Aber dieser hatte eine Hundemarke um den Hals und ein sauberes Fell.

Vejnar konnte sich nicht erinnern, wie der widerliche kleine Kläffer der Turková hieß. Er schnalzte dem Hund zu und ging in die Hocke. Der Hund erkannte ihn und wedelte mit dem Schwanz. Er sträubte sich jedoch näher zu kommen. Stattdessen lief er zum Haus der Klocеks, wo er stehen blieb und bellte. Vejnar warf einen Blick zum Fenster im zweiten Stock und bemerkte eine schnelle Bewegung. Vielleicht schien es ihm nur so, aber er hatte das Gefühl, dass sich die Gardine leicht wellte. Er sah sich um und hielt Ausschau nach Oujezdský. Schließlich lief er allein zum Hauseingang zurück. In der Tür prallte er mit einer älteren Frau zusammen.

– Ist das Ihr Hund?, herrschte sie Vejnar an. Mit einem Besen versuchte sie, den Hund möglichst auf Abstand zu halten. Vejnar antwortete nicht. Ihn interessierte die Turková. Er zeigte seine Dienstmarke und die Frau änderte sogleich ihren Tonfall.

– Jo, jo, so eine kleinere Blondine, ich glaube, die wollte zu den Klocеks, murmelte sie und ging dann ihren eigenen Angelegenheiten nach. Vejnar wartete nicht länger. Mit Mufina auf den Fersen lief er nach oben. Er hämmerte erneut gegen die Tür, aber keine

Reaktion. Also stemmte er sich mit der Hüfte gegen die Türfüllung und hoffte, dass die alte Holztür unter seinem Gewicht nachgeben würde.

– Mach auf, ich weiß, dass du zu Hause bist! Gerade wollte er gegen die Tür anlaufen, blieb aber noch rechtzeitig stehen, denn die Tür ging auf und Pavel zeigte sich, so blass und aufgeschreckt wie immer. Sie starrten einander an.

– War meine Kollegin hier? Wo ist sie?, fuhr Vejnar ihn an.

– Keine Ahnung, die ist schon weg. Er zuckte die Schultern. Dieses Schulterzucken war seine häufigste und universale Antwort. Vejnar warf einen kurzen Blick nach drinnen, konnte aber nur die dunkle Diele erkennen. Die Tür zur Küche war geschlossen. Ihm fiel auf, dass Pavel verschwitzt, blass und aufgeregt war. Er schaute auf seine Hände. Sie waren gerötet und voller Abschürfungen. Am Ärmel hatte er frisches Blut. Mufina stürmte sofort in die Wohnung.

Alles geschah innerhalb weniger Sekunden. Die Hand der Turková flog nach oben und der Schuss bohrte sich in die Decke. Pavel versetzte ihr einen Faustschlag, sie spürte einen heftigen Schmerz im Gesicht. Mit ihrem Knie wollte sie Pavel im Schritt treffen, aber als hätte er es geahnt, sprang er zur Seite. Mit einer Hand nahm er sie in den Würgegriff, mit der anderen versuchte er, ihr die Waffe abzunehmen. Er quetschte ihren Unterarm mit solcher Kraft, dass sie vor Schmerz aufzischte. Sie konnte sich nicht wehren, er hatte viel mehr Kraft, als sie ihm zugetraut hätte. Sie rang nach Luft und versuchte, seinen Griff an ihrem Hals zu lösen, damit er sie nicht erstickte. Er schob sie in die Küche, wo er ihren Unterarm gegen die Tischkante schlug, damit sie die Waffe fallen ließ. Sie hörte ein merkwürdiges Knacken und ein heftiger Schmerz durchfuhr ihren Körper. Sie schrie auf. Die Pistole fiel zu Boden. Aus dem

Augenwinkel konnte sie den alten Klocek sehen, der überrascht in der Tür stand und sie beide anstarrte, als würde er seinen Augen nicht trauen. Normalerweise sah er solche Szenen nur im Fernsehen. Das Geschehen vor sich verfolgte er genauso interessiert. Pavel stieß die Turková hart auf einen Stuhl, mit einem Fausthieb zog er sie für eine Weile aus dem Verkehr. Vor ihren Augen begann es zu flimmern. Sie erschrak und hörte kurz auf, sich zu wehren. Blut strömte aus ihrer Nase, sie musste blinzeln. Aber ehe sie wieder zu sich kam, vergingen endlos viele Sekunden. Genau so viele, wie Pavel benötigte, um den Schal seines Vaters vom Garderobenhaken zu zerren und sie mit den Armen an der Rückenlehne des Stuhls festzubinden.

Er stopfte ihr ein stinkendes Geschirrtuch in den Mund. Sie bekam keine Luft, keuchte und spürte, wie sich ihr Brustkorb aufblähte. Er hob und senkte sich unwillkürlich, sie hatte diese Bewegung überhaupt nicht unter Kontrolle, als würde sie gar nicht zu ihr gehören. In ihrer Hand zuckte es und der Schmerz paralysierte sie völlig, bis es ihr die Tränen in die Augen trieb. Sie durchfuhr der Gedanke, dass sie alles vermasselt hatte. Pavel hatte sie völlig falsch eingeschätzt. Er war viel stärker und gefährlicher, als sie gedacht hatte. Als ein Junge von der Straße wusste er, wie man sich prügelt.

– Pavel, was machst du, bist du jetzt völlig durchgedreht?, hörte sie wie aus weiter Ferne seinen Vater. Pavel beachtete ihn nicht. Er starrte die Polizistin an und atmete stoßweise.

– Das ist alles mein Alter gewesen. Der hat sich das ausgedacht. Er hat mich nur ausgenutzt und Šarina auch. Die haben mich dazu gezwungen, schrie er die wehrlose Turková an, die kaum in der Lage war, ihm zu folgen. Er marschierte vor ihrem Stuhl auf und ab, fasste sich abwechselnd an den Kopf und schüttelte seine Arme aus, als sei er bei einem Sporttraining. Offenbar beruhigte ihn das. Die Turková konnte überhaupt nichts tun. Sie war festgebunden und konnte nicht einmal vernünftig atmen. Den Schal hatte Pavel sorgfältig festgezogen und mehrmals kontrolliert. Er schnitt ihr in die Handgelenke, im Mund spürte sie den grässlichen Geschmack des alten Lumpens, in ihrer Hand und im Kiefer pulsierte ein unerträglicher Schmerz.

Pavel wurde panisch und wiederholte in einem fort:

– Das war mein Alter, mein Alter, mein Alter, der ist an allem schuld, und Šarina auch. Die haben mich gezwungen. Diesen Satz wiederholte er ungefähr fünfmal, bis der Vater auf ihn zuging und ihm den Stock über den Rücken zog.

– Was faselst du da, du Wichser! Wer hat dich zu irgendwas gezwungen? Was lügst du da!

Es war, als sei in diesem Moment ein Stromschlag in Pavel gefahren: Ganz ohne nachzudenken, griff er sich den Stock seines Vaters und schlug ihm damit über den Kopf. Das Haar des Vaters färbte sich sofort blutrot. Blut rann ihm über den Kopf und tropfte auf den Boden. In seinen Augen stand Überraschung. Er war völlig versteinert und öffnete erstaunt den Mund. Pavel versetzte ihm zwei weitere Schläge, dann fiel der Vater zu Boden, wo er regungslos liegen blieb. Die Turková konnte die Szene nur beobachten, ohne jede Chance, irgendwie einzugreifen. Diese Hilflosigkeit trieb sie zur Verzweiflung. Ohne eine Pause zu machen, schlug Pavel den Vater mit seinem Stock. Er drosch auf ihn ein wie ein Wahnsinniger, auf den Kopf oder daneben, obwohl der Körper bereits leblos war. Die Turková schloss die Augen. Sie hörte nur das dumpfe Geräusch der Schläge und das Keuchen von Pavel, der sich nach Kräften bemühte, das Leben aus dem Körper herauszuprügeln. Es dauerte unendlich lange.

Als die Turková ihre Augen wieder aufmachte, stand er mit dem blutigen Stock in der Hand über dem Körper des Vaters.

– War es das, was du wolltest? Und jetzt, hast du jetzt Achtung vor mir? Jetzt bin ich kein unfähiger Wichser mehr, oder?, schluchzte er und der Stock glitt aus seiner Hand. Der Metallgriff war blutverschmiert. Pavel hockte sich zu seinem Vater und weinte wie ein kleiner Junge. Er weinte sich all den angestauten Hass aus dem Leib, bis er nach einigen Minuten wieder zu sich kam, seine Tränen abwischte und die Turková betrachtete, als sähe er sie zum ersten Mal. Fast schien es, als ob er vor ihr erschrak, als hätte er sie nie bei sich zu Hause in der Küche erwartet. Er starrte sie an und überlegte, was er mit ihr anstellen sollte, ihm fiel aber nichts Vernünftiges ein.

Zusammen mit dem Stuhl zerrte er sie in die Kammer neben der Küche, in einen kleinen dunklen Raum mit Regalen, in denen zehn Jahre alte Marmeladen und Reste von Lebensmitteln standen, durch die sich die Motten gefressen hatten. Er schlug die Tür hinter ihr zu und sie versank in völliger Finsternis.

Sie ahnte nicht, wie viel Zeit vergangen war, als sie durch die Wand dumpfe Schläge hörte. Sie kamen vom Flur, vielleicht hämmerte jemand gegen die Tür. Ihre Sinne waren angespannt, in ihren Schläfen pochte es und jeder Zentimeter ihres Körpers zitterte vor Angst und Anspannung. Pavel würde man zwar wegen Mordes verurteilen, aber sie wäre tot, dachte sie plötzlich. Bis zur Nacht waren es wahrscheinlich nur ein paar Stunden, dann würde er sie erschlagen wie seinen Vater und sie im Schutz der Dunkelheit irgendwo auf der Bahnstrecke abwerfen, wo ein Zug sie überfahren würde. Sie versank in Hoffnungslosigkeit und begann zu schluchzen. Mit dem Geschirrtuch im Mund bekam sie jedoch nicht richtig Luft, sie röchelte nur. Schleim lief aus ihrer Nase und über ihre

Wangen rollten Tränen. Sie war nicht in der Lage, dem Einhalt zu gebieten.

Nach einiger Zeit wiederholte sich das Hämmern. Sie betete, dass das Vejnar sein möge. Die Polizistin versuchte, sich aus den Schlingen zu befreien und irgendwie auf sich aufmerksam zu machen. Aber das war ein vergeblicher Kampf, eine ihrer Hände war vor Schmerz vollkommen taub und außerdem war sie sehr fest verschnürt. Pavel hatte sie noch mehrmals mit einer dünnen Paketschnur umwickelt, die sich ihr in den Körper schnitt. Sie konnte sich überhaupt nicht rühren und keinen Laut von sich geben außer einem leisen Röcheln. Nach einer Weile saß sie nur noch schicksalsergeben mit gesenktem Kopf da und zog in Gedanken Bilanz, was sie wem noch sagen, was sie noch veranlassen müsste. Sollte sie das hier überleben, würde Heš sie garantiert feuern, aber das war das Allerletzte, was sie im Moment interessierte. Sie versenkte sich in sich selbst. Mit größter Wahrscheinlichkeit erwartete sie ja der Tod, und so wollte sie sich im Geiste von all ihren Nächsten und Bekannten verabschieden. Aber es durfte und konnte doch nicht so zu Ende gehen! Heimlich hegte sie noch immer eine kleine Hoffnung. Man hing eben so sehr am Leben, dass man bis zum letzten Atemzug auf irgendein Wunder hoffte …

Das Blut unter ihrer Nase trocknete langsam und die Haut darunter juckte. Ihre Nase und ihr Gesicht waren geschwollen und schmerzten immer mehr. Ihre Arme und Beine waren unbeweglich wie Stein. Unbestimmte Geräusche aus dem Flur rissen sie aus ihren Todesgedanken. Sie hörte eine Stimme, Hundegebell, dann einen heftigen Aufprall und das Geräusch von splitterndem Glas. Schritte in der Küche und Vejnars Stimme. Sie legte den Kopf in den Nacken. *Oh mein Gott, ich danke dir.* Irgendwie musste sie ihm zu verstehen geben, dass sie hier eingesperrt war. Sie rutschte auf der Sitzfläche nach hinten und kippelte mit dem Stuhl, bis die Stuhlbeine auf dem Boden klackten. Diese Bewegung wiederholte sie mehrmals. Unterdessen gab es vor der Kammertür offenbar eine Auseinandersetzung zwischen Vejnar und Pavel. Pavel wog nur halb so viel wie Vejnar und war nicht trainiert. Vejnar soff und hatte keine Kondition. Aber er hatte eine Waffe. Pavel wiederum die Wildheit eines in die Enge getriebenen Raubtiers. Allerdings würde auch sein Gehirn die Ausweglosigkeit dieser Situation erkennen müssen. Pavel war kein Dummkopf. Er wurde nur von allen unterschätzt.

XXIX.

Plötzlich wurde die Kammertür aufgerissen und im Türrahmen erkannte sie Pavel. Er sprang auf sie zu und packte sie von hinten an den Haaren.

– Noch einen Schritt, und ich schlitz ihr die Kehle auf! Unter dem Kinn konnte sie die kalte Klinge eines Küchenmessers spüren. Sie musste schrecklich aussehen. Das schloss sie aus Vejnars entsetztem Blick. Einen Moment starrte er auf ihr kaputtes Gesicht, dann fasste er sich jedoch schnell wieder.

– Du machst das alles nur schlimmer für dich. So kommst du nie aus dem Knast raus. Gib mir das Messer, dann hast du noch eine kleine Hoffnung, sagte er mit sicherer, leiser Stimme.

– Ich habe keine Hoffnung mehr, schnauzte Pavel.

Die Turková spürte, wie sein ganzer Körper bebte. Pavel war ebenso aufgewühlt wie sie und seine Hand mit dem Messer zitterte. Die Klinge vibrierte an ihrem Hals. Sie gab keinen Laut von sich. Ein

einziger falscher Schritt und er würde ihr die Kehle durchschneiden, daran hatte sie keinen Zweifel. Hatte er doch vor ihren Augen seinen eigenen Vater mit dem Stock totgeprügelt.
Vejnar hielt seine Waffe in der Hand, aber in dieser Situation nützte sie ihm nichts. Pavel hatte sich ganz hinter der Turková versteckt, außerdem war es in der Kammer düster.
– Was willst du machen? Du hast überhaupt keine Chance, redete Vejnar mit der immer gleich ruhigen Stimme weiter.
– Leg die Pistole auf den Boden, keuchte Pavel, verschreckt und nervös. Vejnar gehorchte und legte die Waffe langsam vor sich ab. Pavel selbst hatte keine Ahnung, was er eigentlich wollte. Ihm war klar, dass er total am Arsch war, aber völlig zu Unrecht. Das mussten doch alle kapieren. Er brauchte nur Zeit, um zu überlegen, wie er das alles am besten erklärte. Zu alldem hatten doch eigentlich die ihn getrieben. Die Bittners, die Gavlas und auch die Vejnars und vor allem die Klocek. Seit seiner Kindheit hatten doch alle alles dafür getan, dass das mal so blöd endete.
Als kleiner Junge kannte er nur seines Vaters Wut, dessen Ohrfeigen, Beschimpfungen, dessen Spott und Demütigungen. Dann war er abgehauen von zu Hause und auf der Straße beinahe gestorben, aber das hatte keinen interessiert. Er war nach Hause zurückgekehrt und seit dieser Zeit für seinen Vater, seine Mutter und auch für seine Schwester nicht mehr als ein Haufen Mist. Er hat für sie den Dienstboten gespielt, als Wiedergutmachung dafür, dass er überhaupt existierte. Dass er geboren wurde. Aber er war bereit, all das zu vergessen, weil ein Plan in seinem Kopf entstand, wie er sie alle aufs Kreuz legen konnte. Wie er mit dieser beschissenen Familie und der gesamten Gesellschaft, die seinem ganzen Leiden nur untätig zugeguckt und ihm nie geholfen hatte, mal so richtig Schlitten fahren konnte. Als er noch ein niedlicher kleiner

Dreikäsehoch war, schüttelten die Nachbarn immer den Kopf und sagten, der arme Junge, der hat es nicht leicht. In der Pubertät war er dann nur noch ein ungezogener Lümmel und nun ist er ein gemeiner Mörder ohne Vergangenheit.
Der Sýkora hat wenigstens Kohle gekriegt, aber für ihn gab es nur einen Scheiß. Und der Bittner war die Verkörperung von all dem, was er hasste, weil er niemals so werden konnte wie der, auch wenn er das hundertmal gewollt hätte. Schon beim Start ins Leben war es ihm beschissen ergangen, und je älter er wurde, desto offensichtlicher war, dass alles immer nur noch schlimmer werden würde. Dass die Bittners, die Gavlas und die anderen sich nur den Arsch abwischen würden mit ihm. Warum sollte er sich um etwas bemühen, wenn er selber nichts wert und zu nichts zu gebrauchen war? Tagaus, tagein hatten die ihm das nicht nur gesagt, sondern es ihn auch spüren lassen. Vor allem der Bittner. Dieser arrogante Hurenbock und Betrüger.
Bis sich endlich die Gelegenheit bot, sie alle schön reinzulegen und sich an ihnen zu rächen.
Bittner war ein aufgeblasener Kerl, der Pavel für einen unsichtbaren und harmlosen Batzen Rotz gehalten hatte. Solche wie Pavel waren in seinen Augen gerade mal gut genug, ihnen unterm Tisch einen runterzuholen. Mechanische Befriedigungsmaschinen. Er hat keine Angst gehabt, seine geschäftlichen Probleme vor Pavel auszubreiten, er hat telefoniert und sich um seine Jobangelegenheiten gekümmert, während Pavel ihm gegenübersaß und sich so lange einen runterholte, bis Bittner den Spaß daran verlor. Nicht mal sein eigener Vater hatte ihn je so erniedrigt wie dieser widerliche Typ.
Den Bittner zu vergiften, das war sein Traum, und Šárka war ihm dabei zum Schluss ungewollt auch behilflich. Šarina war eine

dumme, aufgeblasene Gans, die sich wichtig fühlte, wenn sie alles weiterquatschen konnte, was Gavla und andere ihr im Suff erzählten. Der da kann die da nicht ausstehen und jener da schuldet dem da was. Pavel wäre ja ein Trottel, wenn er das nicht ausgenutzt hätte. Zuerst hatte er gedacht, dass er sie nur erpressen und ihnen die Kohle abnehmen würde. Einem nach dem anderen, denn über jeden von Bittners Bekannten wusste er etwas. Als sich die Gelegenheit bot, hatte er Gift in Bittners Spritze gefüllt, ohne überhaupt einen durchdachten Plan zu haben. Er hatte nur heimlich gehofft, dass Bittner sich das einmal selbst in die Adern spritzen würde. Aber das Werk des Zufalls hatte zum ersten Mal im Leben zu Pavels Gunsten gespielt. Šárka selbst hatte Bittner bereitwillig die Dosis Gift injiziert, ohne irgendetwas zu ahnen. Sie war panisch geworden und hatte einen Rat gebraucht. Den Rat ihres Bruders. Diesen Niemand, den dummen kleinen Pavel hatte sie zu Hilfe gerufen, als ihr das Wasser bis zum Hals stand. Das war eine riesige Genugtuung. Er jubelte und frohlockte, nicht einmal in den wildesten Fantasien hätte er gehofft, dass sich die Situation so gut entwickeln würde.

Er hatte den Körper des toten Bittner und den Ersatzschlüssel von Eriks Wohnung in der Tasche, den hatte dieser ihm selbst gegeben. Der gutgläubige Erik ließ Pavel bei sich übernachten. So konnte Pavel kommen und gehen, auch wenn Erik gerade nicht zu Hause war. Sich an den Giften zu bedienen, mit denen Erik ganze Regale gefüllt hatte, war einfach. Erik war zwar ein feiner Kerl, aber eigentlich war er Pavel scheißegal. Der würde sich da schon irgendwie rauswinden. Erik wand sich immer irgendwie raus.

Als Erik sich auf den Weg in die Kneipe gemacht hatte, hatte Pavel die Leiche in seinem Stellwerk versteckt. Dann musste er geschlagene vier Stunden auf ihn warten. Zum Glück trug er den Mantel seines Vaters und dessen Ledermütze, sodass ihm nicht kalt war. Erik kam spät in der Nacht zurück, seine Schritte rissen Pavel aus dem Halbschlaf. Er griff sich den Gehstock des Vaters und bohrte ihn in Eriks Nacken. Er spürte, wie dieser ganz starr wurde vor Angst. Und dann genügte es, ihm ein wenig zu drohen, und schon lief Erik zuverlässig wie ein Uhrwerk, nach seinen Anweisungen. Pavel wollte seine Jagdtrophäe. Wenigstens nach dessen Tod wollte er den Bittner erniedrigen, ihn zu einem ausgestopften Rindvieh machen.

Und dann hatte er sich über die Angst und Unsicherheit von Bittners Frau amüsiert. Er hatte ihr lauter SMS von Bittners Telefon geschickt und schließlich die Klamotten von ihrem Alten gebracht, die er in einen Karton gepackt hatte. Das muss ihr den Rest gegeben haben. Blitzschnell überwies sie das Geld für den fiktiven Schweinskram. Bei Erik hatte er Stapel von Rechnungen gesehen, es war ganz leicht, sie zu kopieren. Er musste nur den Briefkopf ersetzen und anstelle von „ausgestopfte Katze“ zum Beispiel „stellen wir für Ausflüge nach Sodom in Rechnung“ in den Betreff schreiben, und schon hatte er wieder Geld, von dem er leben konnte. Guten Gewissens hängte er die langweilige Schufterei bei Kovošrot an den Nagel. Von Gavlas und Bittners Kohle lebte er wie ein König.

Sein ganzer Plan nahm in dem Moment monumentale Dimensionen an, als Šárka und Gavla begannen, auf Zehenspitzen umeinander herumzuschleichen und darauf zu warten, wer den ersten Fehler begehen würde. Es genügte, mit einem einzigen anonymen Brief des geheimnisvollen Mariage das Feuer des Misstrauens zu entfachen, und schon war der Zwist auf der Welt. Er unterschrieb mit KS, was jeder als Klocková Šárka deuten konnte, und in Wirklichkeit war er es – der Herz-Unter wie beim Mariáš, ein richtiger

Prinz der Rache. Gavla verlor die Nerven und Šárka fürchtete ihn. Das brachte Pavel auf die Idee, sich an seiner Schwester für die ganzen Jahre zu rächen, in denen sie ihm kein einziges Mal ihre helfende Hand gereicht hatte. Sie hatte ihn gedemütigt und ihm zu verstehen gegeben, dass er eine Null war und sie ihn durchfüttern musste. Sie war ausgezogen, als er vier war, und hatte ihn auf Gedeih und Verderb dem gewalttätigen Vater und der gleichgültigen Mutter überlassen, obwohl sie genau wusste, wie es Pavel erging. Sie hatte ihre Discos, ihre Liebhaber und Geld, nichts anderes interessierte sie. Und außerdem hatte sie, anders als er, die Liebe der beiden Eltern. Darum hatte Pavel sie am meisten beneidet.

An jenem Abend war er zu ihr gegangen, um sie zu töten, um sich auch an ihr zu rächen und Gavla die Schuld in die Schuhe zu schieben. Das war auch so ein Rockefeller, für den Leute wie Pavel nur Schmeißfliegen und gemeiner Pöbel waren. Er wollte dafür sorgen, dass Gavla hinter Gitter kam, damit dieser mit eigenen Augen sah, wie es sich als Pöbel so lebte. Er hatte alles genau bedacht, um keinerlei Spuren zu hinterlassen.

Šárka war an dem Abend genauso gemein wie immer, wenn er zu ihr kam. Sie hatte ihn nie bei sich übernachten lassen, wenn er es nötig gehabt hätte. Immer hatte sie sich damit herausgeredet, dass sie noch Besuch bekäme, aber Pavel wusste genau, dass sie log. Sie hatte ihn in der Diele stehen lassen und ihm nicht mal ein Wasser angeboten. Auch sie hatte schon all diese Eigenschaften angenommen, die er hasste, den Geruch all der stinkreichen Typen, mit denen sie pennte, und deshalb dachte, dass sie mehr wert war als er. Es hatte Pavel schließlich gereicht.

Mit einer geschickten Handbewegung hatte er die Damenstrumpfhose, die an der Klinke der Badezimmertür hing, um ihren Hals geworfen und sie erdrosselt. Das hatte wohl nicht mal eine halbe

Minute gedauert. Sie hatte sich überhaupt nicht gewehrt, keinen Laut von sich gegeben. Plötzlich war sie schlaff geworden wie eine Marionette, sodass Pavel zuerst geglaubt hatte, sie würde ihm nur etwas vorspielen. Deshalb hatte er ihr zur Sicherheit noch lange die Luft abgeschnürt, auch als sie sich schon längst nicht mehr rührte. Nicht einmal zehn Minuten war er bei ihr gewesen. Ihren Körper hatte er aufs Bett geworfen, seine Schuhe angezogen und sich aus dem Staub gemacht.

Vejnar und er sahen sich an und keiner sagte ein Wort.
– Lass sie los, dafür kriegst du mildernde Umstände, drängte ihn Vejnar.
Die Turková konnte spüren, wie Pavel hinter ihr unruhig wurde. Schwer zu sagen, was ihm durch den Kopf ging. Sie konnte jedoch nicht seine weit aufgerissenen Augen sehen, die er auf irgendetwas hinter Vejnar richtete. Mit einem Zögern drehte Vejnar sich um. Hinter ihm lag der tote Alois Klocek und mit ihrer kleinen Zunge schleckte Mufina sein gerinnendes Blut vom Fußboden. Als Vejnar sich zurückdrehte, sah er zu seinem Entsetzen, wie Pavels Hand eine langsame, sichere Bewegung ausführte, als würde er mit einem spitzen Bleistift eine Linie ziehen. Sofort quoll ein Schwall Blut aus Turkovás Hals, sie röchelte kurz auf und senkte unnatürlich den Kopf. In diesem Moment schnellte Vejnar los und warf sich auf Pavel. Mit seinem ganzen Gewicht drückte er ihn zu Boden. Er spürte eine merkwürdige klebrige Wärme am Körper. Pavel hielt noch immer das Messer fest in der Hand. Vejnar fasste sich an den Bauch, spürte aber keinen Schmerz. Erst dann begriff er, dass das Pavels Blut war. Er hatte keinen anderen Ausweg gewusst, als das Messer auch gegen sich selbst zu richten. In das eigene Fleisch zu schneiden, war allerdings schwieriger als in fremdes,

und so war die Wunde nicht allzu tief. Der Blutfleck auf seinem T-Shirt wurde trotzdem schnell größer.

Das alles geschah innerhalb weniger Sekunden, sodass Vejnar nicht die geringste Chance hatte, irgendetwas zu durchdenken. Er handelte schnell und instinktiv, weil er wusste, dass es um Leben und Tod ging. Er setzte Pavel mit einem Faustschlag außer Gefecht, sodass der mit dem Kopf gegen das Gläserregal prallte und reglos liegen blieb. Es gab ein lautes Klirren, ein Glas fiel herunter und zersprang. Gekonnt riss Vejnar ein Stück aus seinem T-Shirt heraus und presste es fest gegen Turkovás Hals, aus dem Blut quoll. In seinem Kopf hämmerte es, hinter sich hörte er das Bellen dieses widerwärtigen Hundes, dem er am liebsten einen Tritt versetzt hätte. In seinen Schläfen pulsierte Blut, Adrenalin in seinem Körper. Er hatte gar nicht bemerkt, wann Oujezdský aufgetaucht war, aber er hörte, wie der einen Krankenwagen und Verstärkung rief. Aus dem Augenwinkel sah er, wie Pavel wieder auf die Beine zu kommen versuchte, sich mit der Hand jedoch auf die Scherben des kaputten Glases aufstützte und wieder hinsank. Sicherheitshalber wies Vejnar ihn mit einem Fußtritt zurecht, damit er liegen blieb und sich nicht rührte. Pavel hielt beide Hände fest gegen seinen aufgeschlitzten Bauch gedrückt und stöhnte vor Schmerzen.

– Wenn der Krankenwagen nicht gleich da ist, dann schafft es die Turková nicht, schnaufte Vejnar. Oujezdský musterte sie und wählte erneut die Nummer der Zentrale. Das Warten schien endlos. Sie röchelte leise. Vejnar stützte ihren Kopf und redete ihr mit ruhiger Stimme zu. Er und sein Kollege lösten langsam die Fesseln, damit die Sanitäter sie so schnell wie möglich in den Wagen verladen konnten.

Hinter ihnen in der Ecke stöhnte und jammerte Pavel. – Das ist alles die Schuld von dem Alten, schluchzte er. Mit dem Kopf gegen das Regal gestützt, lag er da wie der jämmerliche Rest eines Mannes. Es war ihm egal, was mit ihm passieren würde. Seine Aufgabe hatte er erfüllt, er hatte sich an allen gerächt für sein beschissenes Leben, das keinen Wert mehr hatte. Pavel flennte, und Vejnar ging das unheimlich auf die Nerven. Er beobachtete die Turková, kontrollierte ihren Puls. Sie kämpfte. Der Fetzen aus Vejnars T-Shirt an ihrem Hals war blutgetränkt. Endlich hörte er das rettende Martinshorn des Krankenwagens.

Während die Rettungskräfte Pavel ins Auto luden, brüllte er hysterisch und unter Aufbietung seiner letzten Kräfte:

– Ich habe sie alle umgebracht und darauf bin ich stolz, denn die haben es nicht anders verdient. Bittner war ein Schwein und wie ein Schwein ist er abgekratzt. Šarina war eine Nutte und der Alte das größte Arschloch von allen.

Am liebsten hätte Vejnar ihm eine reingehauen, weil er so ein Feigling und Schlappschwanz war. In einer plötzlichen Umnachtung hatte er die Turková abgestochen, als wäre sie ein Ferkel, dabei war sie eine Fremde für ihn und hatte ihm nichts getan. Pavel konnte sich nur in Selbstmitleid suhlen. Sich selbst, sein vermurkstes Leben und seine angestaute Wut hatte er nach und nach unterschiedslos gegen alle gerichtet.

Pavel und die Turková wurden mit dem Krankenwagen fortgebracht. Vejnar ging zurück in die Wohnung der Klocekş und ließ sich erschöpft auf einen Küchenstuhl fallen. Teilnahmslos beobachtete er die Kollegen, wie sie den Tatort sicherten. Der sah wie ein Schlachthof aus. Er war müde und von der unbestimmten Vorahnung deprimiert, dass die heutige Aktion ein ungutes Nachspiel haben würde. Seine Hände zitterten leicht. Die linke Hand, die er krampfhaft auf Turkovás Hals gepresst hatte, schmerzte. Ein Läuten seines Handys unterbrach ihn in seinen Gedanken. Er hatte eine Nachricht von Filip:

Es ist vorbei. Sie hat zu viel Blut verloren, sie haben es nicht mehr in die Klinik geschafft.

Er las die Nachricht mehrere Male, bevor er das Telefon mit aller Kraft auf den Boden schleuderte, sodass es in alle Einzelteile zerbarst. Die anderen zuckten nur kurz zusammen und sahen Vejnar fragend an.
Das hier war der beschissenste Tag seiner Karriere.

Alles, was danach folgte, nahm Pavel wie aus einem vorbeifahrenden Zug wahr, wie in einem Film, den er ohne ein Fünkchen Interesse ansah. Bei dem folgenden Verhör verzichtete er auf einen Anwalt und gestand alles bis auf den Mord an seiner Schwester. Bis zum letzten Atemzug hoffte er, Gavla mit sich in den Abgrund reißen zu können. Er änderte seine Aussagen, aber ein unscheinbarer Streifen Puder, der auf Pavels Kniestumpf haftete, und ihre Haare, die sich im Knopf seiner Jeans verfangen hatten, bewiesen, dass er es war, der Šárka in jener Nacht umgebracht hatte.
Pavel bereute nichts, hatte nicht das Bedürfnis, sich bei jemandem entschuldigen zu müssen. Er blieb dabei, dass seine Mitmenschen ihn zu allem getrieben hatten, und dass alle Ermordeten ihren Tod verdient hatten. Auf die Frage, warum er die Polizistin umgebracht habe, schwieg er. Die Gerichtspsychologin diagnostizierte dann im Verlauf nur einer Gerichtsverhandlung eine ernsthafte Persönlichkeitsstörung.
Das Gerichtsgebäude verließ Pavel mit der Höchststrafe, die er völlig emotionslos zur Kenntnis genommen hatte. Als der Richter

ihn fragte, ob er zum Schluss noch etwas sagen wolle, zuckte er nur mit den Schultern und meinte:
– Keine Ahnung. Eher nicht.

EPILOG

Erik wurde aus seiner Zelle und dann durch einen langen Gang geführt. Eine Besucherin erwartete ihn. An einem Tisch in dem kahlen Raum saß Jana. Er sah kurz in ihre Richtung, bevor er sich entschloss, zu ihr zu gehen und sich ihr gegenüberzusetzen. So viele Jahre waren sie sich nicht begegnet, sie war älter geworden, aber noch immer sah er das kleine Mädchen mit den langen Beinen und den Rattenschwänzen in ihr. Jetzt war sie mit jedem Zoll eine Dame, schon von ihrem Äußeren meilenweit von ihm und seiner Lebensweise entfernt. Sie wirkte nervös und verlegen. Mehrmals strich sie sich eine Haarsträhne hinters Ohr, obwohl sie perfekt frisiert war. Als Erik hereingebracht wurde, stand sie auf und lächelte flüchtig wie eine Versicherungsvertreterin, die einen neuen Kunden begrüßt. Erik verzieh ihr diese Maske.
– Hallo, Papa.
– Ja-Jana, mein Ki-kind, verzeih, da-da ha-habe ich da-das alles schon wie-wieder total verma-masselt ... Für einen kurzen Augenblick zog Jana eine etwas genervte Miene.
– I-ich ha-habe überhaupt nicht ge-geahnt, wer da-das ist. I-ich ha-hab nicht ge-gewusst ...
Sie winkte ab, um ihn zu unterbrechen.
– Papa, ich habe dir den besten Anwalt bezahlt. Ich mache dir keinerlei Vorwürfe, es ist alles nicht deine Schuld. Ich bin gekommen,

um dir das zu sagen, sprudelte sie hervor, um das schnell hinter sich zu bringen und vor allem, um seinen Ausbruch zu verhindern, der sich anzukündigen schien. Ihr Vater schnappte nach Luft und drückte fest ihre Hand. Sie zog sie nicht weg, sondern hielt, ganz im Gegenteil, seine Hand einen Moment fest. Eine Weile saßen sie so da und schwiegen.

– Mama lässt dich schön grüßen, schwindelte sie, um die aufdringliche Stille zu unterbrechen. Er lächelte nur und nickte.

– Wie-wie ge-geht es ihr?

– Gut, glaube ich. Sie hat ihren Garten und das genügt ihr.

Sie unterhielten sich wie zwei Bekannte, die sich ein paar Jahre nicht gesehen hatten und gespannt waren auf die Neuigkeiten des anderen. In die Vergangenheit kehrten sie nicht zurück. Jana wich ihr absichtlich aus. Sie fühlte sich schuldig. Sie war es gewesen, die damals jeden Kontakt abgebrochen, die letzten Reste von Liebe und Zuneigung in sich unterdrückt und sich bewusst Widerwillen gegenüber dem Menschen anerzogen hatte, der ihr das ganze Leben ein wirklicher Vater gewesen war, auch wenn sie sich das nicht eingestehen wollte.

Als Erik damals nach dem misslungenen Fluchtversuch aus dem Gefängnis zurückkehrte, war Alena kurz mit einem Jungen aus seinem Betrieb zusammen. Sie war wütend auf Erik, deshalb reagierte sie auf keinen seiner Briefe und auch nicht auf die Blumen und Geschenke, die er vor ihrer Wohnungstür liegen ließ. Als er einmal vor Arbeitsbeginn auf sie wartete, ließ sie ihn abblitzen. Und so gab Erik auf. Er brachte ihr keine Blumen mehr und wartete auch nicht mehr an der Bushaltestelle auf sie. Manchmal sah er sie von Weitem mit ihrem Freund, beide liefen Hand in Hand durch die Straßen. Sie sah glücklich aus.

Das Abitur hatte Erik nicht mehr nachgeholt, sondern als Hilfskraft in einem Altenheim angefangen. Ein Jahr später hatte er Alena eine Postkarte aus dem Urlaub in Karlova Studánka geschickt. Als er zurückkam, wartete im Briefkasten eine Antwort auf ihn. Auf der Karte waren ein Foto des Rathauses von Ostrava und ein Wappen mit einem Schimmel. Auf der Rückseite stand:

Danke für die Karte. Können wir uns mal treffen? Ich hab noch immer dein Buch. A.

Erik war begeistert. Gleich am nächsten Tag klingelte er bei ihr zu Hause und lud sie ins Kino ein. In den nächsten Tagen gingen sie zusammen ins Freibad, machten Ausflüge und schauten Filme. Ihm schien es wieder wie früher zu sein. Trotzdem hatte er immer das unangenehme Gefühl, dass sie sich irgendwie verändert hatte. Oft war sie in Gedanken oder gereizt, ihre Launen wechselten von einer Sekunde zur nächsten und Erik nahm das mit geduldiger Ruhe hin. Er wartete, dass sie selbst ihm verriet, was mit ihr los war. Eines Abends hielt sie es nicht länger aus, sie drehte sich jäh zu ihm um und stieß hervor:
– Ich bin schwanger. Und dann starrte sie irgendwohin in die Ferne. Erik schaute sie ernsthaft an.
– Er hat mich sitzen lassen, er hat mich einfach so sitzen lassen, schluchzte sie los und in ihrer Stimme lagen Hass und Zorn. Sie fühlte sich hintergangen, weggeworfen und benutzt wie irgendein Gegenstand.
– Da-das scha-schaffen wir irgendwie. Er küsste sie auf ihr Haar. Böse stieß sie ihn fort.
– Ich will das wegmachen lassen, flüsterte sie. Aber Erik drückte sie fest an sich.

– I-ich kü-kümmere mi-mich um euch.
Sie lächelte ihm flüchtig zu. Dann nahm er sie mit in die Einzimmerwohnung, die er gemietet hatte, und brachte sie ins Bett. Er umhegte sie wie einen zerbrechlichen Schatz.
Als man Alena die Schwangerschaft ansah, vereinbarten sie, dass sie heiraten würden. Erik störte es nicht, dass das Kind nicht von ihm war. Er mochte es, mit den Händen über ihren gewölbten Bauch zu fahren und sein Ohr gegen ihn zu drücken. Jede Regung des Babys erschien ihm wie ein unglaubliches Wunder, er lachte darüber und freute sich, dass er zum ersten Mal im Leben eine Familie haben würde. Das erschien ihm wie ein Traum.
Alena wollte eine kleine Hochzeit. Die Trauung dauerte keine zwanzig Minuten und auf Eriks Seite standen nur der Trauzeuge und Alžběta, die ihm und der Braut mit Tränen in den Augen viel Glück wünschte.
Aber die Ehe hielt nicht einmal zehn Jahre. Auch vor Alena tauchte immer wieder Eriks Vergangenheit auf, immer mal wieder interessierte sich die Staatssicherheit für ihn, wegen des Flecks in seiner Kaderakte konnte er keine bessere Arbeit finden. Lange Zeit kamen sie gerade so über die Runden und irgendwann war Alena davon genervt. Sie hatte genug von dem ärmlichen Leben, und auch von Erik, von seinem Stottern und seiner Unfähigkeit, den Rücken krummzumachen und zu tun, was die Stasileute von ihm verlangten. Für sie und für Jana könnte er doch wohl ein paar Abstriche an seinen Prinzipien machen. Es würde ihnen sofort besser gehen. Dabei half es nichts, dass Erik sich großartig um Jana kümmerte, und auch nicht, dass er Nachtschichten schob, damit sie mehr Geld hatten. Alena wurde immer unzufriedener und unglücklicher. Nach neun Jahren gemeinsamen Lebens hinterließ sie ihm einen Brief auf dem Tisch, packte ihre Sachen und ging zu

ihren Eltern. Ein paar Monate später hatten die Sýkoras ihren ersten Scheidungstermin und Erik blieb wieder allein.
Seine Frau wollte ihm die Tochter nicht anvertrauen. Sie hatte Tausende Ausreden parat, und als eines Tages plötzlich der echte Vater in der Tür stand, gab Erik auf. Der neue Papa verdrehte Jana den Kopf. Er war gut aussehend, gebildet und elegant. Er brachte ihr Westjeans aus dem Tuzex mit und schenkte ihr einen Pullover mit Norwegermuster. Erik konnte nicht mit ihm konkurrieren. Wie unter einem Mikroskop wurden all seine Mängel sichtbar, die in den Augen eines dreizehnjährigen Mädchens unverzeihlich waren. Plötzlich sah sie in ihm einen erbärmlichen, peinlichen, unsicheren und verschüchterten Hanswurst in ärmlicher Kleidung.
Sie klammerte sich an ihren echten Vater und ließ sich vor Erik verleugnen. Der neue Papa war der wirkliche Held, vom dem sie immer geträumt hatte. Er war ohne Fehler, bis er sich eine Geliebte suchte und zu ihr zog. Danach war er wieder wie vom Erdboden verschwunden.
Es hatte Jahre gedauert, bis Jana begriff, was Erik alles für sie und ihre Mutter getan hatte. Erst Milans gewaltsamer Tod und das folgende Durcheinander von Ereignissen hatten sie zum Nachdenken und einem Rückblick in die Vergangenheit gezwungen. Sie wusste, dass ihr nicht leichter ums Herz werden würde, solange sie nicht alles in Ordnung gebracht hätte. Bei Erik begann sie, ihm schuldete sie am meisten.

Gleich zu Beginn möchte ich mich bei Oberst Luboš Valerián bedanken, der es mir möglich machte, zumindest einen kleinen Einblick in die Arbeit der Kriminalpolizisten von Ostrava zu gewinnen. Ich hoffe sehr, dass er mir einige Methoden meiner Protagonisten und manche Ungenauigkeiten verzeiht, die ich begangen habe. Meine Absicht war es, die Spannung für die Leserinnen und Leser aufrechtzuerhalten, die Handlung nicht durch unnötige Details zu bremsen und sie nicht in allzu viele Richtungen ausfasern zu lassen. Mir ist bewusst, dass das Fahnden nach Verbrechern Teamarbeit ist, die auf dem exakten Wissen vieler Experten, der Professionalität des gesamten Teams und der absoluten Disziplin eines jeden Kriminalisten basiert. Aber ein Kriminalroman ist keine Gebrauchsanweisung und auch keine exakte Beschreibung der Ermittlungsarbeit mit all ihren Details, sondern eine Geschichte voller menschlicher Schicksale und unglaublich scheinender Wendungen.

Es ist gerade die Faszination für das Verbrechen, die einen zwingt, Kriminalromane zu schreiben und zu lesen, der Wunsch, sich ein wenig zu fürchten und mit dem Bewusstsein einzuschlafen, dass so etwas Schreckliches nicht wirklich geschehen ist, dass unsere Leben eigentlich sicher sind. Deshalb ist es oft einfacher, eine noch so brutale fiktive Geschichte zu lesen und zu akzeptieren als die viel weniger drastische Realität.

Mit großem Interesse studiere ich die Schicksale von Menschen, welche die Schrecken des Zweiten Weltkrieges überlebt haben, zu Opfern der Verfolgung durch das kommunistische System geworden sind oder ein anderswie außergewöhnliches Leben gelebt haben, voller absolut unwahrscheinlicher und häufig geradezu unglaublicher Geschehnisse. Bruchteile aus den Erinnerungen einiger von ihnen habe ich in diesem Buch verwendet. Bis auf wenige Momente ist die ganze Geschichte jedoch fiktiv. Nur die Hauptfigur des Buches, Erik Sýkora, (dessen Namen ich geändert habe) ist vom Leben eines realen Menschen inspiriert. Von seiner Lebensgeschichte hörte ich aus zweiter Hand, sie beeindruckte und faszinierte mich jedoch so sehr, dass ich beschloss, sie in mein Buch einfließen zu lassen. Die Details seines Schicksals kenne ich nicht, und so beginnt gerade hier der Raum für das Fantasieren und Fabulieren. Auch sein eigenes Erzählen, im Grunde genommen das Erzählen eines jeden von uns, ist zweifellos von persönlichen Erlebnissen umsponnen, die so subjektiv wahrgenommen werden, dass sie jeder andere wahrscheinlich ganz anders beurteilen würde. Und genau dadurch ist eigentlich jede menschliche Geschichte (auch die scheinbar alltägliche) interessant. Durch jenes subjektive Erleben und die subjektive Interpretation. Mein Dank gilt deshalb auch all den unbekannten Helden, die bereit sind, ihre oft schmerzlichen Erinnerungen mit anderen zu teilen.

Weiterhin möchte ich mich bei Romana Vlková bedanken, die meine erste Leserin und Redakteurin war, sowie beim Verlag Host, der es geschafft hat, aus einem ärmlichen Zwischenprodukt (welches das Manuskript zweifellos war) jenes Buch zu machen, welches Sie gerade in der Hand halten.

Mein Dank gilt auch meiner Familie und meinen Kindern, die so brav waren, dass ich schreiben konnte.

Nela Rywiková, geboren 1979, stammt aus Ostrava. Sie studierte Restaurierung/Konservierung an der Höheren Fachschule für Kunsthandwerk in Brno. Anschließend blieb sie in der Stadt, arbeitete dort fünf Jahre im Institut für archäologischen Denkmalschutz als Restauratorin und Konservatorin sowie als Lektorin an der Höheren Fachschule für Kunsthandwerk und war als Mitarbeiterin in einem Verlag tätig. „Kinder der Wut" (Děti hněvu) ist ihr zweiter Roman, ihr Debütroman „Dům číslo 6" (Haus Nummer 6) erschien 2013 und liegt bisher noch nicht in deutscher Sprache vor. Nela Rywiková gilt in ihrer Heimat als einer der interessantesten neuen Namen des tschechischen Krimis.

Christina Frankenberg studierte Bohemistik an der Humboldt-Universität Berlin und der Karls-Universität in Prag, im Anschluss promovierte sie zum Thema „Das Bild der Deutschen in der tschechischen Prosa nach 1945". Sie ist stellvertretende Direktorin des Tschechischen Zentrums Berlin. Aus dem Tschechischen übersetzt sie zeitgenössische Prosa sowie Texte zu Literatur, Kunst und Geschichte. In ihrer Übertragung erschienen zuletzt Vladimíra Válovás Erzählungen „Ins Landesinnere" (Wieser Verlag) und Anna Fodorovás Erinnerungen „Lenka Reinerová. Abschied von meiner Mutter" (btb).

Die Originalausgabe erschien 2016 unter dem Titel „Děti hněvu“ im Host-Verlag, Brno, Tschechien.

German edition published by arrangement with Dana Blatná Literary Agency

Das Buch wurde gefördert durch den Deutsch-Tschechischen Zukunftsfonds und das Kulturministerium der Tschechischen Republik.

DEUTSCH-TSCHECHISCHER ZUKUNFTSFONDS ČESKO-NĚMECKÝ FOND BUDOUCNOSTI

MINISTRY OF CULTURE CZECH REPUBLIC

1. Auflage

www.mitteldeutscherverlag.de

Gesamtherstellung: Mitteldeutscher Verlag, Halle (Saale)
Umschlaggestaltung: Florian L. Arnold

ISBN 978-3-96311-644-5

Printed in the EU